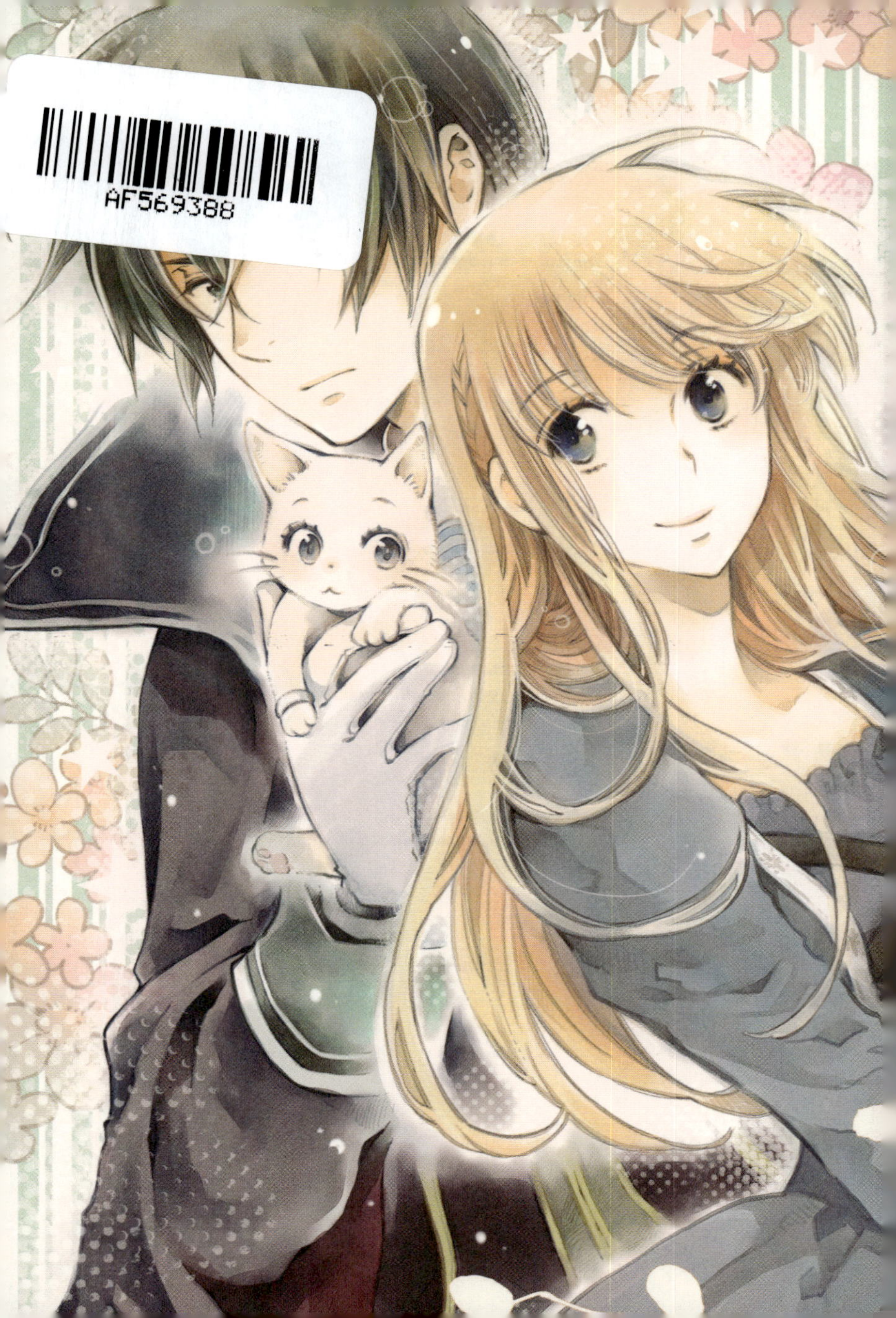

Inhalt

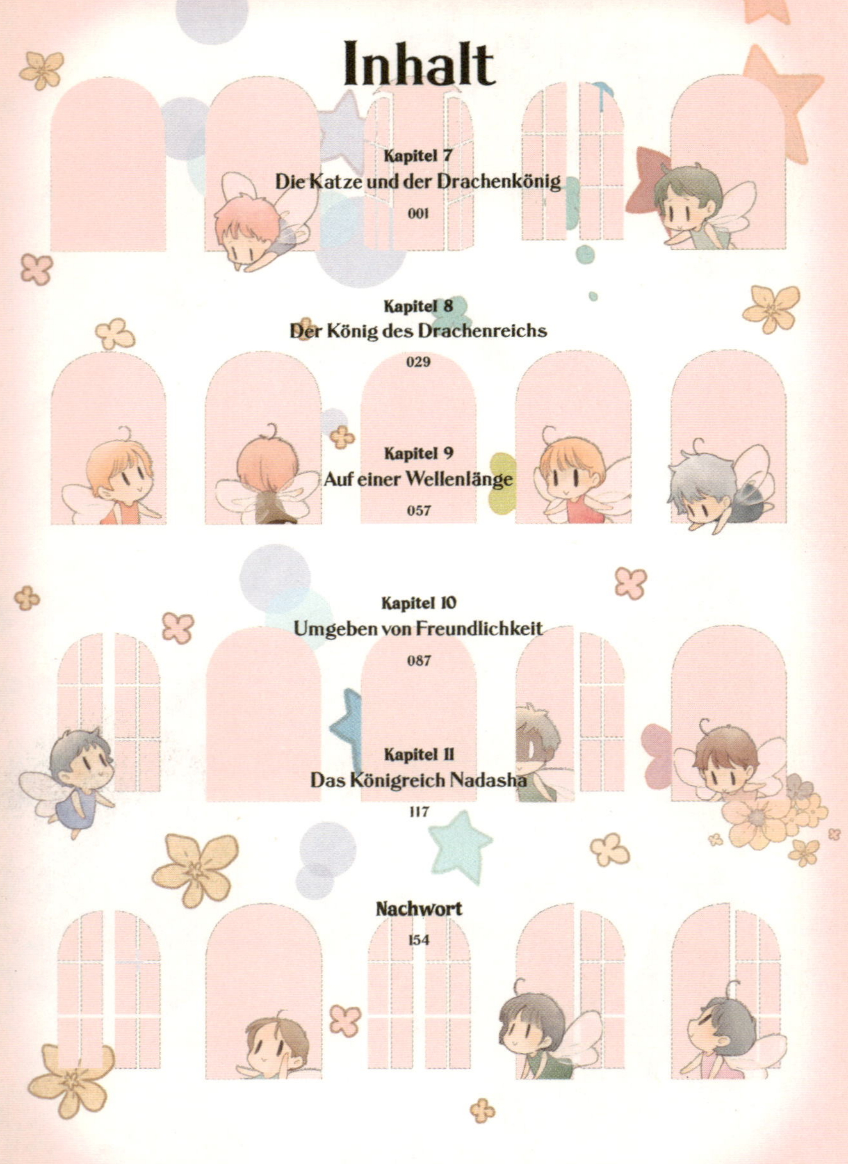

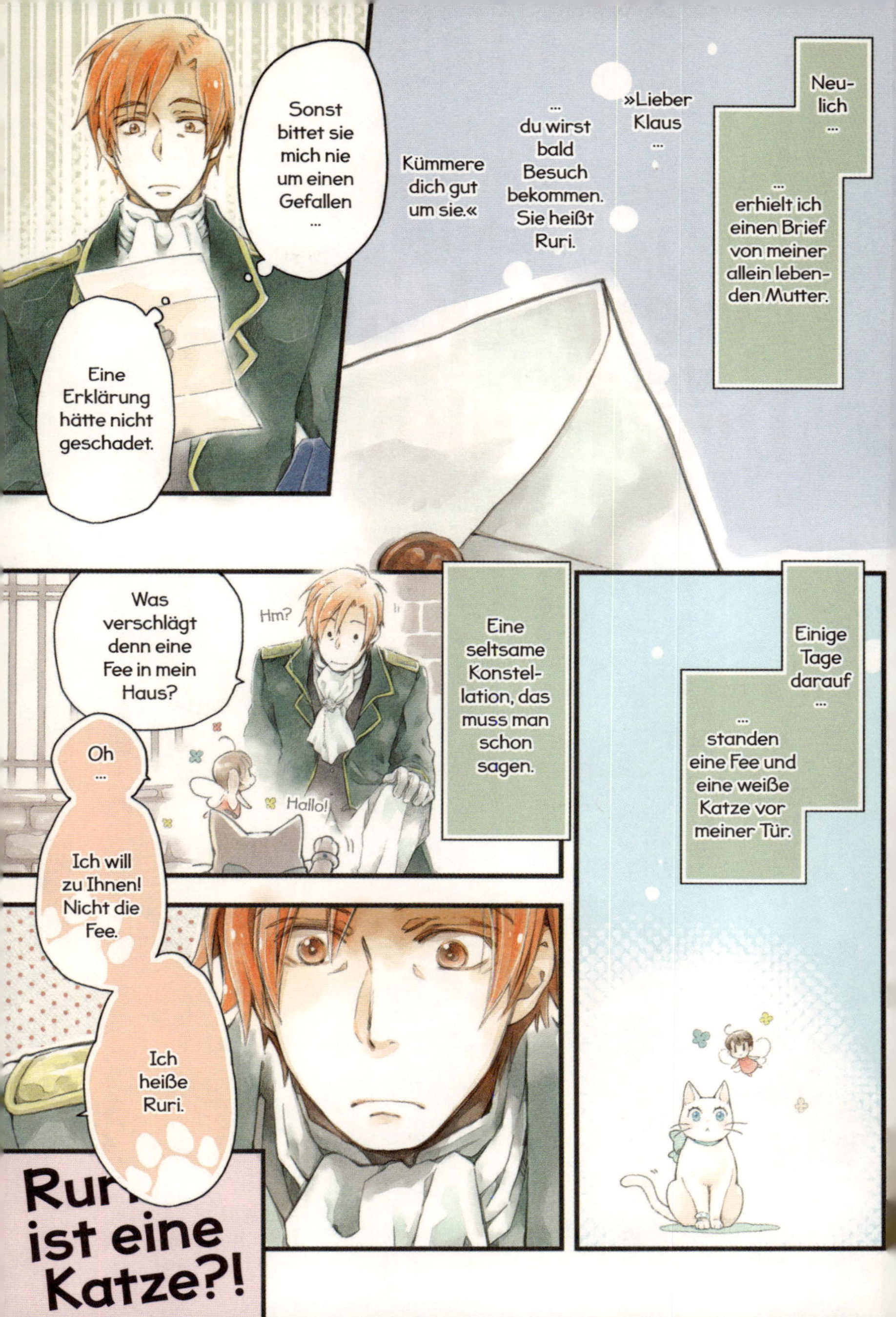

Neulich ...
... erhielt ich einen Brief von meiner allein lebenden Mutter.
»Lieber Klaus ...
... du wirst bald Besuch bekommen. Sie heißt Ruri.
Kümmere dich gut um sie.«
Sonst bittet sie mich nie um einen Gefallen ...
Eine Erklärung hätte nicht geschadet.
Einige Tage darauf ...
... standen eine Fee und eine weiße Katze vor meiner Tür.
Eine seltsame Konstellation, das muss man schon sagen.
Hm?
Hallo!
Was verschlägt denn eine Fee in mein Haus?
Oh ...
Ich will zu Ihnen! Nicht die Fee.
Ich heiße Ruri.
Rur
ist eine Katze?!

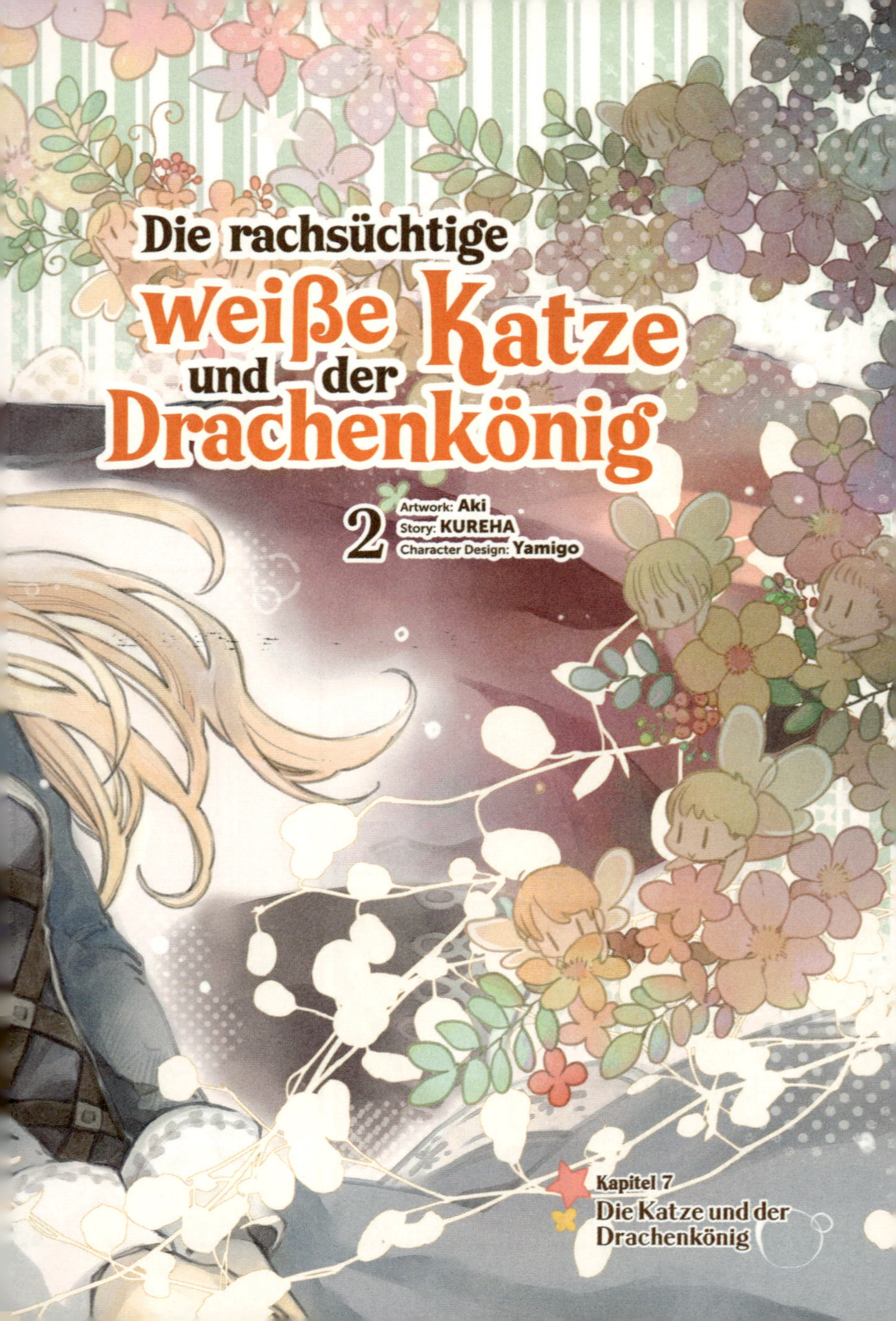
Die rachsüchtige
weiße Katze
und der
Drachenkönig
2
Artwork: Aki
Story: KUREHA
Character Design: Yamigo
Kapitel 7
Die Katze und der
Drachenkönig

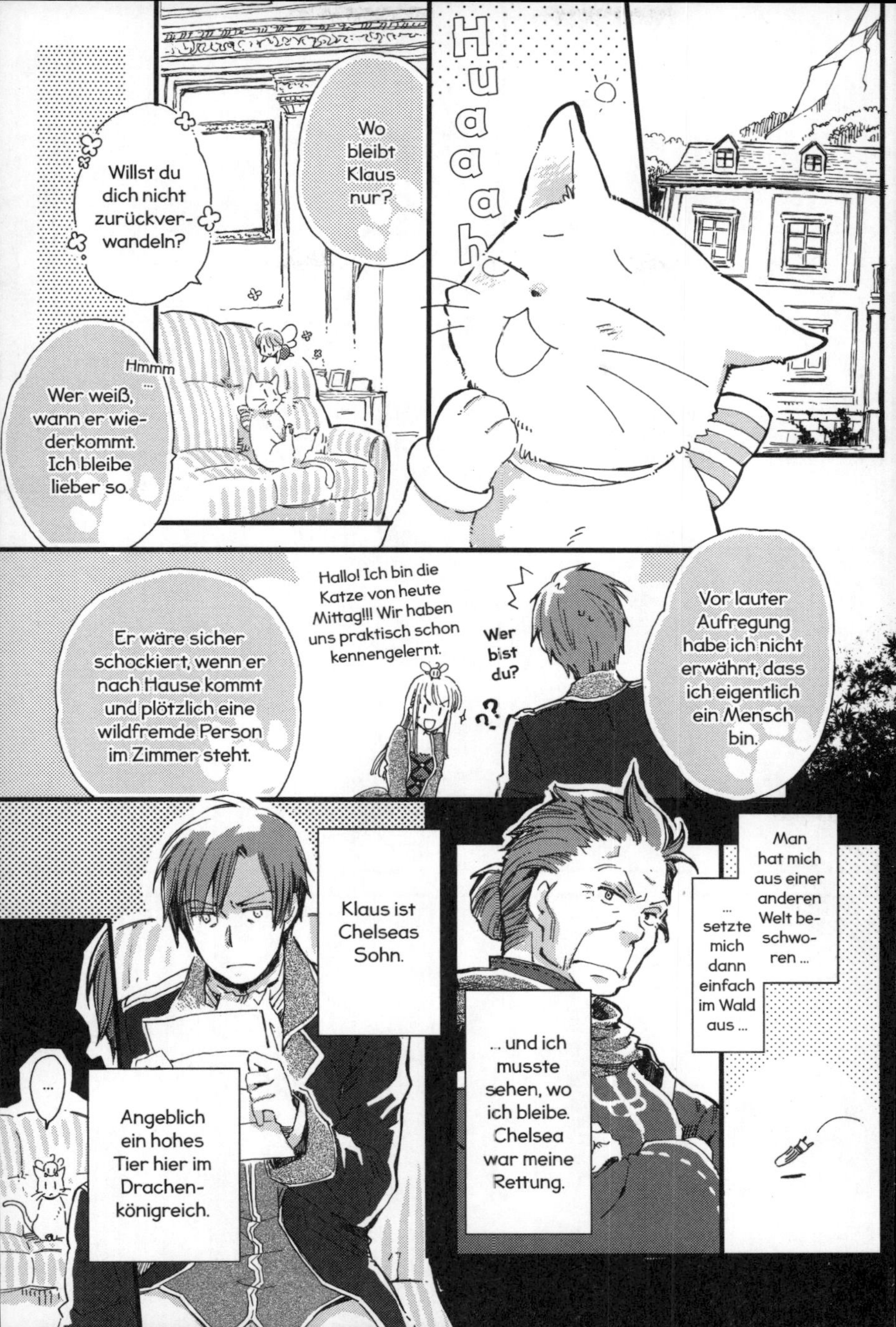
Huaah
Wo bleibt Klaus nur?
Willst du dich nicht zurückver-wandeln?
Hmmm ...
Wer weiß, wann er wie-derkommt. Ich bleibe lieber so.
Vor lauter Aufregung habe ich nicht erwähnt, dass ich eigentlich ein Mensch bin.
Wer bist du?
Hallo! Ich bin die Katze von heute Mittag!!! Wir haben uns praktisch schon kennengelernt.
Er wäre sicher schockiert, wenn er nach Hause kommt und plötzlich eine wildfremde Person im Zimmer steht.
Man hat mich aus einer anderen Welt be-schwo-ren ...
... setzte mich dann einfach im Wald aus ...
... und ich musste sehen, wo ich bleibe. Chelsea war meine Rettung.
Klaus ist Chelseas Sohn.
Angeblich ein hohes Tier hier im Drachen-königreich.
...

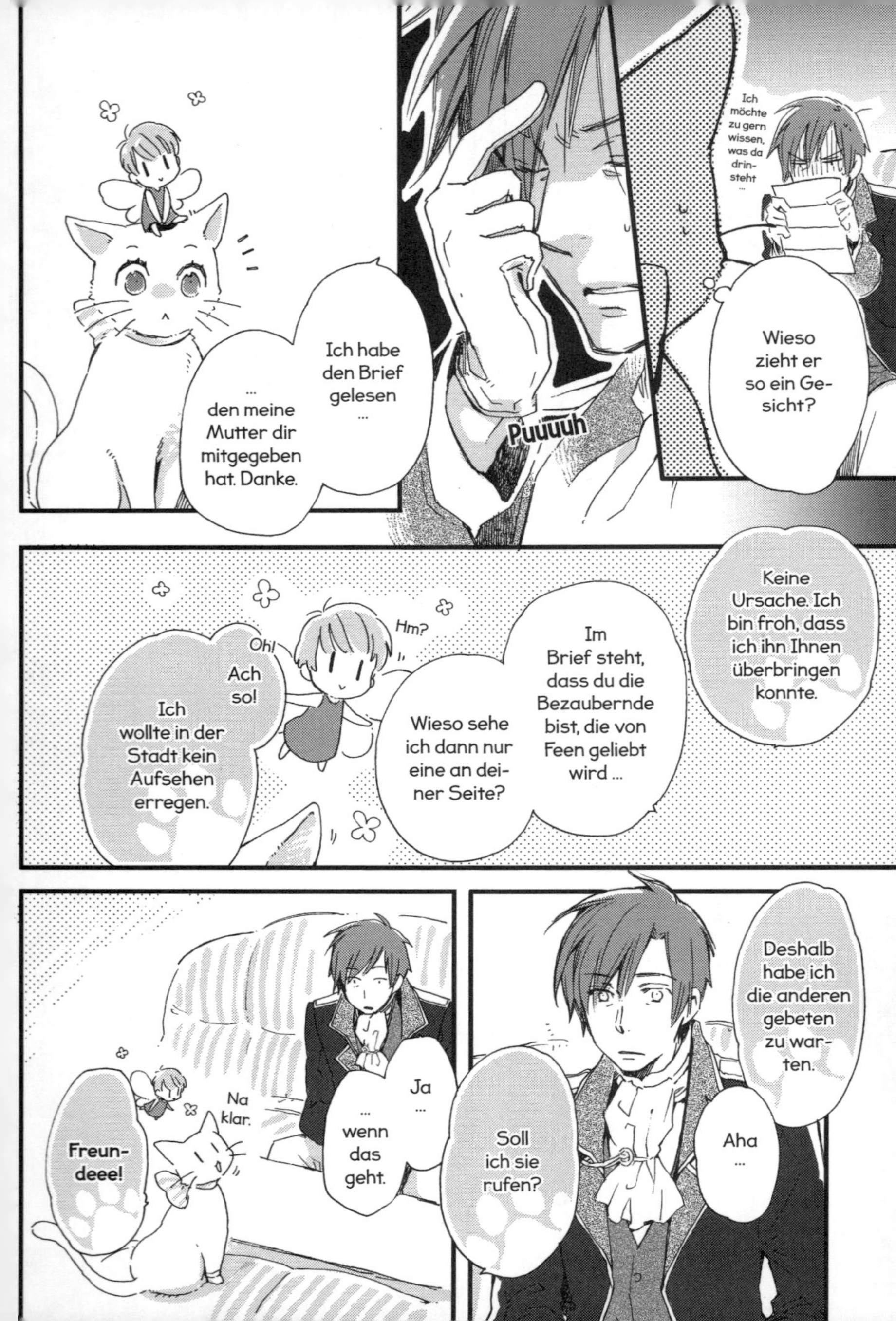

Ich möchte zu gern wissen, was da drinsteht ...
Wieso zieht er so ein Gesicht?
Puuuuh
Ich habe den Brief gelesen ...
... den meine Mutter dir mitgegeben hat. Danke.
Keine Ursache. Ich bin froh, dass ich ihn Ihnen überbringen konnte.
Im Brief steht, dass du die Bezaubernde bist, die von Feen geliebt wird ...
Wieso sehe ich dann nur eine an deiner Seite?
Hm?
Oh!
Ach so!
Ich wollte in der Stadt kein Aufsehen erregen.
Deshalb habe ich die anderen gebeten zu warten.
Aha ...
Soll ich sie rufen?
Ja ...
... wenn das geht.
Na klar.
Freundeee!

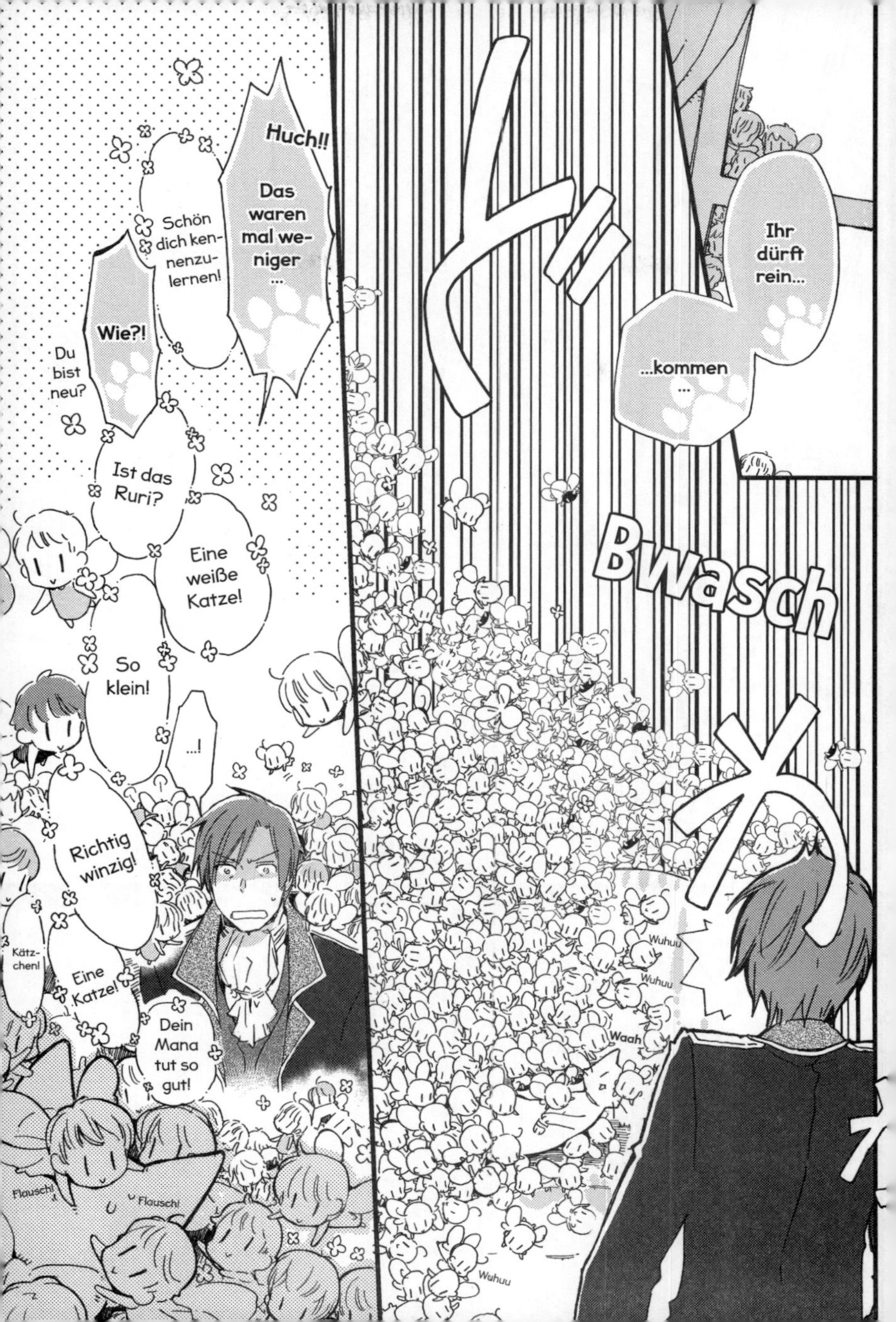

Ihr dürft rein…
…kommen …
Bwasch
Wuhuu
Wuhuu
Waah
Wuhuu
Huch!! Das waren mal weniger …
Schön dich kennenzulernen!
Wie?!
Du bist neu?
Ist das Ruri?
Eine weiße Katze!
So klein!
…!
Richtig winzig!
Kätzchen!
Eine Katze!
Dein Mana tut so gut!
Flausch!
Flausch!

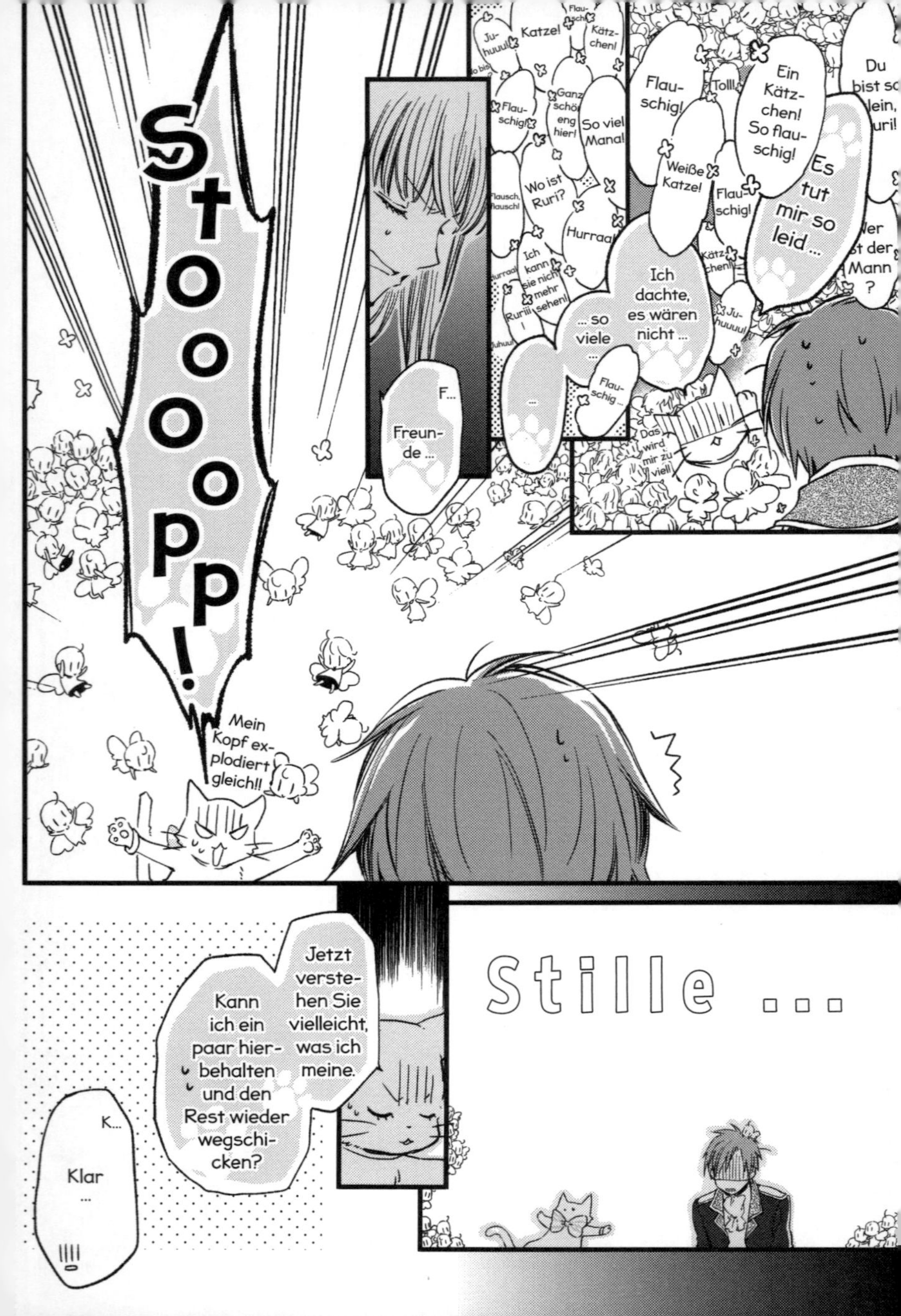

Ein Kätzchen! So flauschig!
Flauschig!
Toll!
Weiße Katze!
Flauschig!
Es tut mir so leid ...
Wer ist der Mann?
Kätzchen!
Ich dachte, es wären nicht ...
... so viele ...
...
Flauschig ...
Juhuuu!
Das wird mir zu viel!
Katze!
Kätzchen!
Juhuuu!
Flauschig!
So viel Mana!
Wo ist Ruri?
Flausch, Flausch!
Hurraa!
Ich kann sie nicht mehr sehen!
Ruriii!
F... Freunde ...
Stooooopp!
Mein Kopf explodiert gleich!!
Stille ...
Jetzt verstehen Sie vielleicht, was ich meine.
Kann ich ein paar hierbehalten und den Rest wieder wegschicken?
K... Klar ... !!!

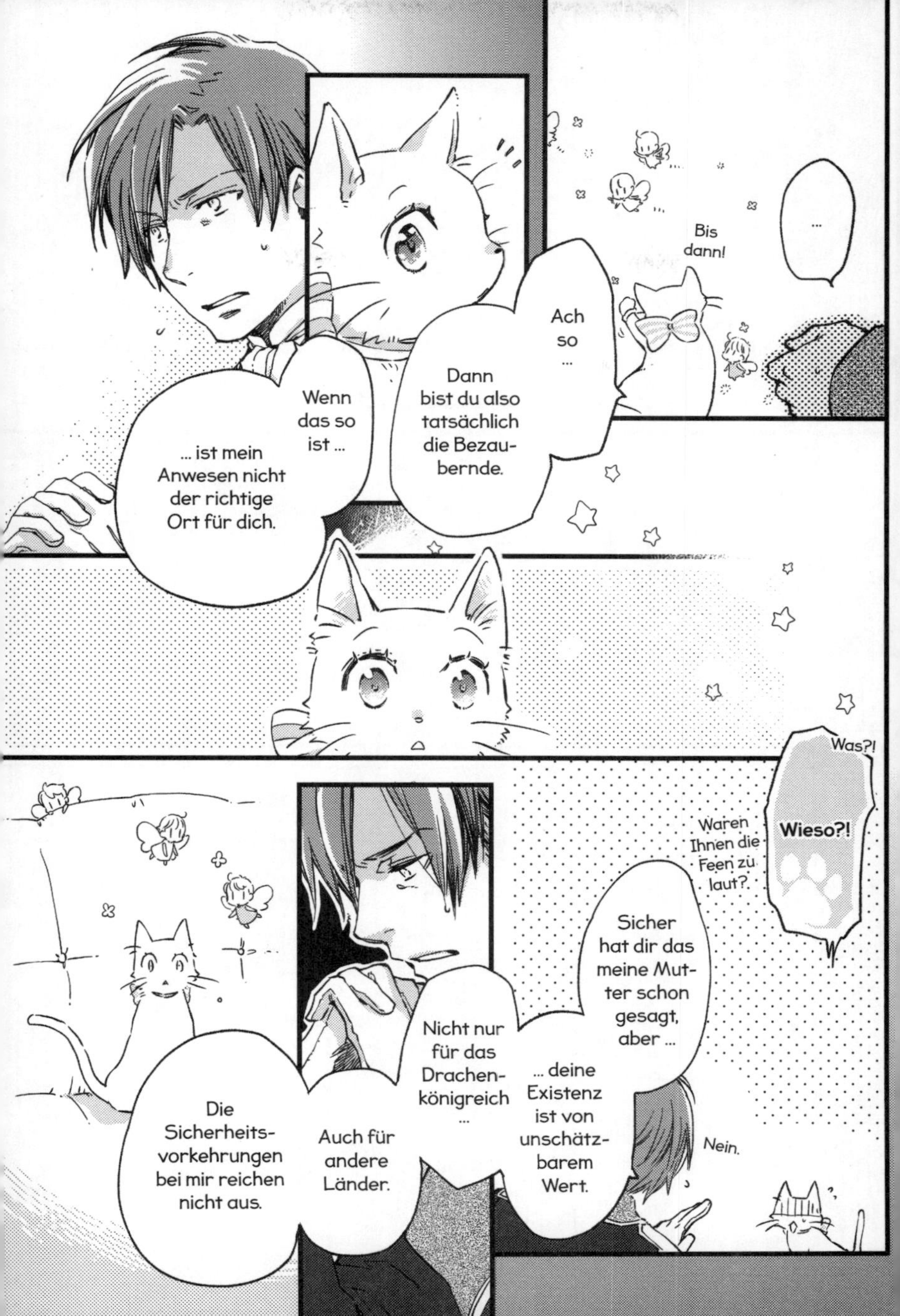
...
Bis dann!
Ach so ...
Dann bist du also tatsächlich die Bezaubernde.
Wenn das so ist ...
... ist mein Anwesen nicht der richtige Ort für dich.
Was?!
Wieso?!
Waren Ihnen die Feen zu laut?
Nein.
Sicher hat dir das meine Mutter schon gesagt, aber ...
... deine Existenz ist von unschätzbarem Wert.
Nicht nur für das Drachenkönigreich ...
Auch für andere Länder.
Die Sicherheitsvorkehrungen bei mir reichen nicht aus.

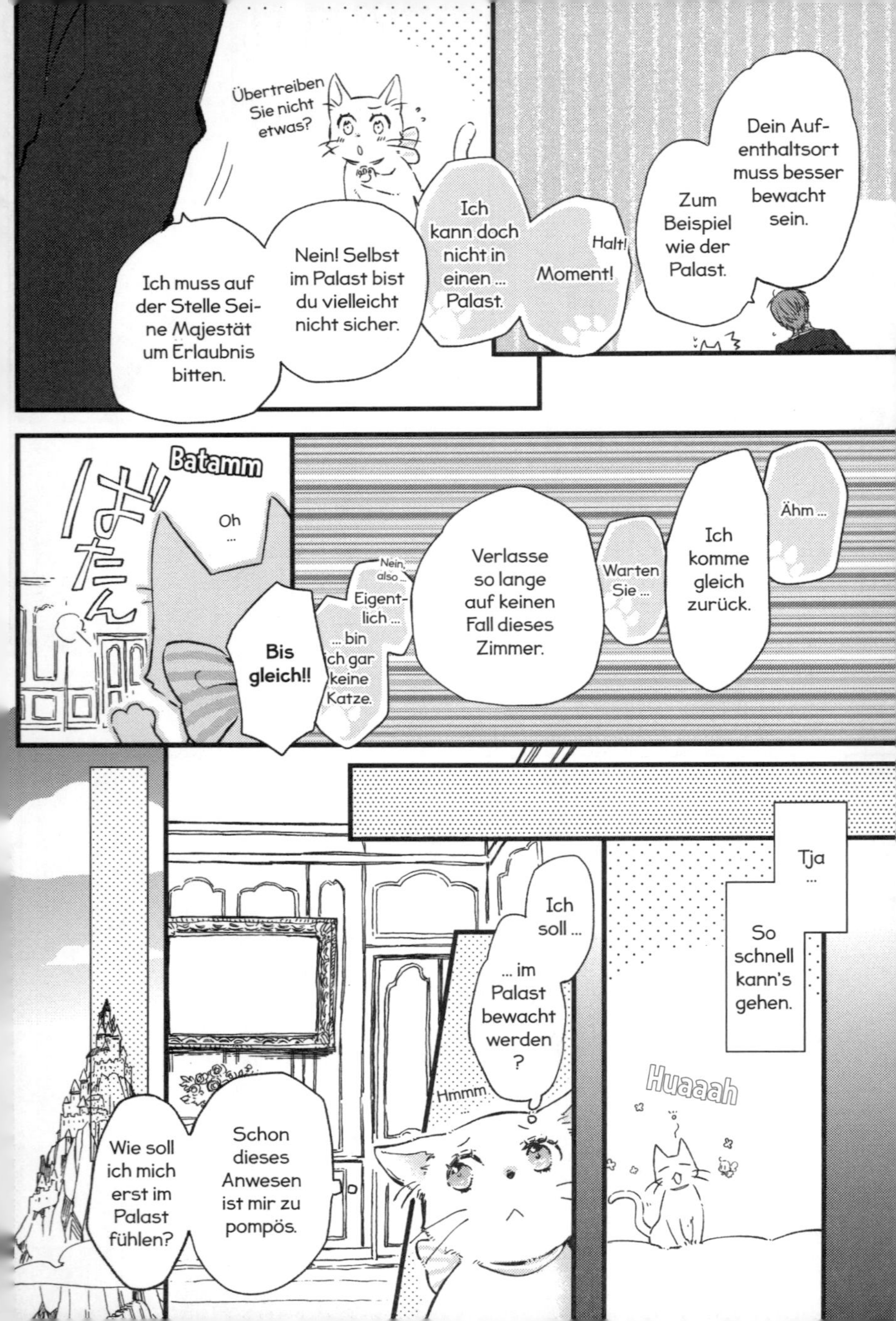
Dein Aufenthaltsort muss besser bewacht sein.
Zum Beispiel wie der Palast.
Halt! Moment!
Ich kann doch nicht in einen ... Palast.
Übertreiben Sie nicht etwas?
Nein! Selbst im Palast bist du vielleicht nicht sicher.
Ich muss auf der Stelle Seine Majestät um Erlaubnis bitten.
Ähm ...
Ich komme gleich zurück.
Warten Sie ...
Verlasse so lange auf keinen Fall dieses Zimmer.
Nein, also ...
Eigentlich ...
... bin ich gar keine Katze.
Bis gleich!!
Oh ...
Batamm
ばたん
Tja ...
So schnell kann's gehen.
Huaaah
Ich soll ...
... im Palast bewacht werden ?
Hmmm ...
Schon dieses Anwesen ist mir zu pompös.
Wie soll ich mich erst im Palast fühlen?

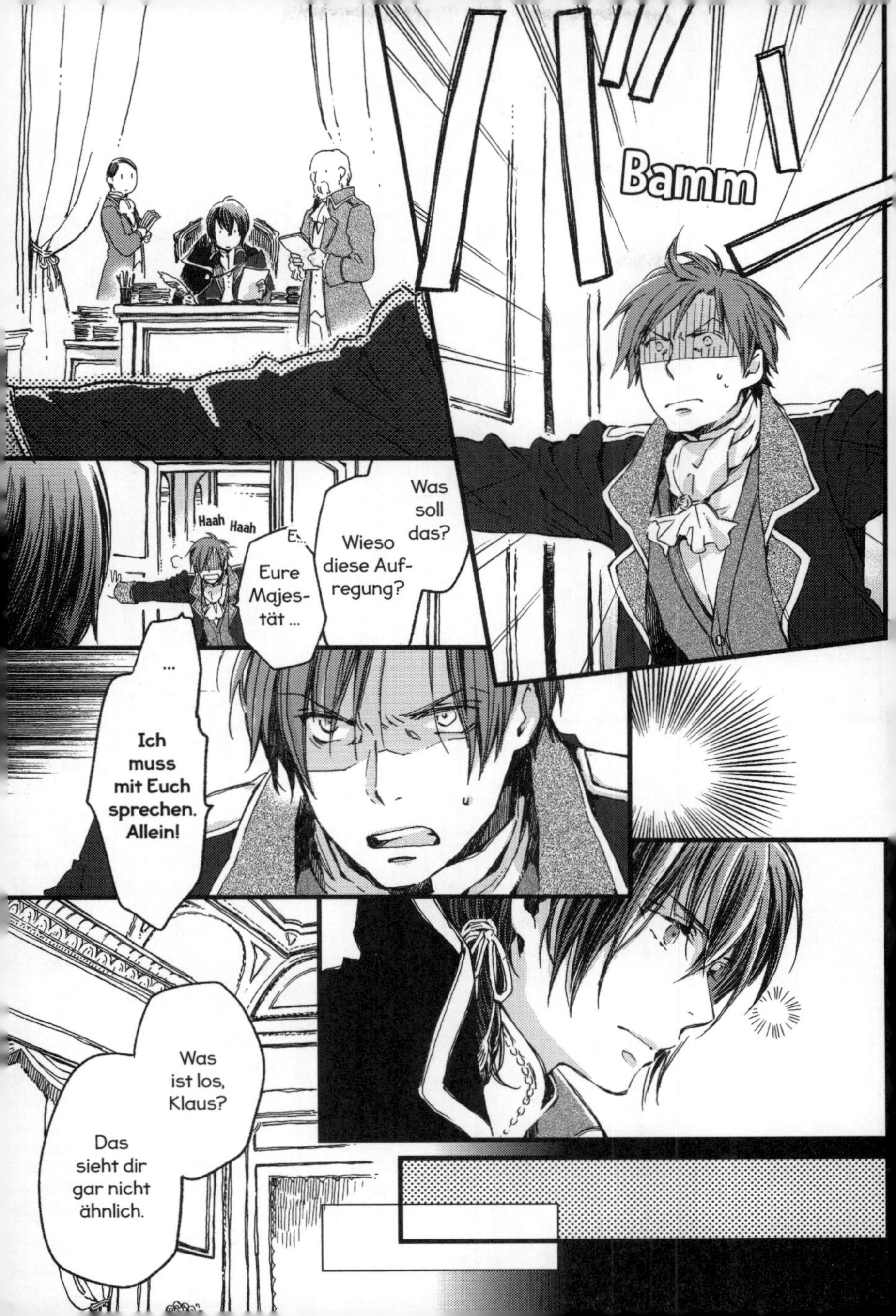

Bamm
Haah Haah
Was soll das?
Wieso diese Aufregung?
E... Eure Majestät ...
...
Ich muss mit Euch sprechen. Allein!
Was ist los, Klaus?
Das sieht dir gar nicht ähnlich.

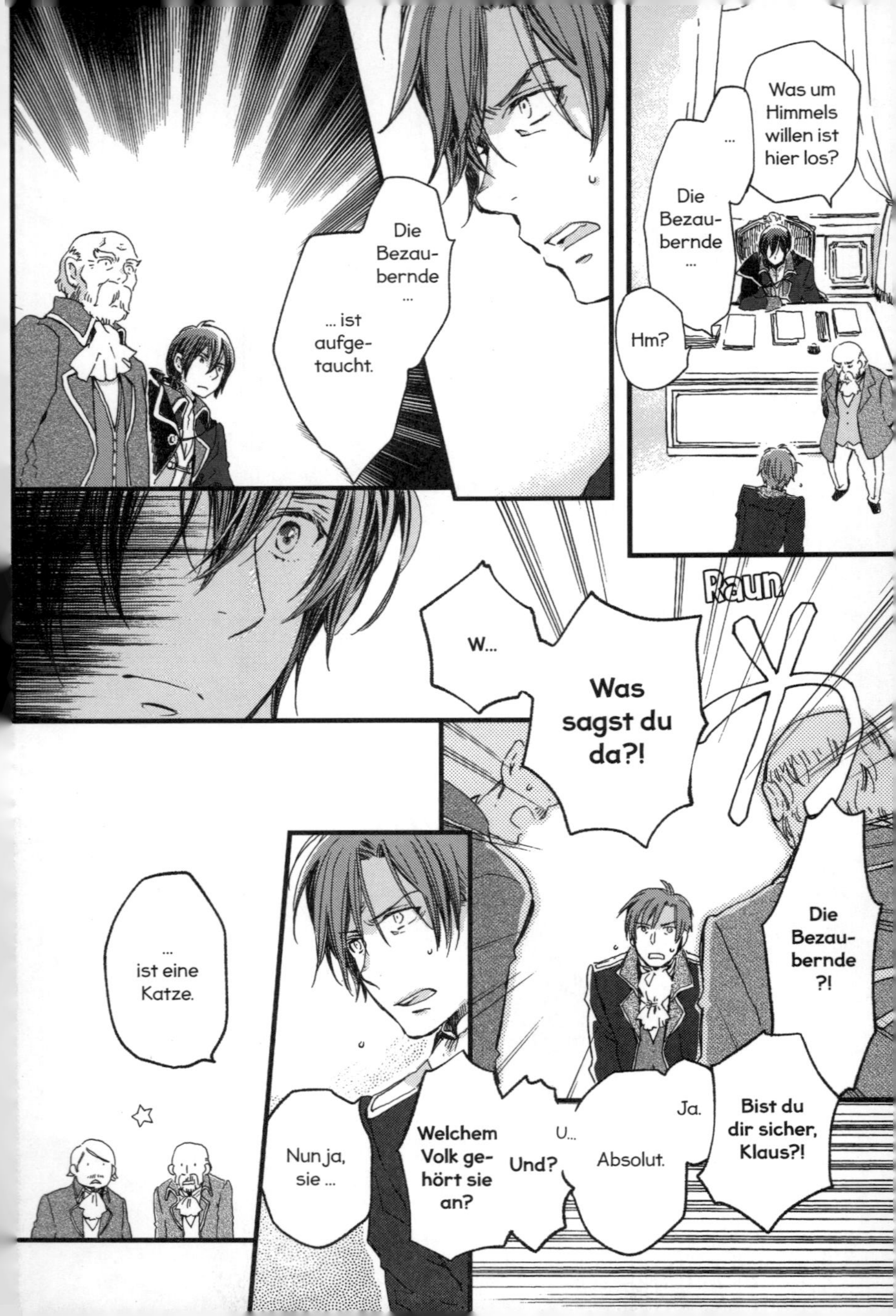
Was um Himmels willen ist hier los?
...
Die Bezaubernde ...
Hm?
Die Bezaubernde ...
... ist aufgetaucht.
Raun
W...
Was sagst du da?!
Die Bezaubernde ?!
Bist du dir sicher, Klaus?!
Ja.
Absolut.
U...
Und?
Welchem Volk gehört sie an?
Nun ja, sie ...
... ist eine Katze.

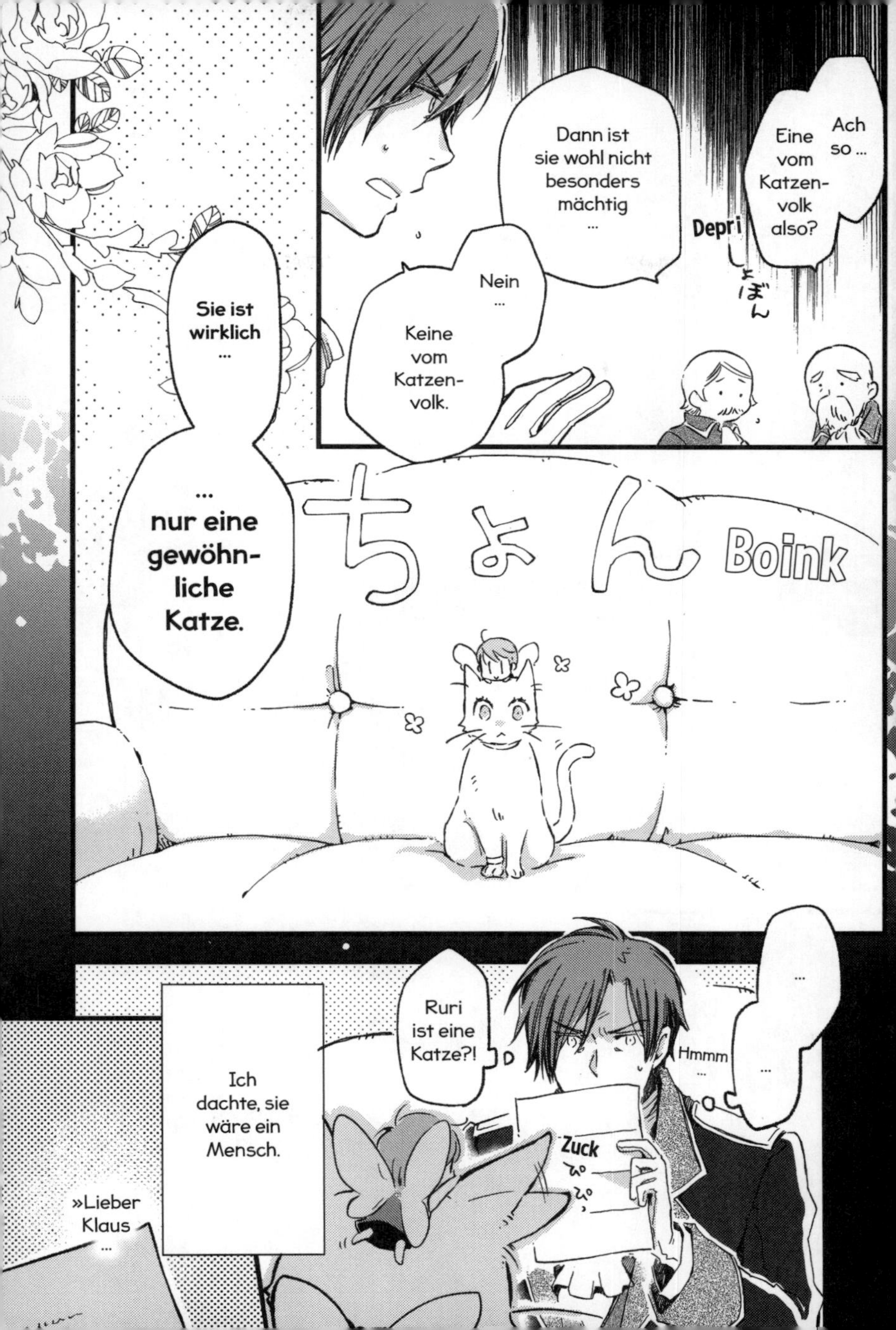
Ach so ...
Eine vom Katzen-volk also?
Depri
しょぼん
Dann ist sie wohl nicht besonders mächtig ...
Nein ...
Keine vom Katzen-volk.
Sie ist wirklich ...
... nur eine gewöhn-liche Katze.
ちょん
Boink
...
Hmmm ...
...
Ruri ist eine Katze?!
Zuck
Ich dachte, sie wäre ein Mensch.
»Lieber Klaus ...

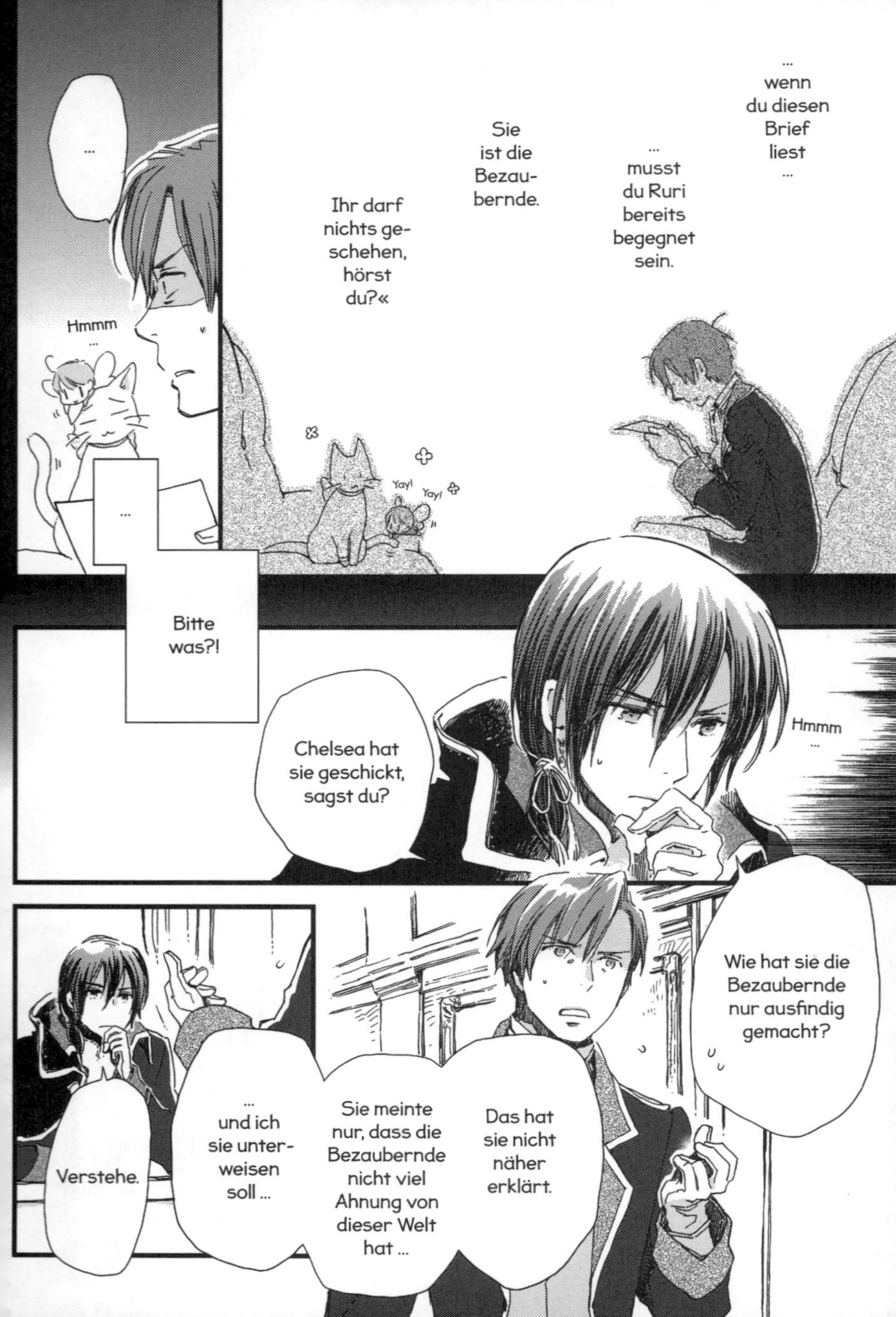

... wenn du diesen Brief liest ...
... musst du Ruri bereits begegnet sein.
Sie ist die Bezaubernde.
Ihr darf nichts geschehen, hörst du?«
Yay! Yay!
...
Hmmm ...
...
Bitte was?!
Hmmm ...
Chelsea hat sie geschickt, sagst du?
Wie hat sie die Bezaubernde nur ausfindig gemacht?
Das hat sie nicht näher erklärt.
Sie meinte nur, dass die Bezaubernde nicht viel Ahnung von dieser Welt hat ...
... und ich sie unterweisen soll ...
Verstehe.

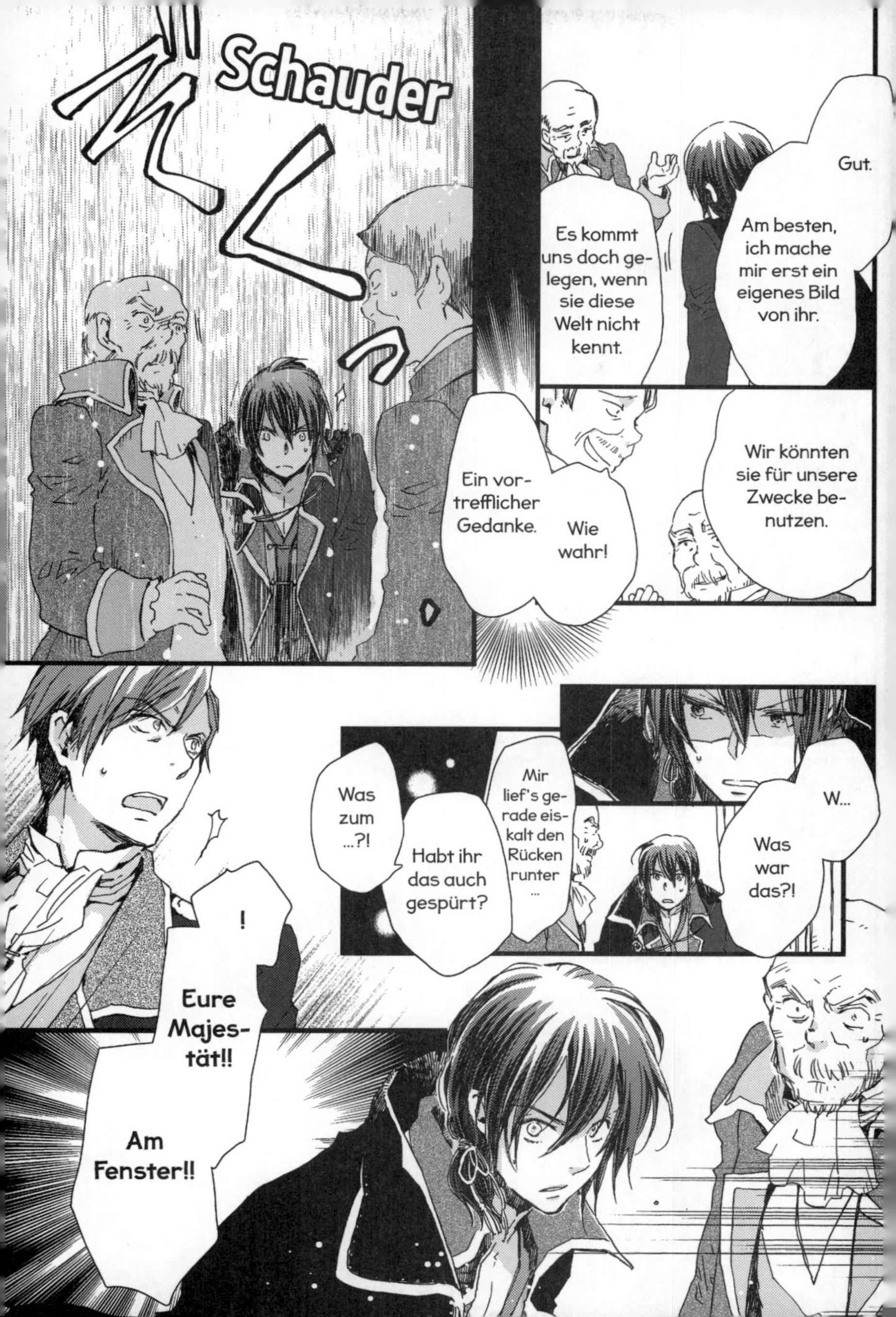
Gut.
Am besten, ich mache mir erst ein eigenes Bild von ihr.
Es kommt uns doch gelegen, wenn sie diese Welt nicht kennt.
Wir könnten sie für unsere Zwecke benutzen.
Ein vortrefflicher Gedanke.
Wie wahr!
Schauder
W...
Was war das?!
Mir lief's gerade eiskalt den Rücken runter ...
Was zum ...?!
Habt ihr das auch gespürt?
!
Eure Majestät!!
Am Fenster!!

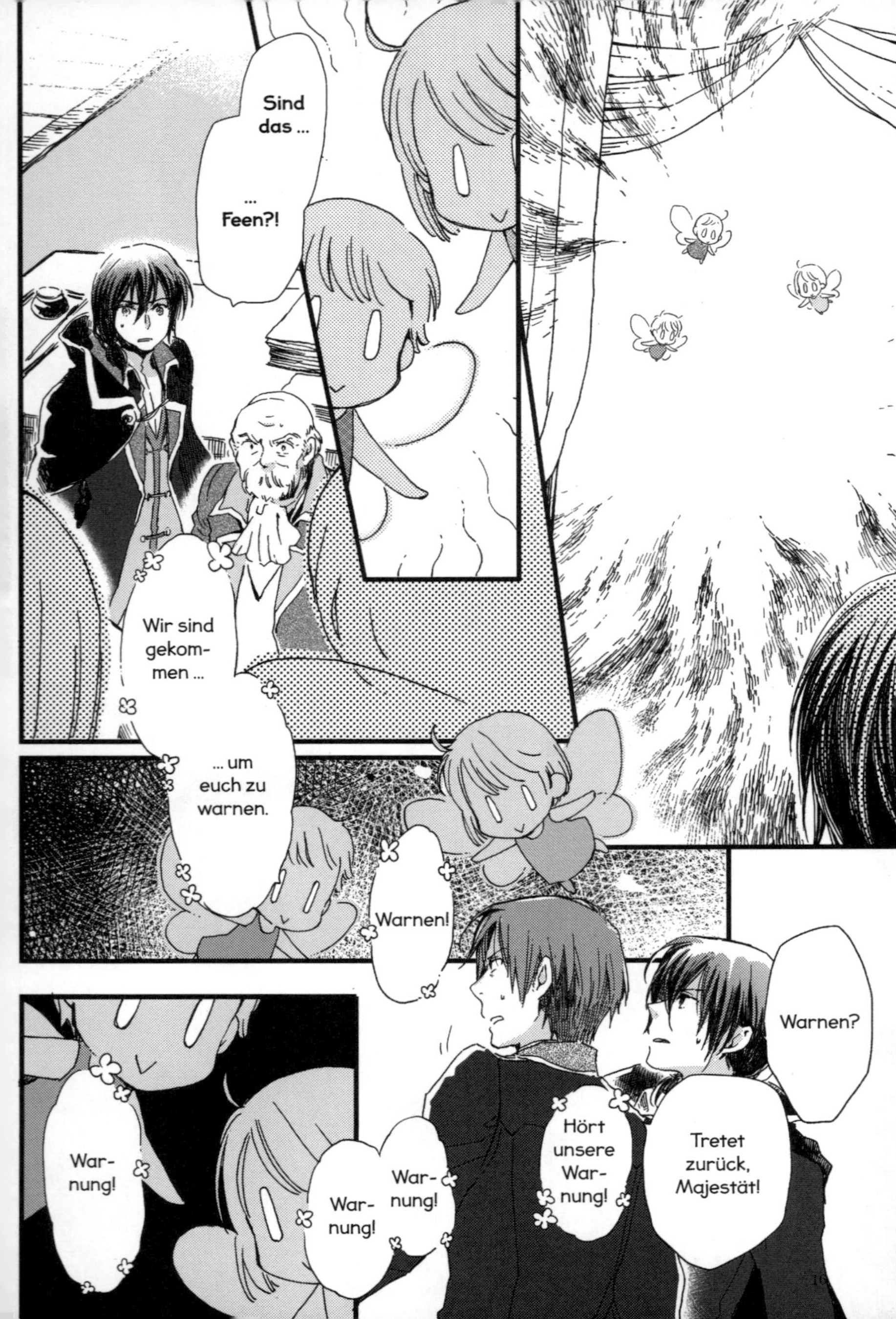
Sind das ...
... Feen?!
Wir sind gekommen ...
... um euch zu warnen.
Warnen!
Warnen?
Tretet zurück, Majestät!
Hört unsere Warnung!
Warnung!
Warnung!
Warnung!

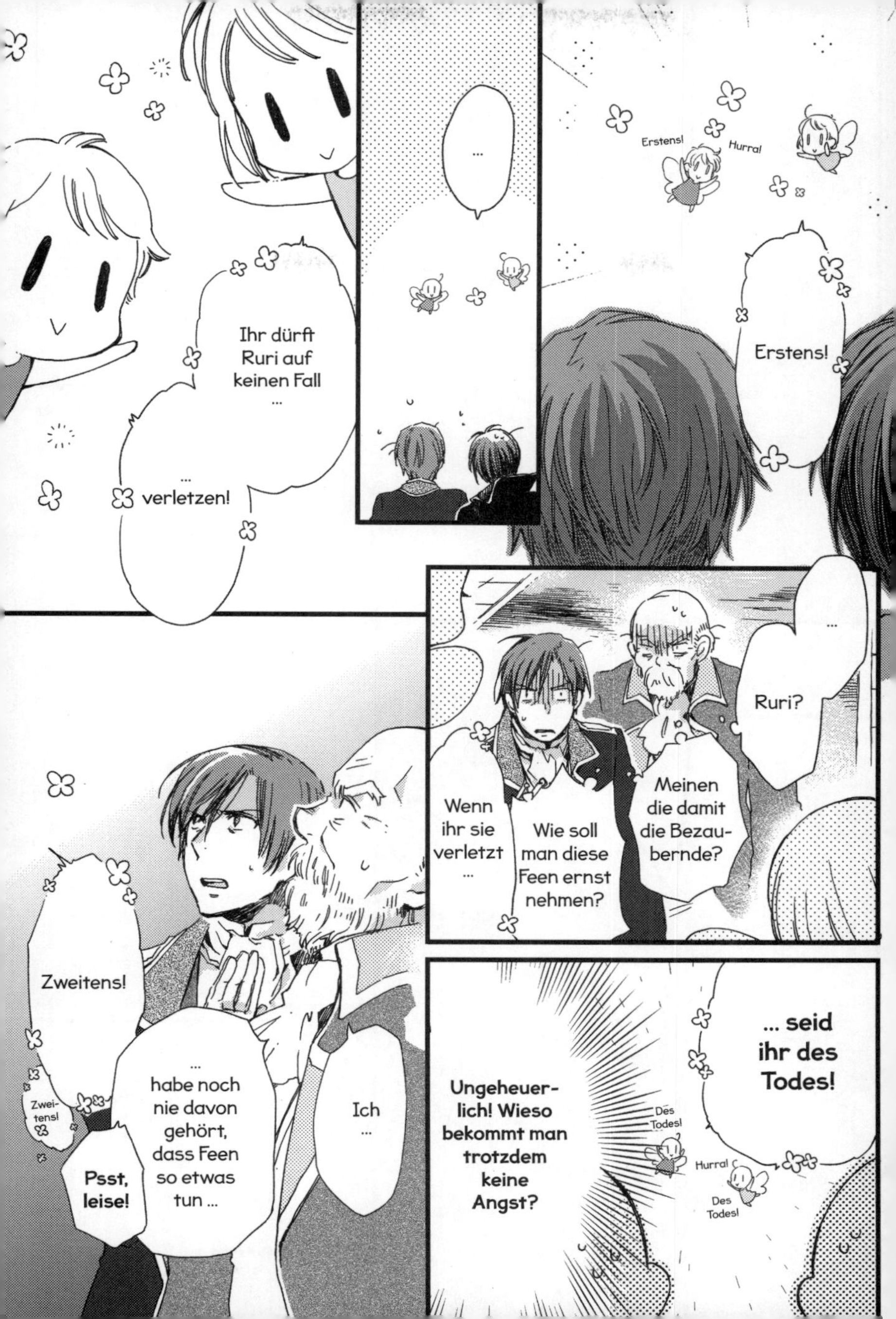
Erstens!
Erstens!
Hurra!
...
Ihr dürft Ruri auf keinen Fall ...
... verletzen!
...
Ruri?
Meinen die damit die Bezau-bernde?
Wie soll man diese Feen ernst nehmen?
Wenn ihr sie verletzt ...
... seid ihr des Todes!
Des Todes!
Hurra!
Des Todes!
Ungeheuer-lich! Wieso bekommt man trotzdem keine Angst?
Ich ...
... habe noch nie davon gehört, dass Feen so etwas tun ...
Zweitens!
Zwei-tens!
Psst, leise!

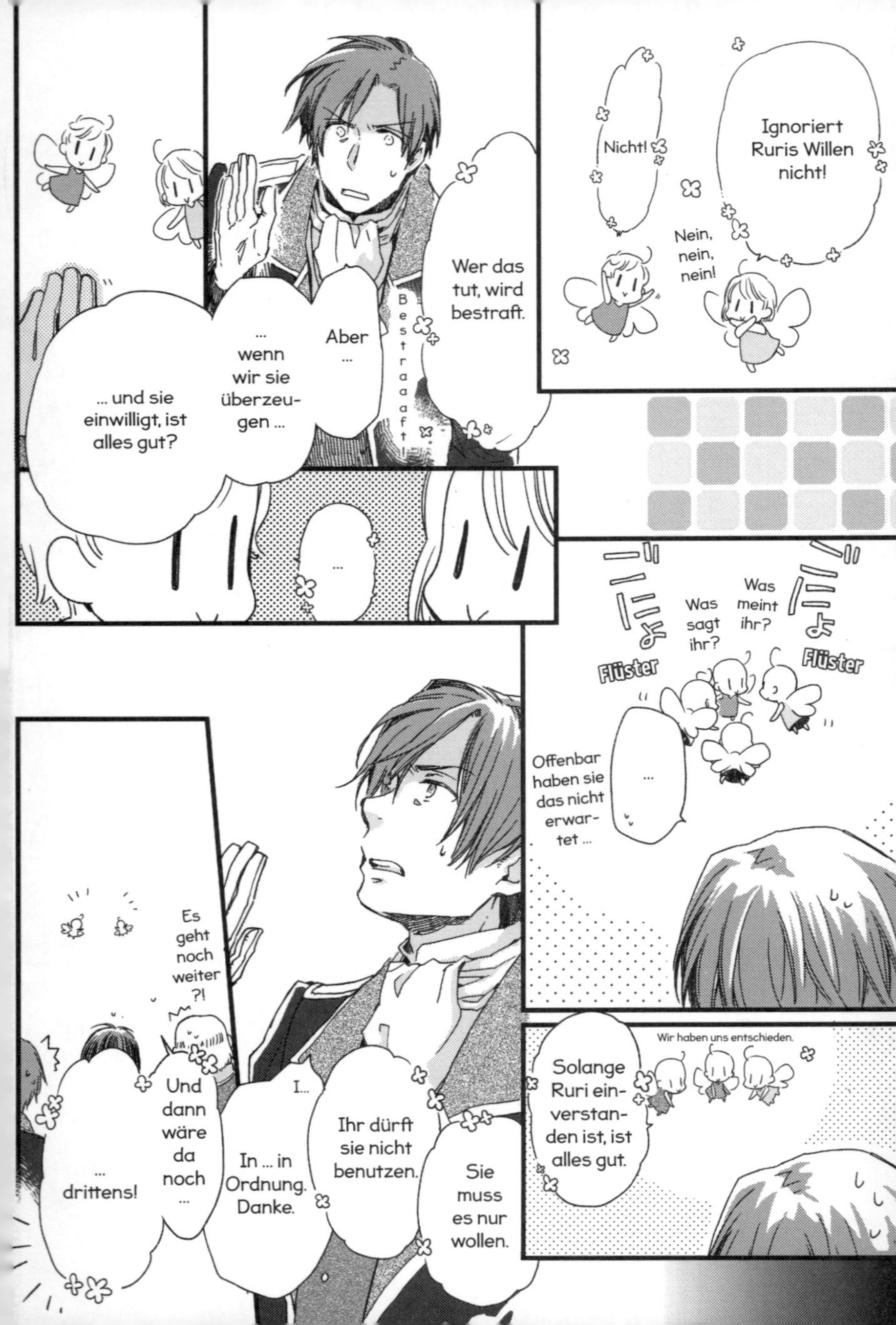
Wer das tut, wird bestraft.
Bestraaaft!
Nicht!
Ignoriert Ruris Willen nicht!
Nein, nein, nein!
Aber ...
... wenn wir sie überzeugen ...
... und sie einwilligt, ist alles gut?
...
Was sagt ihr?
Was meint ihr?
Flüster
Flüster
...
Offenbar haben sie das nicht erwartet ...
Wir haben uns entschieden.
Solange Ruri einverstanden ist, ist alles gut.
Sie muss es nur wollen.
Ihr dürft sie nicht benutzen.
I...
In ... in Ordnung. Danke.
Es geht noch weiter?!
Und dann wäre da noch ...
... drittens!

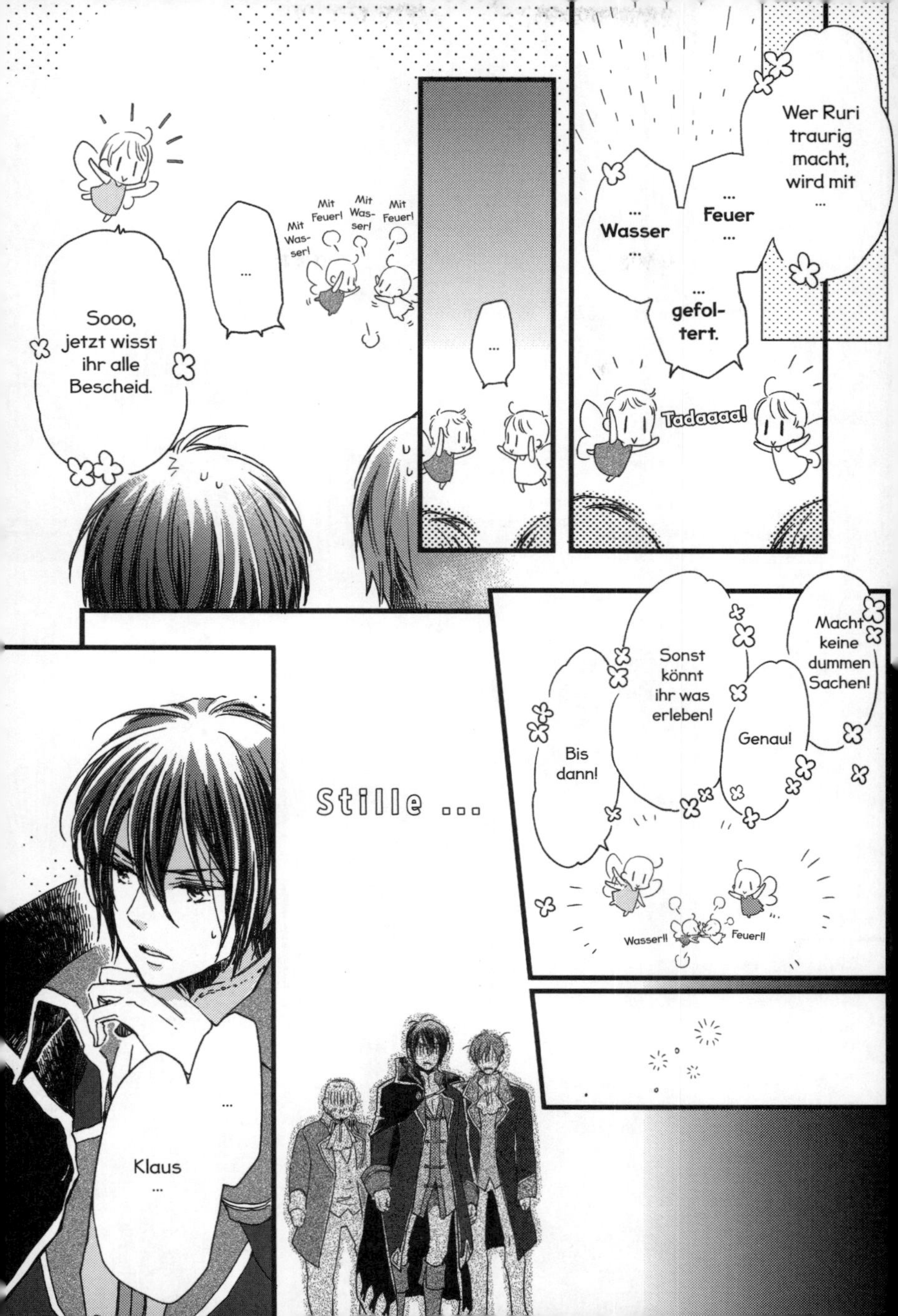
Wer Ruri traurig macht, wird mit …
… Feuer …
… Wasser …
… gefol-tert.
Tadaaaa!
…
Mit Feuer!
Mit Was-ser!
Mit Feuer!
Mit Was-ser!
…
Sooo, jetzt wisst ihr alle Bescheid.
Macht keine dummen Sachen!
Genau!
Sonst könnt ihr was erleben!
Bis dann!
Feuer!!
Wasser!!
Stille …
… Klaus …

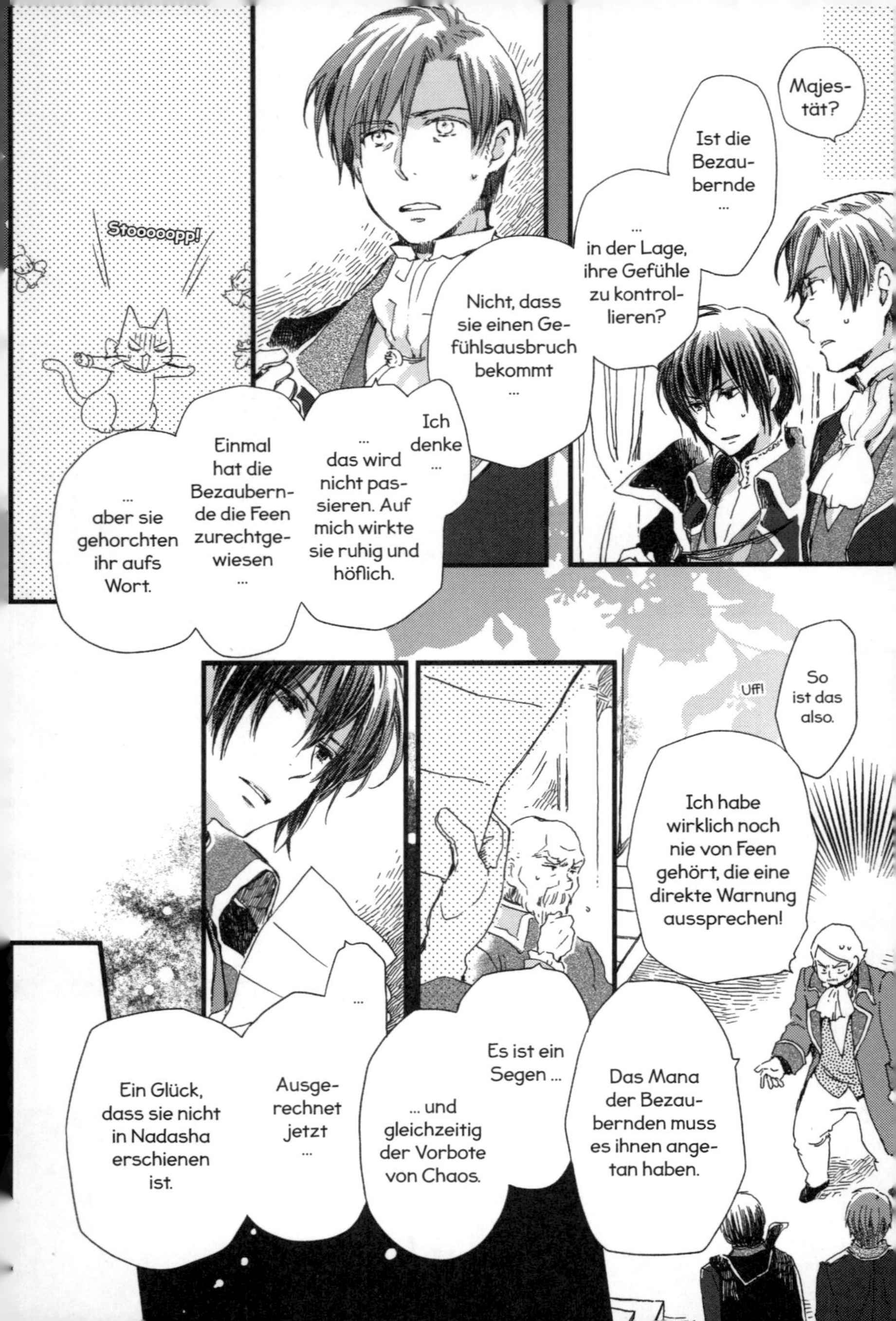
Majestät?
Ist die Bezaubernde ...
... in der Lage, ihre Gefühle zu kontrollieren?
Nicht, dass sie einen Gefühlsausbruch bekommt ...
Ich denke ...
... das wird nicht passieren. Auf mich wirkte sie ruhig und höflich.
Einmal hat die Bezaubernde die Feen zurechtgewiesen ...
... aber sie gehorchten ihr aufs Wort.
Stoooooopp!
So ist das also.
Uff!
Ich habe wirklich noch nie von Feen gehört, die eine direkte Warnung aussprechen!
Das Mana der Bezaubernden muss es ihnen angetan haben.
Es ist ein Segen ...
... und gleichzeitig der Vorbote von Chaos.
Ausgerechnet jetzt ...
...
Ein Glück, dass sie nicht in Nadasha erschienen ist.

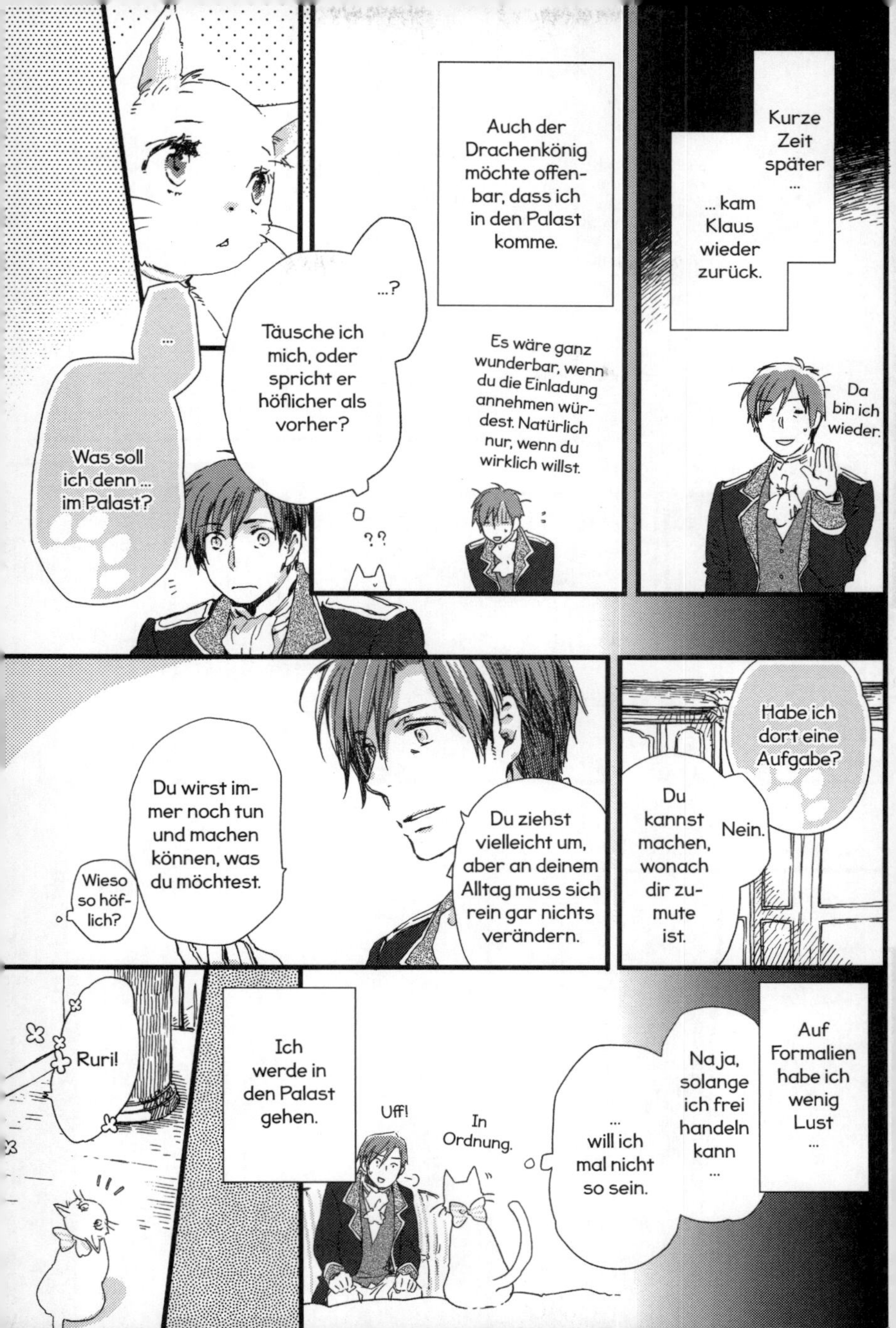
Kurze Zeit später ...
... kam Klaus wieder zurück.
Da bin ich wieder.
Auch der Drachenkönig möchte offenbar, dass ich in den Palast komme.
Es wäre ganz wunderbar, wenn du die Einladung annehmen würdest. Natürlich nur, wenn du wirklich willst.
...?
Täusche ich mich, oder spricht er höflicher als vorher?
...
Was soll ich denn ... im Palast?
Habe ich dort eine Aufgabe?
Nein.
Du kannst machen, wonach dir zumute ist.
Du ziehst vielleicht um, aber an deinem Alltag muss sich rein gar nichts verändern.
Du wirst immer noch tun und machen können, was du möchtest.
Wieso so höflich?
Auf Formalien habe ich wenig Lust ...
Na ja, solange ich frei handeln kann ...
... will ich mal nicht so sein.
In Ordnung.
Uff!
Ich werde in den Palast gehen.
Ruri!

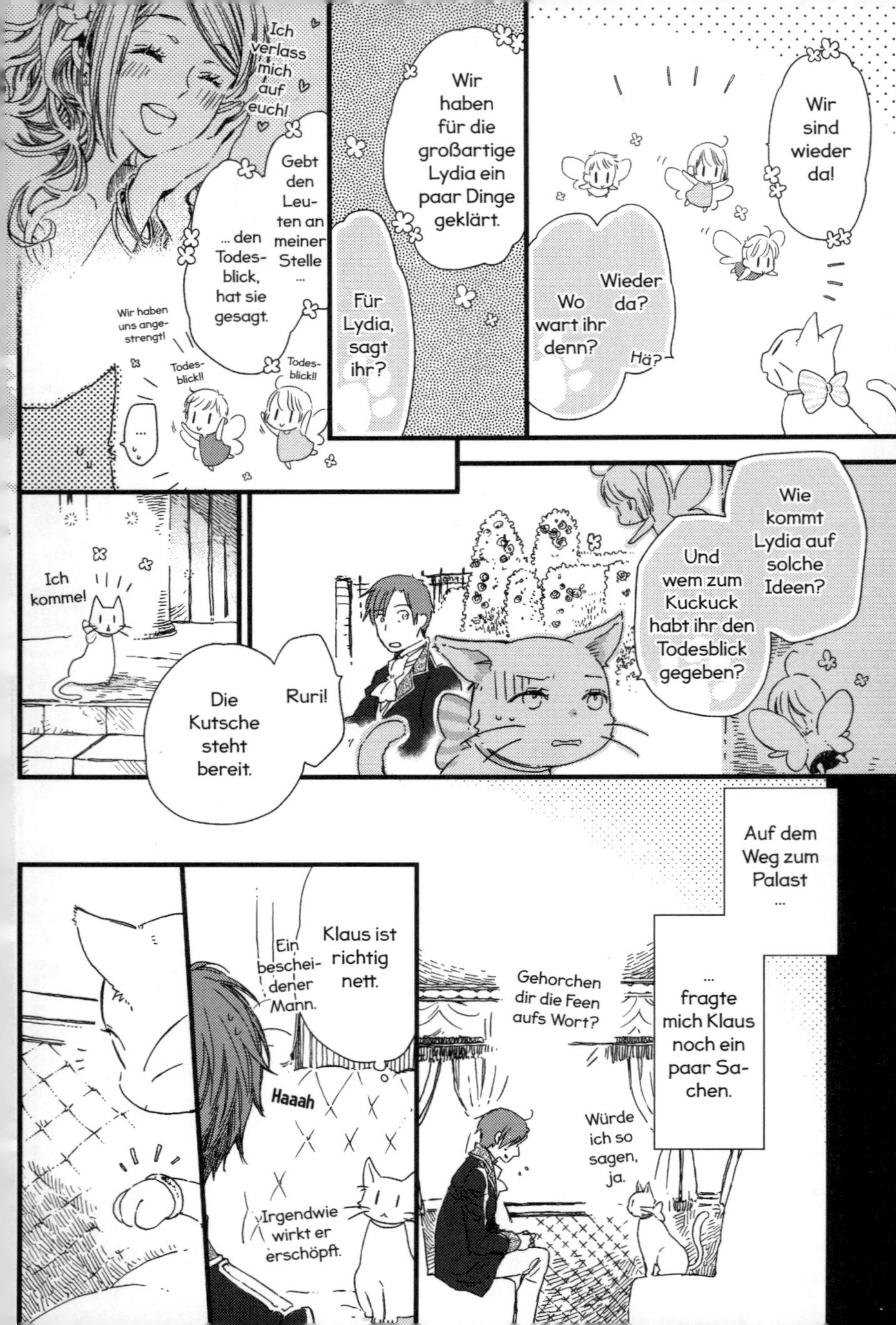

Ich verlass mich auf euch!
Gebt den Leuten an meiner Stelle ...
... den Todesblick, hat sie gesagt.
Wir haben uns angestrengt!
Todesblick!!
Todesblick!!
...
Wir haben für die großartige Lydia ein paar Dinge geklärt.
Für Lydia, sagt ihr?
Wir sind wieder da!
Wieder da?
Wo wart ihr denn?
Hä?
Ich komme!
Ruri!
Die Kutsche steht bereit.
Wie kommt Lydia auf solche Ideen?
Und wem zum Kuckuck habt ihr den Todesblick gegeben?
Auf dem Weg zum Palast ...
... fragte mich Klaus noch ein paar Sachen.
Gehorchen dir die Feen aufs Wort?
Würde ich so sagen, ja.
Klaus ist richtig nett.
Ein bescheidener Mann.
Haaah
Irgendwie wirkt er erschöpft.

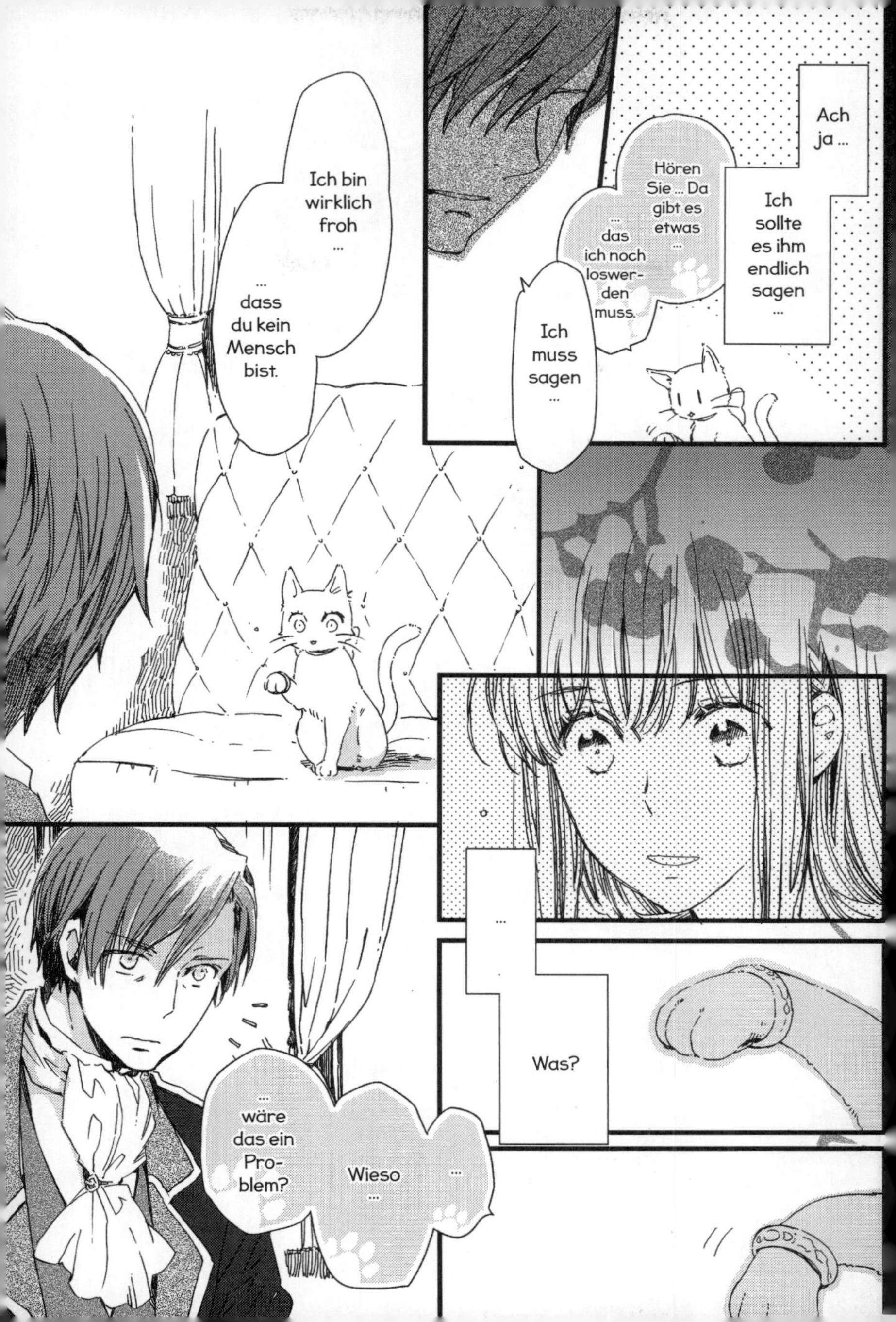

Ach ja ...
Ich sollte es ihm endlich sagen ...
Hören Sie ... Da gibt es etwas ... ... das ich noch loswer-den muss.
Ich muss sagen ...
Ich bin wirklich froh ...
... dass du kein Mensch bist.
...
Was?
Wieso ... ... wäre das ein Pro-blem?

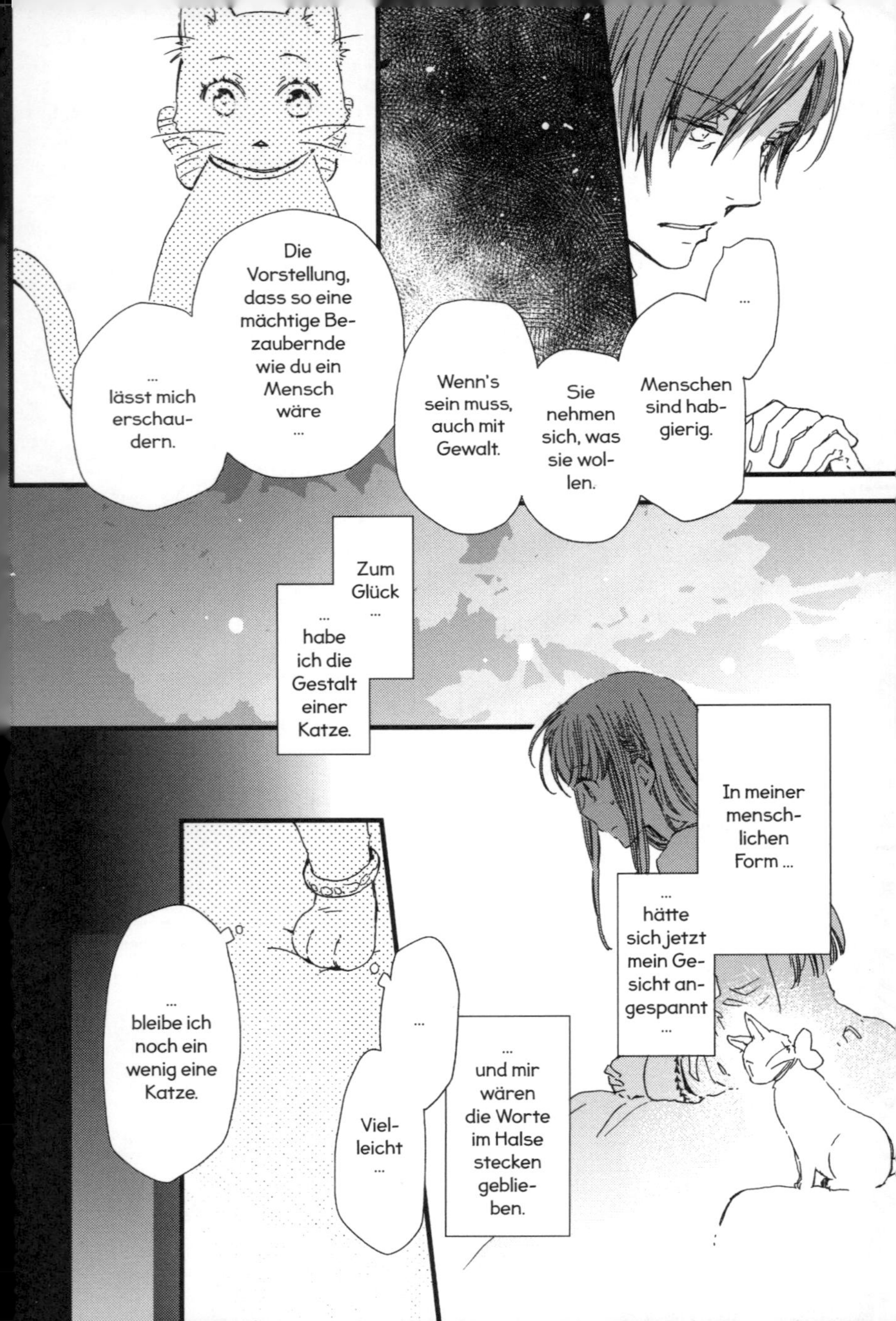
...
Menschen sind habgierig.
Sie nehmen sich, was sie wollen.
Wenn's sein muss, auch mit Gewalt.
Die Vorstellung, dass so eine mächtige Bezaubernde wie du ein Mensch wäre ...
... lässt mich erschaudern.
Zum Glück ...
... habe ich die Gestalt einer Katze.
In meiner menschlichen Form ...
... hätte sich jetzt mein Gesicht angespannt ...
... und mir wären die Worte im Halse stecken geblieben.
...
Vielleicht ...
... bleibe ich noch ein wenig eine Katze.

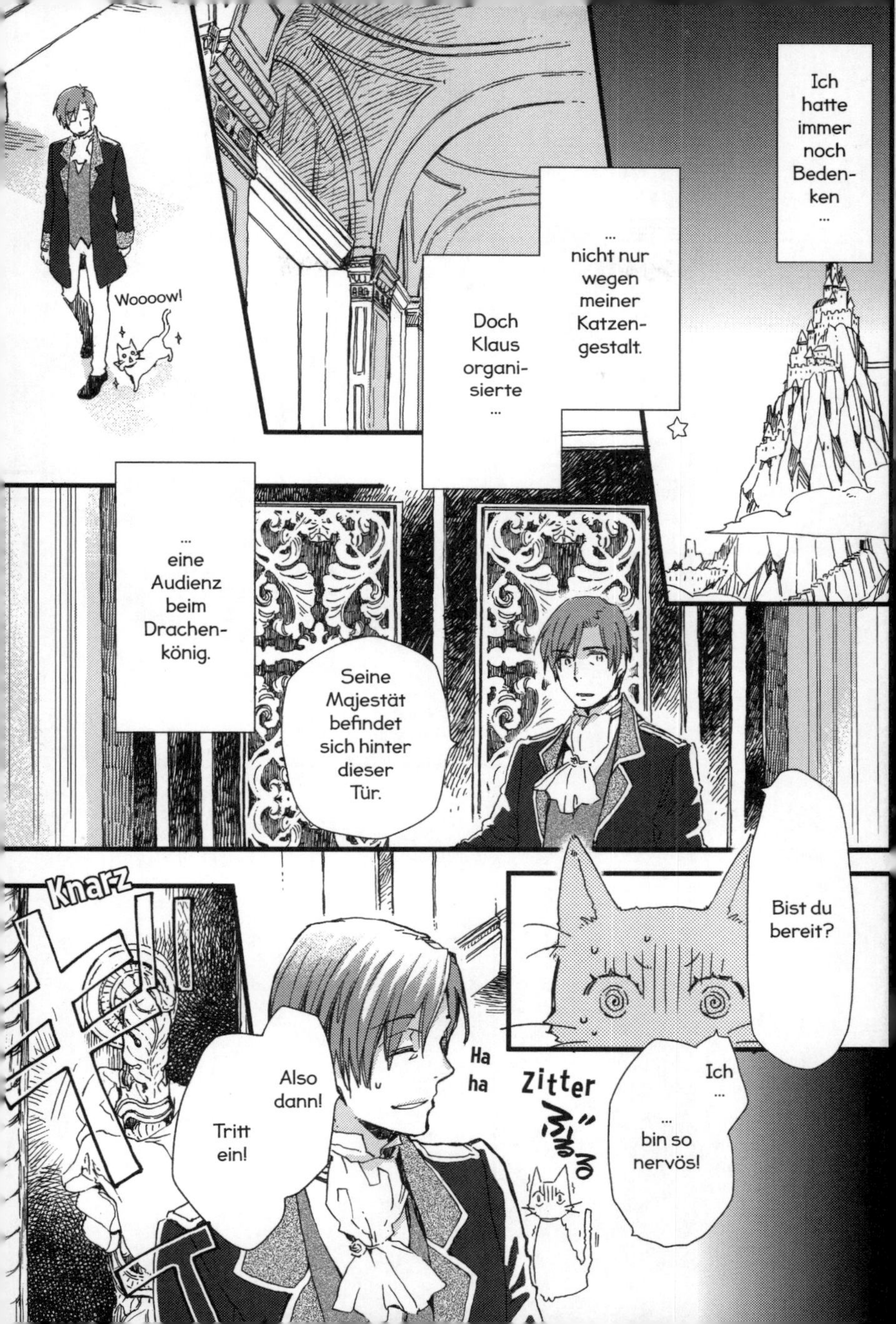

Ich hatte immer noch Bedenken ...
... nicht nur wegen meiner Katzengestalt.
Doch Klaus organisierte ...
Woooow!
... eine Audienz beim Drachenkönig.
Seine Majestät befindet sich hinter dieser Tür.
Bist du bereit?
Ich ...
... bin so nervös!
Zitter
Ha ha
Also dann!
Tritt ein!
Knarz

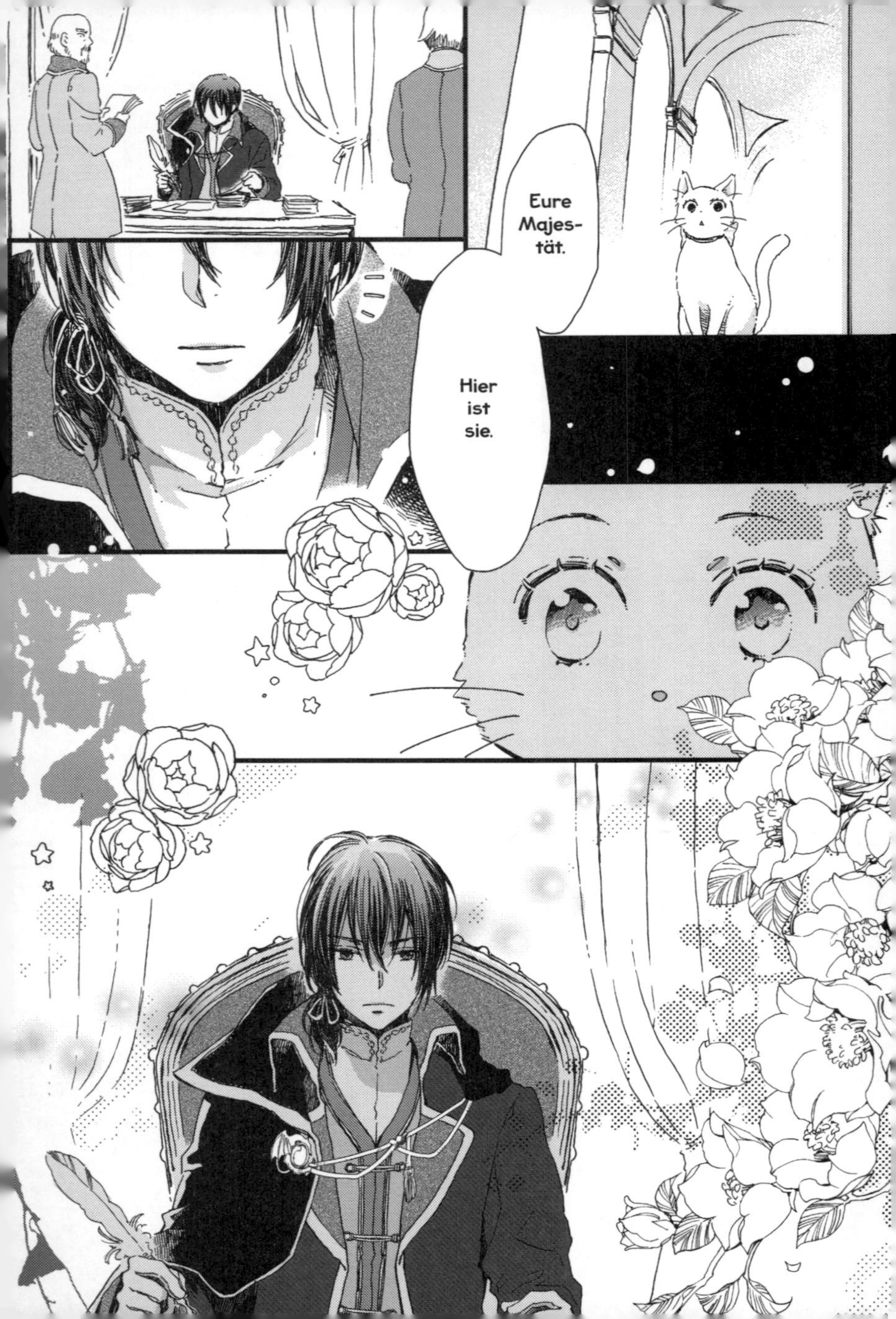
Eure Majes-tät.
Hier ist sie.

Die rachsüchtige weiße Katze und der Drachenkönig

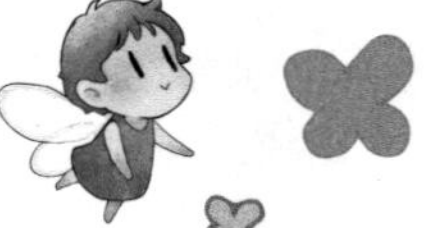

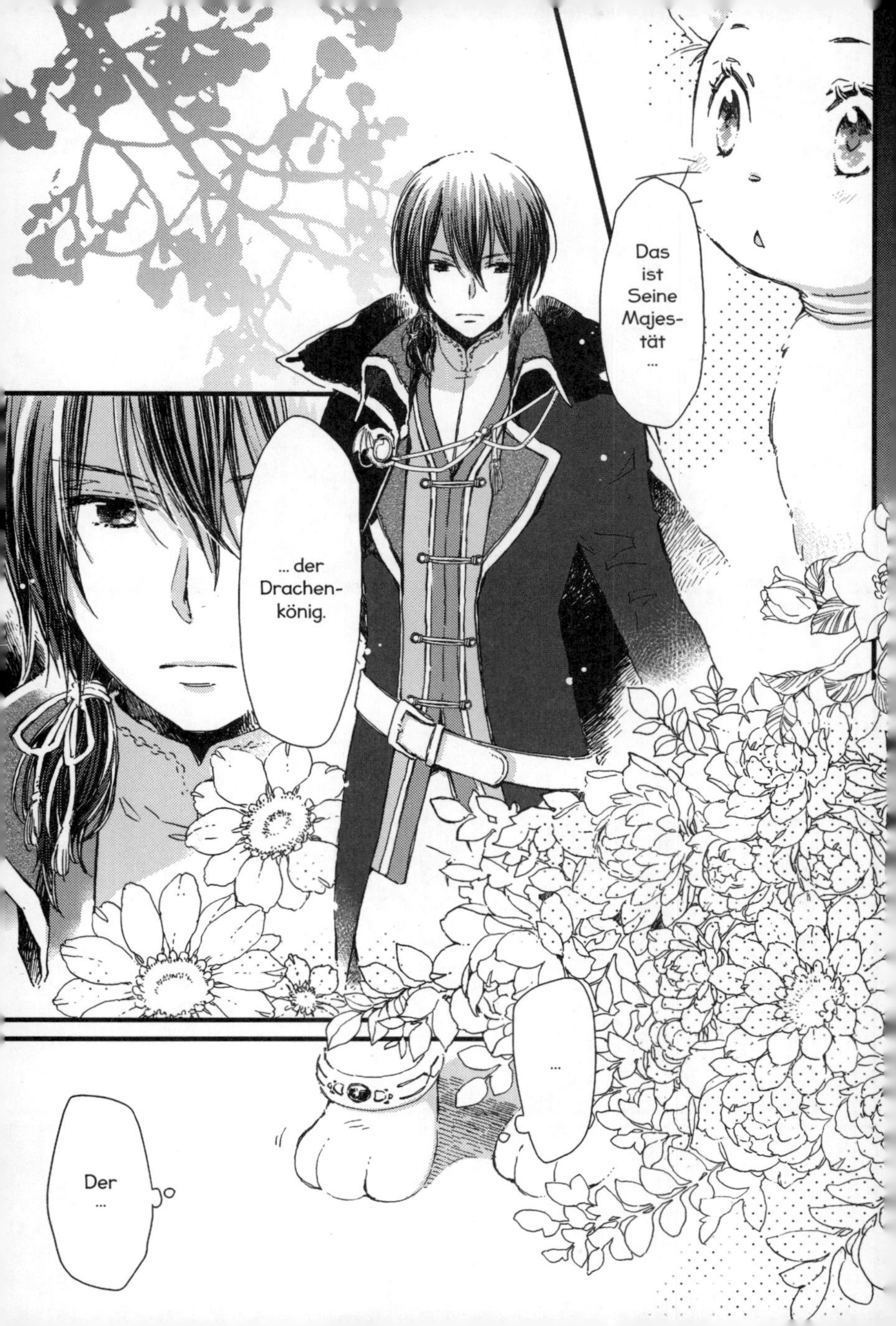
Das ist Seine Majestät ...
... der Drachenkönig.
...
Der ...

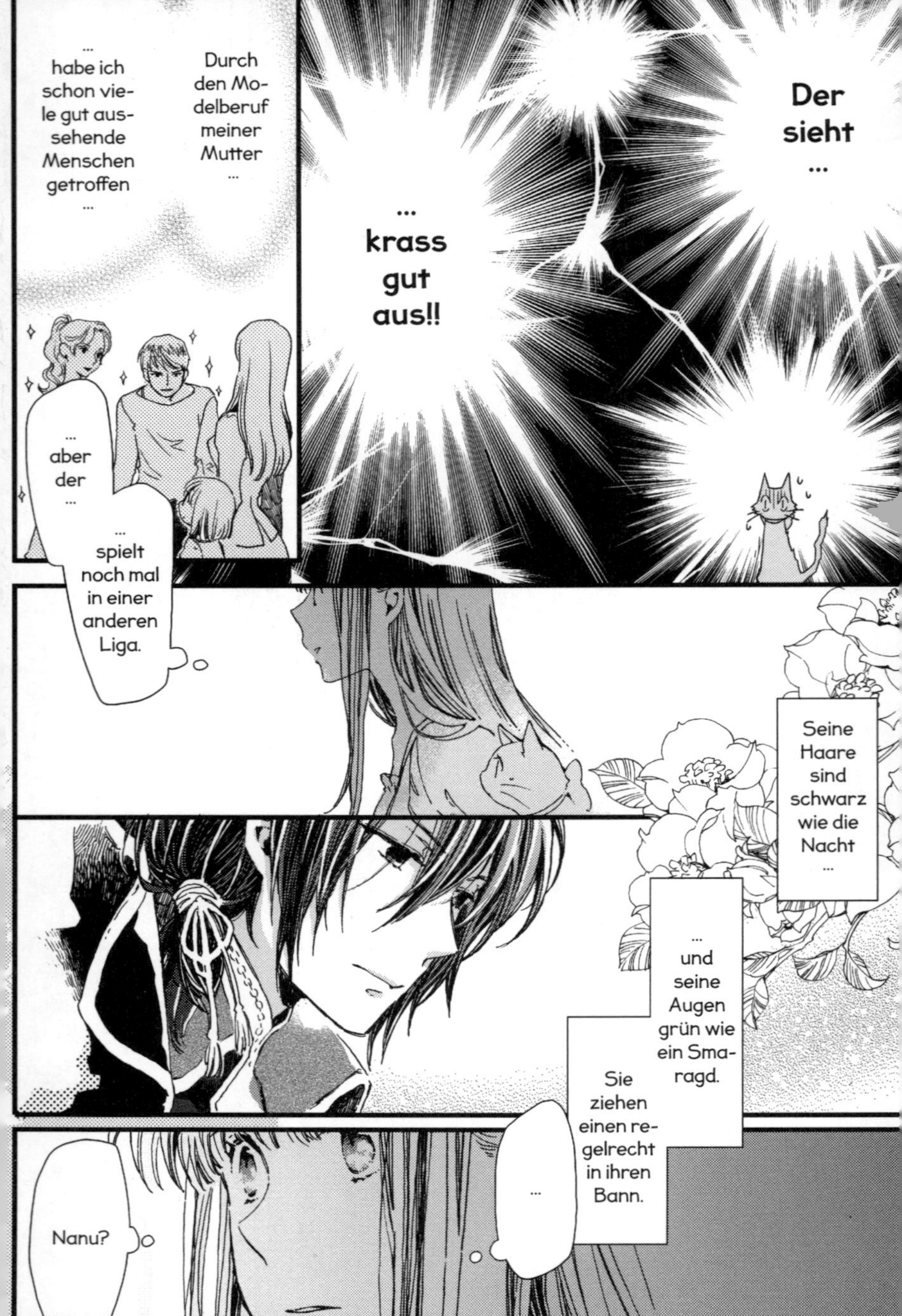
Der sieht …
… krass gut aus!!
Durch den Modelberuf meiner Mutter …
… habe ich schon viele gut aussehende Menschen getroffen …
… aber der …
… spielt noch mal in einer anderen Liga.
Seine Haare sind schwarz wie die Nacht …
… und seine Augen grün wie ein Smaragd.
Sie ziehen einen regelrecht in ihren Bann.
…
Nanu?

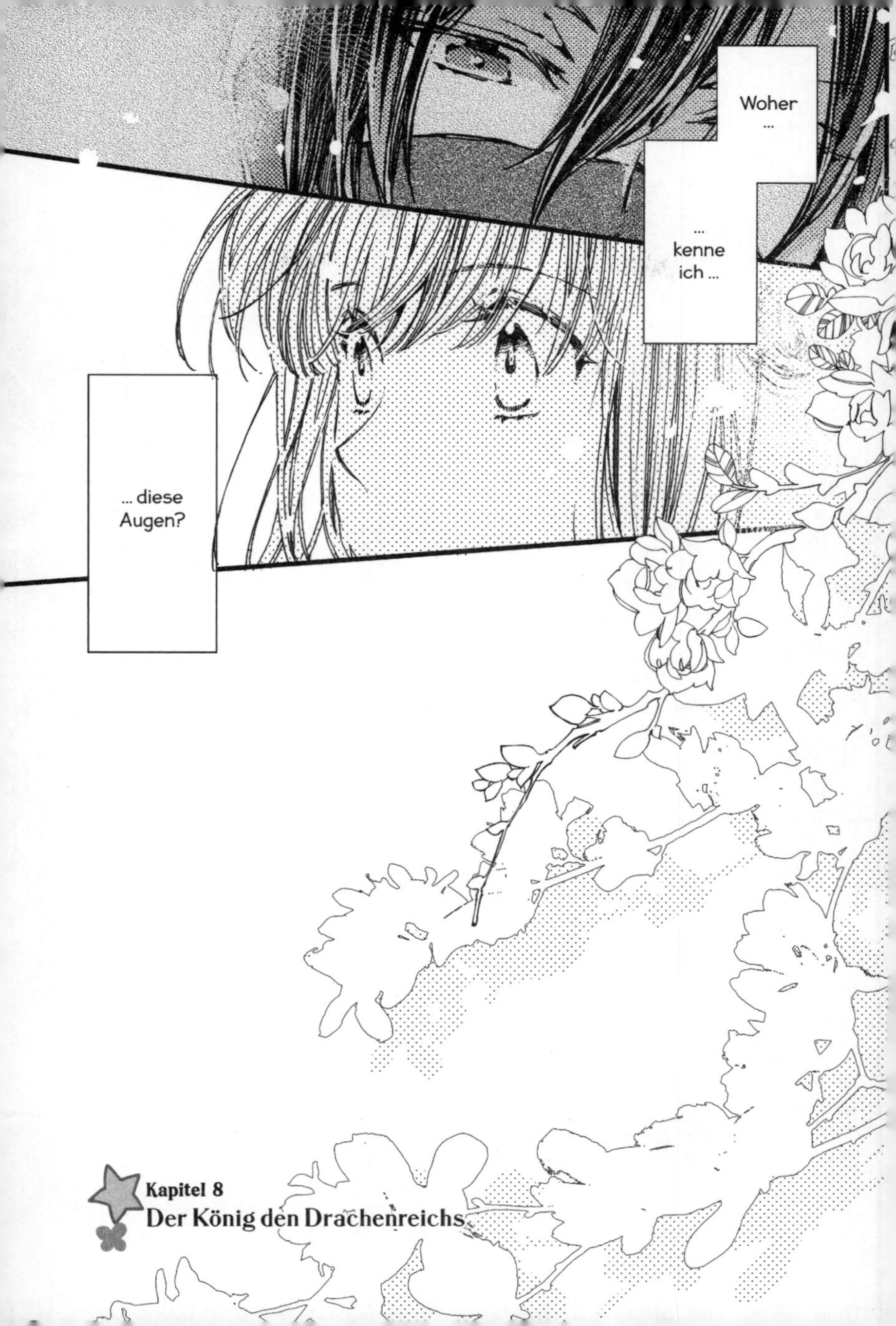
Woher ...
... kenne ich ...
... diese Augen?
Kapitel 8
Der König den Drachenreichs

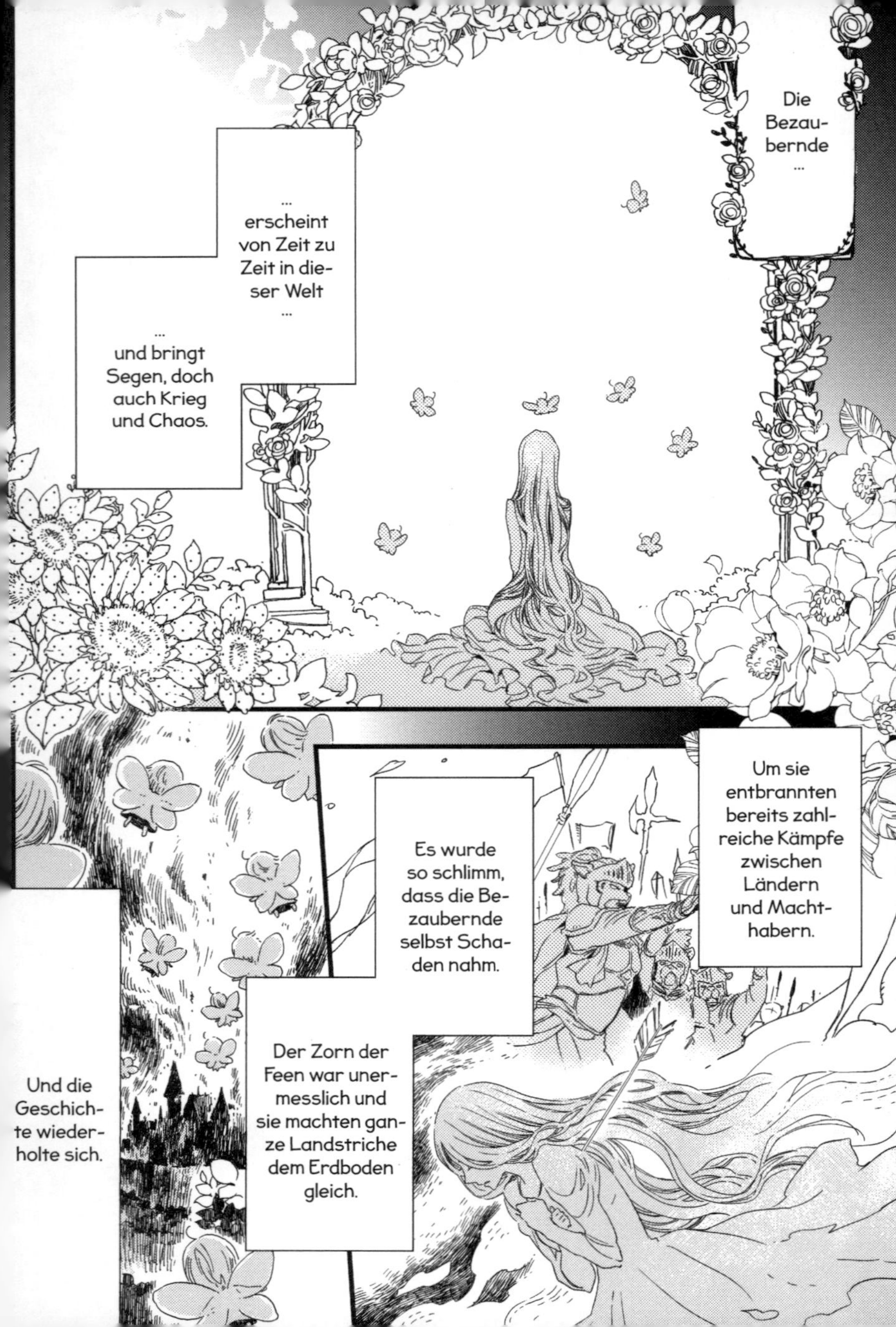
Die Bezaubernde …
… erscheint von Zeit zu Zeit in dieser Welt …
… und bringt Segen, doch auch Krieg und Chaos.
Um sie entbrannten bereits zahlreiche Kämpfe zwischen Ländern und Machthabern.
Es wurde so schlimm, dass die Bezaubernde selbst Schaden nahm.
Der Zorn der Feen war unermesslich und sie machten ganze Landstriche dem Erdboden gleich.
Und die Geschichte wiederholte sich.

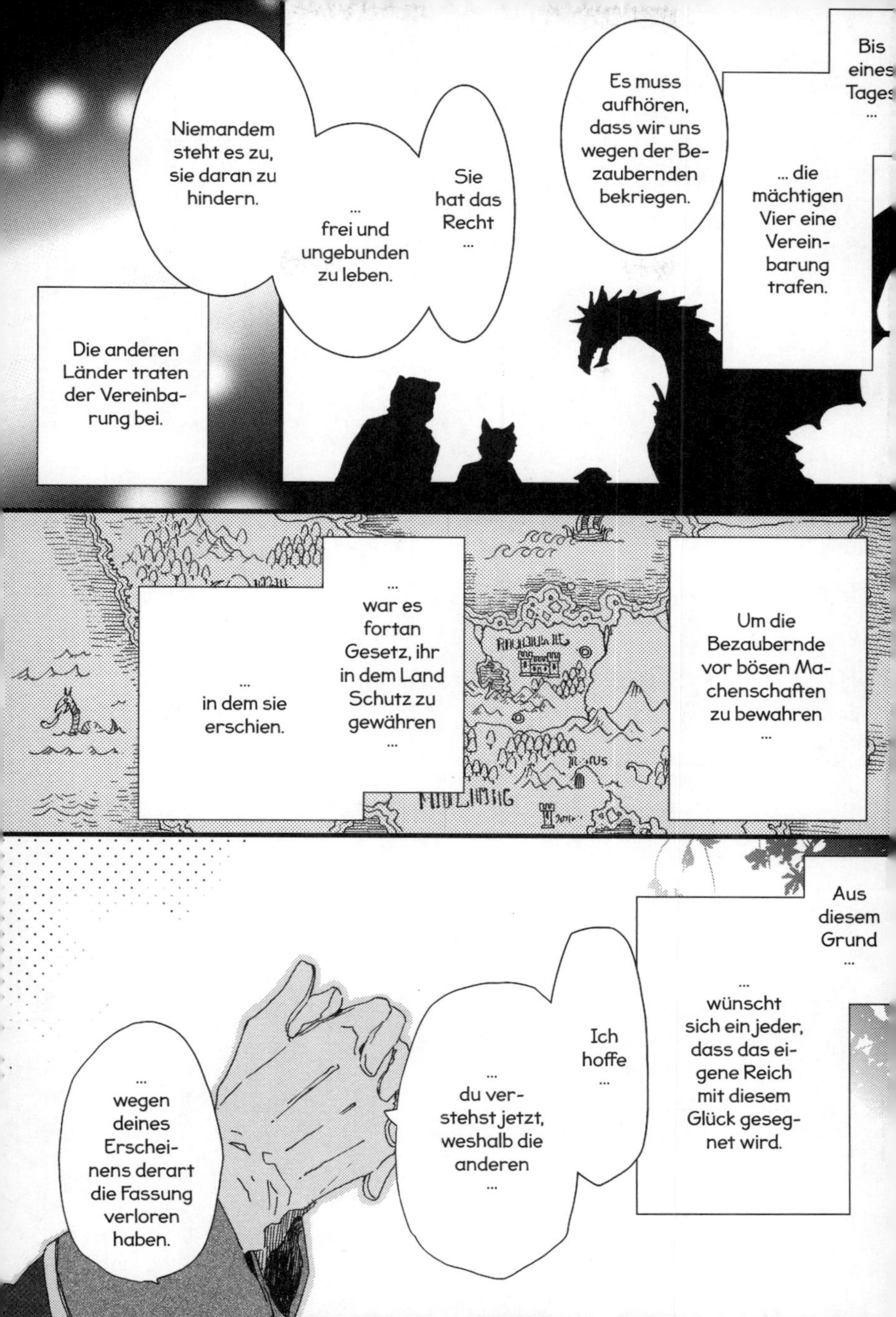
Bis eines Tages ...
... die mächtigen Vier eine Vereinbarung trafen.
Es muss aufhören, dass wir uns wegen der Bezaubernden bekriegen.
Sie hat das Recht ...
... frei und ungebunden zu leben.
Niemandem steht es zu, sie daran zu hindern.
Die anderen Länder traten der Vereinbarung bei.
Um die Bezaubernde vor bösen Machenschaften zu bewahren ...
... war es fortan Gesetz, ihr in dem Land Schutz zu gewähren ...
... in dem sie erschien.
Aus diesem Grund ...
... wünscht sich ein jeder, dass das eigene Reich mit diesem Glück gesegnet wird.
Ich hoffe ...
... du verstehst jetzt, weshalb die anderen ...
... wegen deines Erscheinens derart die Fassung verloren haben.

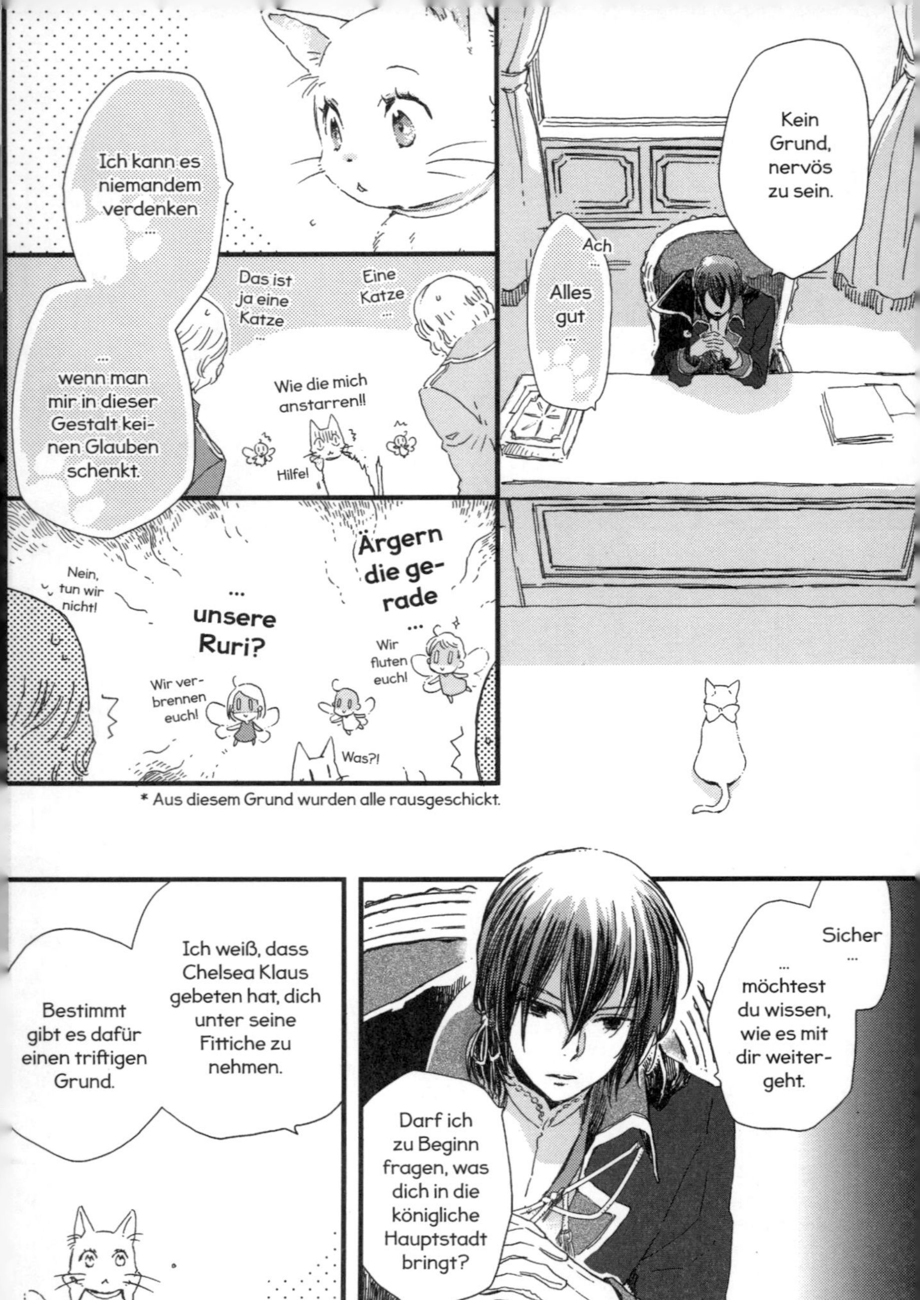

* Aus diesem Grund wurden alle rausgeschickt.

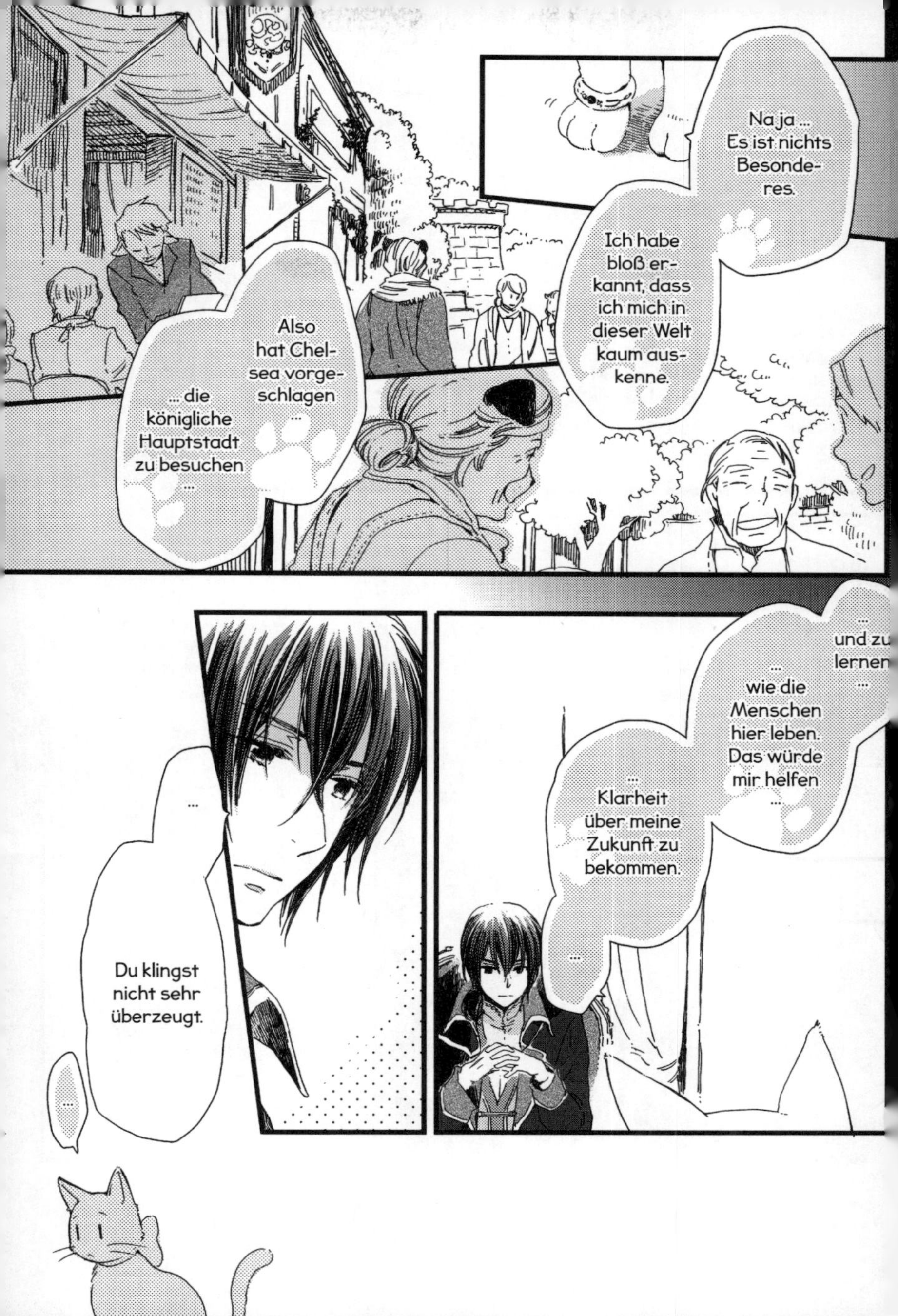
Na ja ... Es ist nichts Besonderes.
Ich habe bloß erkannt, dass ich mich in dieser Welt kaum auskenne.
Also hat Chelsea vorgeschlagen ...
... die königliche Hauptstadt zu besuchen ...
... und zu lernen ...
... wie die Menschen hier leben. Das würde mir helfen ...
... Klarheit über meine Zukunft zu bekommen.
...
...
Du klingst nicht sehr überzeugt.
...

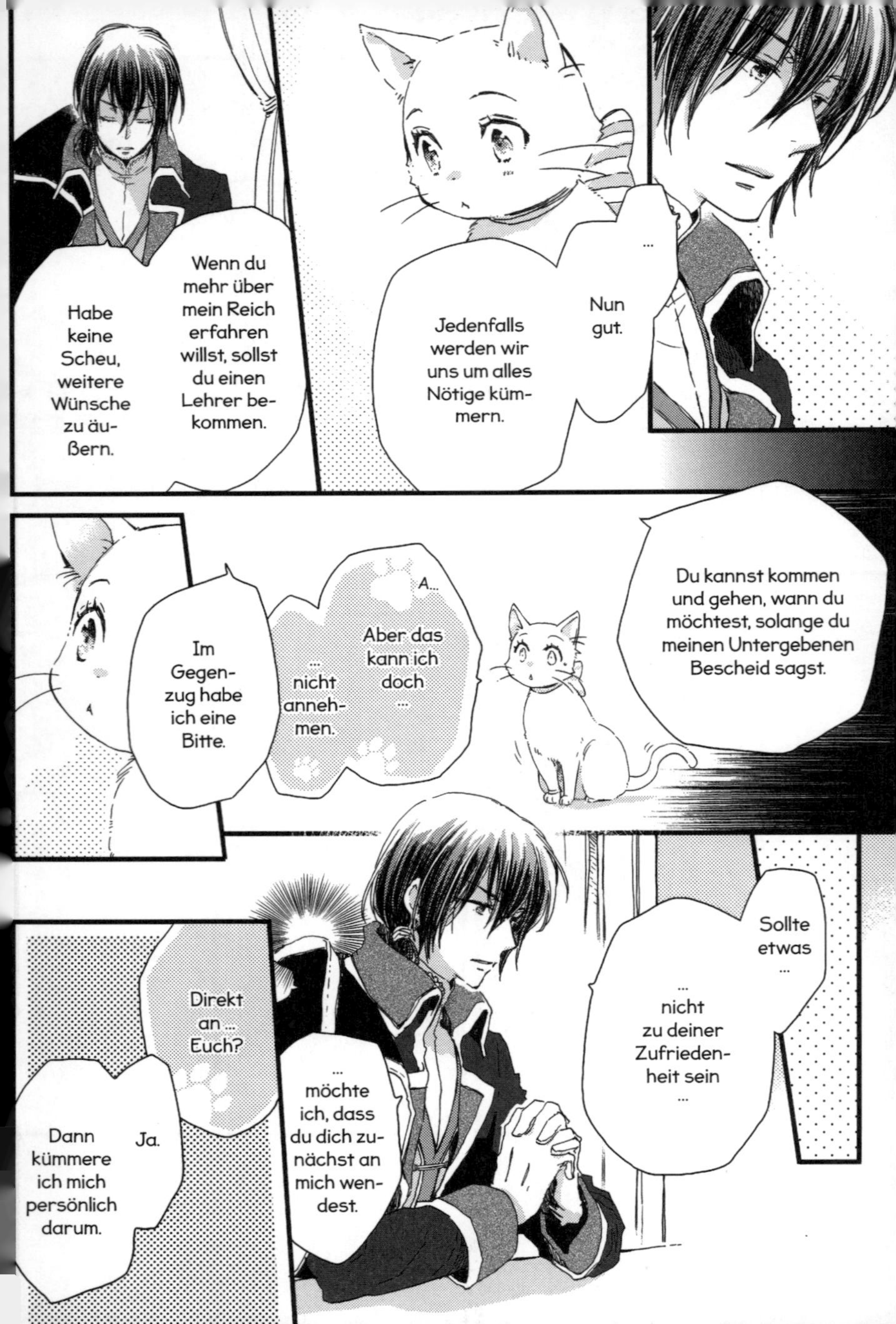
...
Nun gut.
Jedenfalls werden wir uns um alles Nötige kümmern.
Wenn du mehr über mein Reich erfahren willst, sollst du einen Lehrer bekommen.
Habe keine Scheu, weitere Wünsche zu äußern.
Du kannst kommen und gehen, wann du möchtest, solange du meinen Untergebenen Bescheid sagst.
A...
Aber das kann ich doch ...
... nicht annehmen.
Im Gegenzug habe ich eine Bitte.
Sollte etwas ...
... nicht zu deiner Zufriedenheit sein ...
... möchte ich, dass du dich zunächst an mich wendest.
Direkt an ... Euch?
Ja.
Dann kümmere ich mich persönlich darum.

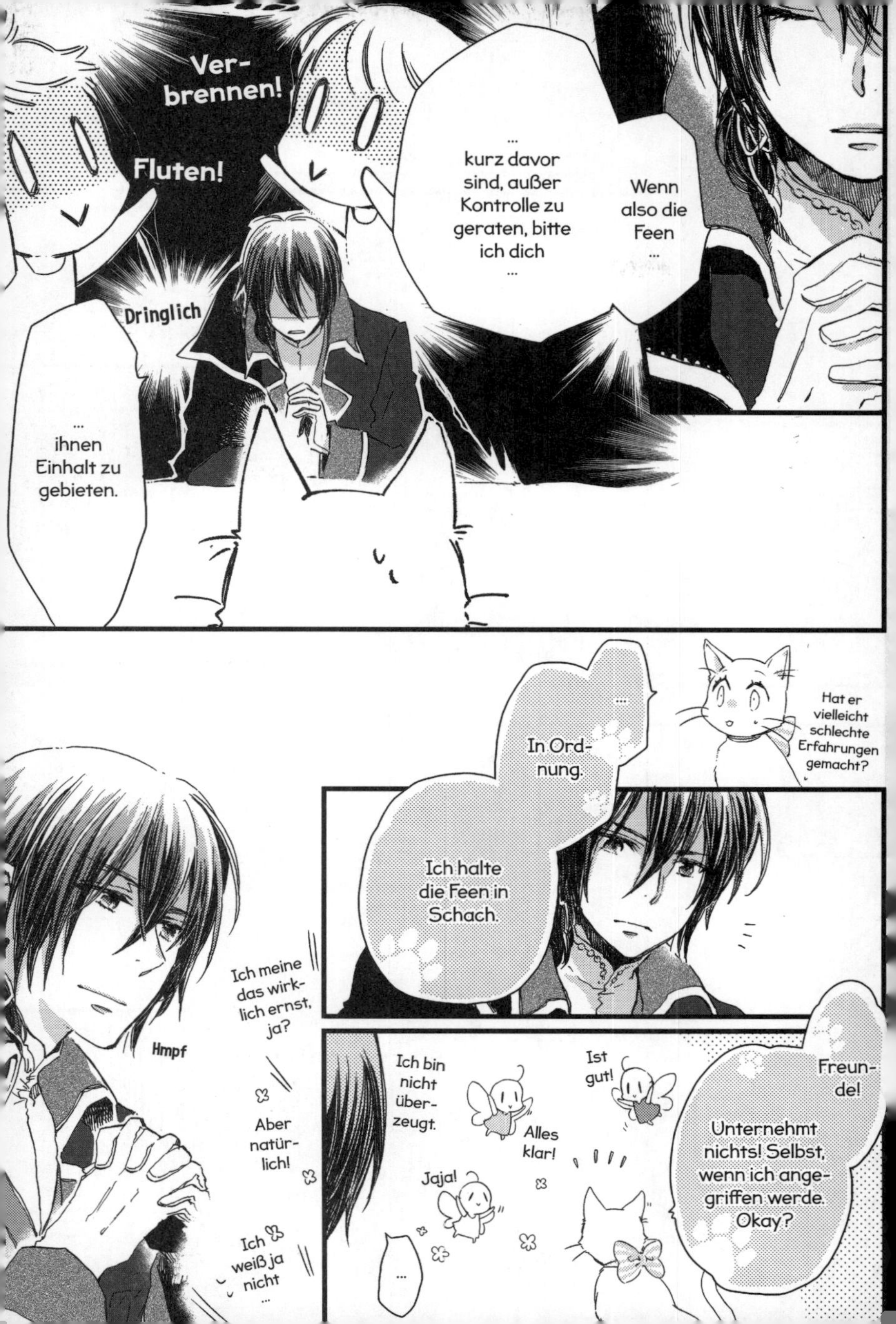

Wenn also die Feen ...
... kurz davor sind, außer Kontrolle zu geraten, bitte ich dich ...
Ver-brennen!
Fluten!
Dringlich
... ihnen Einhalt zu gebieten.
Hat er vielleicht schlechte Erfahrungen gemacht?
...
In Ord-nung.
Ich halte die Feen in Schach.
Ich meine das wirk-lich ernst, ja?
Hmpf
Aber natür-lich!
Ich weiß ja nicht ...
Freun-de!
Unternehmt nichts! Selbst, wenn ich ange-griffen werde. Okay?
Ist gut!
Alles klar!
Ich bin nicht über-zeugt.
Jaja!
...

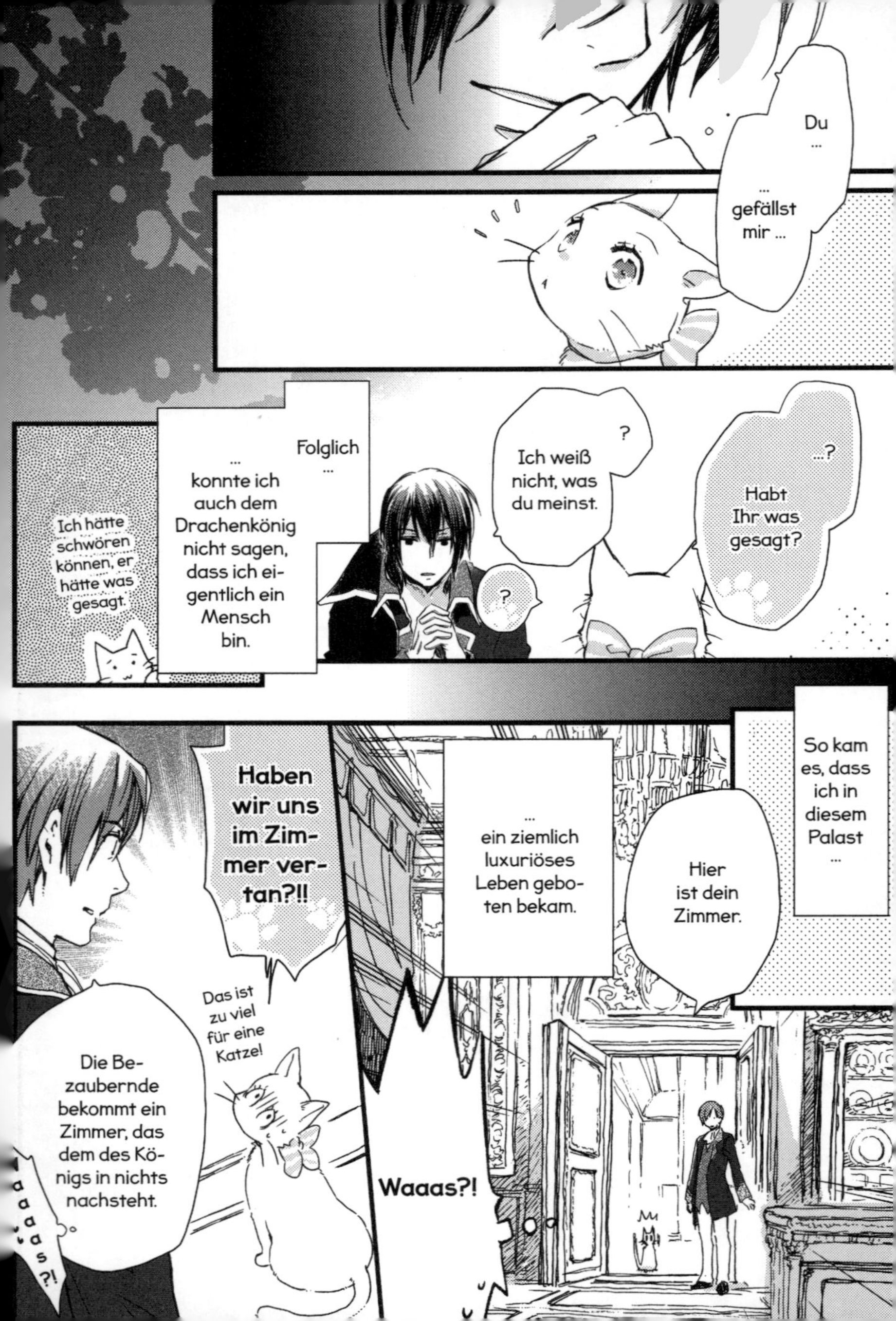
Du … … gefällst mir …
Folglich … … konnte ich auch dem Drachenkönig nicht sagen, dass ich eigentlich ein Mensch bin.
…? Habt Ihr was gesagt?
? Ich weiß nicht, was du meinst.
?
Ich hätte schwören können, er hätte was gesagt.
So kam es, dass ich in diesem Palast …
Hier ist dein Zimmer.
… ein ziemlich luxuriöses Leben geboten bekam.
Haben wir uns im Zimmer vertan?!!
Waaas?!
Das ist zu viel für eine Katze!
Die Bezaubernde bekommt ein Zimmer, das dem des Königs in nichts nachsteht.
Waaaas?!

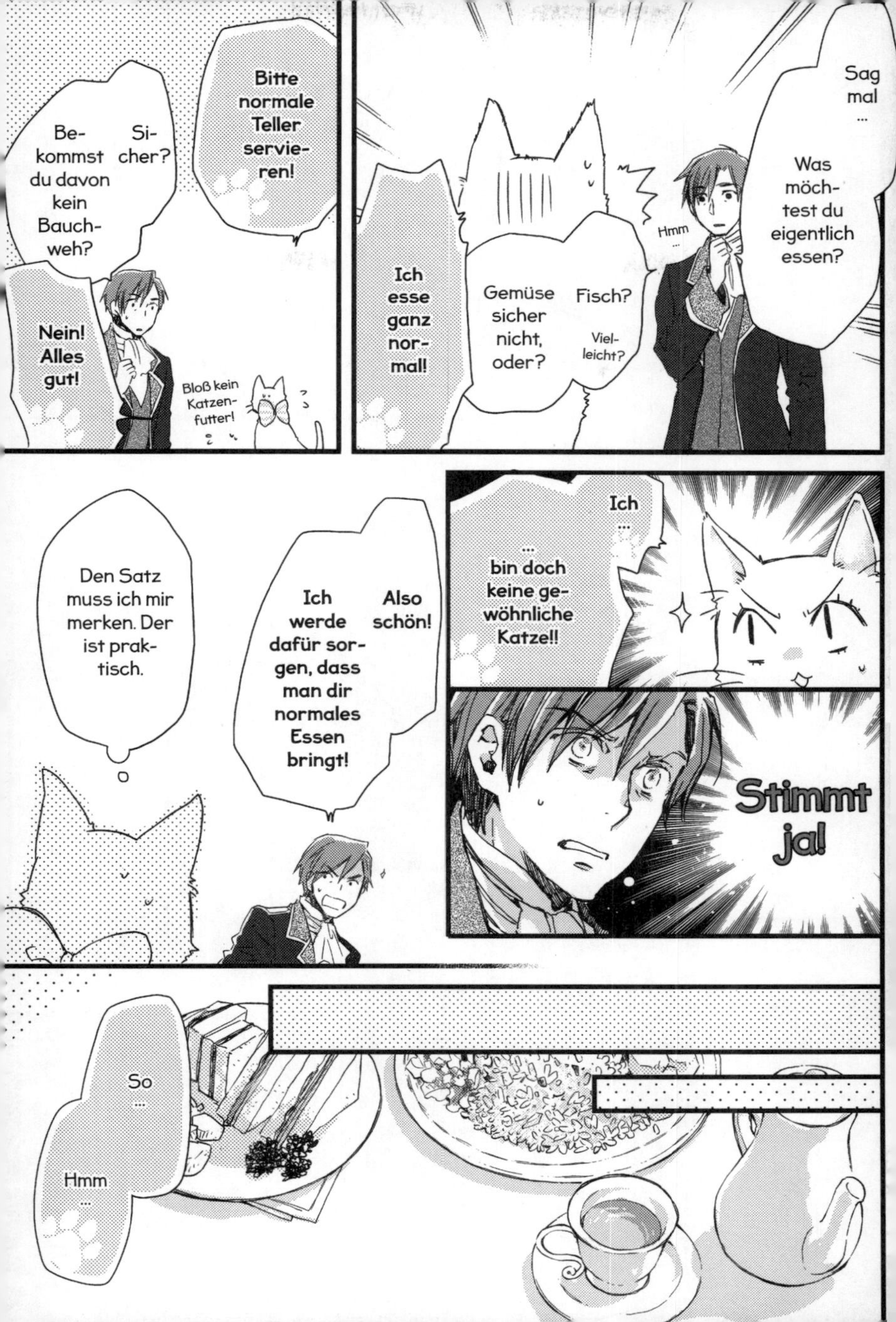

Sag mal ...
Was möchtest du eigentlich essen?
Hmm ...
Fisch?
Vielleicht?
Gemüse sicher nicht, oder?
Ich esse ganz normal!
Bitte normale Teller servieren!
Sicher?
Bekommst du davon kein Bauchweh?
Nein! Alles gut!
Bloß kein Katzenfutter!
Ich ...
... bin doch keine gewöhnliche Katze!!
Stimmt ja!
Also schön!
Ich werde dafür sorgen, dass man dir normales Essen bringt!
Den Satz muss ich mir merken. Der ist praktisch.
So ...
Hmm ...

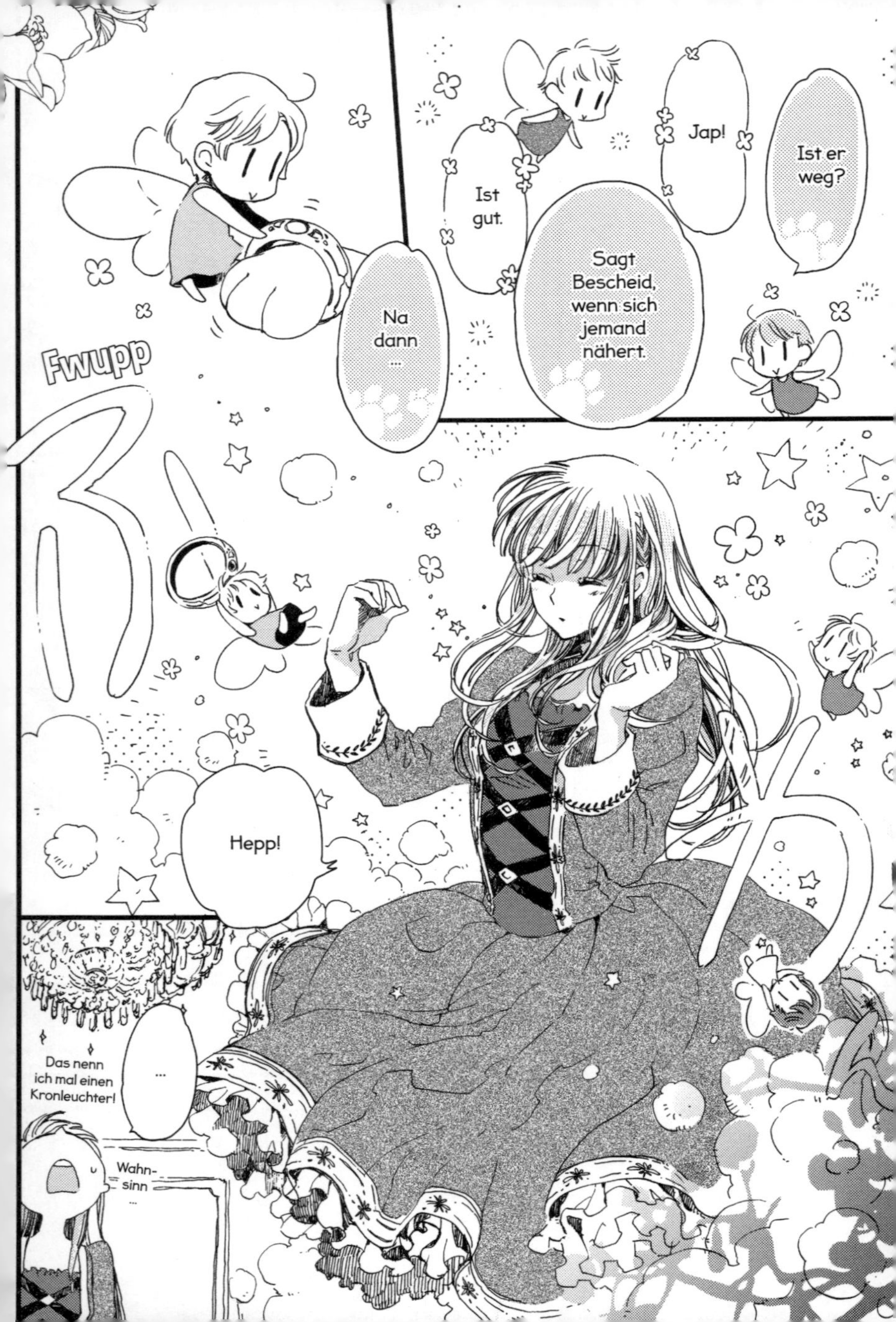
Ist er weg?
Jap!
Ist gut.
Sagt Bescheid, wenn sich jemand nähert.
Na dann ...
Fwupp
Hepp!
...
Das nenn ich mal einen Kronleuchter!
Wahnsinn ...

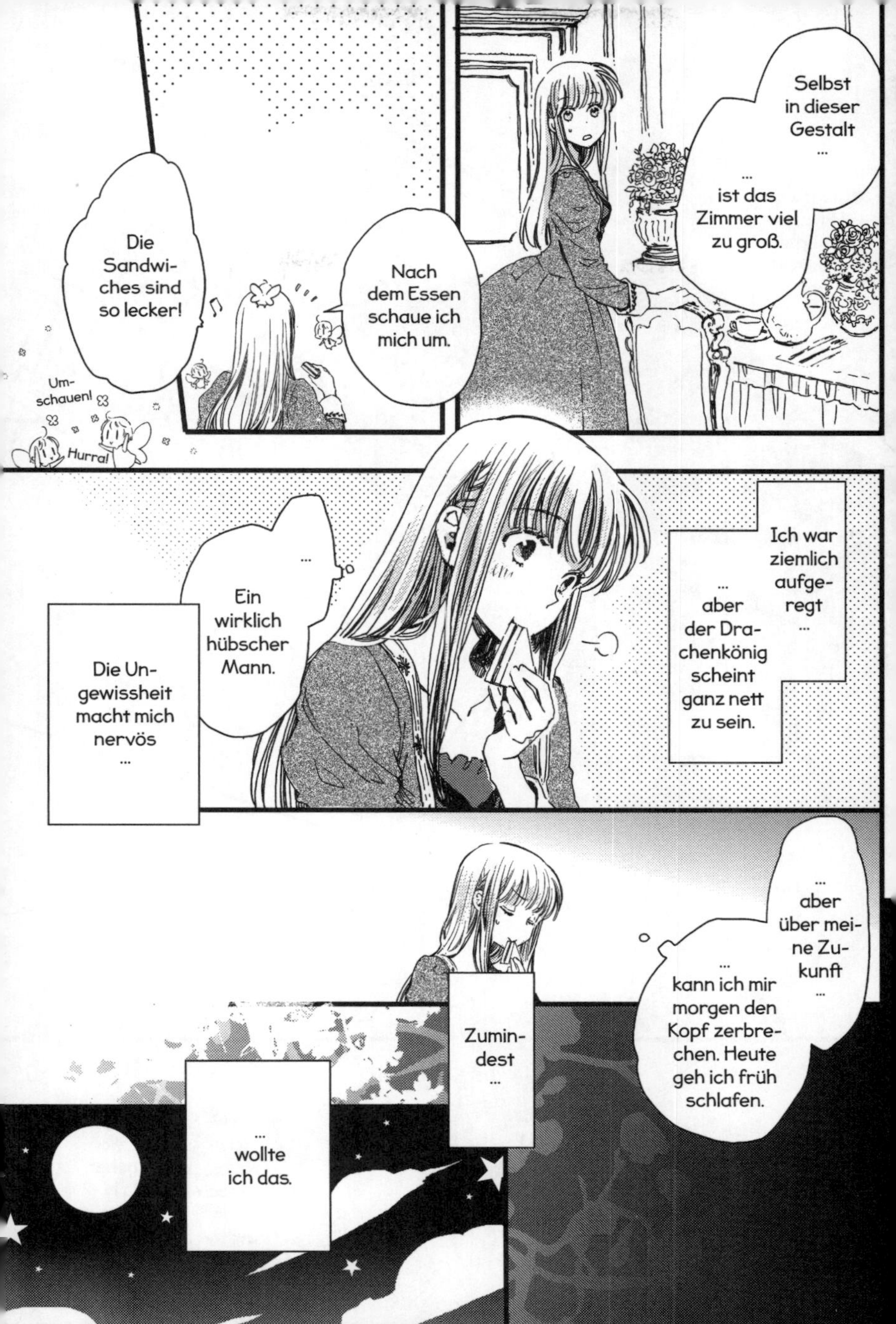
Selbst in dieser Gestalt ...
... ist das Zimmer viel zu groß.
Nach dem Essen schaue ich mich um.
Die Sandwiches sind so lecker!
Umschauen!
Hurra!
Ich war ziemlich aufgeregt ...
... aber der Drachenkönig scheint ganz nett zu sein.
...
Ein wirklich hübscher Mann.
Die Ungewissheit macht mich nervös ...
... aber über meine Zukunft ...
... kann ich mir morgen den Kopf zerbrechen. Heute geh ich früh schlafen.
Zumindest ...
... wollte ich das.

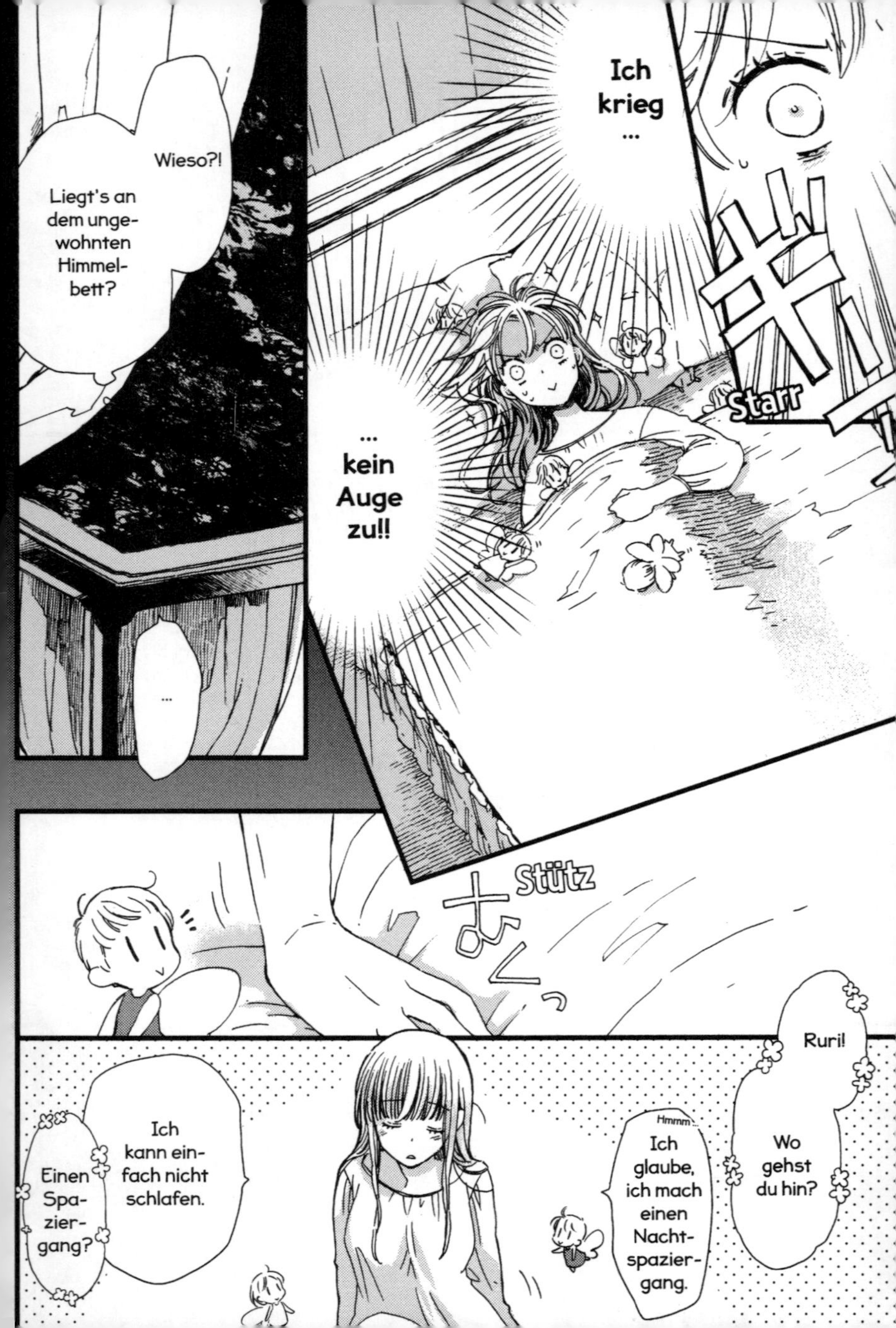
Ich krieg ...
... kein Auge zu!!
Starr
Wieso?!
Liegt's an dem ungewohnten Himmelbett?
...
Stütz
Ruri!
Wo gehst du hin?
Hmmm...
Ich glaube, ich mach einen Nachtspaziergang.
Ich kann einfach nicht schlafen.
Einen Spaziergang?

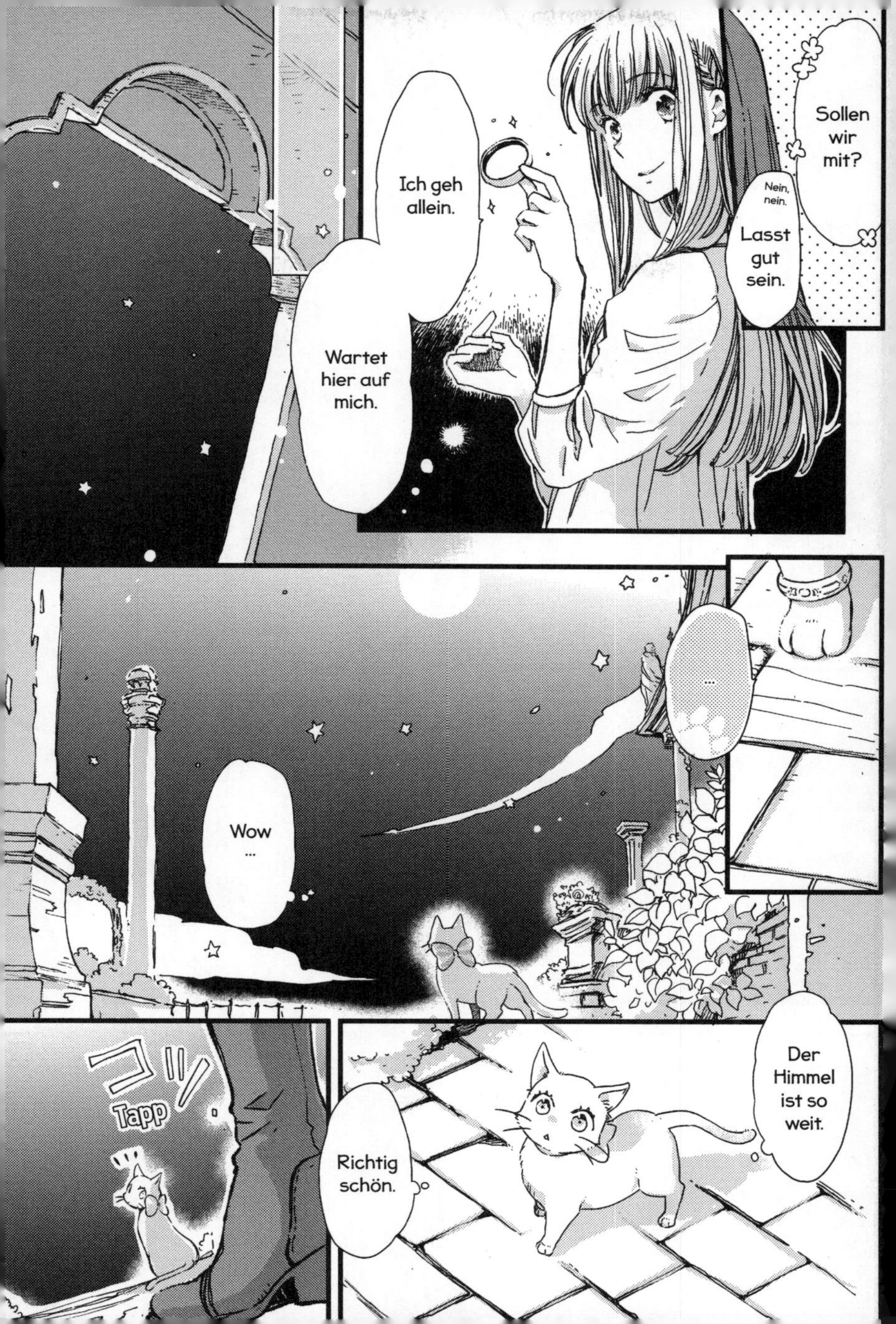
Sollen wir mit?
Nein, nein.
Lasst gut sein.
Ich geh allein.
Wartet hier auf mich.
...
Wow ...
Der Himmel ist so weit.
Richtig schön.
Tapp

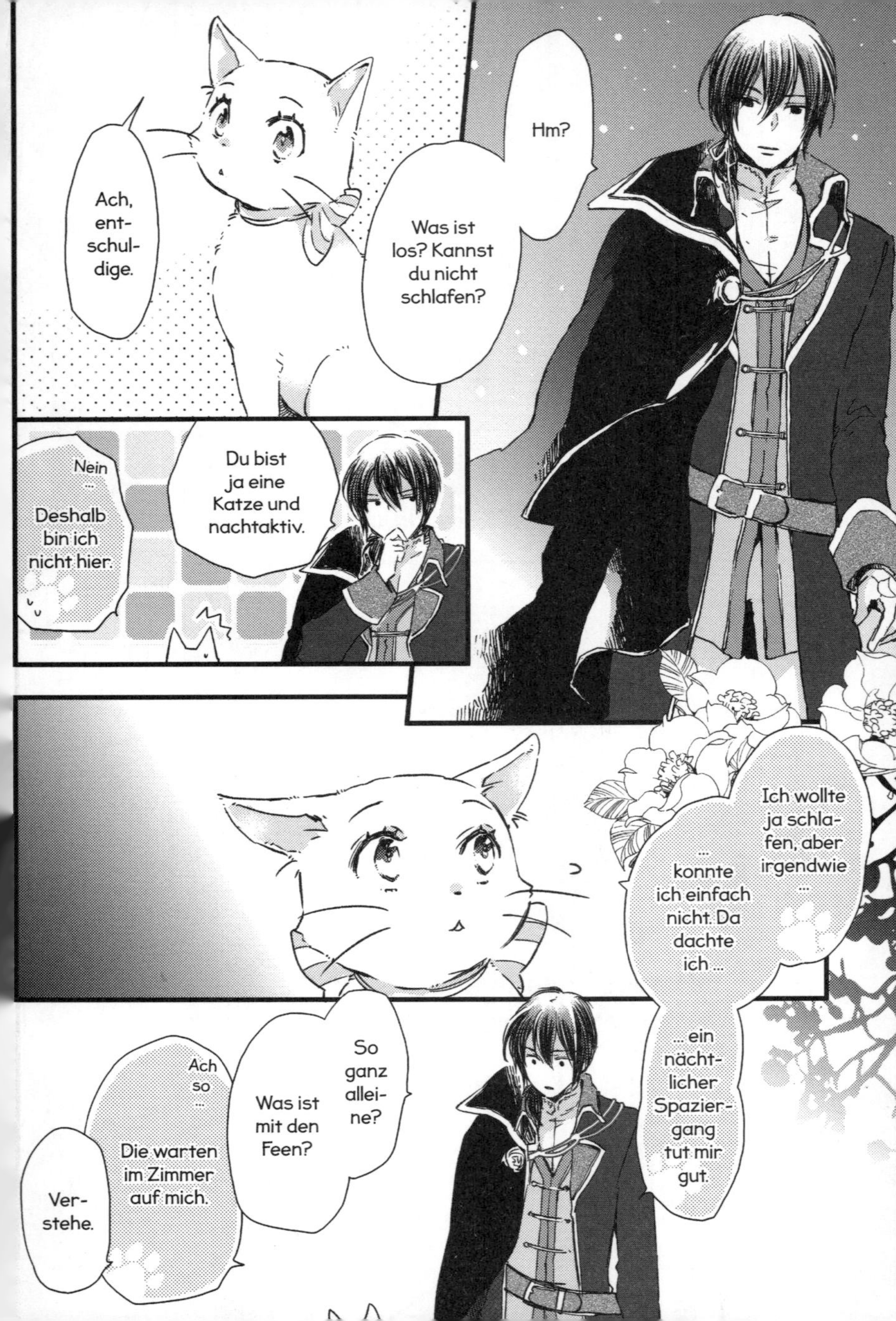
Hm?
Was ist los? Kannst du nicht schlafen?
Ach, ent-schul-dige.
Du bist ja eine Katze und nachtaktiv.
Nein … Deshalb bin ich nicht hier.
Ich wollte ja schla-fen, aber irgendwie … … konnte ich einfach nicht. Da dachte ich … … ein nächt-licher Spazier-gang tut mir gut.
So ganz allei-ne?
Was ist mit den Feen?
Ach so … Die warten im Zimmer auf mich.
Ver-stehe.

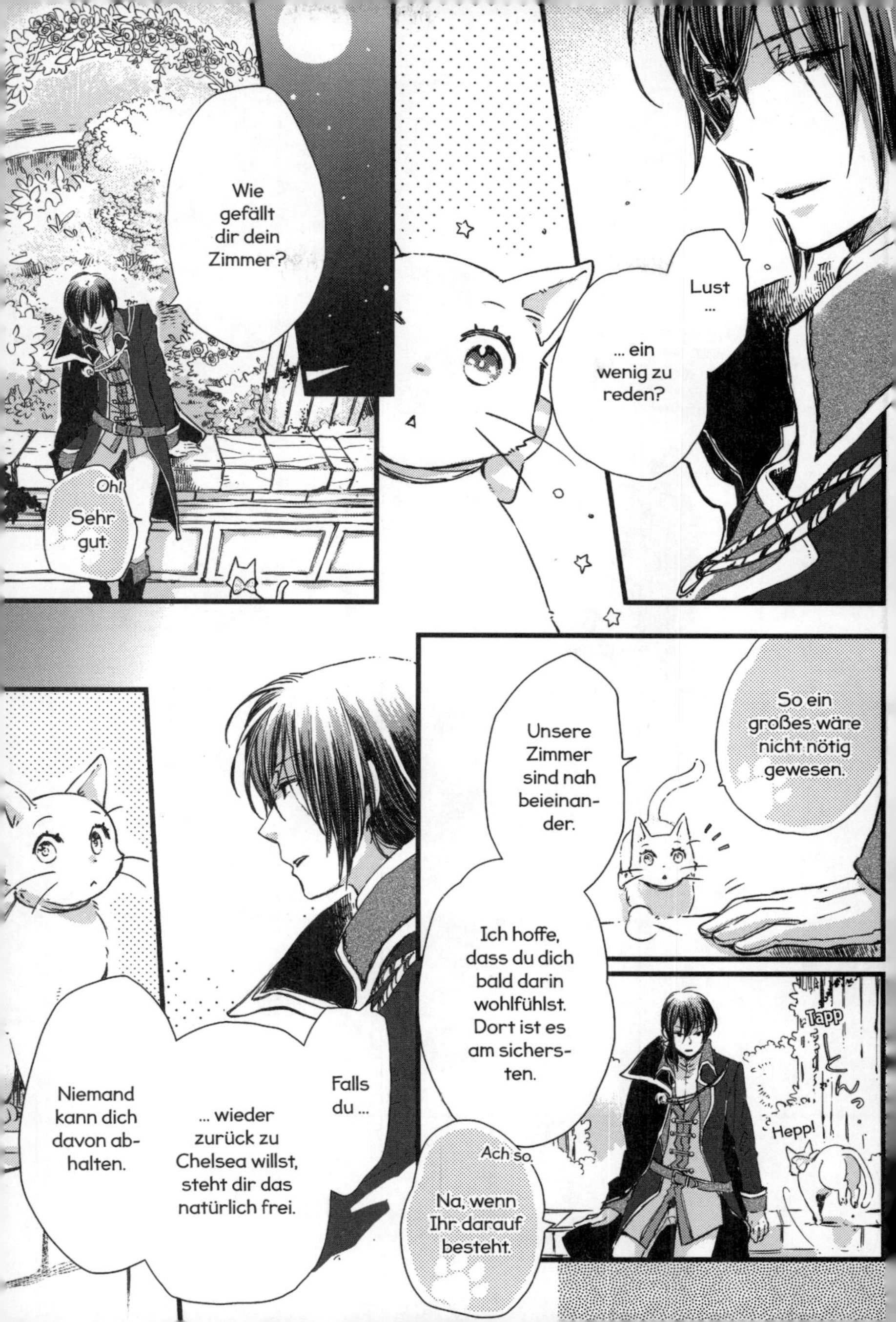

Lust ...
... ein wenig zu reden?
Wie gefällt dir dein Zimmer?
Oh! Sehr gut.
So ein großes wäre nicht nötig gewesen.
Unsere Zimmer sind nah beieinander.
Ich hoffe, dass du dich bald darin wohlfühlst. Dort ist es am sichersten.
Tapp
とんっ
Hepp!
Ach so.
Na, wenn Ihr darauf besteht.
Falls du ...
... wieder zurück zu Chelsea willst, steht dir das natürlich frei.
Niemand kann dich davon abhalten.

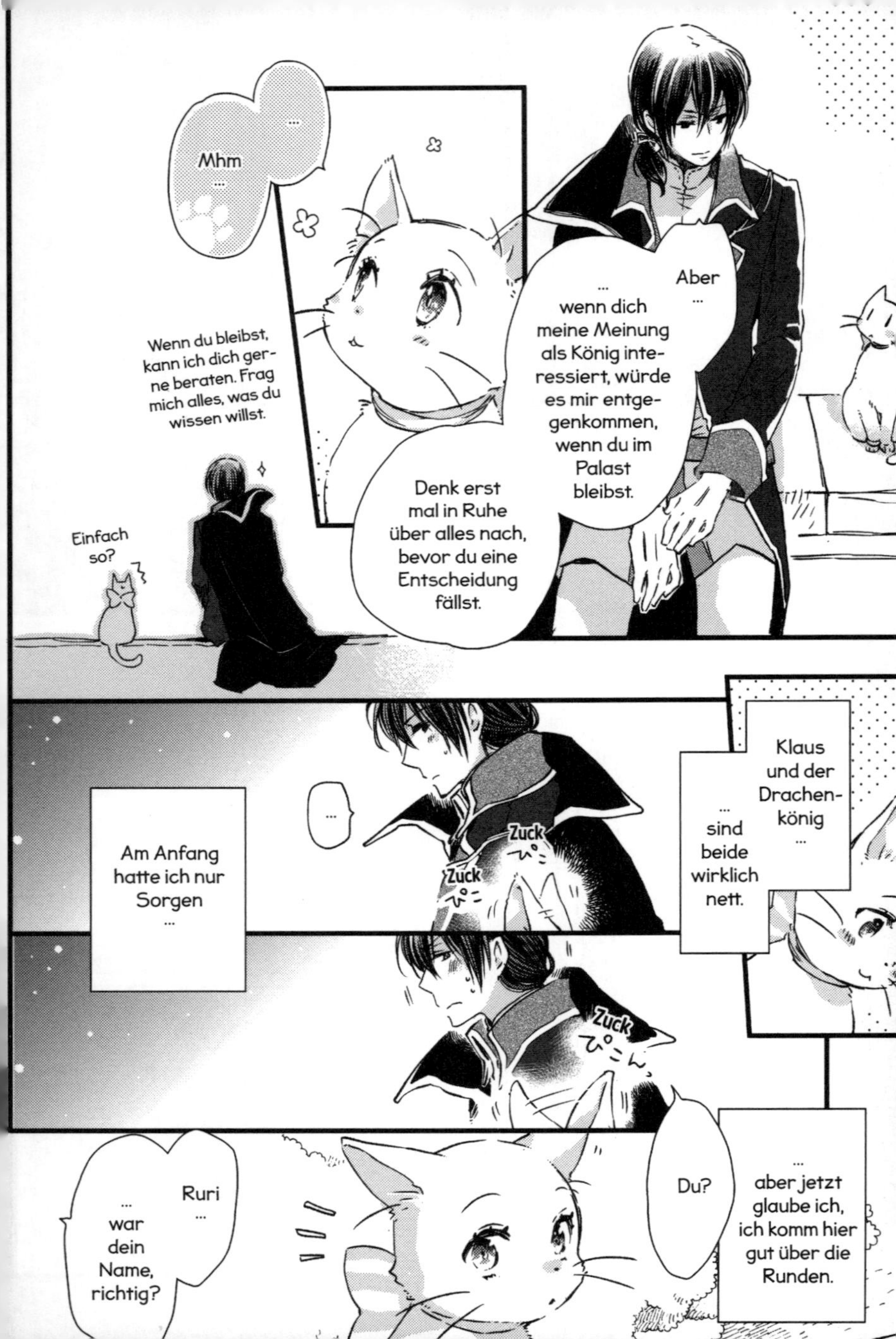
Aber …
… wenn dich meine Meinung als König interessiert, würde es mir entgegenkommen, wenn du im Palast bleibst.
… Mhm …
Denk erst mal in Ruhe über alles nach, bevor du eine Entscheidung fällst.
Wenn du bleibst, kann ich dich gerne beraten. Frag mich alles, was du wissen willst.
Einfach so?
Klaus und der Drachenkönig …
… sind beide wirklich nett.
…
Zuck
Zuck
Am Anfang hatte ich nur Sorgen …
Zuck
… aber jetzt glaube ich, ich komm hier gut über die Runden.
Du?
Ruri …
… war dein Name, richtig?

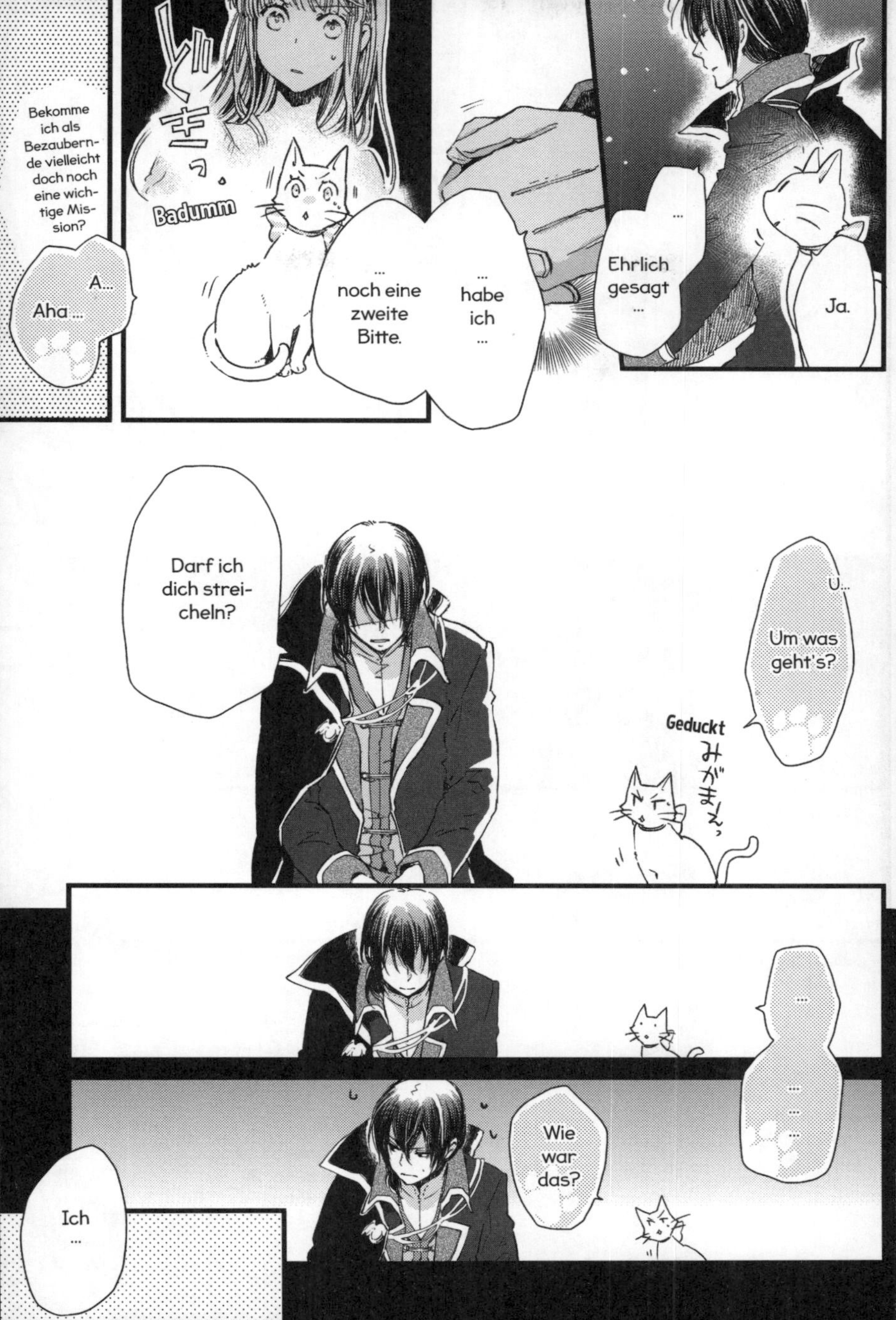

Ja.
Ehrlich gesagt ...
...
... habe ich ...
... noch eine zweite Bitte.
Badumm
Bekomme ich als Bezaubernde vielleicht doch noch eine wichtige Mission?
A... Aha ...
U... Um was geht's?
Geduckt
みがまえっ
Darf ich dich streicheln?
...
... ...
Wie war das?
Ich ...

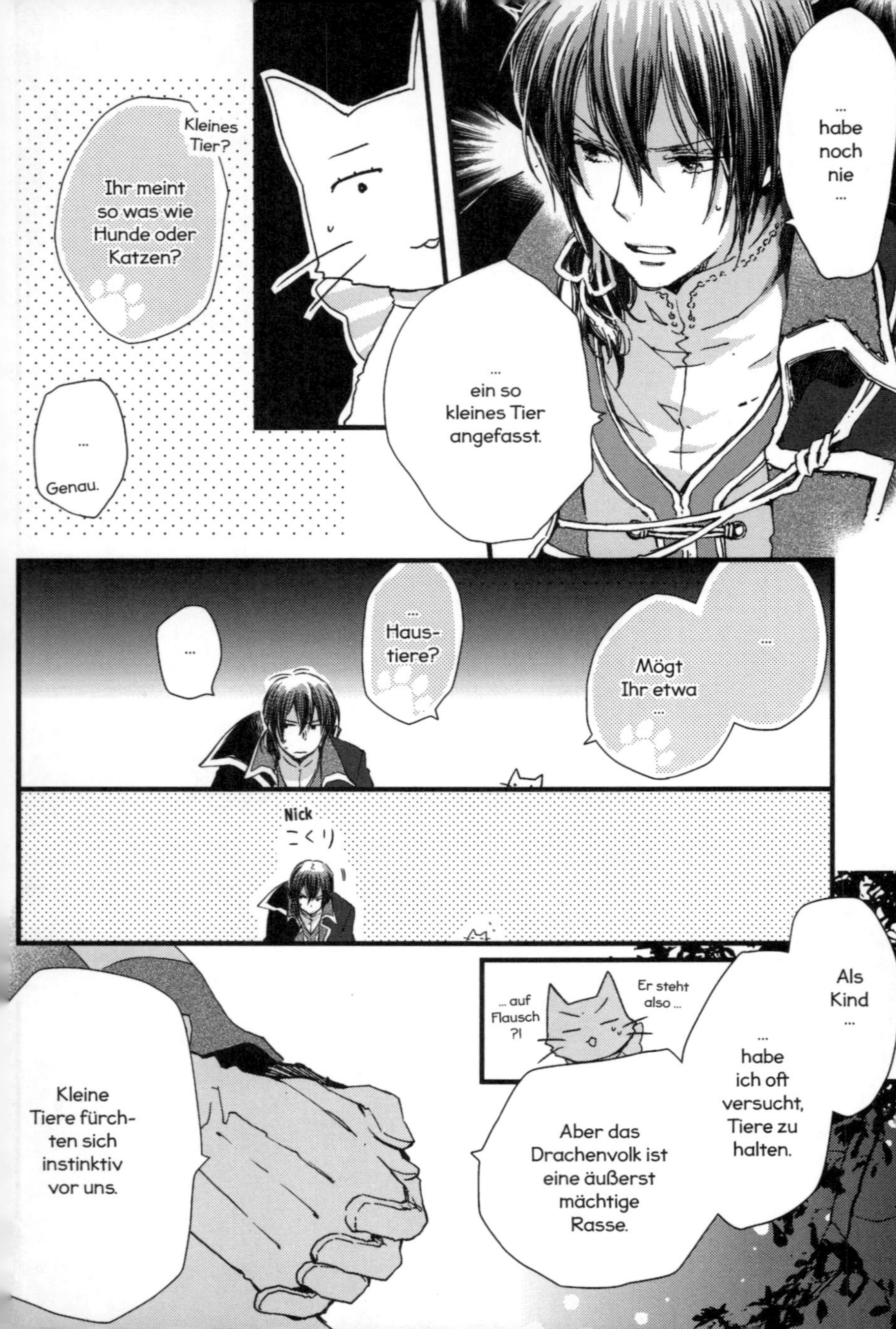
... habe noch nie ...
... ein so kleines Tier angefasst.
Kleines Tier?
Ihr meint so was wie Hunde oder Katzen?
... Genau.
... Mögt Ihr etwa ...
... Haus-tiere?
...
Nick
こくり
Als Kind ...
... habe ich oft versucht, Tiere zu halten.
Er steht also ...
... auf Flausch ?!
Aber das Drachenvolk ist eine äußerst mächtige Rasse.
Kleine Tiere fürch-ten sich instinktiv vor uns.

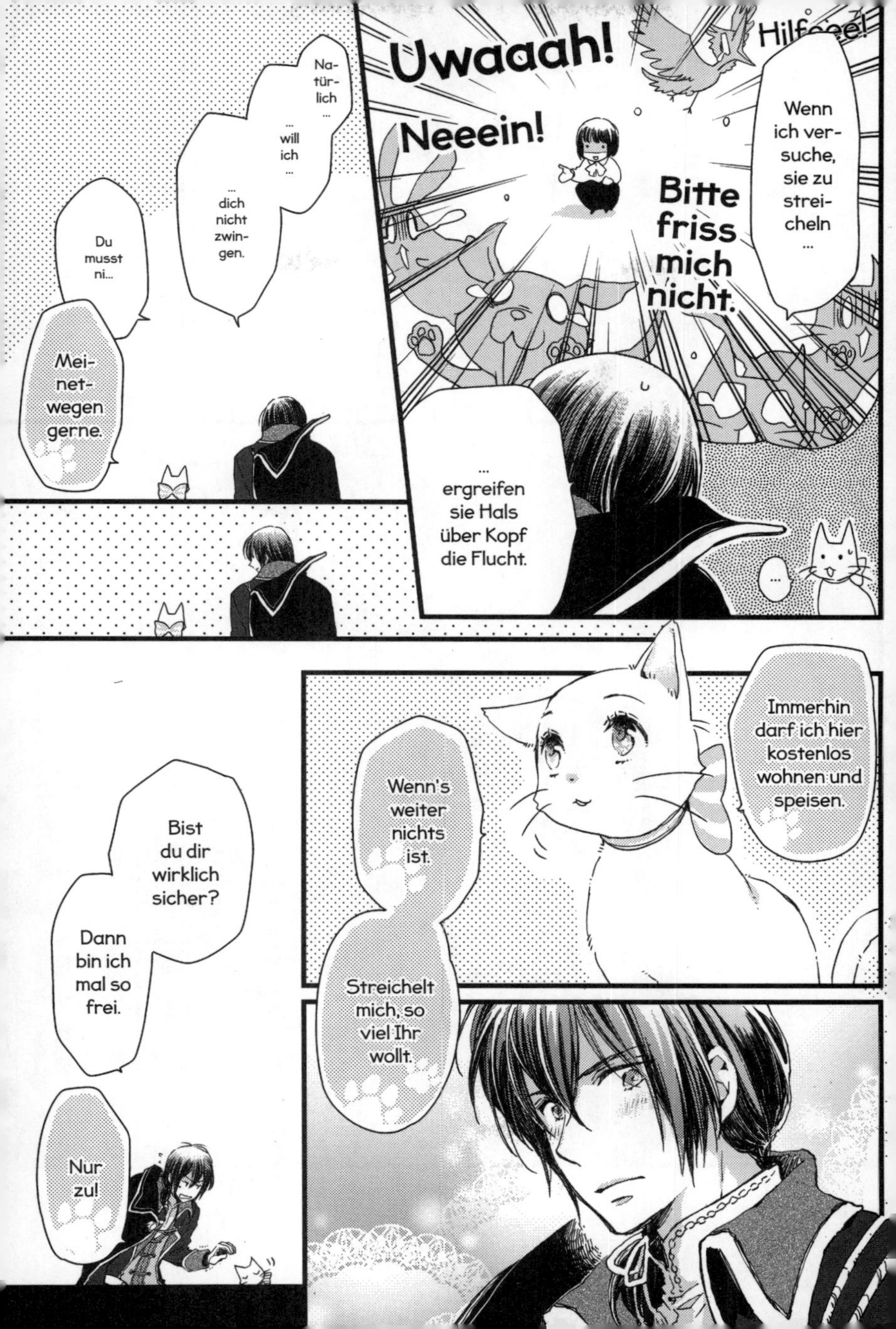
Wenn ich versuche, sie zu streicheln ...
Hilfeee!
Uwaaah!
Neeein!
Bitte friss mich nicht.
... ergreifen sie Hals über Kopf die Flucht.
...
Natürlich ...
... will ich ...
... dich nicht zwingen.
Du musst ni...
Meinetwegen gerne.
Immerhin darf ich hier kostenlos wohnen und speisen.
Wenn's weiter nichts ist.
Streichelt mich, so viel Ihr wollt.
Bist du dir wirklich sicher?
Dann bin ich mal so frei.
Nur zu!

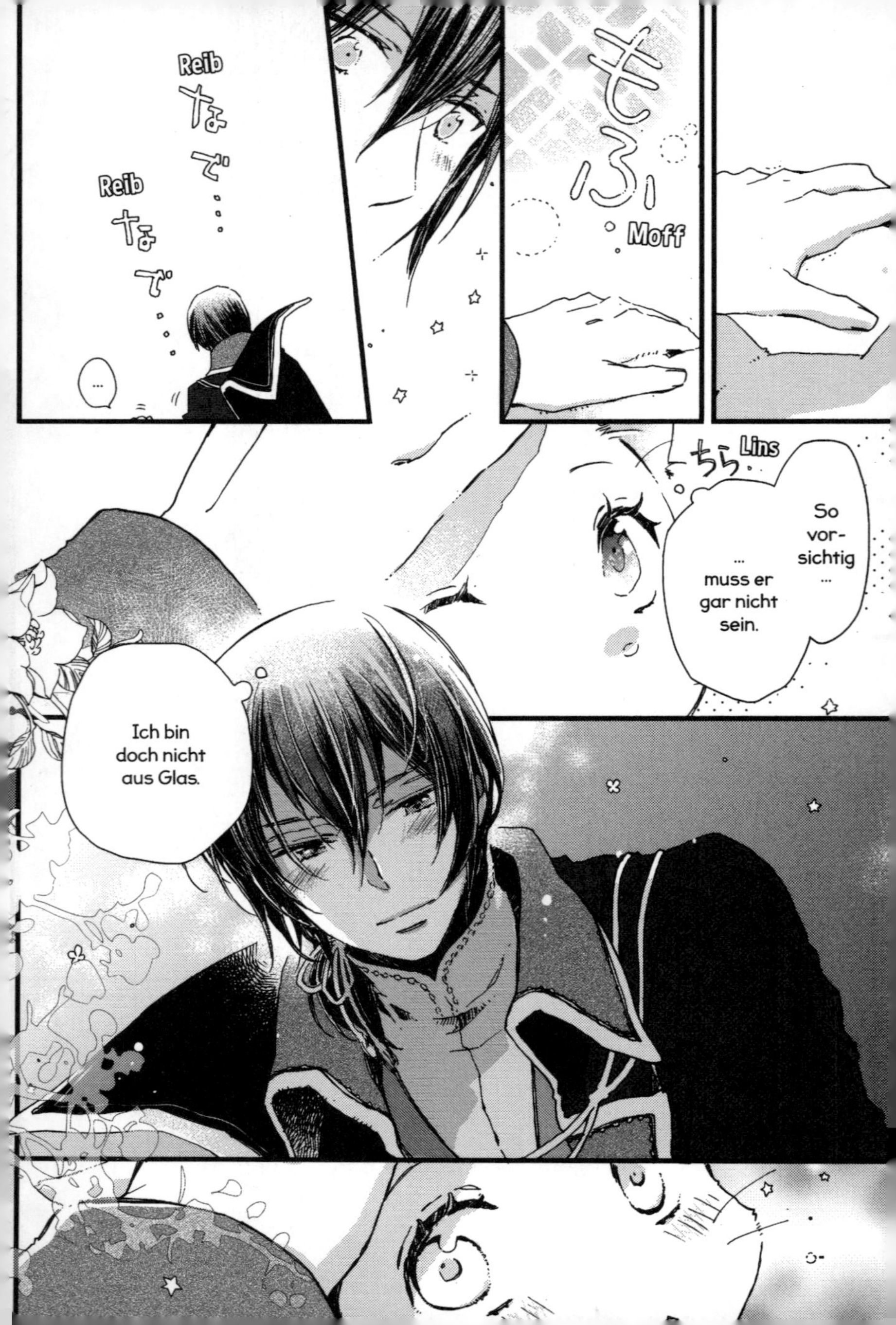
もふ
Moff
Reib
なで…
Reib
なで…
…
ちら
Lins
So vorsichtig …
… muss er gar nicht sein.
Ich bin doch nicht aus Glas.

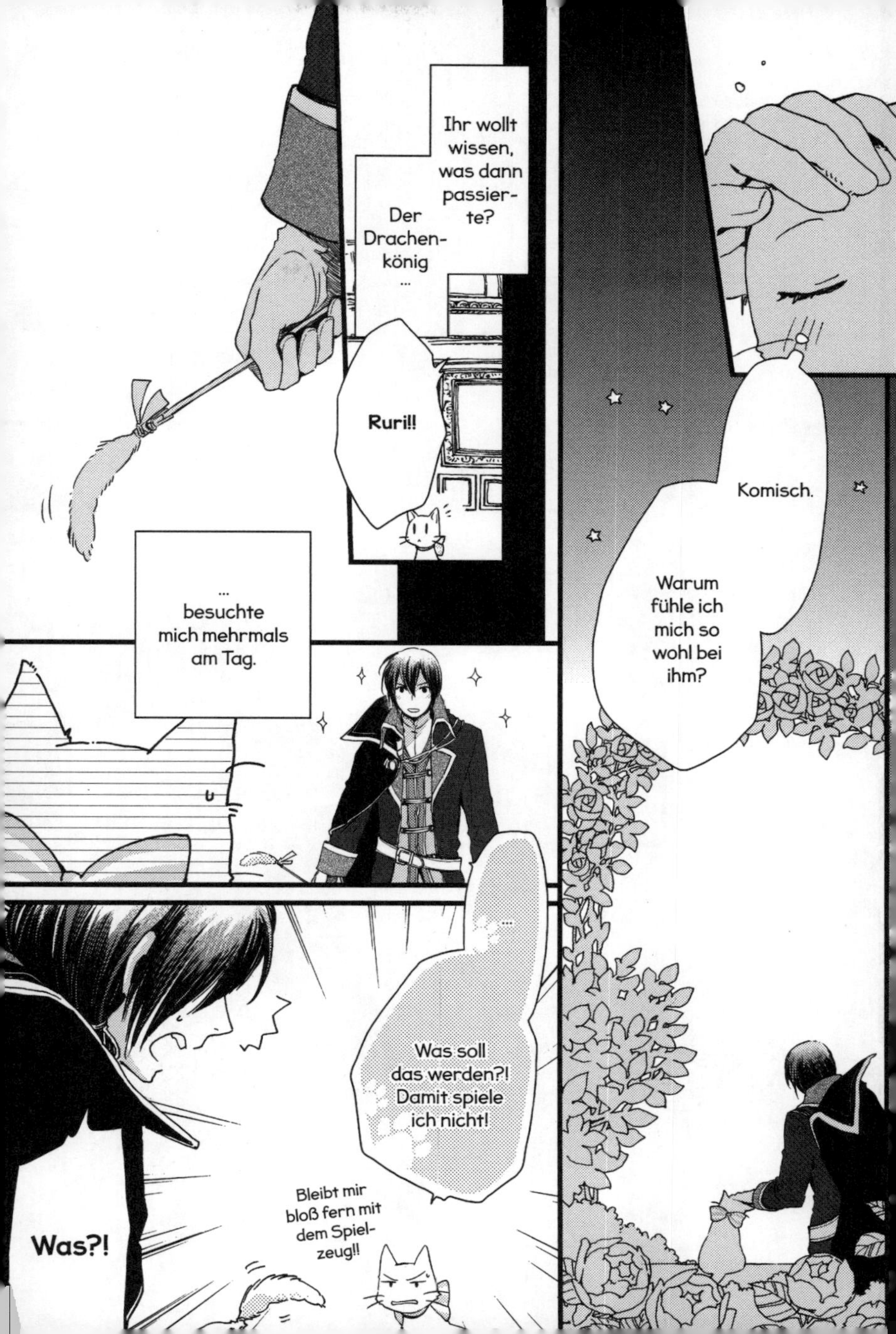

Ihr wollt wissen, was dann passierte?
Der Drachenkönig ...
Ruri!!
... besuchte mich mehrmals am Tag.
Was?!
...
Was soll das werden?! Damit spiele ich nicht!
Bleibt mir bloß fern mit dem Spielzeug!!
Komisch.
Warum fühle ich mich so wohl bei ihm?

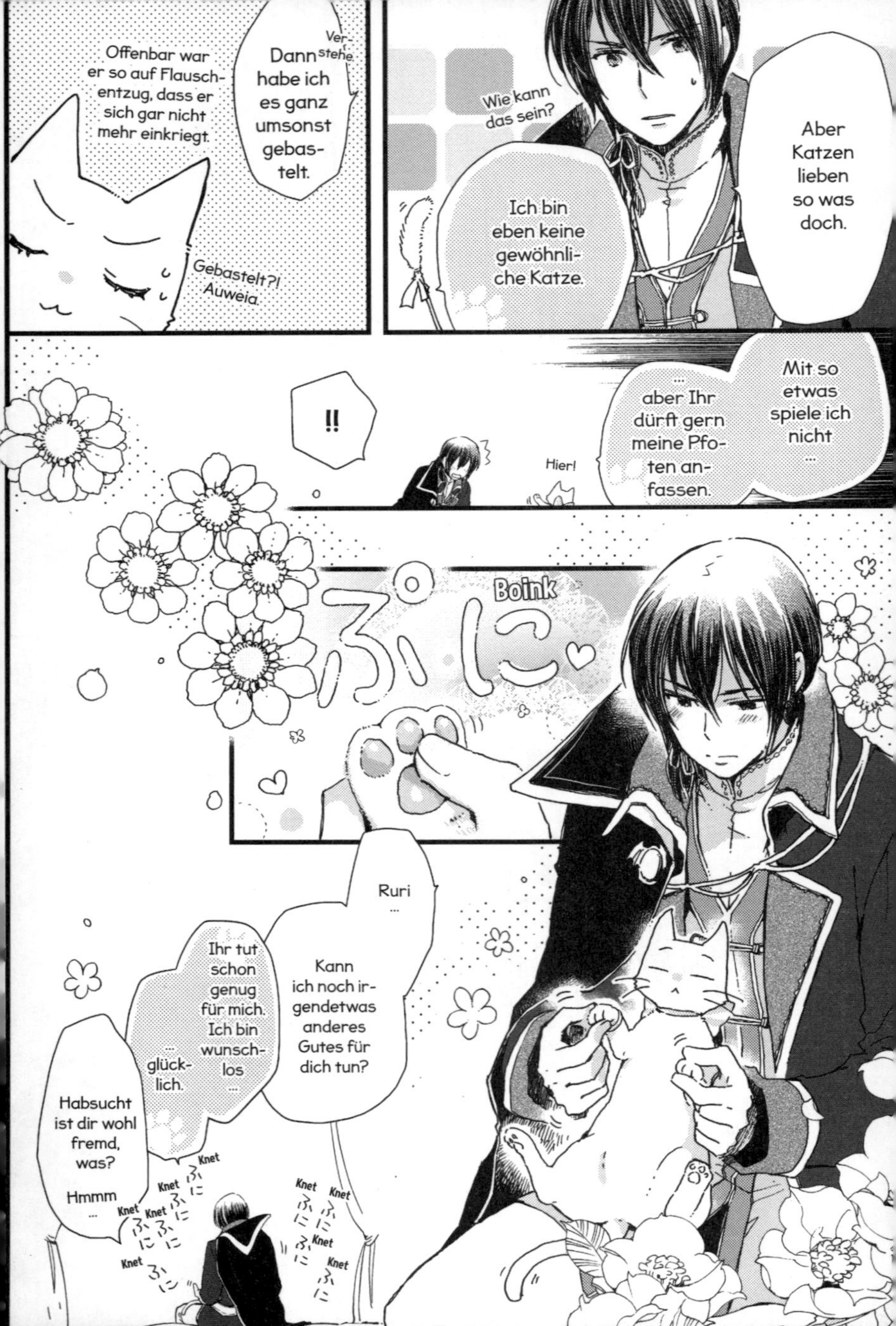
Aber Katzen lieben so was doch.
Wie kann das sein?
Ich bin eben keine gewöhnliche Katze.
Verstehe. Dann habe ich es ganz umsonst gebastelt.
Offenbar war er so auf Flauschentzug, dass er sich gar nicht mehr einkriegt.
Gebastelt?! Auweia.
Mit so etwas spiele ich nicht ...
... aber Ihr dürft gern meine Pfoten anfassen.
Hier!
!!
ぷに
Boink
Ruri ...
Kann ich noch irgendetwas anderes Gutes für dich tun?
Ihr tut schon genug für mich. Ich bin wunschlos ...
... glücklich.
Habsucht ist dir wohl fremd, was?
Hmmm ...
Knet ふに
Knet ふに
Knet ふに
Knet ふに
Knet ふに
Knet ふに
Knet ふに
Knet ふに
Knet ふに

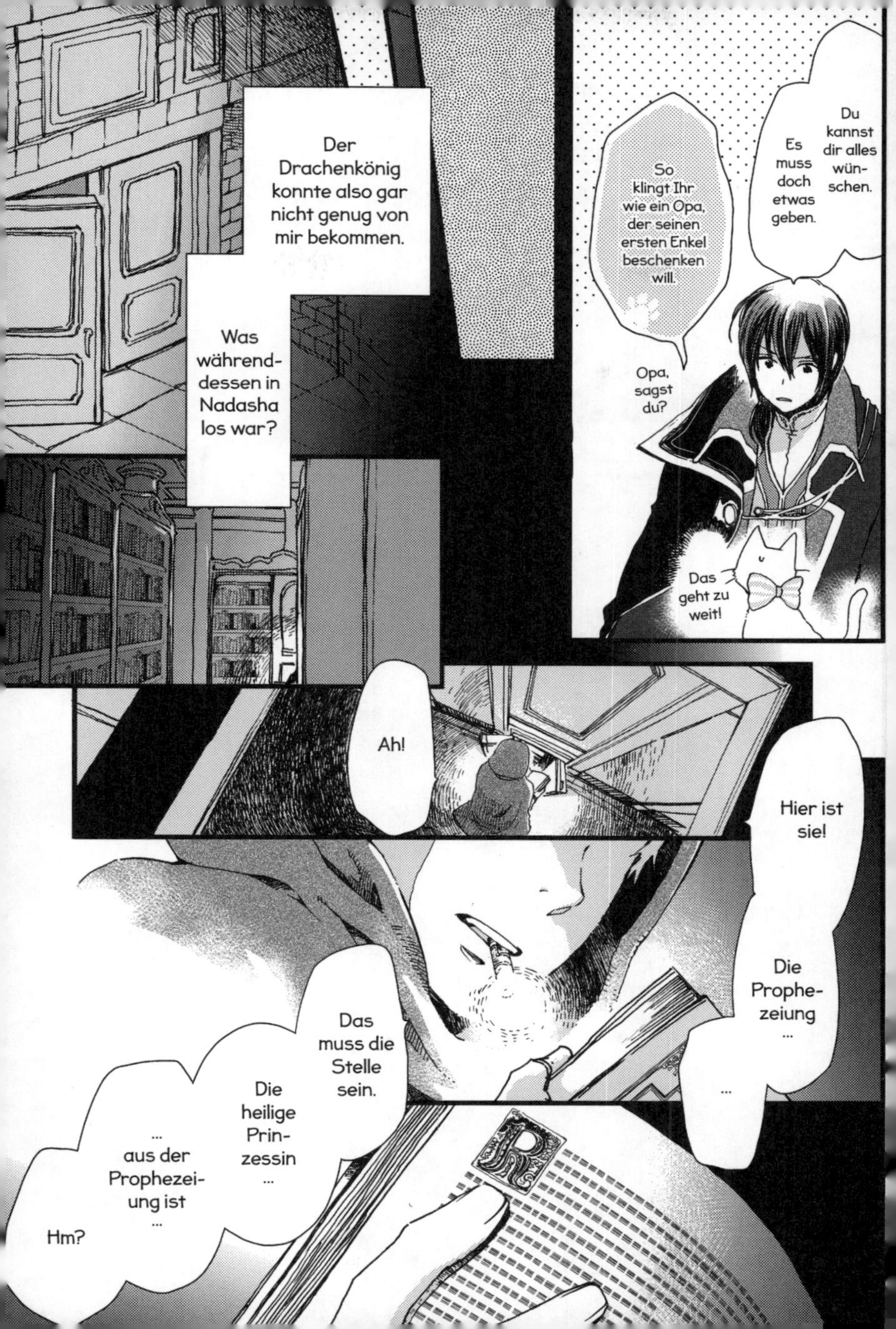
Du kannst dir alles wünschen.
Es muss doch etwas geben.
So klingt Ihr wie ein Opa, der seinen ersten Enkel beschenken will.
Opa, sagst du?
Das geht zu weit!
Der Drachenkönig konnte also gar nicht genug von mir bekommen.
Was währenddessen in Nadasha los war?
Ah!
Hier ist sie!
Die Prophezeiung ...
...
Das muss die Stelle sein.
Die heilige Prinzessin ...
... aus der Prophezeiung ist ...
Hm?

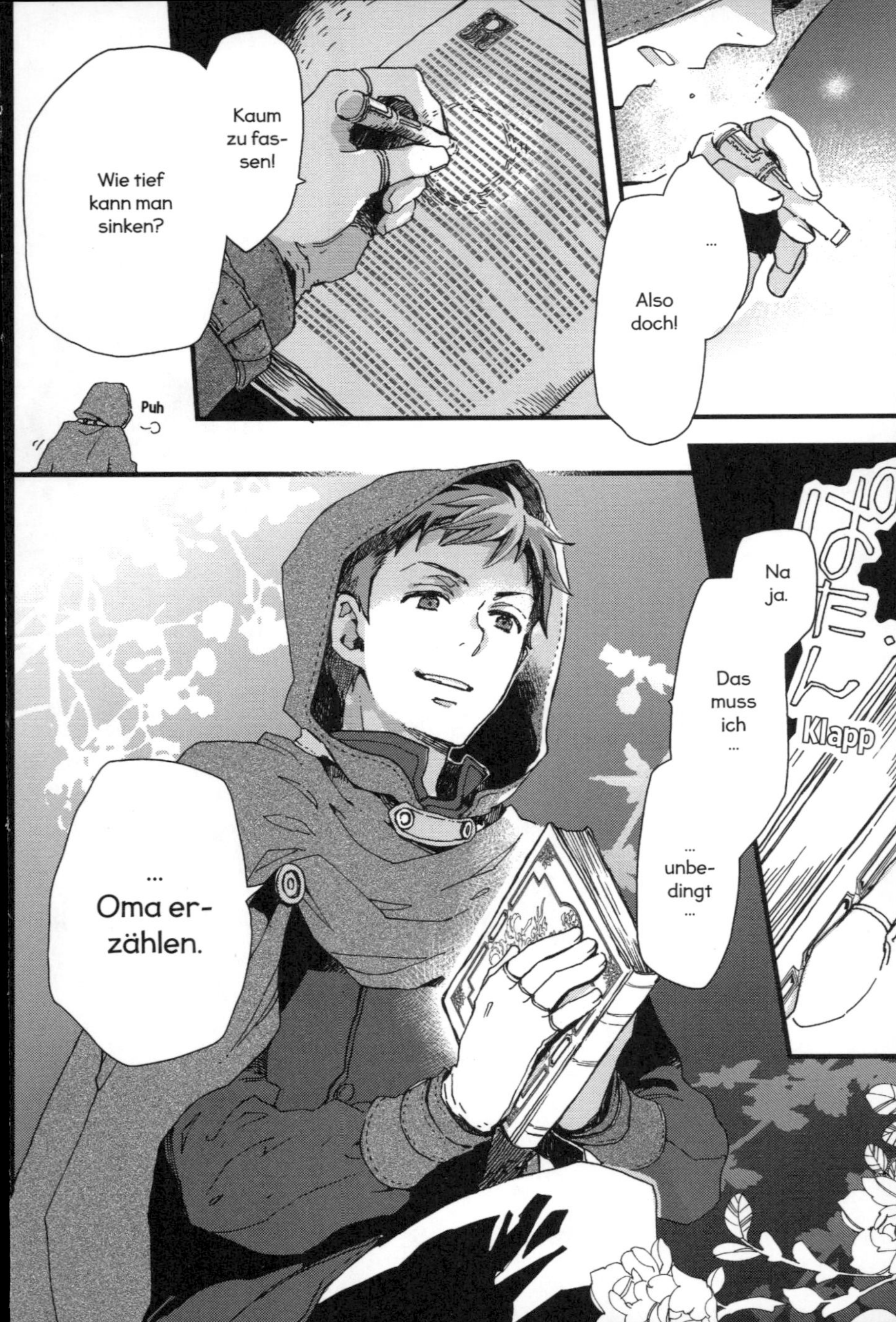
...
Also doch!
Kaum zu fassen!
Wie tief kann man sinken?
Puh
ぱたん
Klapp
Na ja.
Das muss ich ...
... unbedingt ...
... Oma erzählen.

Die rachsüchtige

weiße Katze und der Drachenkönig

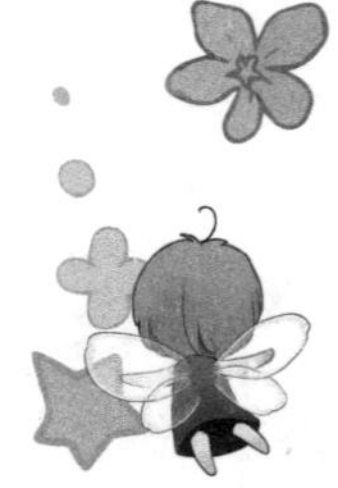

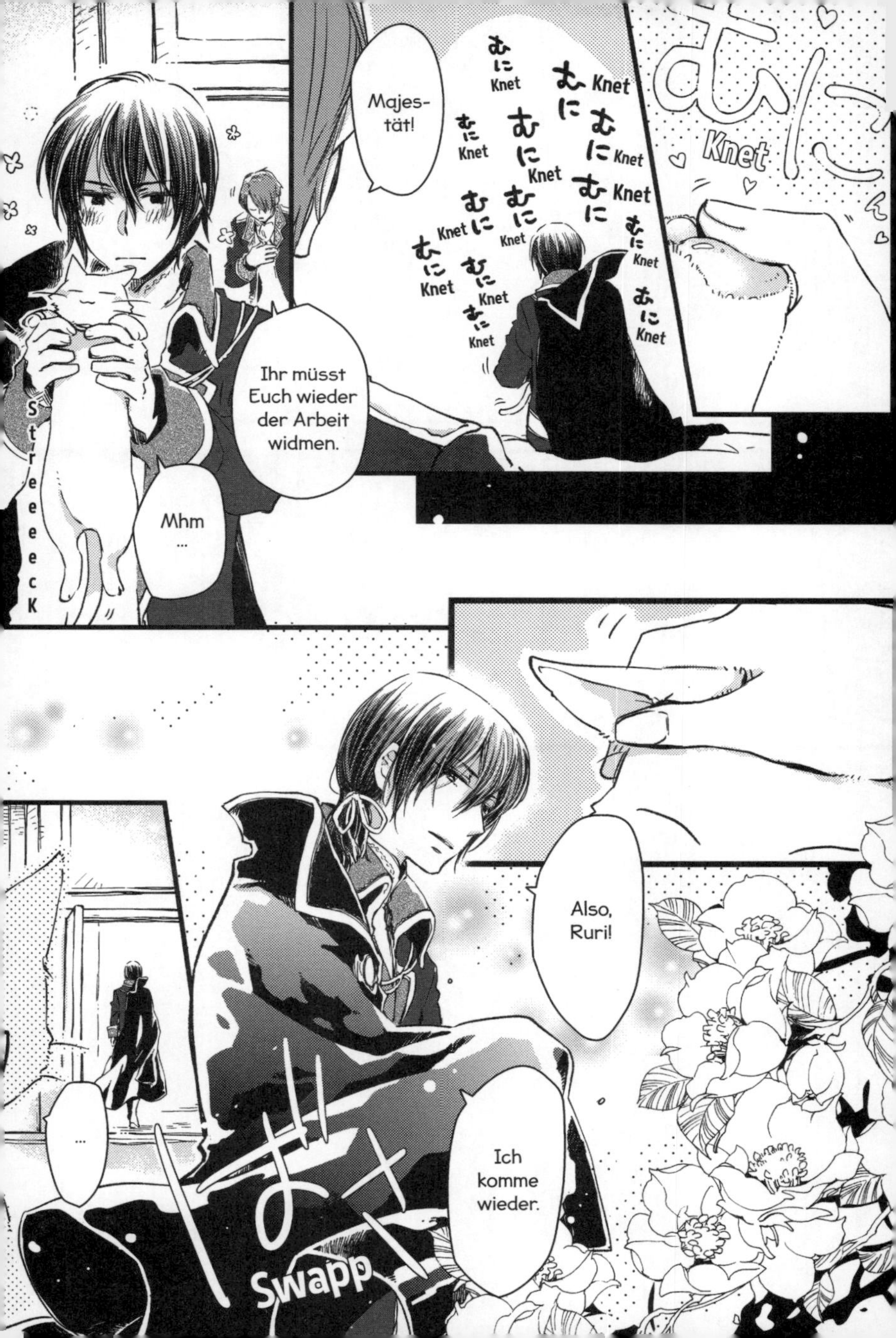
むに
Knet
Majes-
tät!
むに
Knet
Ihr müsst
Euch wieder
der Arbeit
widmen.
S
t
r
e
e
e
e
c
K
Mhm
...
Also,
Ruri!
Ich
komme
wieder.
...
Swapp

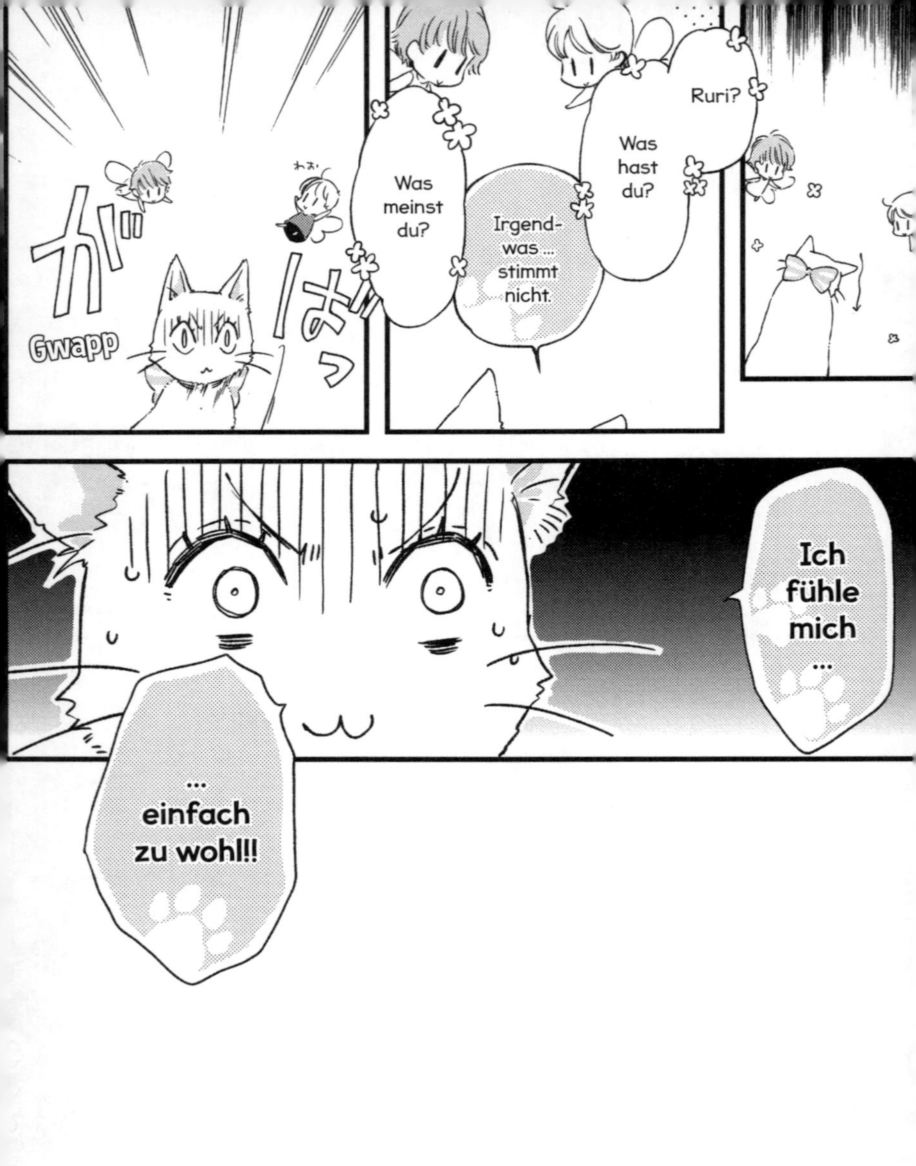

Ruri?

Was hast du?

Irgend-was ... stimmt nicht.

Was meinst du?

Gwapp

Ich fühle mich ...

... einfach zu wohl!!

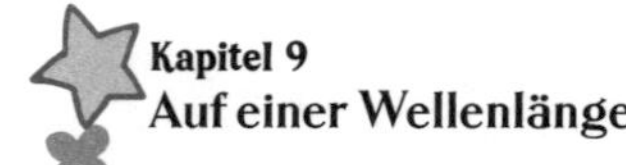

Kapitel 9
Auf einer Wellenlänge

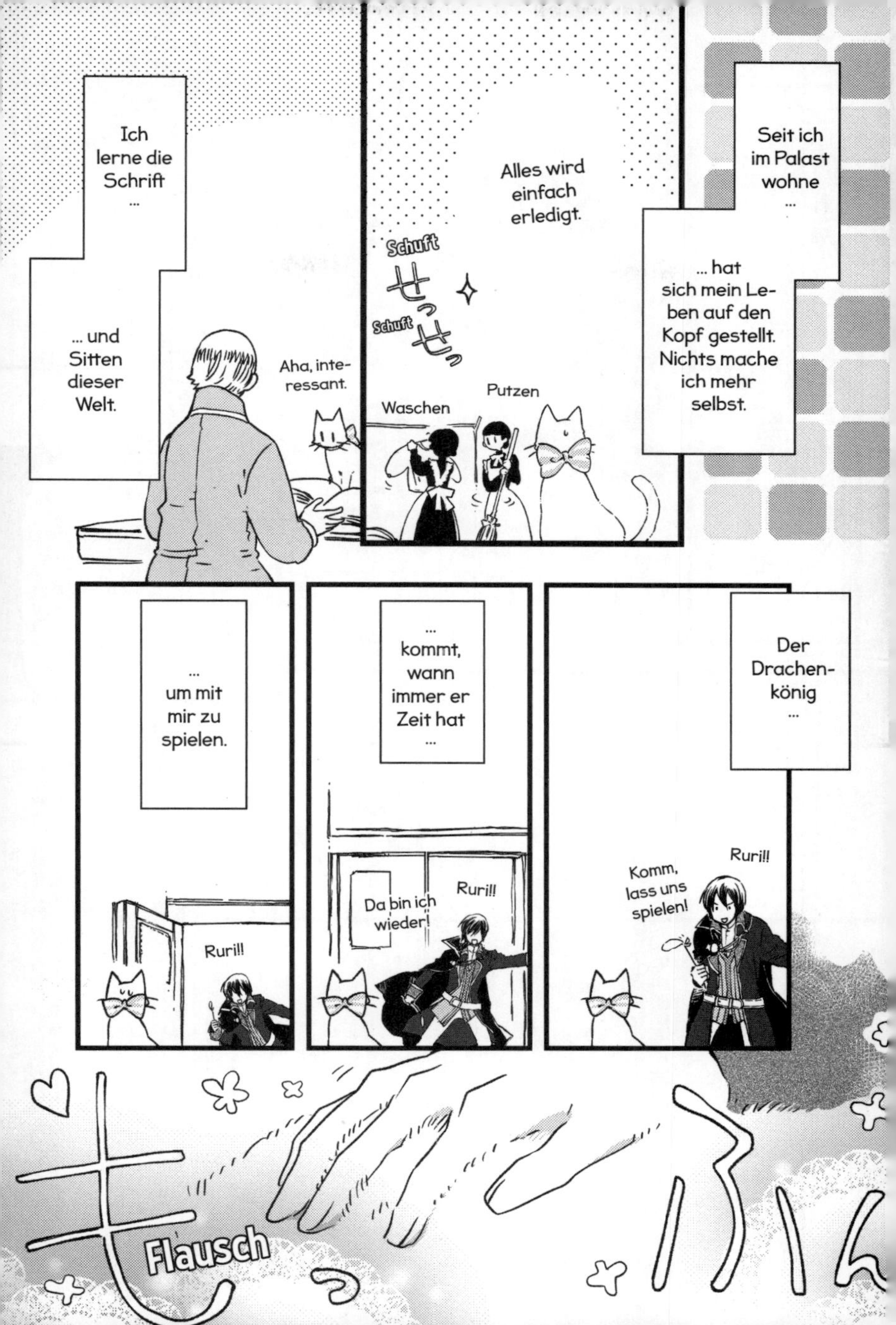
Seit ich im Palast wohne ...
... hat sich mein Leben auf den Kopf gestellt. Nichts mache ich mehr selbst.
Alles wird einfach erledigt.
Schuft
せっ
Schuft
せっ
Putzen
Waschen
Ich lerne die Schrift ...
... und Sitten dieser Welt.
Aha, interessant.
Der Drachenkönig ...
Ruri!!
Komm, lass uns spielen!
... kommt, wann immer er Zeit hat ...
Ruri!!
Da bin ich wieder!
... um mit mir zu spielen.
Ruri!!
もっふん
Flausch

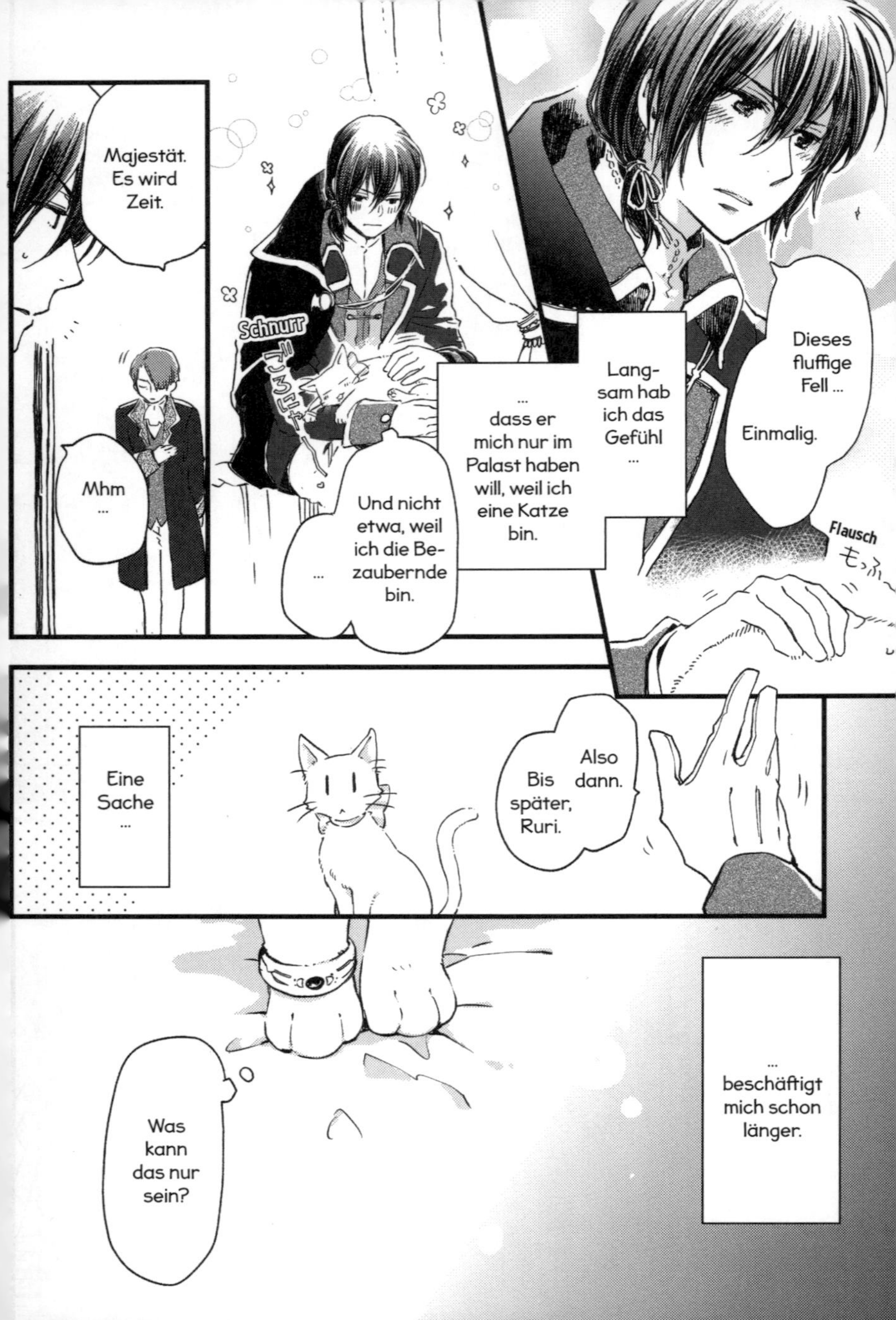
Dieses fluffige Fell …
Einmalig.
Flausch
Lang- sam hab ich das Gefühl …
… dass er mich nur im Palast haben will, weil ich eine Katze bin.
Und nicht etwa, weil ich die Be- zaubernde bin.
…
Schnurr
Majestät. Es wird Zeit.
Mhm …
Also dann.
Bis später, Ruri.
Eine Sache …
… beschäftigt mich schon länger.
Was kann das nur sein?

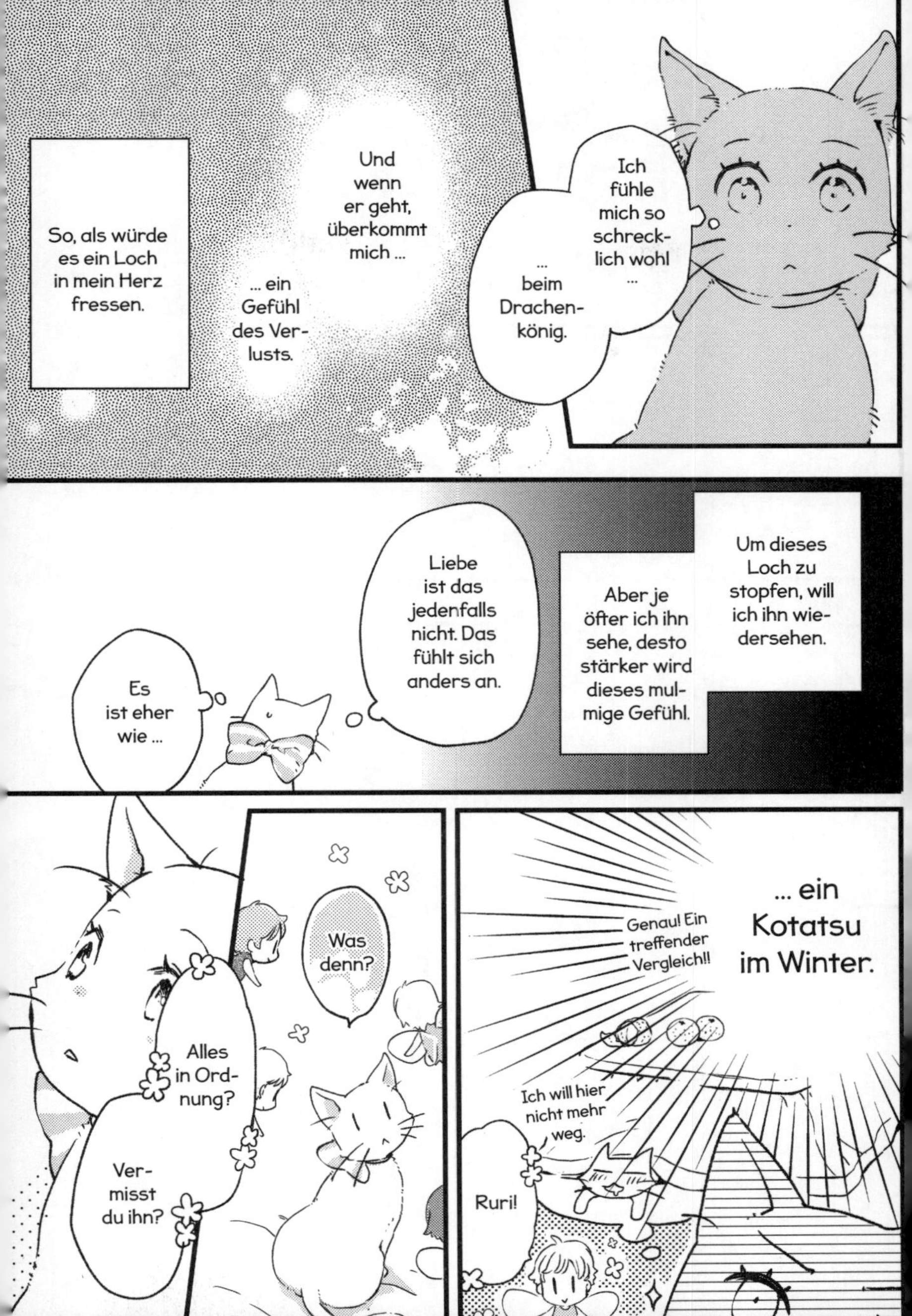
Ich fühle mich so schrecklich wohl ...
... beim Drachenkönig.
Und wenn er geht, überkommt mich ...
... ein Gefühl des Verlusts.
So, als würde es ein Loch in mein Herz fressen.
Um dieses Loch zu stopfen, will ich ihn wiedersehen.
Aber je öfter ich ihn sehe, desto stärker wird dieses mulmige Gefühl.
Liebe ist das jedenfalls nicht. Das fühlt sich anders an.
Es ist eher wie ...
... ein Kotatsu im Winter.
Genau! Ein treffender Vergleich!!
Ich will hier nicht mehr weg.
Ruri!
Was denn?
Alles in Ordnung?
Vermisst du ihn?

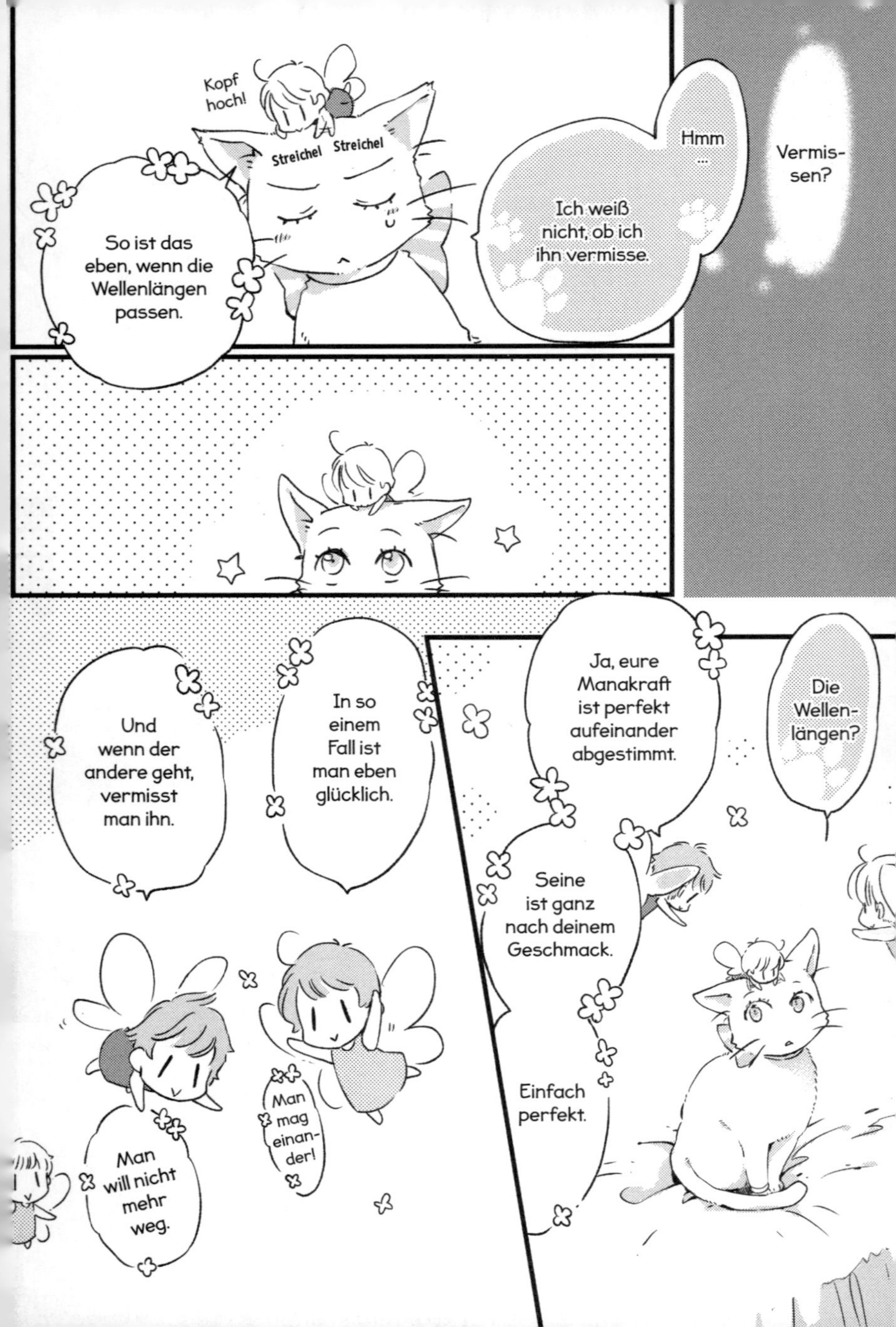
Vermissen?
Hmm …
Ich weiß nicht, ob ich ihn vermisse.
Kopf hoch!
Streichel Streichel
So ist das eben, wenn die Wellenlängen passen.
Die Wellenlängen?
Ja, eure Manakraft ist perfekt aufeinander abgestimmt.
Seine ist ganz nach deinem Geschmack.
Einfach perfekt.
In so einem Fall ist man eben glücklich.
Und wenn der andere geht, vermisst man ihn.
Man mag einander!
Man will nicht mehr weg.

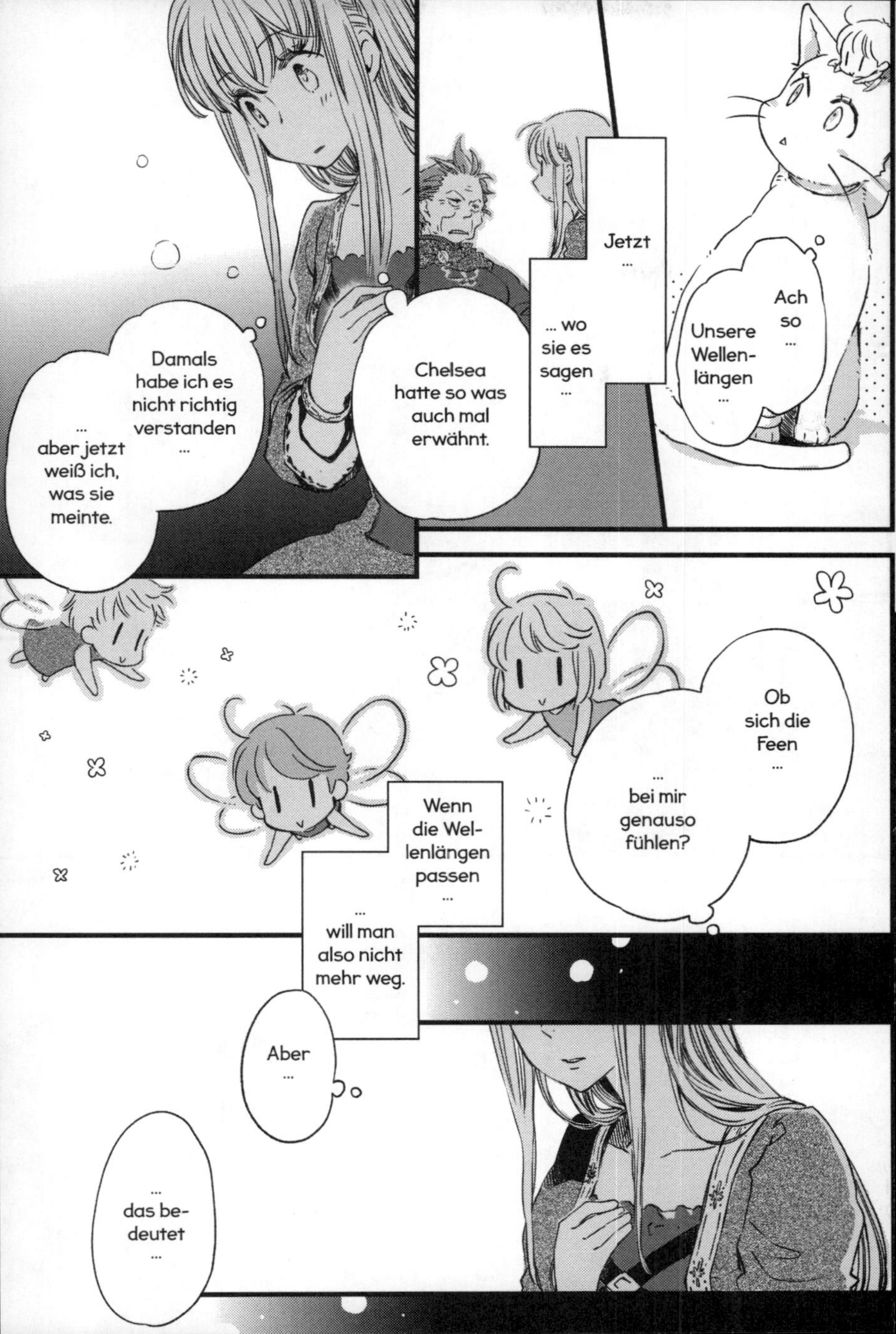

Ach so …
Unsere Wellenlängen …
Jetzt …
… wo sie es sagen …
Chelsea hatte so was auch mal erwähnt.
Damals habe ich es nicht richtig verstanden …
… aber jetzt weiß ich, was sie meinte.
Ob sich die Feen …
… bei mir genauso fühlen?
Wenn die Wellenlängen passen …
… will man also nicht mehr weg.
Aber …
… das bedeutet …

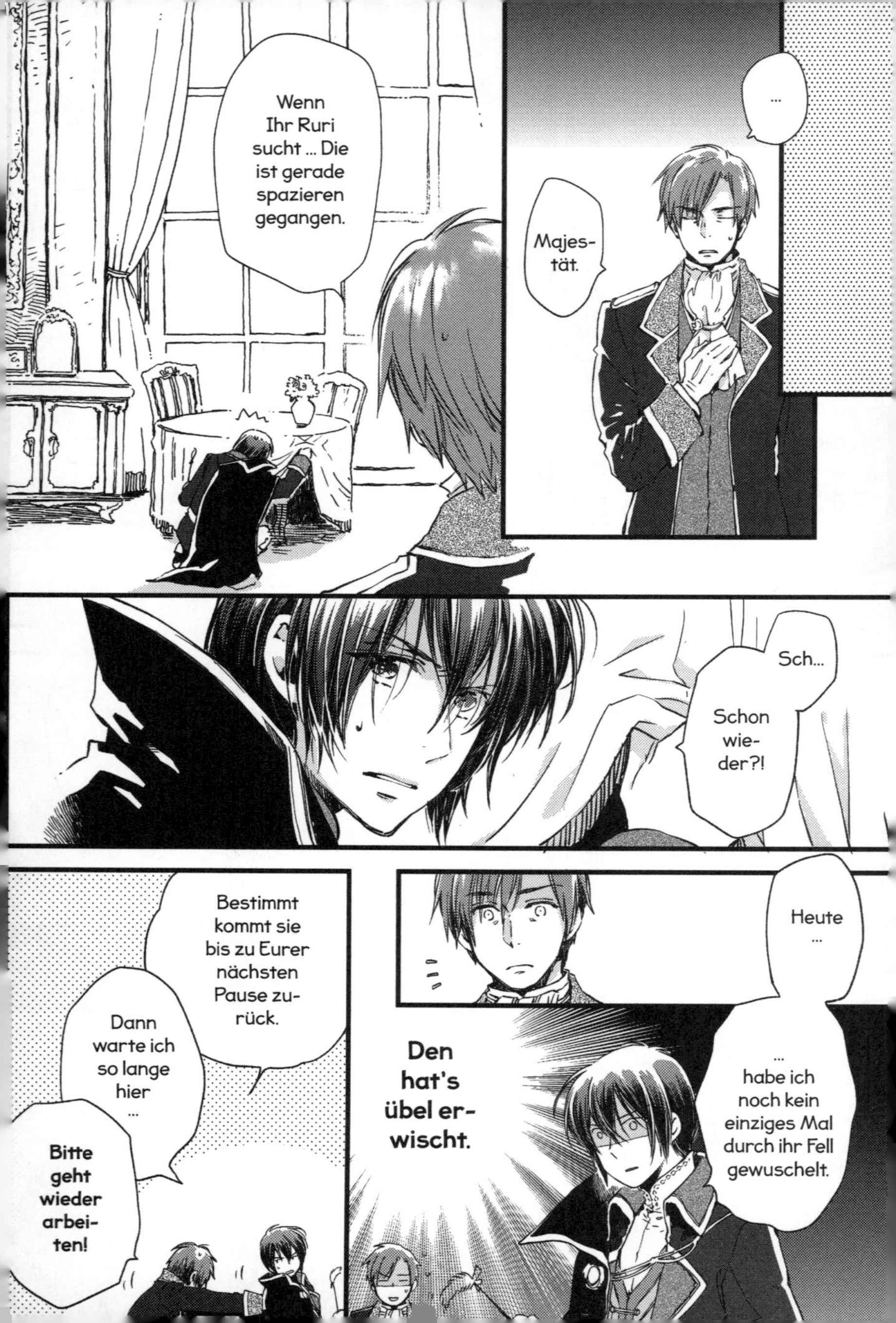
…
Majes-tät.
Wenn Ihr Ruri sucht … Die ist gerade spazieren gegangen.
Sch…
Schon wie-der?!
Heute …
Bestimmt kommt sie bis zu Eurer nächsten Pause zu-rück.
… habe ich noch kein einziges Mal durch ihr Fell gewuschelt.
Den hat's übel er-wischt.
Dann warte ich so lange hier …
Bitte geht wieder arbei-ten!

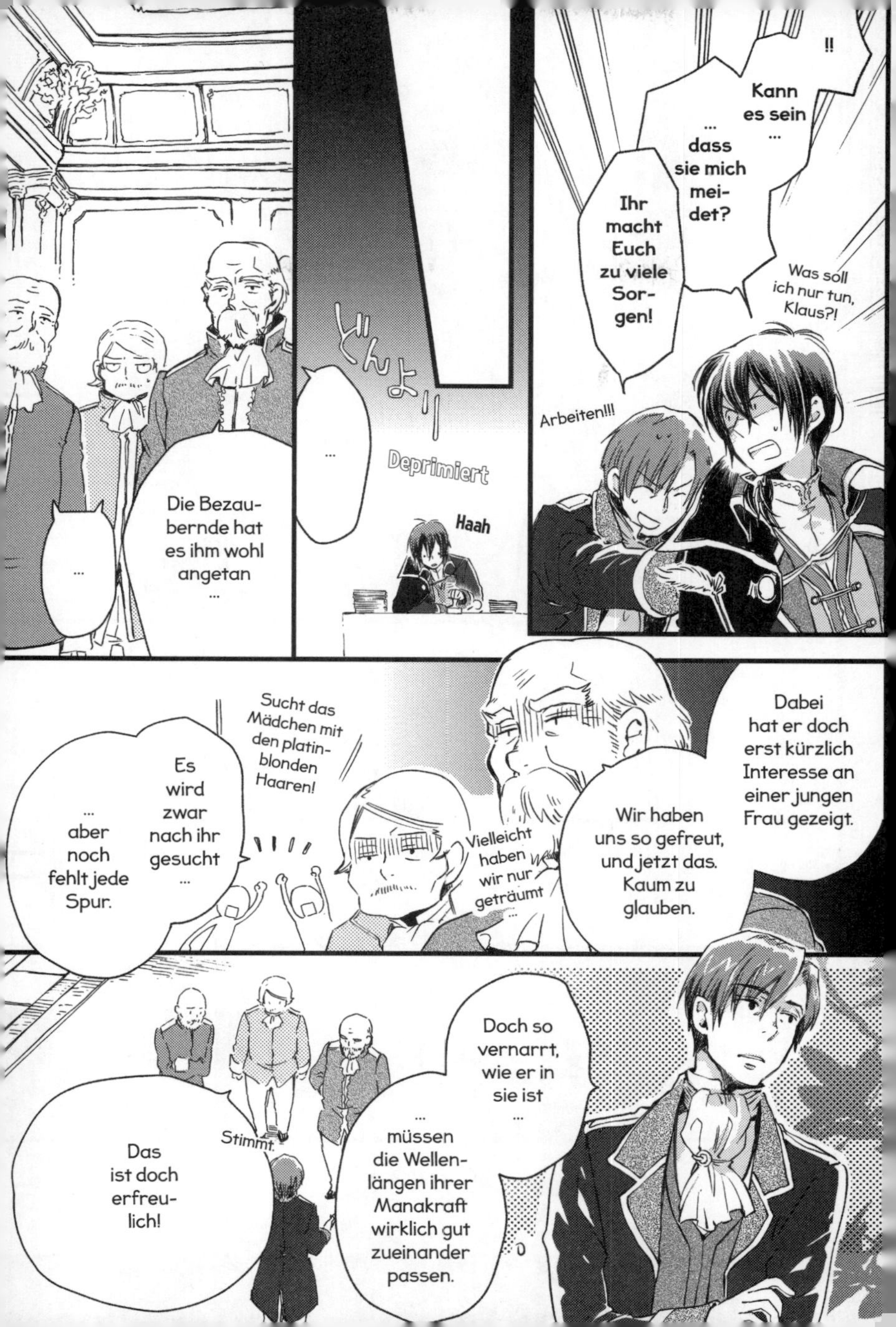
!!
Kann es sein ...
... dass sie mich meidet?
Ihr macht Euch zu viele Sorgen!
Was soll ich nur tun, Klaus?!
Arbeiten!!!
どんより
Deprimiert
...
Haah
Die Bezaubernde hat es ihm wohl angetan ...
...
Dabei hat er doch erst kürzlich Interesse an einer jungen Frau gezeigt.
Wir haben uns so gefreut, und jetzt das. Kaum zu glauben.
Vielleicht haben wir nur geträumt ...
Sucht das Mädchen mit den platinblonden Haaren!
Es wird zwar nach ihr gesucht ...
... aber noch fehlt jede Spur.
Doch so vernarrt, wie er in sie ist ...
... müssen die Wellenlängen ihrer Manakraft wirklich gut zueinander passen.
Stimmt.
Das ist doch erfreulich!

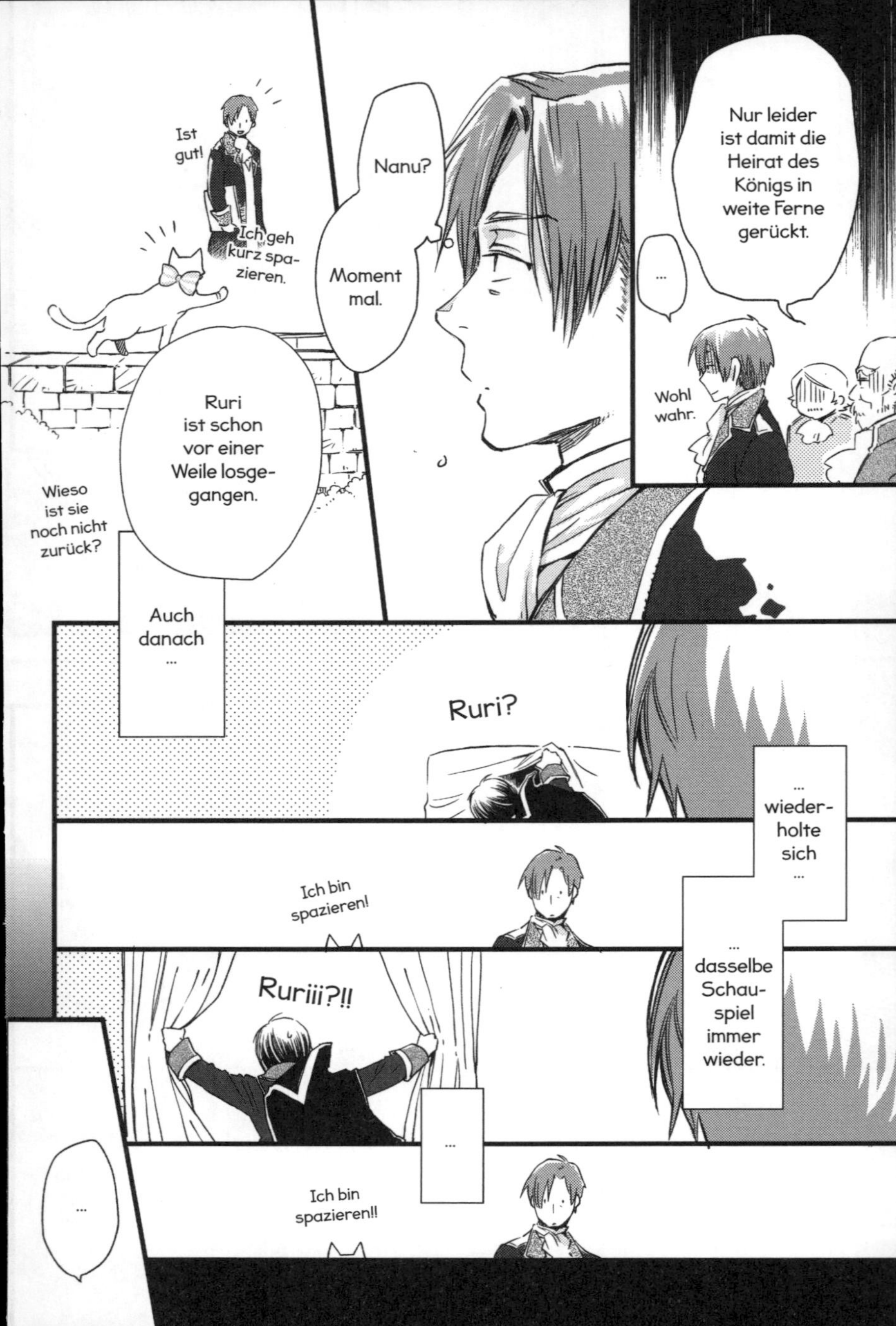
Nur leider ist damit die Heirat des Königs in weite Ferne gerückt.
...
Wohl wahr.
Nanu?
Moment mal.
Ist gut!
Ich geh kurz spazieren.
Ruri ist schon vor einer Weile losgegangen.
Wieso ist sie noch nicht zurück?
Auch danach ...
... wiederholte sich ...
... dasselbe Schauspiel immer wieder.
Ruri?
Ich bin spazieren!
Ruriii?!!
...
Ich bin spazieren!!
...

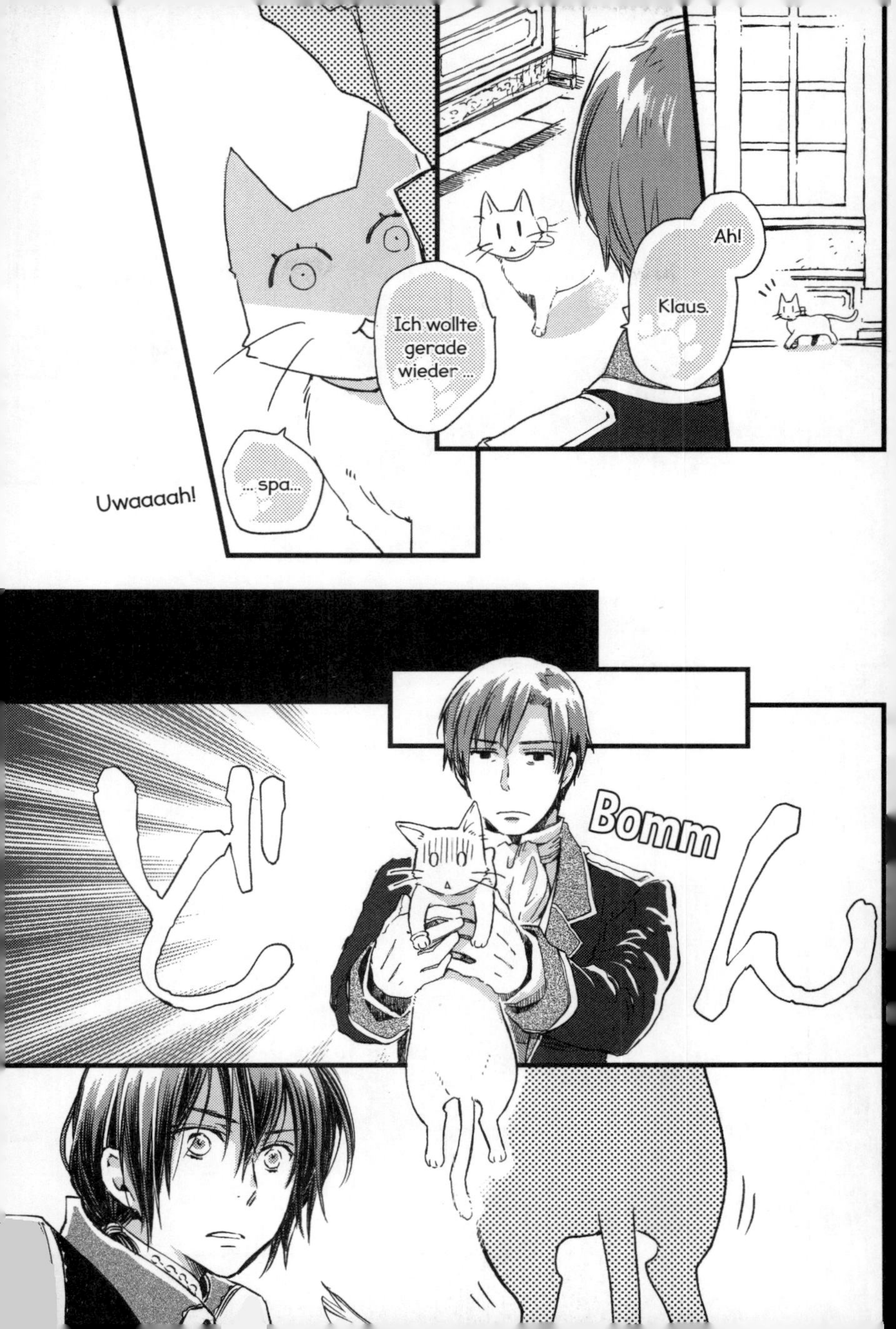
Ah!
Klaus.
Ich wollte gerade wieder ...
... spa...
Uwaaaah!
Bomm
どん

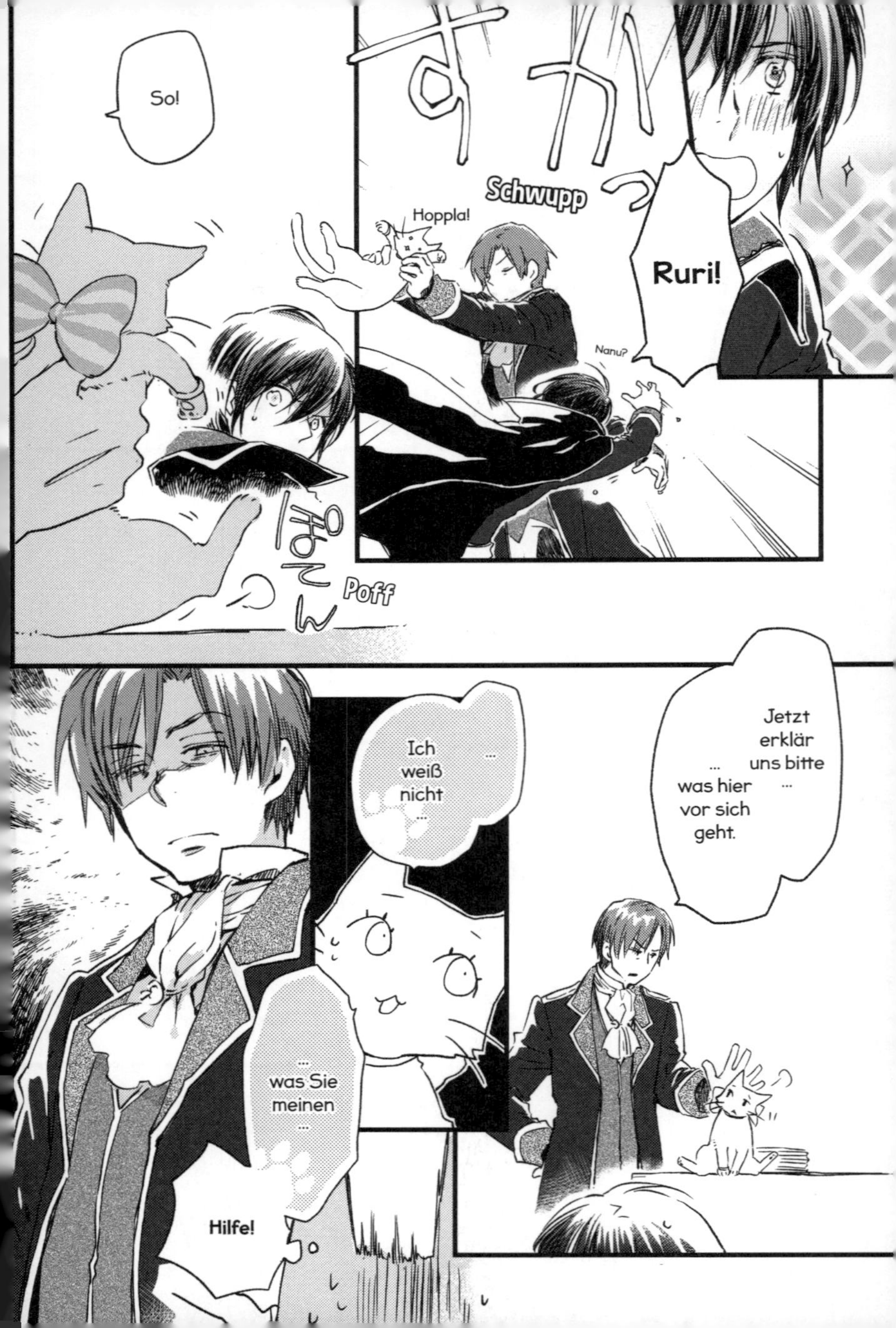
Ruri!
Schwupp
Hoppla!
Nanu?
So!
Poff
Jetzt erklär uns bitte … was hier vor sich geht.
… Ich weiß nicht …
… was Sie meinen …
Hilfe!

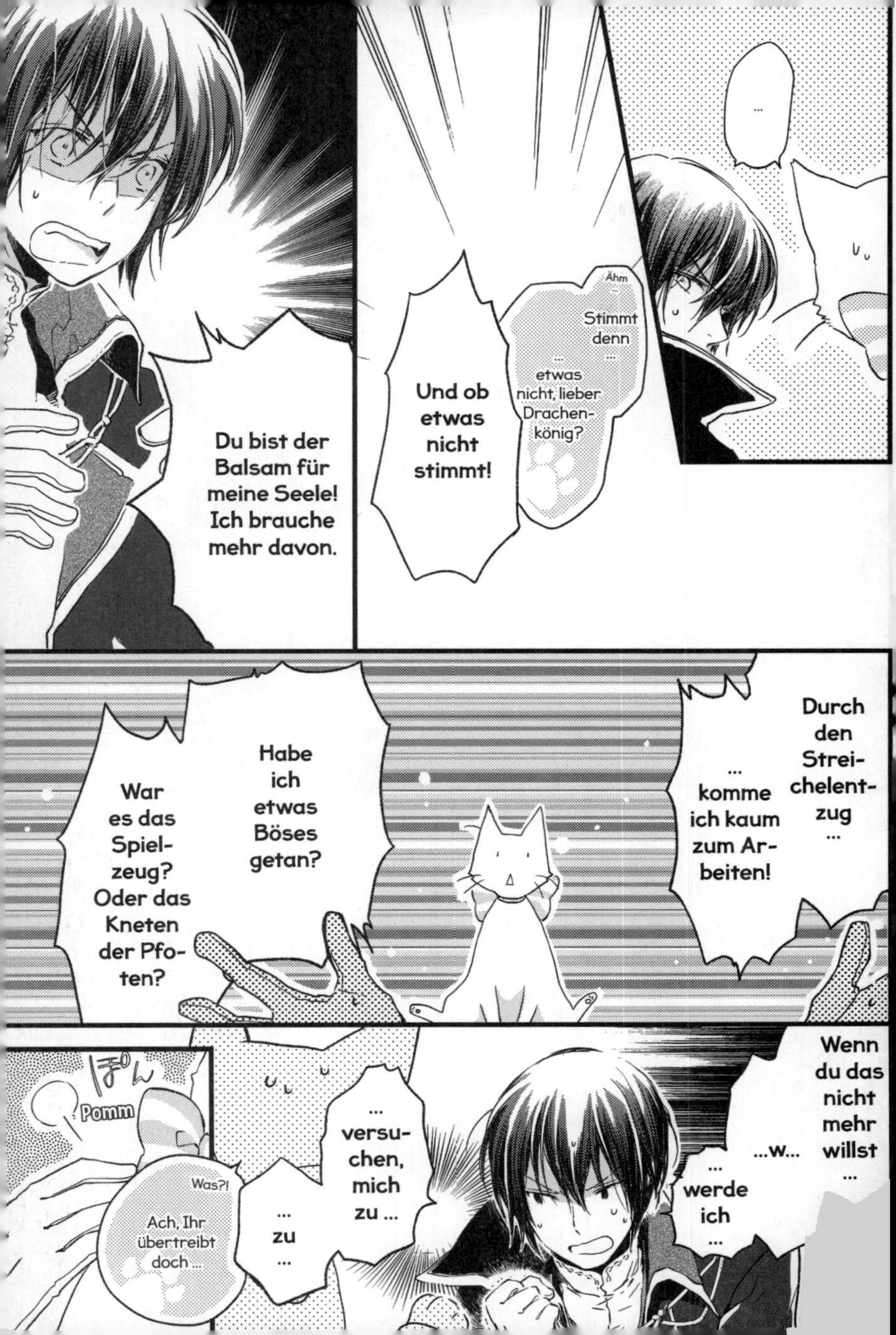

...
Ähm ... Stimmt denn ... etwas nicht, lieber Drachenkönig?
Und ob etwas nicht stimmt!
Du bist der Balsam für meine Seele! Ich brauche mehr davon.
Durch den Streichelentzug ...
... komme ich kaum zum Arbeiten!
Habe ich etwas Böses getan?
War es das Spielzeug? Oder das Kneten der Pfoten?
Wenn du das nicht mehr willst ...
...w...
... werde ich ...
... versuchen, mich zu ...
... zu ...
Was?!
Ach, Ihr übertreibt doch ...
ぽん
Pomm

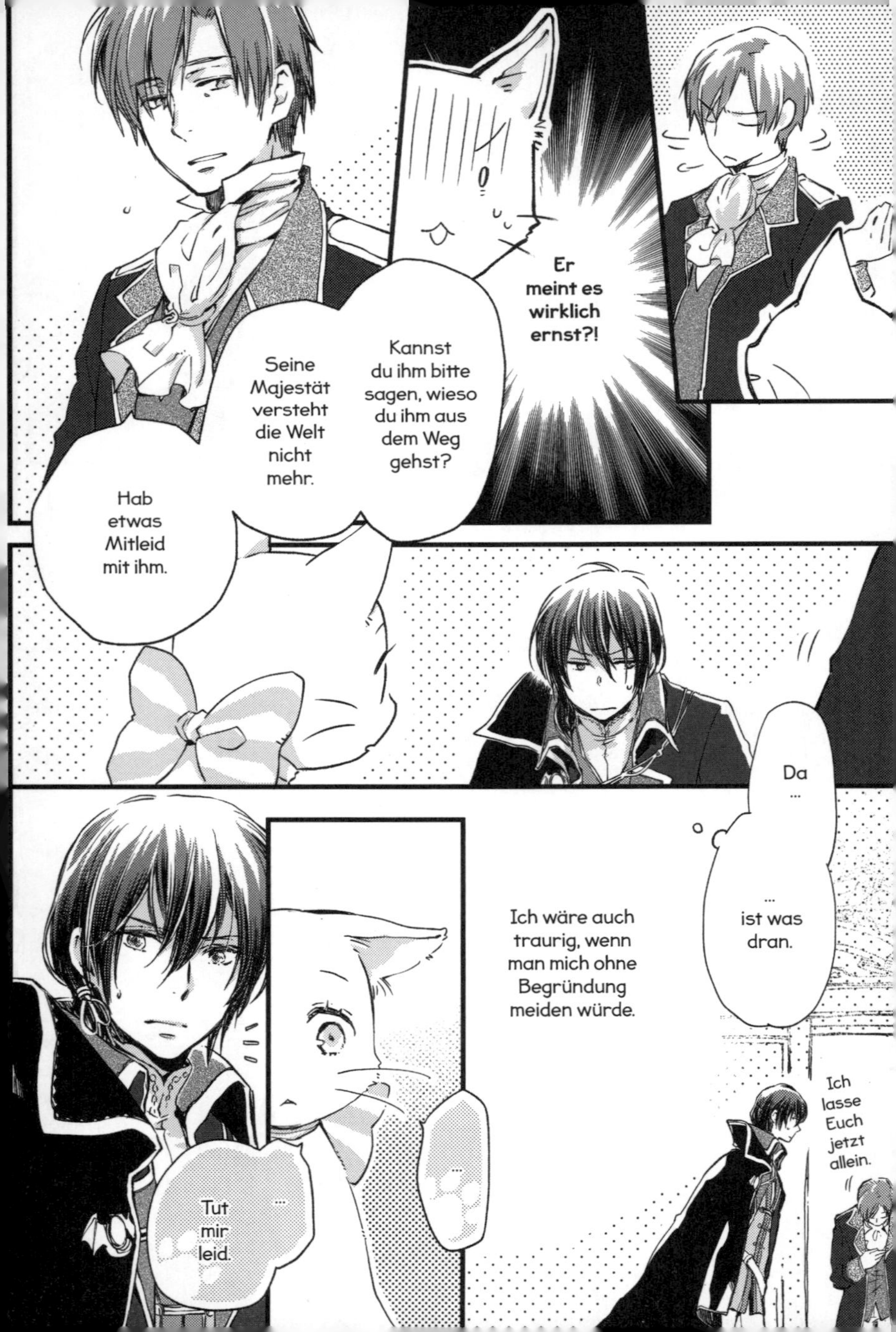
Kannst du ihm bitte sagen, wieso du ihm aus dem Weg gehst?
Seine Majestät versteht die Welt nicht mehr.
Hab etwas Mitleid mit ihm.
Er meint es wirklich ernst?!
Da ...
... ist was dran.
Ich wäre auch traurig, wenn man mich ohne Begründung meiden würde.
Ich lasse Euch jetzt allein.
...
... Tut mir leid.

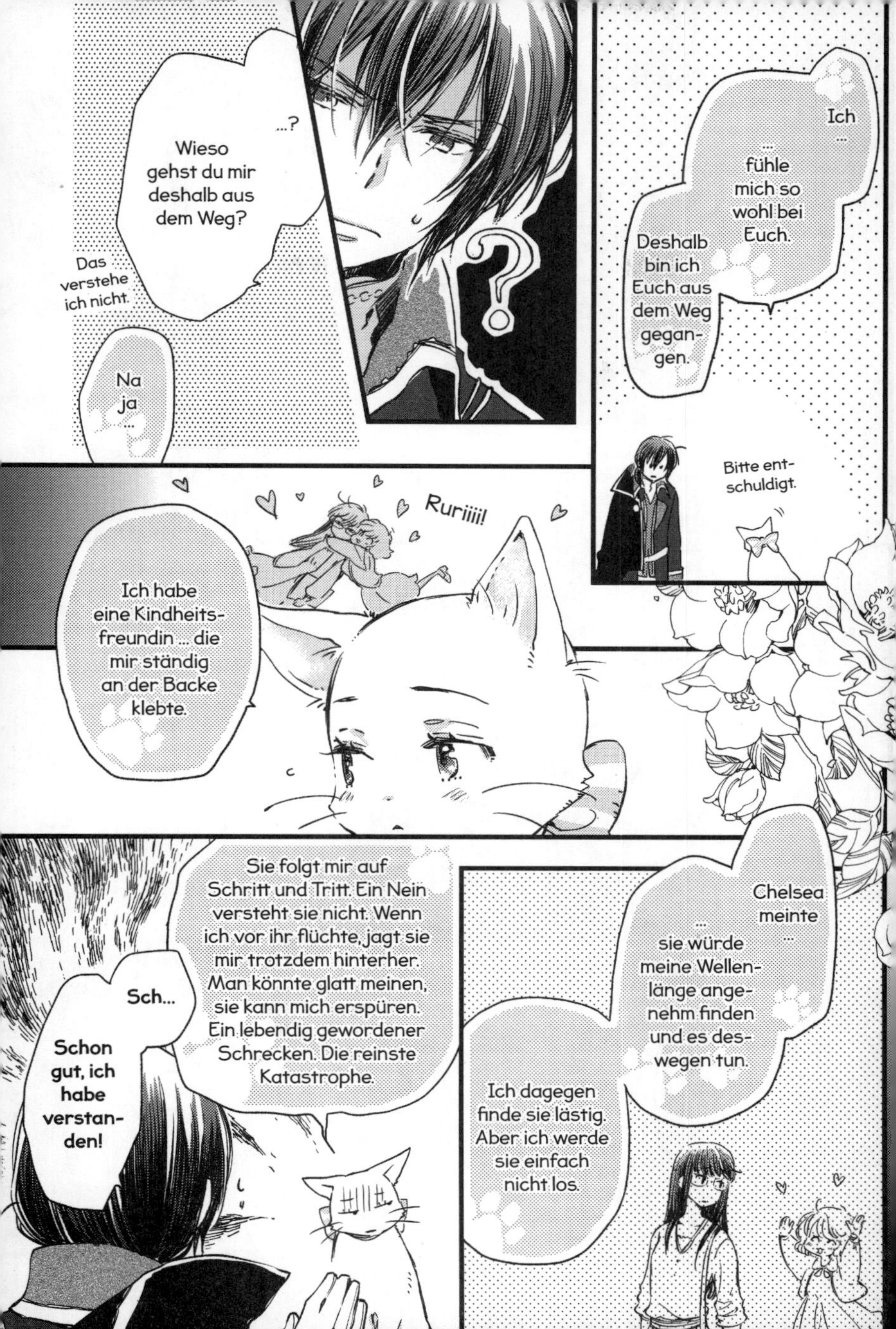
Ich ... fühle mich so wohl bei Euch.
Deshalb bin ich Euch aus dem Weg gegangen.
Bitte entschuldigt.
...?
Wieso gehst du mir deshalb aus dem Weg?
Das verstehe ich nicht.
Na ja ...
Ruriiii!
Ich habe eine Kindheitsfreundin ... die mir ständig an der Backe klebte.
Chelsea meinte ... sie würde meine Wellenlänge angenehm finden und es deswegen tun.
Ich dagegen finde sie lästig. Aber ich werde sie einfach nicht los.
Sie folgt mir auf Schritt und Tritt. Ein Nein versteht sie nicht. Wenn ich vor ihr flüchte, jagt sie mir trotzdem hinterher. Man könnte glatt meinen, sie kann mich erspüren. Ein lebendig gewordener Schrecken. Die reinste Katastrophe.
Sch...
Schon gut, ich habe verstanden!

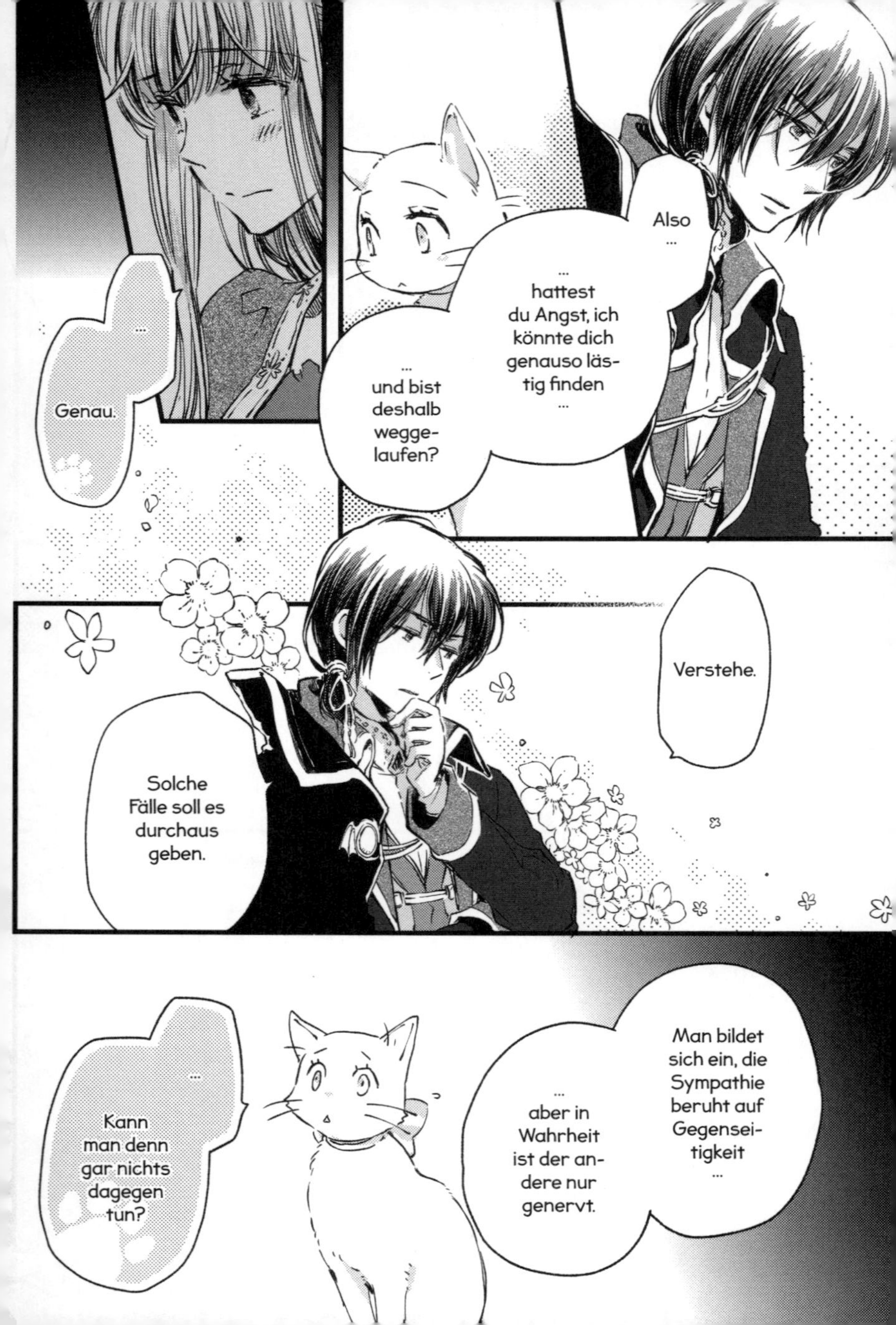
Also ...
... hattest du Angst, ich könnte dich genauso lästig finden ...
... und bist deshalb weggelaufen?
... Genau.
Verstehe.
Solche Fälle soll es durchaus geben.
Man bildet sich ein, die Sympathie beruht auf Gegenseitigkeit ...
... aber in Wahrheit ist der andere nur genervt.
... Kann man denn gar nichts dagegen tun?

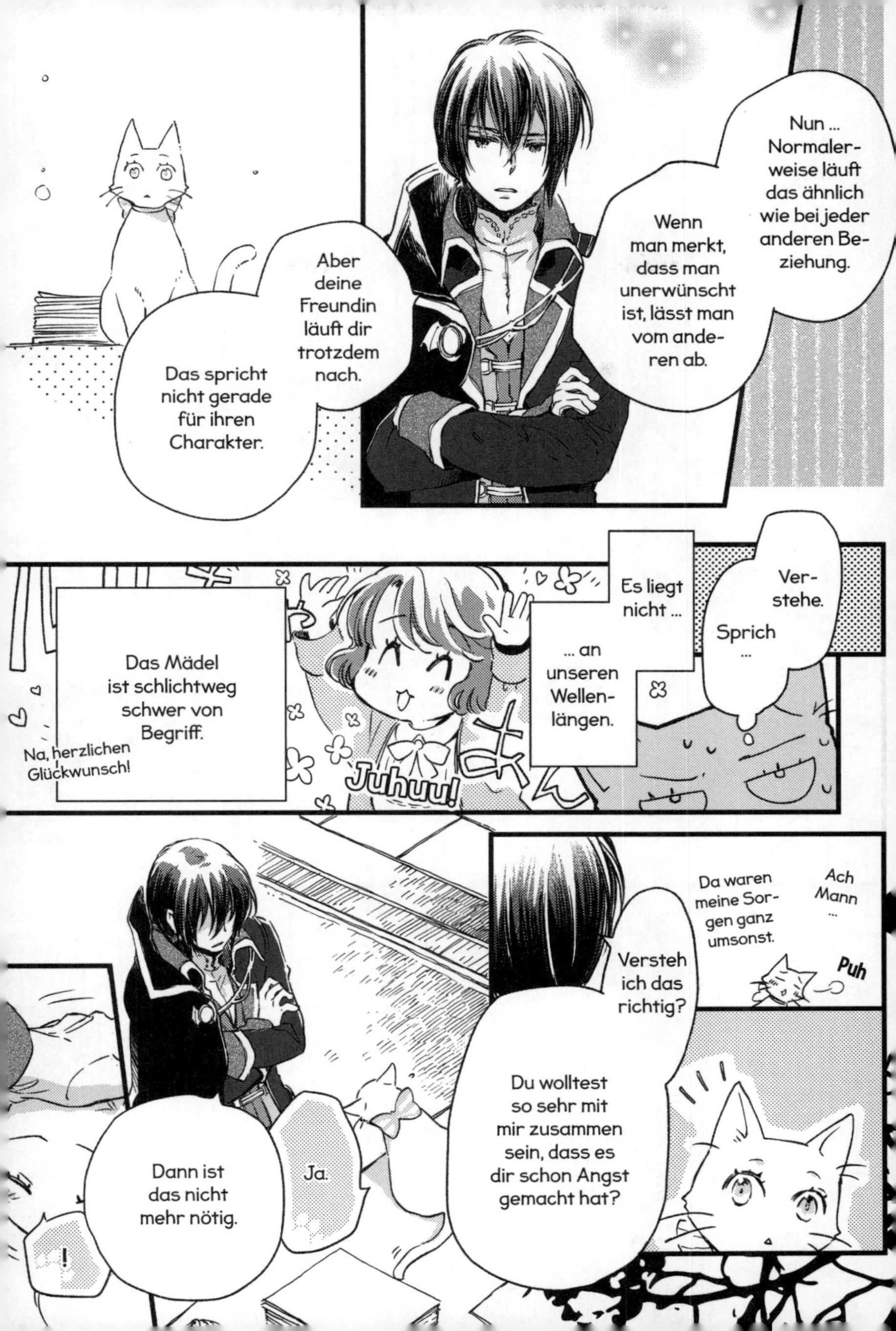

Nun ... Normalerweise läuft das ähnlich wie bei jeder anderen Beziehung.
Wenn man merkt, dass man unerwünscht ist, lässt man vom anderen ab.
Aber deine Freundin läuft dir trotzdem nach.
Das spricht nicht gerade für ihren Charakter.
Verstehe.
Sprich ...
Es liegt nicht ...
... an unseren Wellenlängen.
Juhuu!
Das Mädel ist schlichtweg schwer von Begriff.
Na, herzlichen Glückwunsch!
Ach Mann ...
Da waren meine Sorgen ganz umsonst.
Puh
Versteh ich das richtig?
Du wolltest so sehr mit mir zusammen sein, dass es dir schon Angst gemacht hat?
Ja.
Dann ist das nicht mehr nötig.
!

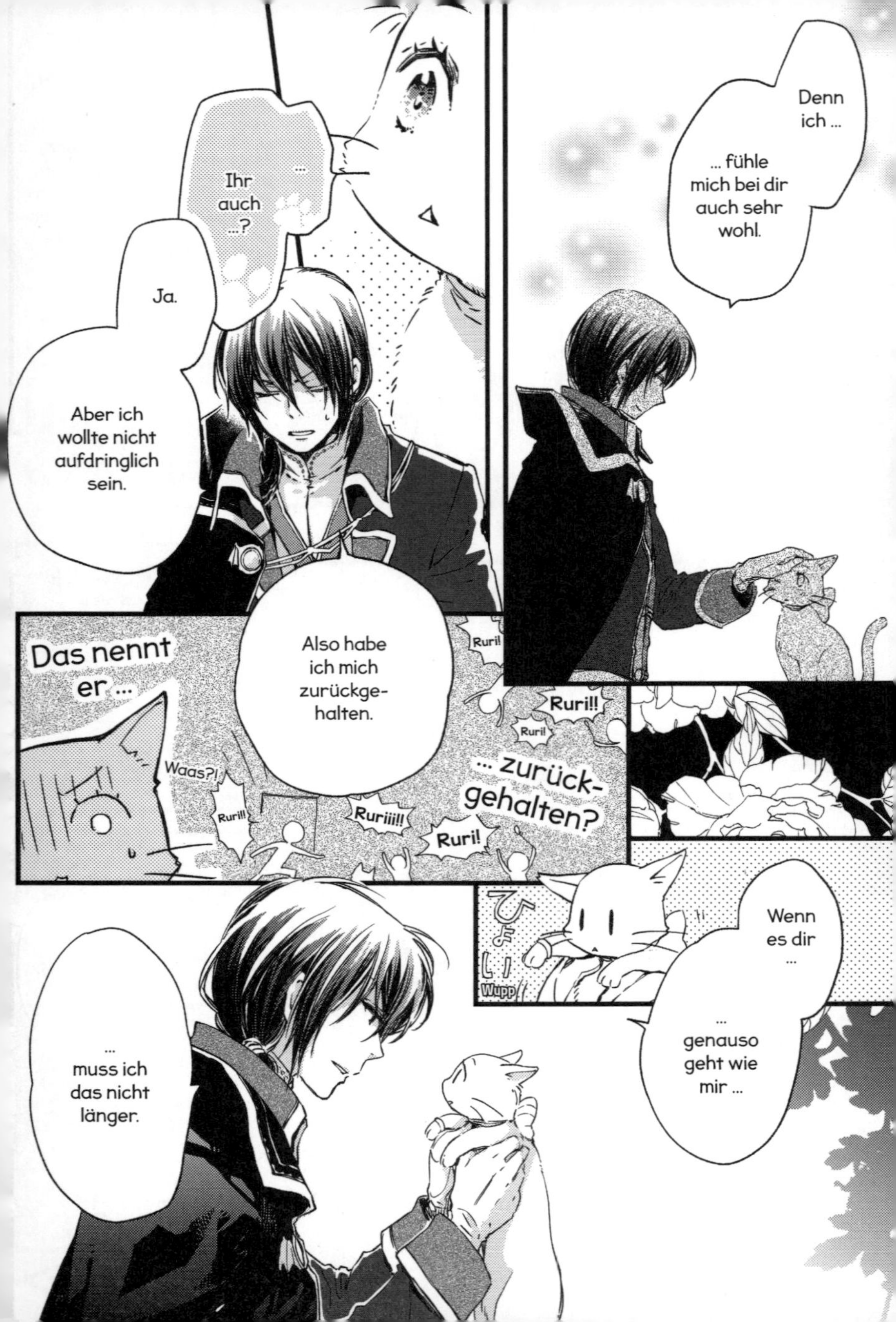
Denn ich …
… fühle mich bei dir auch sehr wohl.
… Ihr auch …?
Ja.
Aber ich wollte nicht aufdringlich sein.
Also habe ich mich zurückgehalten.
Ruri!
Ruri!!
Ruri!
Das nennt er …
… zurückgehalten?
Waas?!
Ruri!!
Ruriii!!
Ruri!
Wupp
Wenn es dir …
… genauso geht wie mir …
… muss ich das nicht länger.

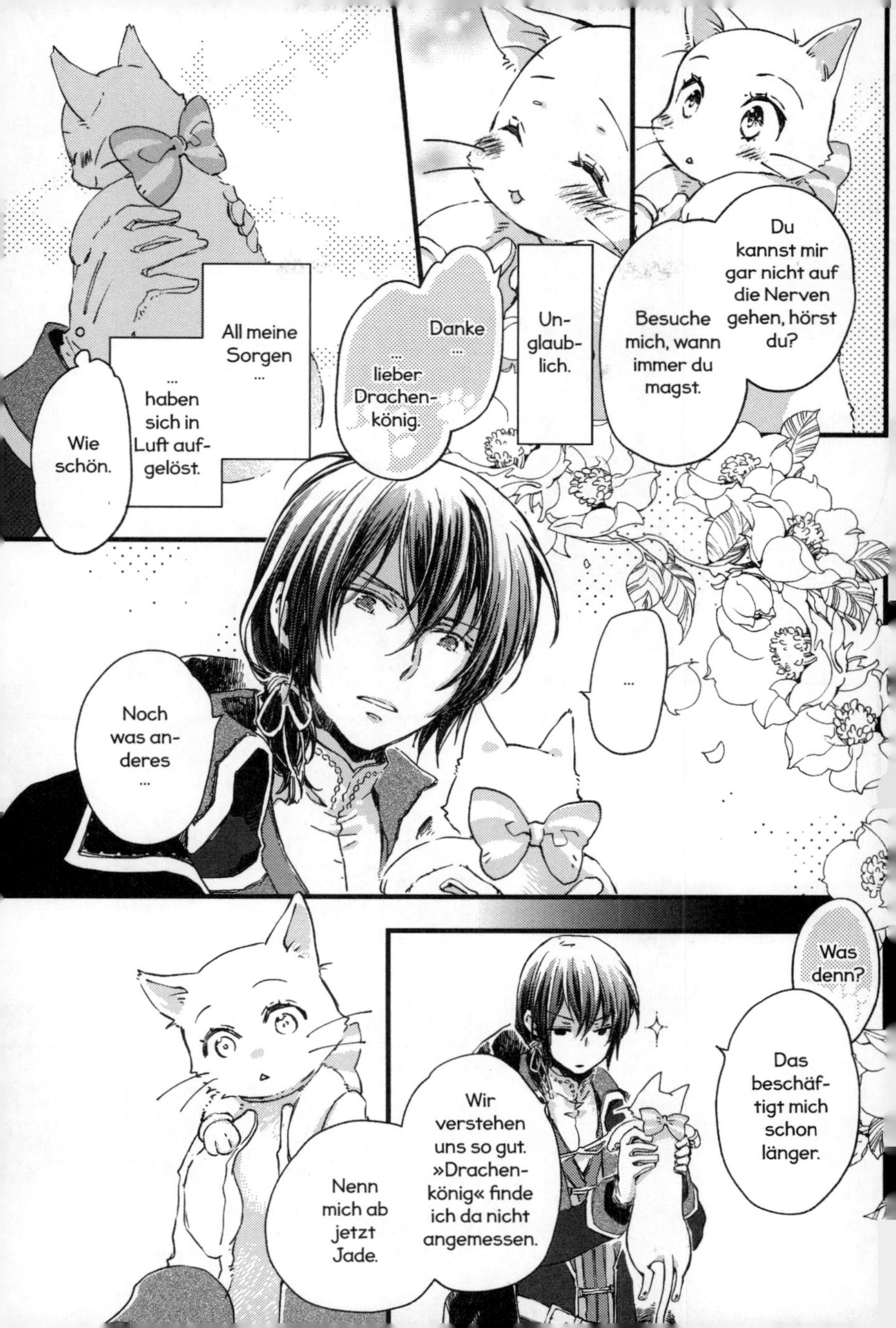

Du kannst mir gar nicht auf die Nerven gehen, hörst du?
Besuche mich, wann immer du magst.
Unglaublich.
Danke ... lieber Drachenkönig.
All meine Sorgen ... haben sich in Luft aufgelöst.
Wie schön.
...
Noch was anderes ...
Was denn?
Das beschäftigt mich schon länger.
Wir verstehen uns so gut. »Drachenkönig« finde ich da nicht angemessen.
Nenn mich ab jetzt Jade.

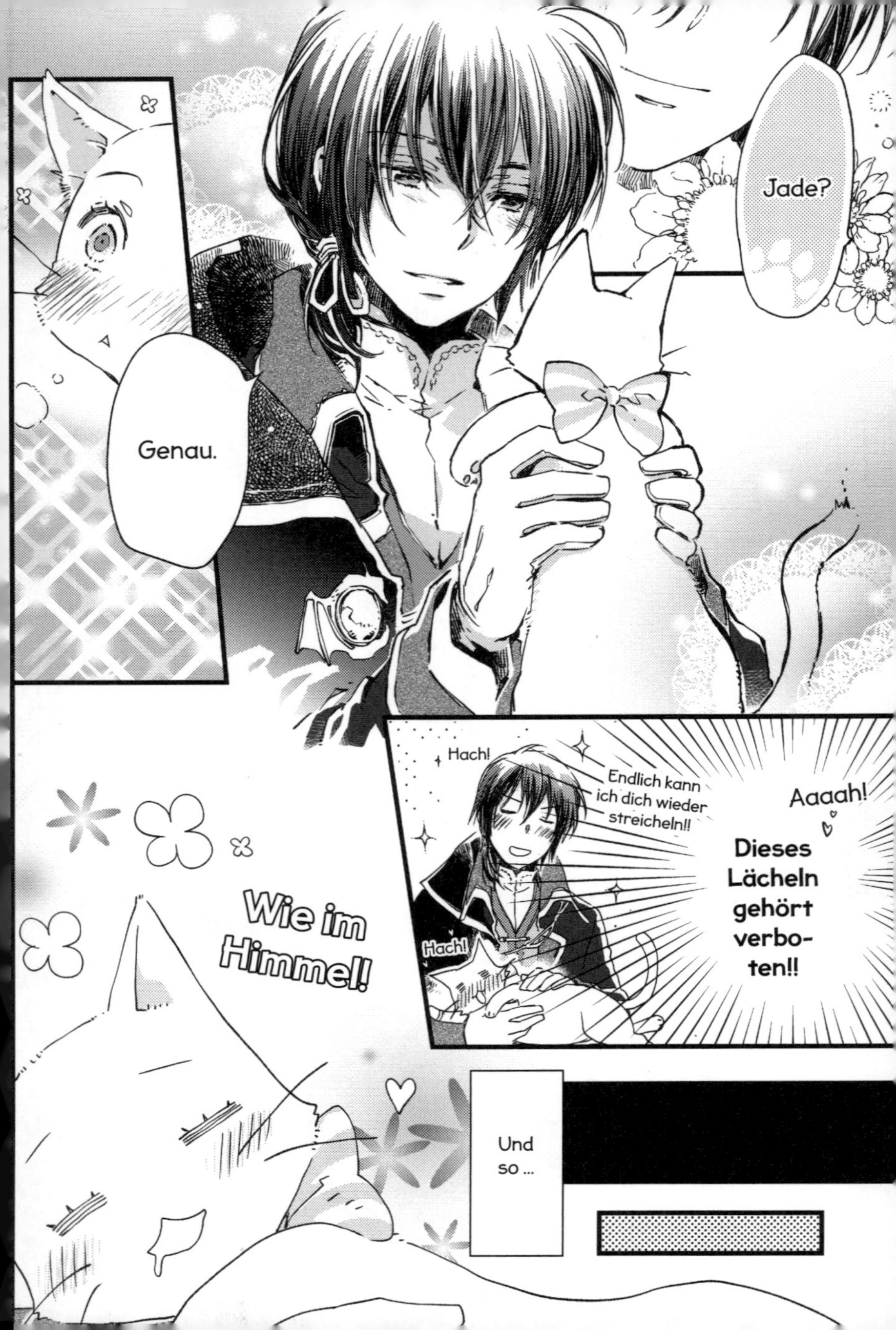
Jade?
Genau.
Aaaah!
Dieses Lächeln gehört verboten!!
Hach!
Endlich kann ich dich wieder streicheln!!
Hach!
Wie im Himmel!
Und so ...

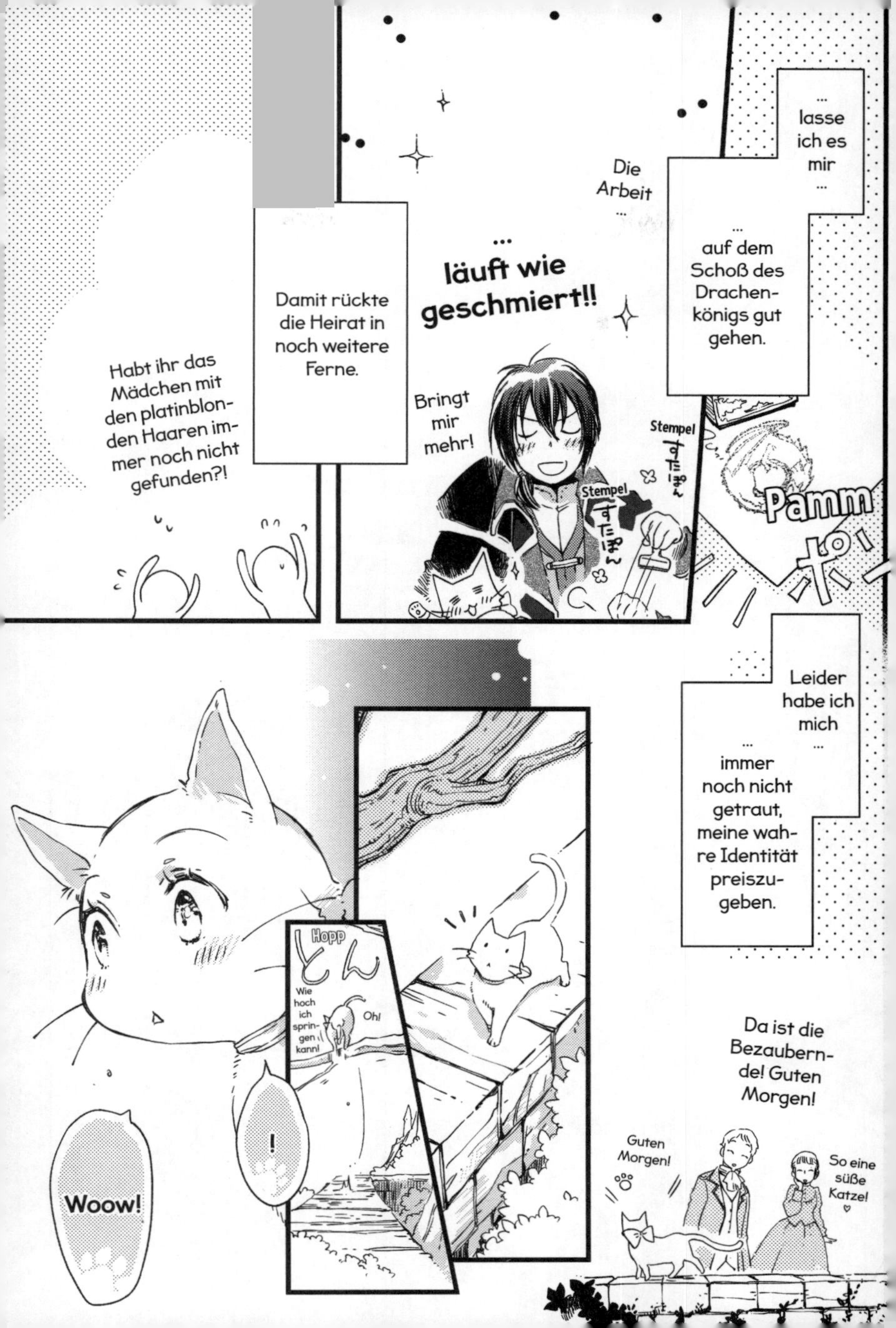

... lasse ich es mir ...
... auf dem Schoß des Drachenkönigs gut gehen.
Die Arbeit ...
... läuft wie geschmiert!!
Stempel
すたぽん
Stempel
すたぽん
Pamm
ポー
Bringt mir mehr!
Damit rückte die Heirat in noch weitere Ferne.
Habt ihr das Mädchen mit den platinblonden Haaren immer noch nicht gefunden?!
Leider habe ich mich ...
... immer noch nicht getraut, meine wahre Identität preiszugeben.
Da ist die Bezaubernde! Guten Morgen!
Guten Morgen!
So eine süße Katze!
Hopp
とん
Wie hoch ich springen kann!
Oh!
!
Woow!

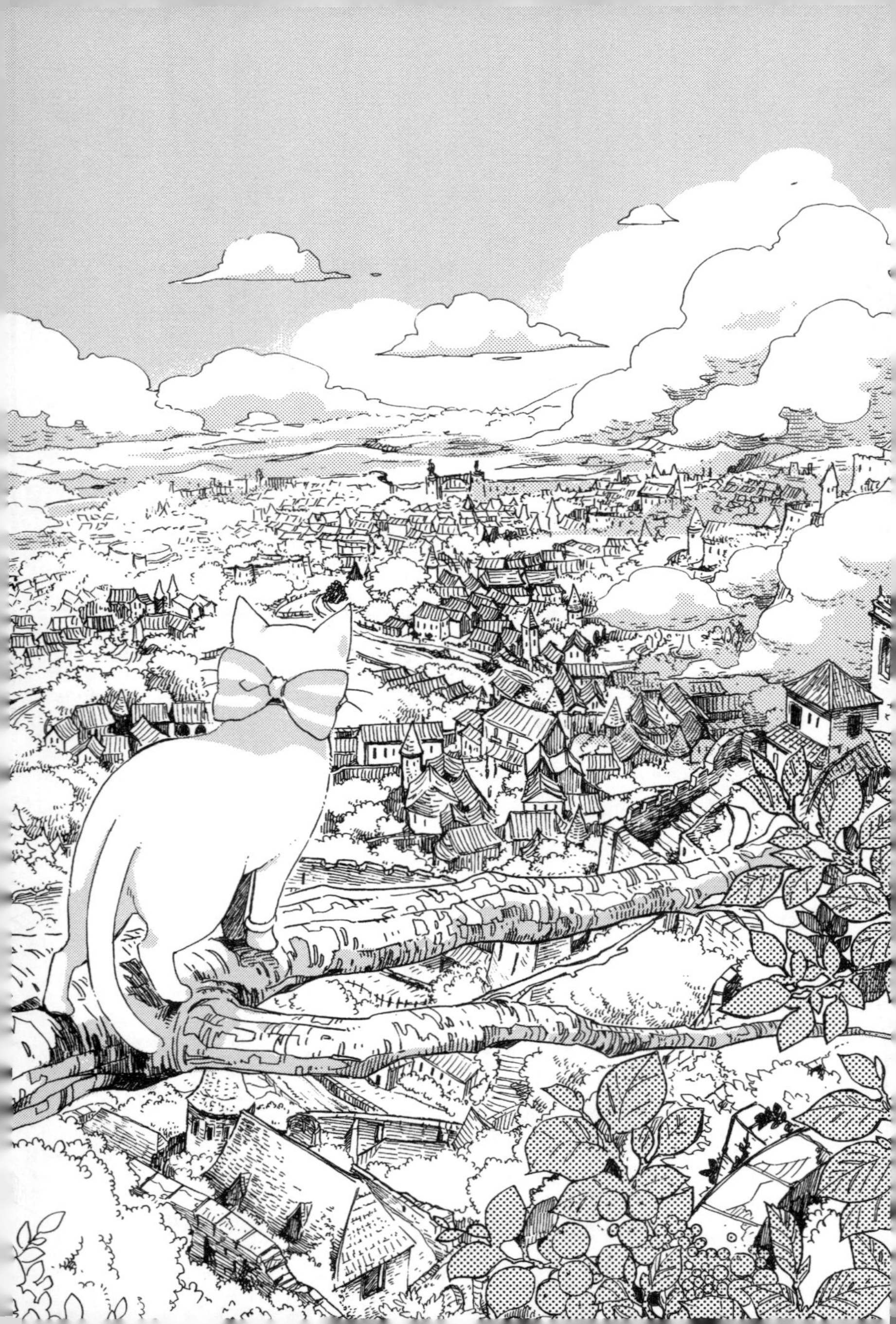

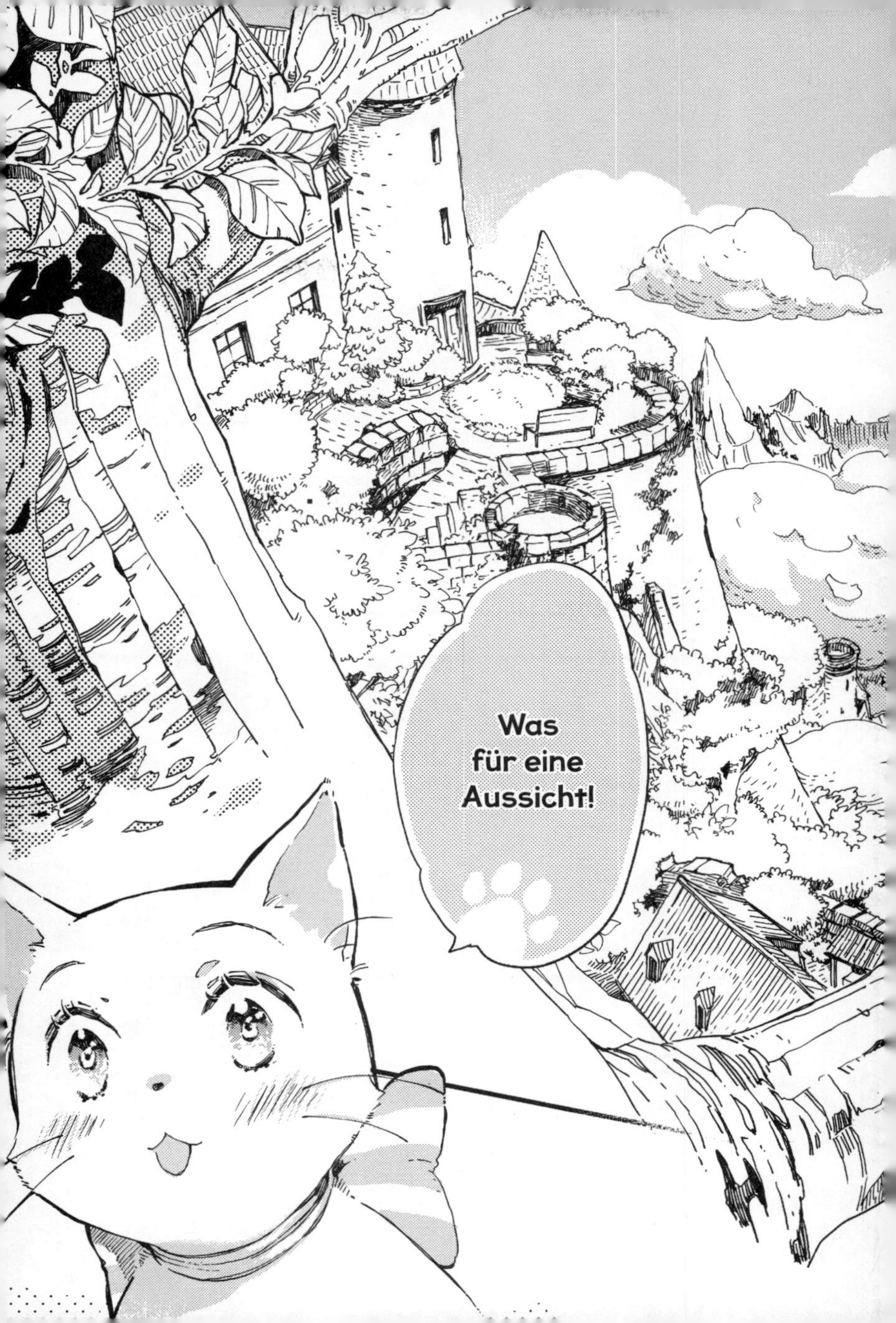
Was
für eine
Aussicht!

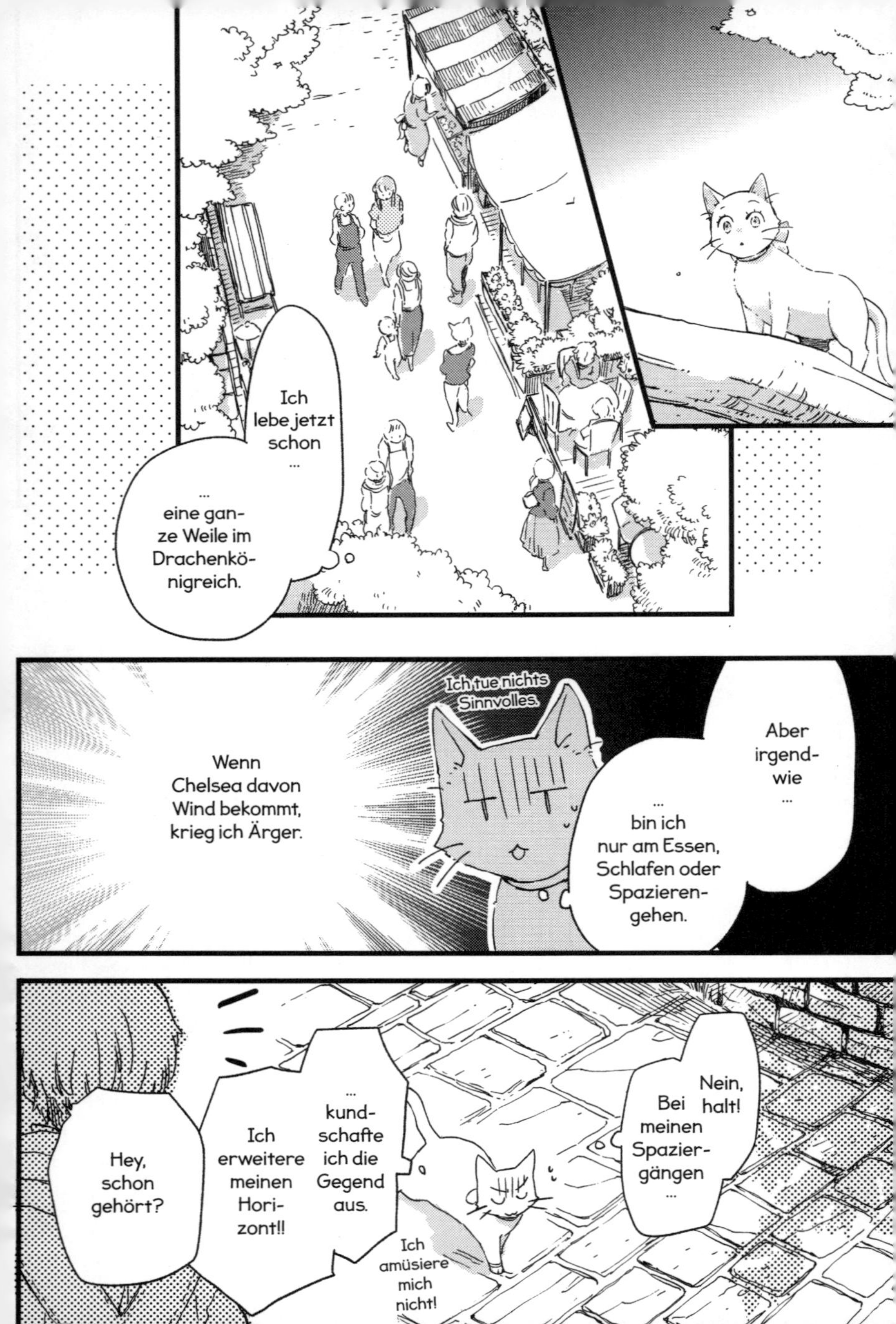

Ich lebe jetzt schon ...
... eine ganze Weile im Drachenkönigreich.
Aber irgendwie ...
... bin ich nur am Essen, Schlafen oder Spazierengehen.
Ich tue nichts Sinnvolles.
Wenn Chelsea davon Wind bekommt, krieg ich Ärger.
Nein, halt!
Bei meinen Spaziergängen ...
Ich amüsiere mich nicht!
... kundschafte ich die Gegend aus.
Ich erweitere meinen Horizont!!
Hey, schon gehört?

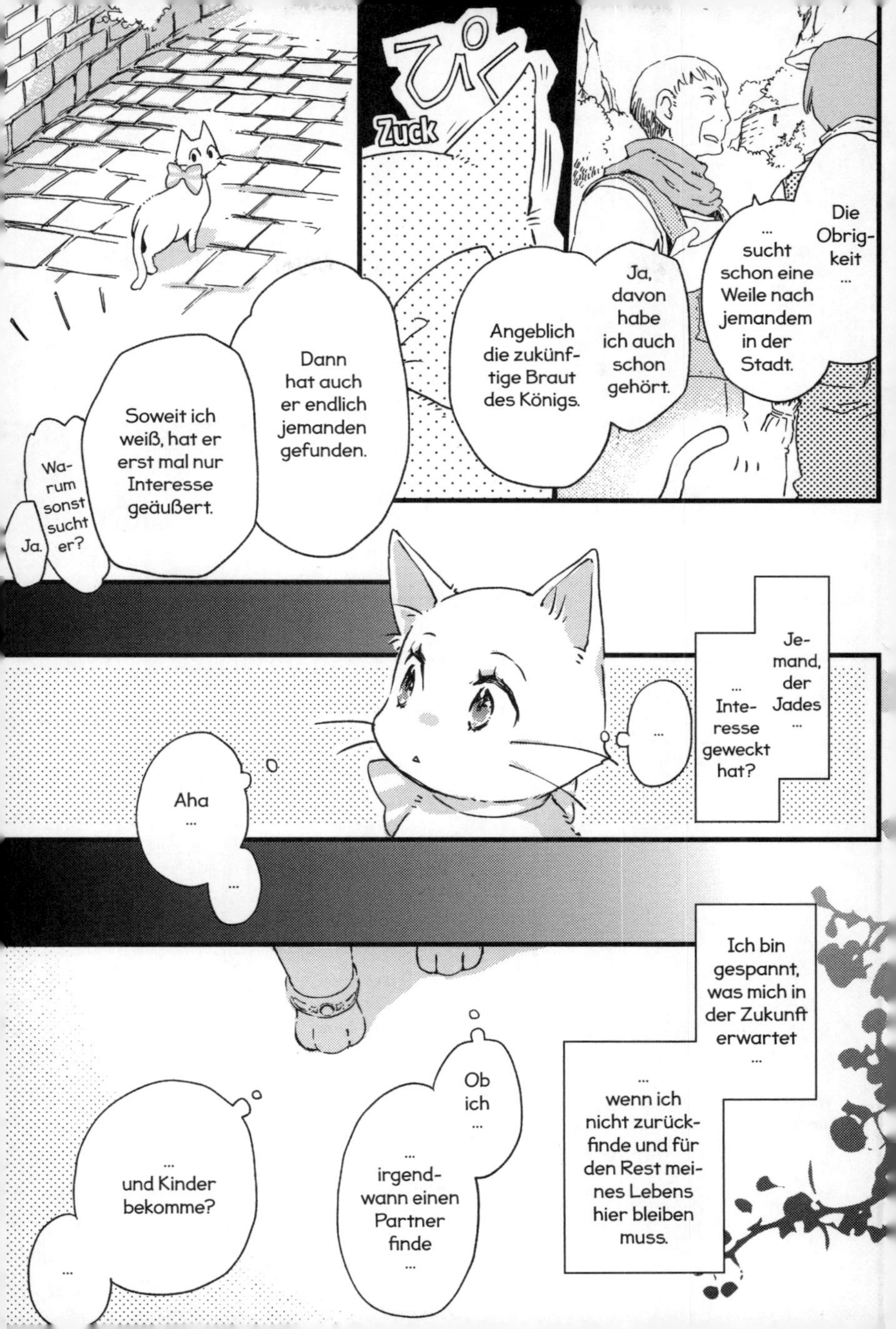

Die Obrigkeit ...
... sucht schon eine Weile nach jemandem in der Stadt.
Ja, davon habe ich auch schon gehört.
Angeblich die zukünftige Braut des Königs.
ぴく
Zuck
Dann hat auch er endlich jemanden gefunden.
Soweit ich weiß, hat er erst mal nur Interesse geäußert.
Warum sonst sucht er?
Ja.
Jemand, der Jades ...
... Interesse geweckt hat?
...
Aha ...
...
Ich bin gespannt, was mich in der Zukunft erwartet ...
... wenn ich nicht zurückfinde und für den Rest meines Lebens hier bleiben muss.
Ob ich ...
... irgendwann einen Partner finde ...
... und Kinder bekomme?
...

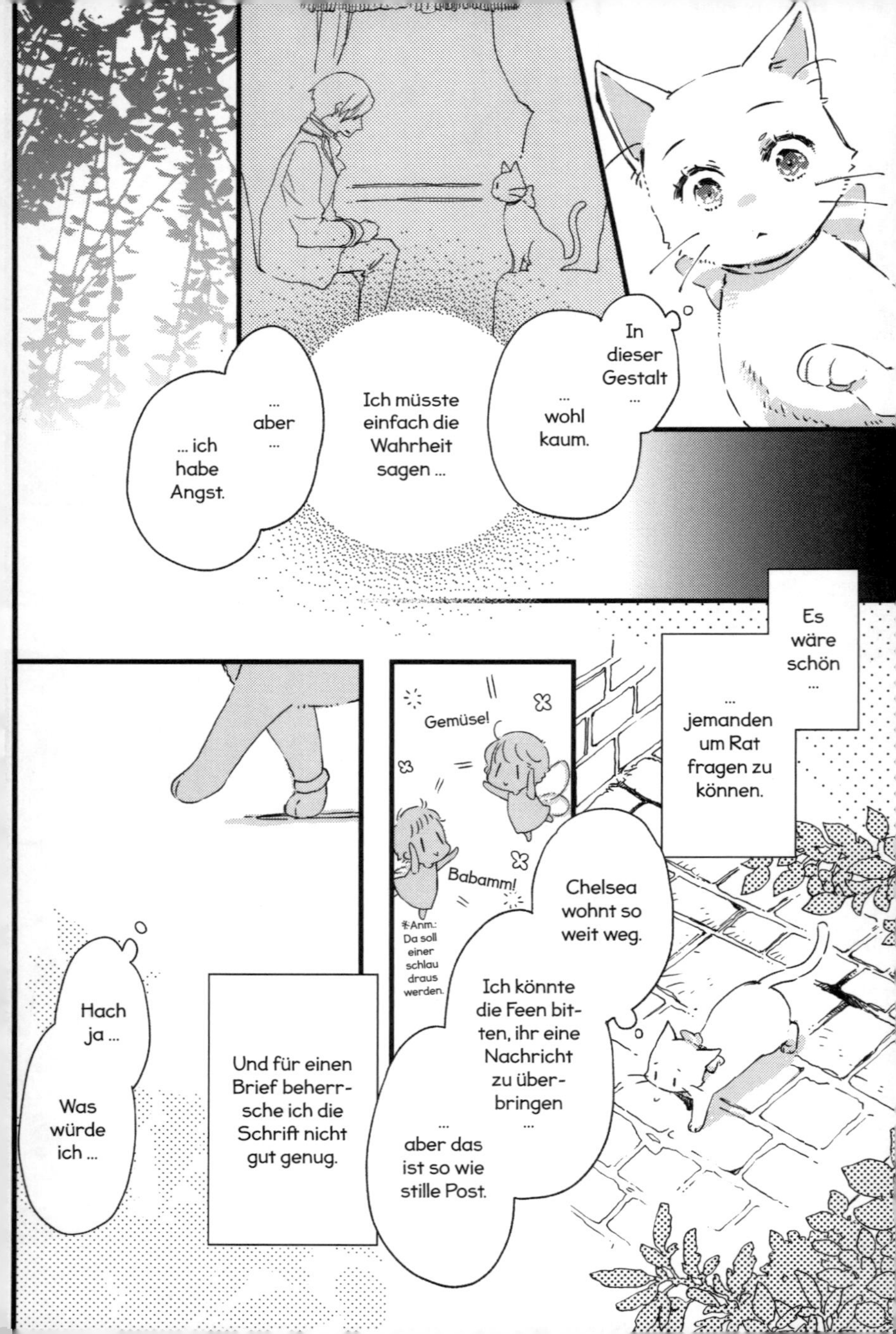
In dieser Gestalt … … wohl kaum.
Ich müsste einfach die Wahrheit sagen …
… aber … … ich habe Angst.
Es wäre schön … … jemanden um Rat fragen zu können.
Chelsea wohnt so weit weg.
Ich könnte die Feen bitten, ihr eine Nachricht zu überbringen … … aber das ist so wie stille Post.
Gemüse!
Babamm!
*Anm.: Da soll einer schlau draus werden.
Und für einen Brief beherrsche ich die Schrift nicht gut genug.
Hach ja …
Was würde ich …

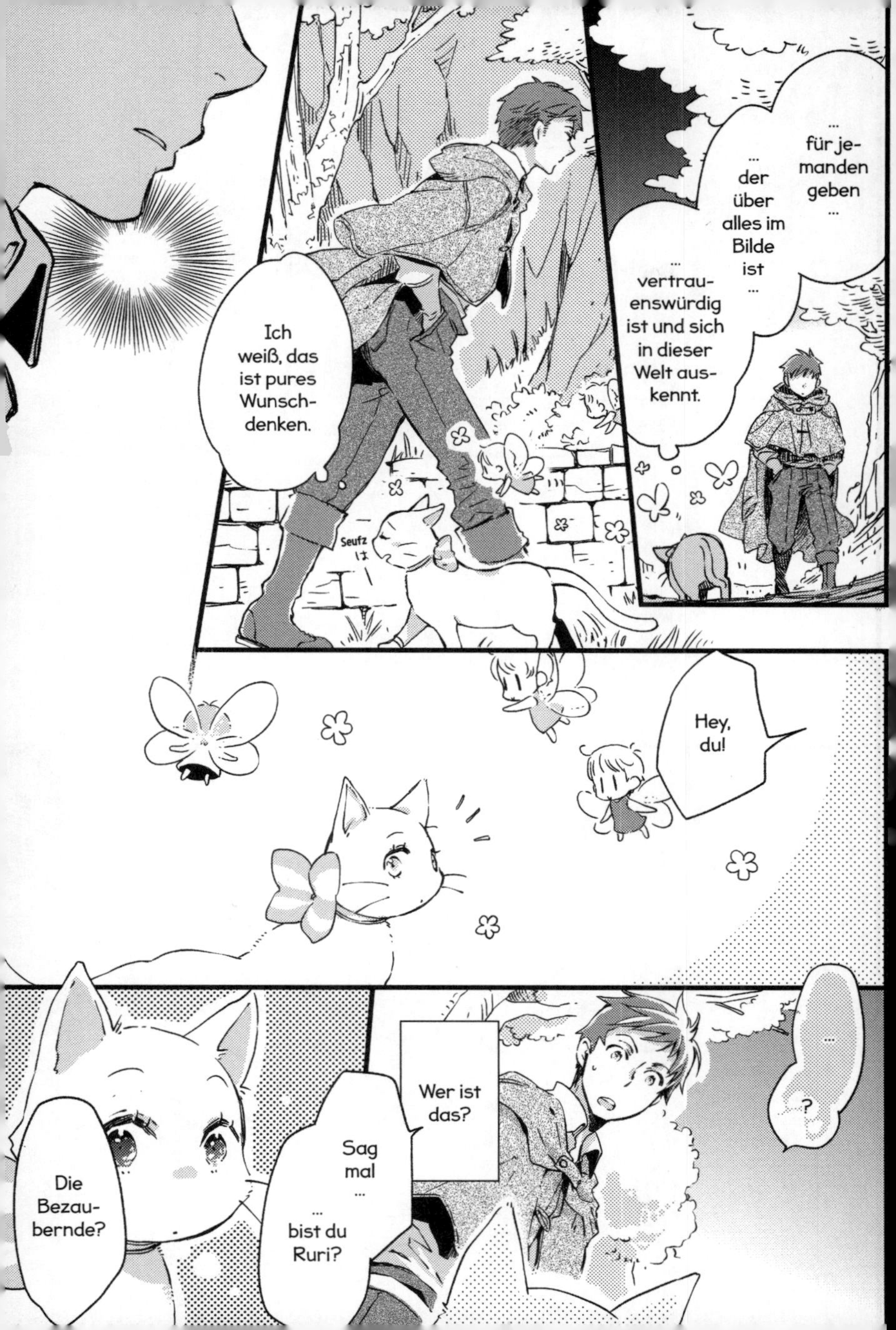
… für jemanden geben …
… der über alles im Bilde ist …
… vertrauenswürdig ist und sich in dieser Welt auskennt.
Ich weiß, das ist pures Wunschdenken.
Seufz
は
Hey, du!
…
?
Wer ist das?
Sag mal … … bist du Ruri?
Die Bezaubernde?

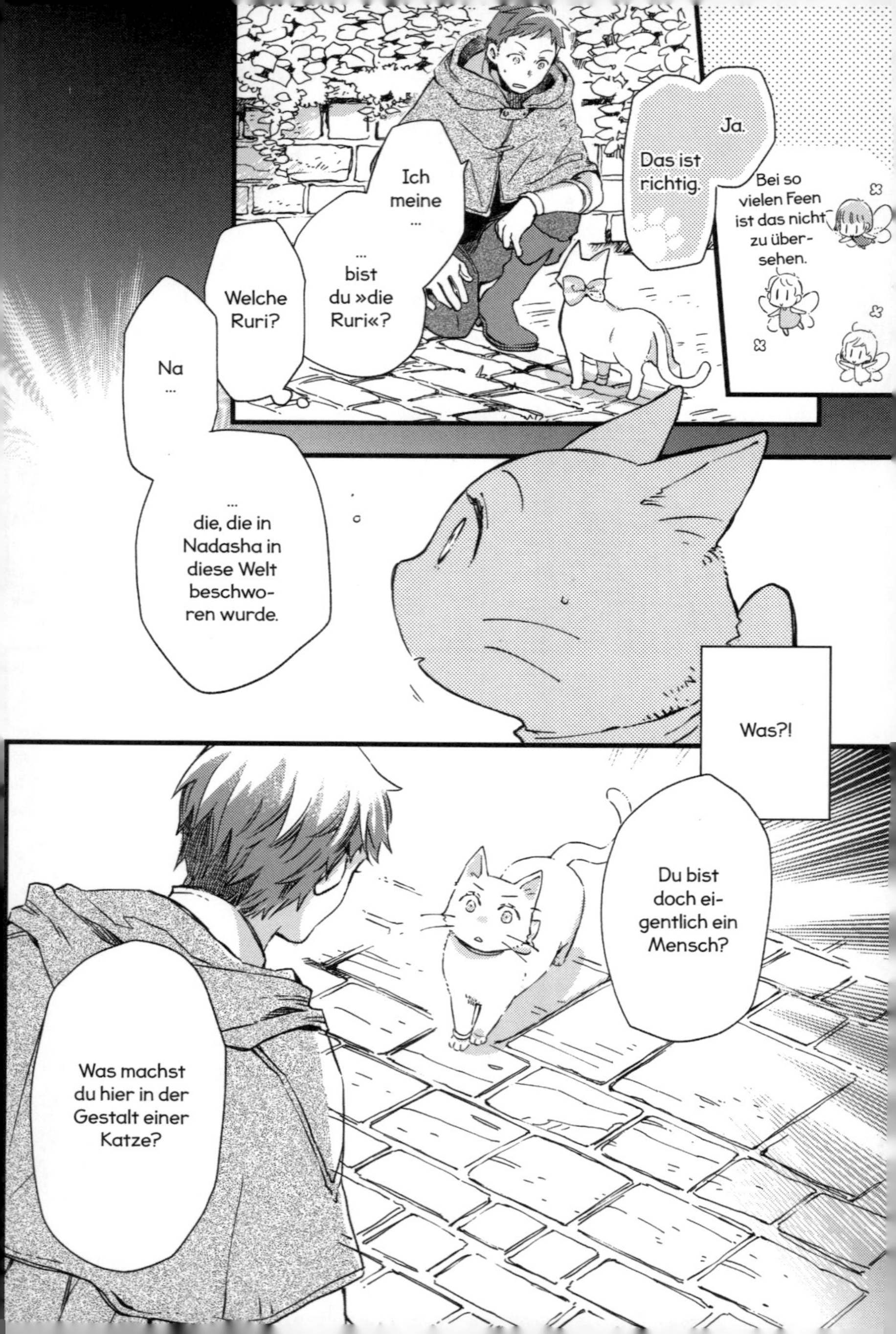

Ja. Das ist richtig.
Bei so vielen Feen ist das nicht zu übersehen.
Ich meine ... ... bist du »die Ruri«?
Welche Ruri?
Na ... ... die, die in Nadasha in diese Welt beschworen wurde.
Was?!
Du bist doch eigentlich ein Mensch?
Was machst du hier in der Gestalt einer Katze?

Die rachsüchtige weiße Katze und der Drachenkönig

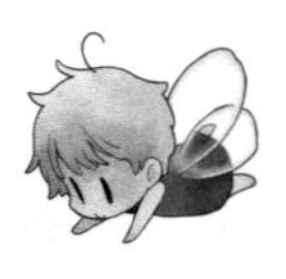

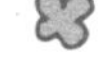

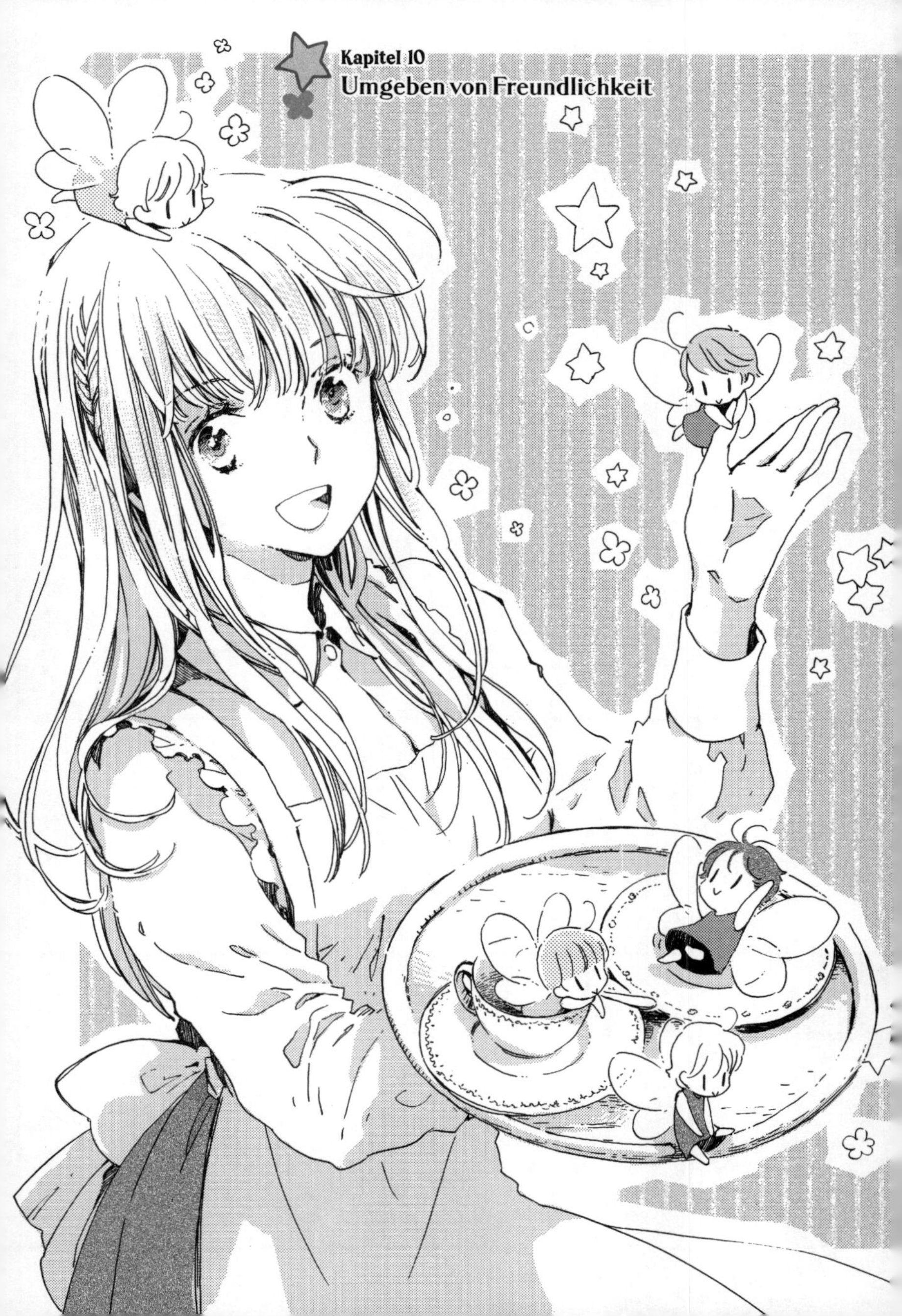
Kapitel 10
Umgeben von Freundlichkeit

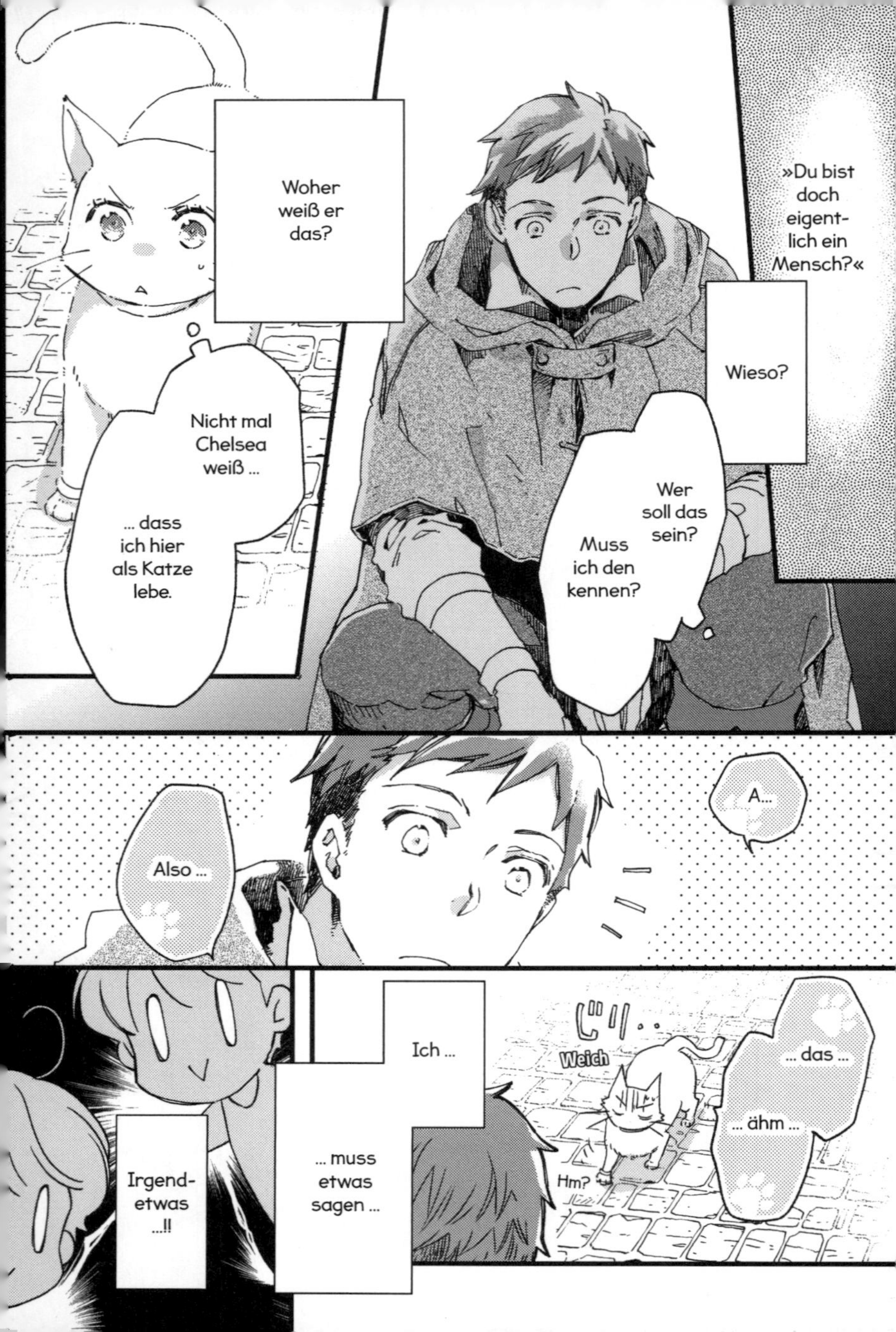
»Du bist doch eigentlich ein Mensch?«
Wieso?
Wer soll das sein?
Muss ich den kennen?
Woher weiß er das?
Nicht mal Chelsea weiß ...
... dass ich hier als Katze lebe.
A...
Also ...
... das ...
... ähm ...
Weich
Hm?
Ich ...
... muss etwas sagen ...
Irgend-etwas ...!!

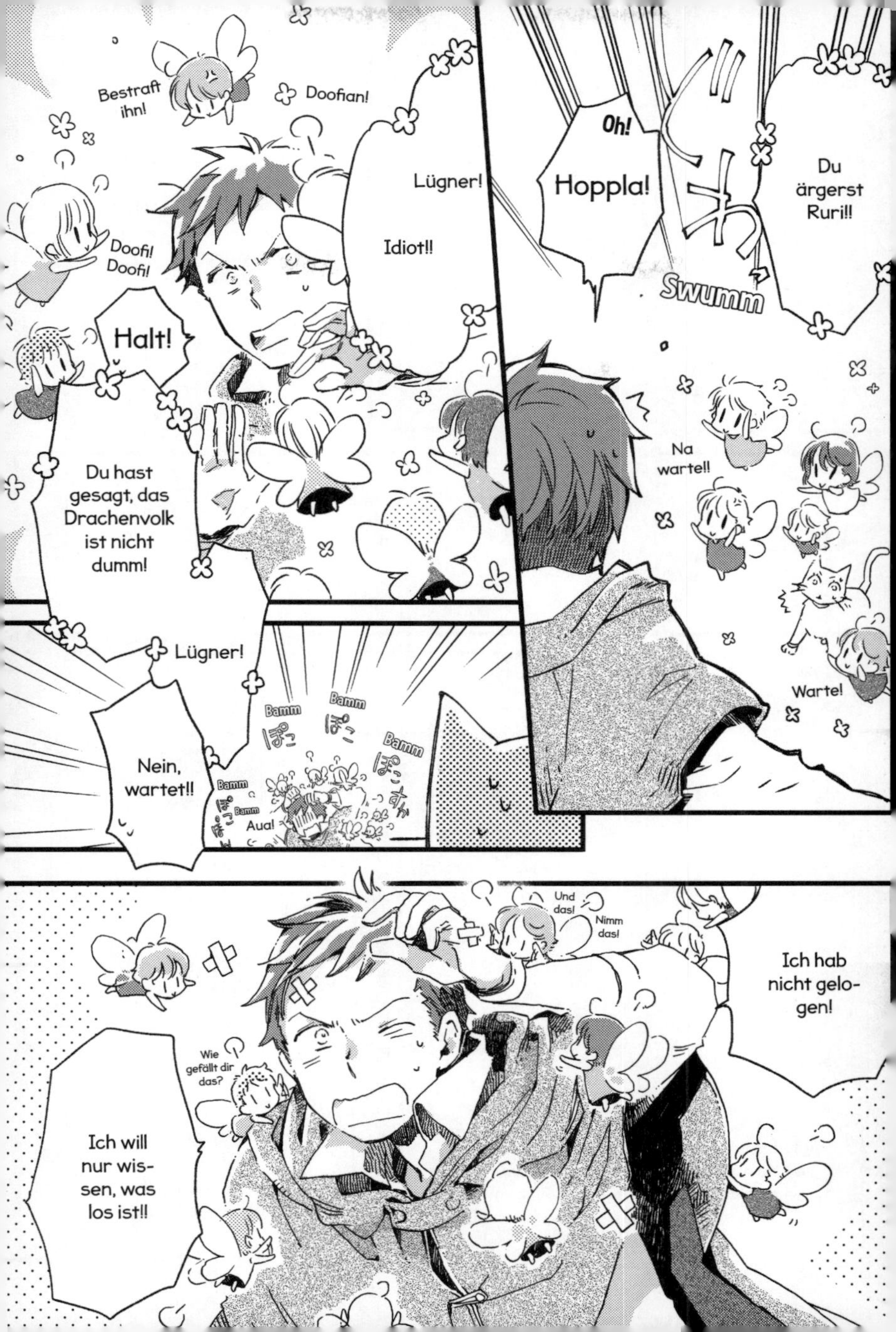

Du ärgerst Ruri!!
Oh!
Hoppla!
Swumm
Na wartet!!
Warte!
Lügner!
Idiot!!
Doofian!
Bestraft ihn!
Doofi! Doofi!
Halt!
Du hast gesagt, das Drachenvolk ist nicht dumm!
Lügner!
Bamm
Bamm
Bamm
Bamm
Bamm
Aua!
Nein, wartet!!
Und das!
Nimm das!
Ich hab nicht gelogen!
Wie gefällt dir das?
Ich will nur wissen, was los ist!!

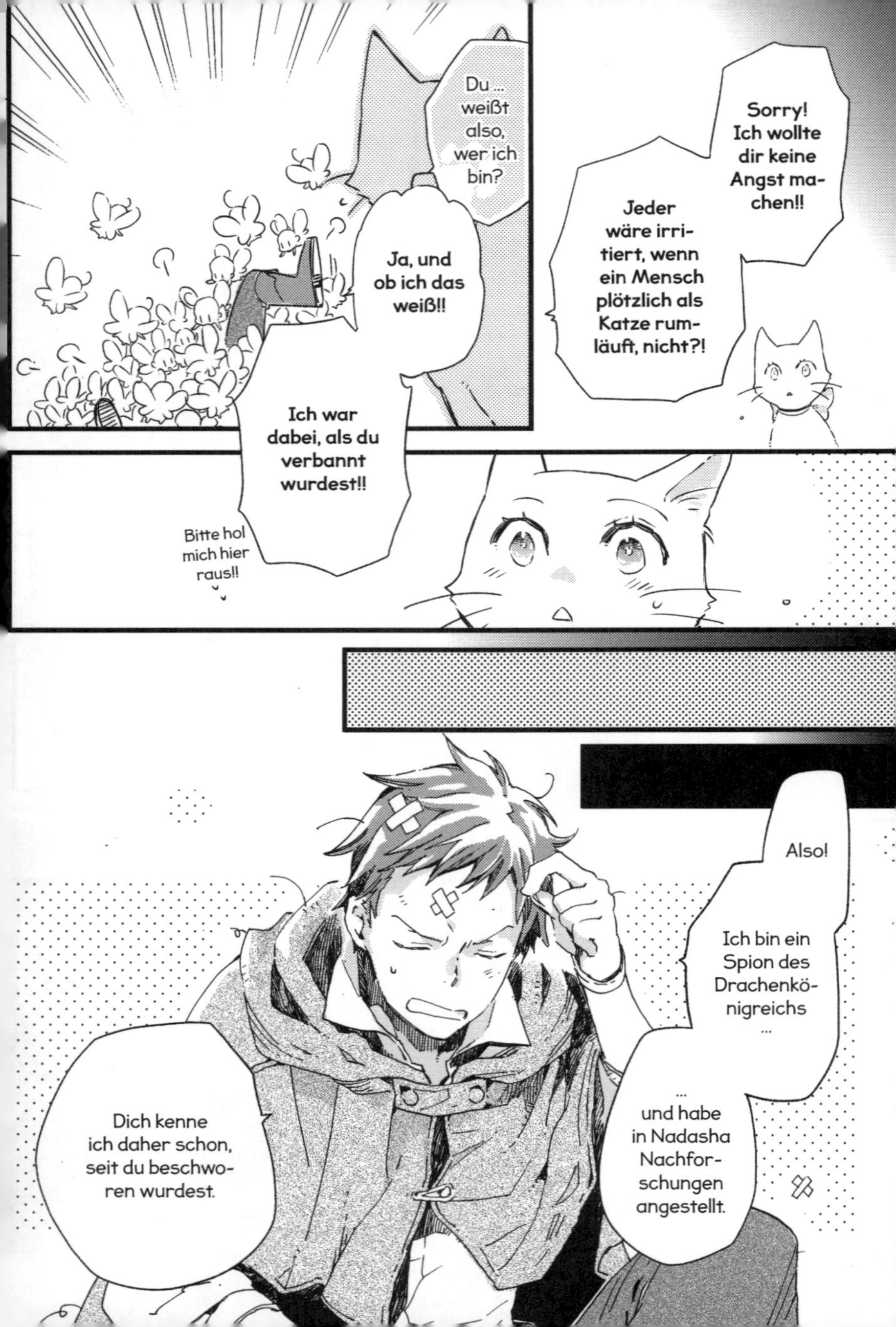
Sorry! Ich wollte dir keine Angst machen!!
Jeder wäre irritiert, wenn ein Mensch plötzlich als Katze rumläuft, nicht?!
Du ... weißt also, wer ich bin?
Ja, und ob ich das weiß!!
Ich war dabei, als du verbannt wurdest!!
Bitte hol mich hier raus!!
Also!
Ich bin ein Spion des Drachenkönigreichs ...
... und habe in Nadasha Nachforschungen angestellt.
Dich kenne ich daher schon, seit du beschworen wurdest.

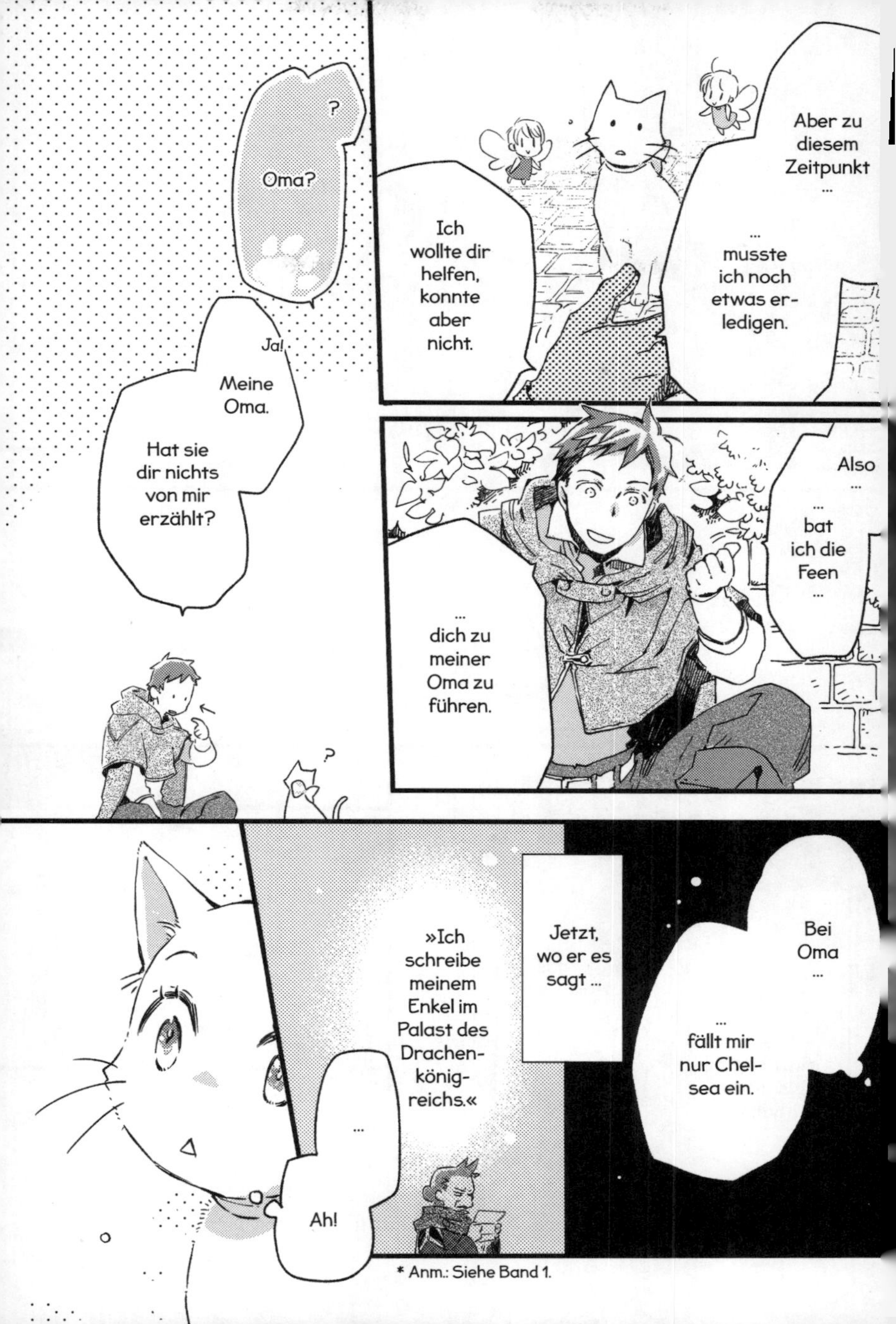

* Anm.: Siehe Band 1.

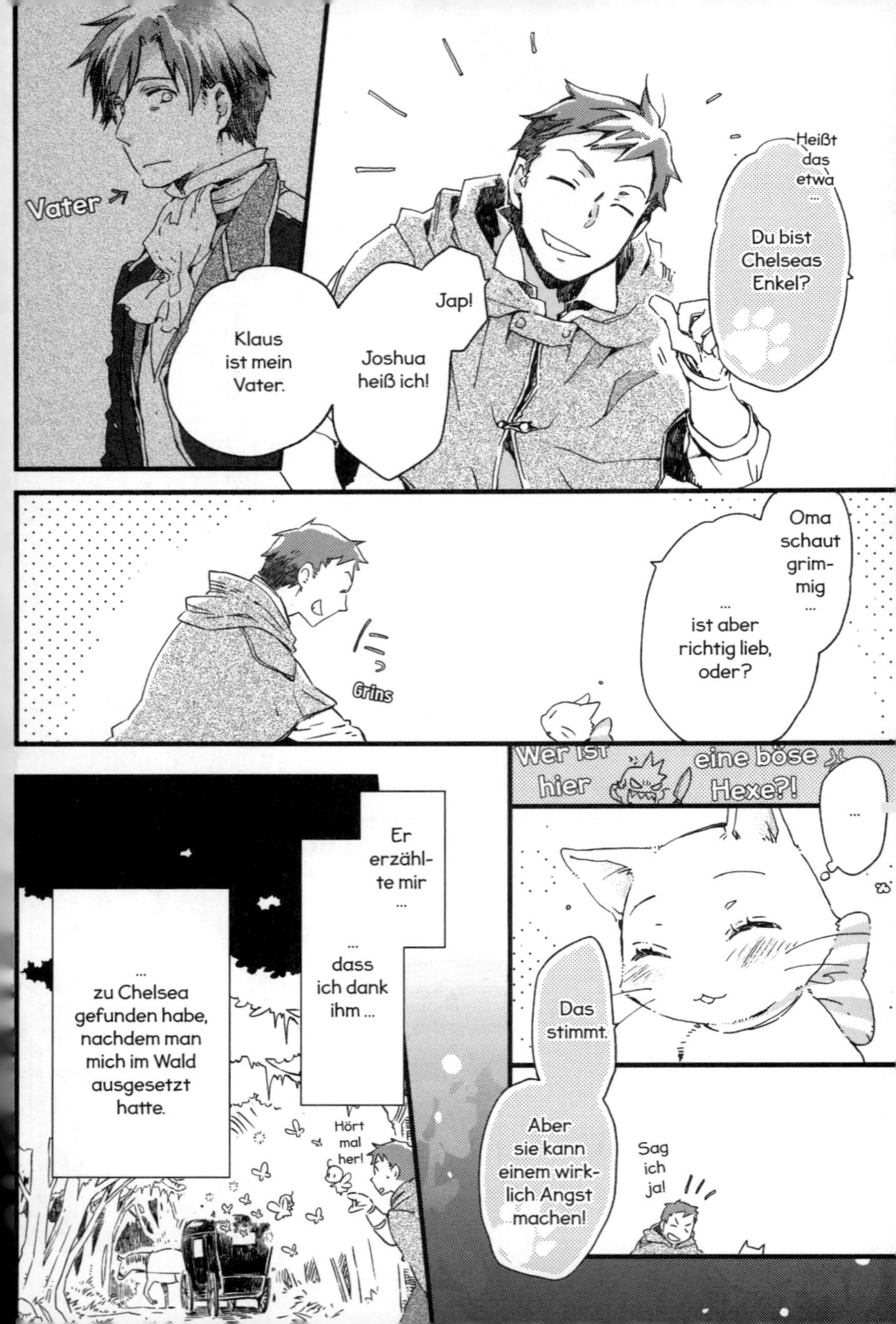

Heißt das etwa ...
Du bist Chelseas Enkel?
Jap!
Joshua heiß ich!
Klaus ist mein Vater.
Vater
Oma schaut grim-mig ...
... ist aber richtig lieb, oder?
Grins
Wer ist hier eine böse Hexe?!
...
Das stimmt.
Aber sie kann einem wirk-lich Angst machen!
Sag ich ja!
Er erzähl-te mir ...
... dass ich dank ihm ...
... zu Chelsea gefunden habe, nachdem man mich im Wald ausgesetzt hatte.
Hört mal her!

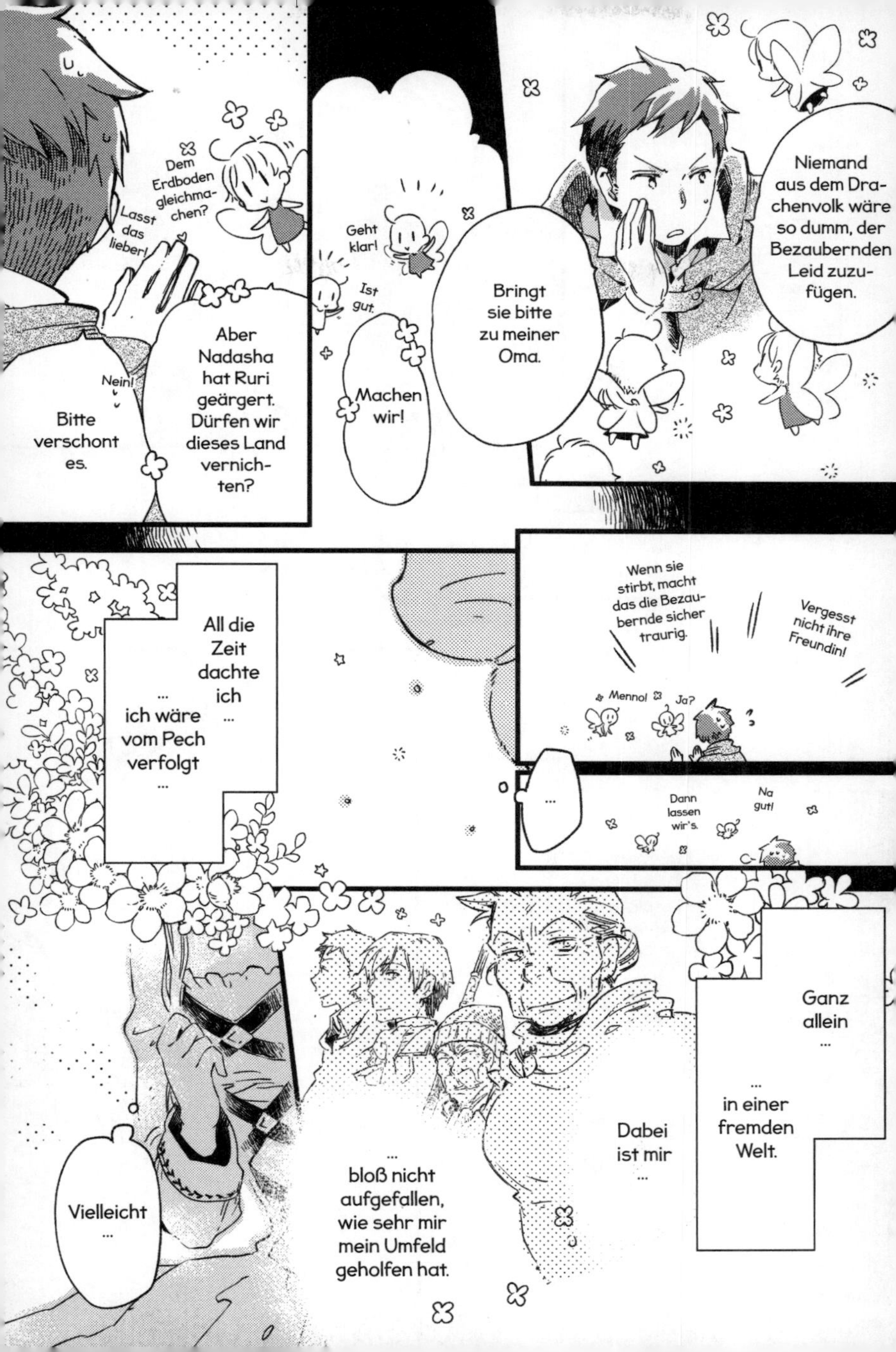

Niemand aus dem Drachenvolk wäre so dumm, der Bezaubernden Leid zuzufügen.
Bringt sie bitte zu meiner Oma.
Geht klar!
Ist gut.
Machen wir!
Aber Nadasha hat Ruri geärgert. Dürfen wir dieses Land vernichten?
Dem Erdboden gleichmachen?
Lasst das lieber!
Nein!
Bitte verschont es.
Vergesst nicht ihre Freundin!
Wenn sie stirbt, macht das die Bezaubernde sicher traurig.
Menno!
Ja?
…
Na gut!
Dann lassen wir's.
All die Zeit dachte ich …
… ich wäre vom Pech verfolgt …
Ganz allein …
… in einer fremden Welt.
Dabei ist mir …
… bloß nicht aufgefallen, wie sehr mir mein Umfeld geholfen hat.
Vielleicht …

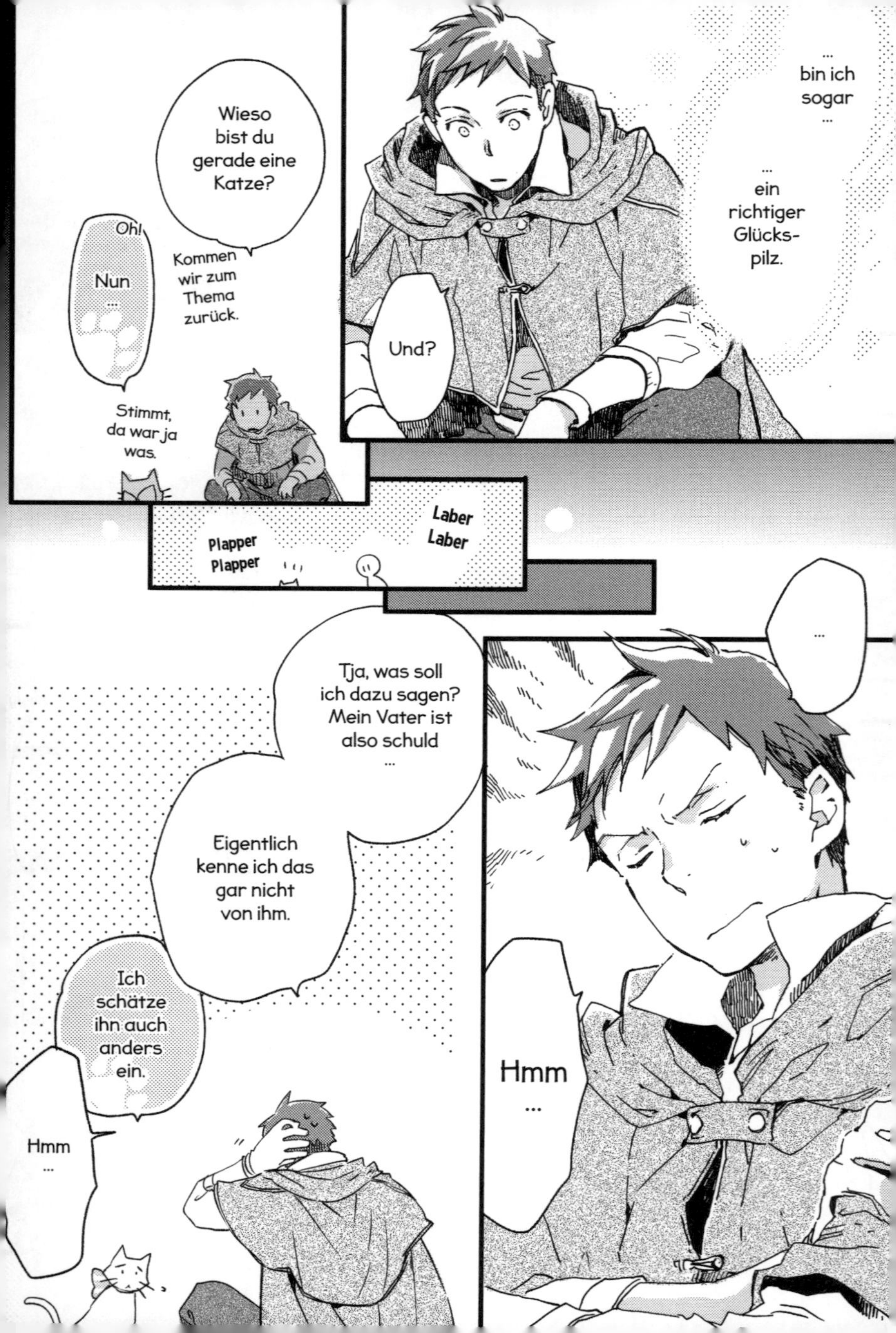

... bin ich sogar ...
... ein richtiger Glücks-pilz.
Und?
Wieso bist du gerade eine Katze?
Oh! Nun ...
Kommen wir zum Thema zurück.
Stimmt, da war ja was.
Laber Laber
Plapper Plapper
...
Hmm ...
Tja, was soll ich dazu sagen? Mein Vater ist also schuld ...
Eigentlich kenne ich das gar nicht von ihm.
Ich schätze ihn auch anders ein.
Hmm ...

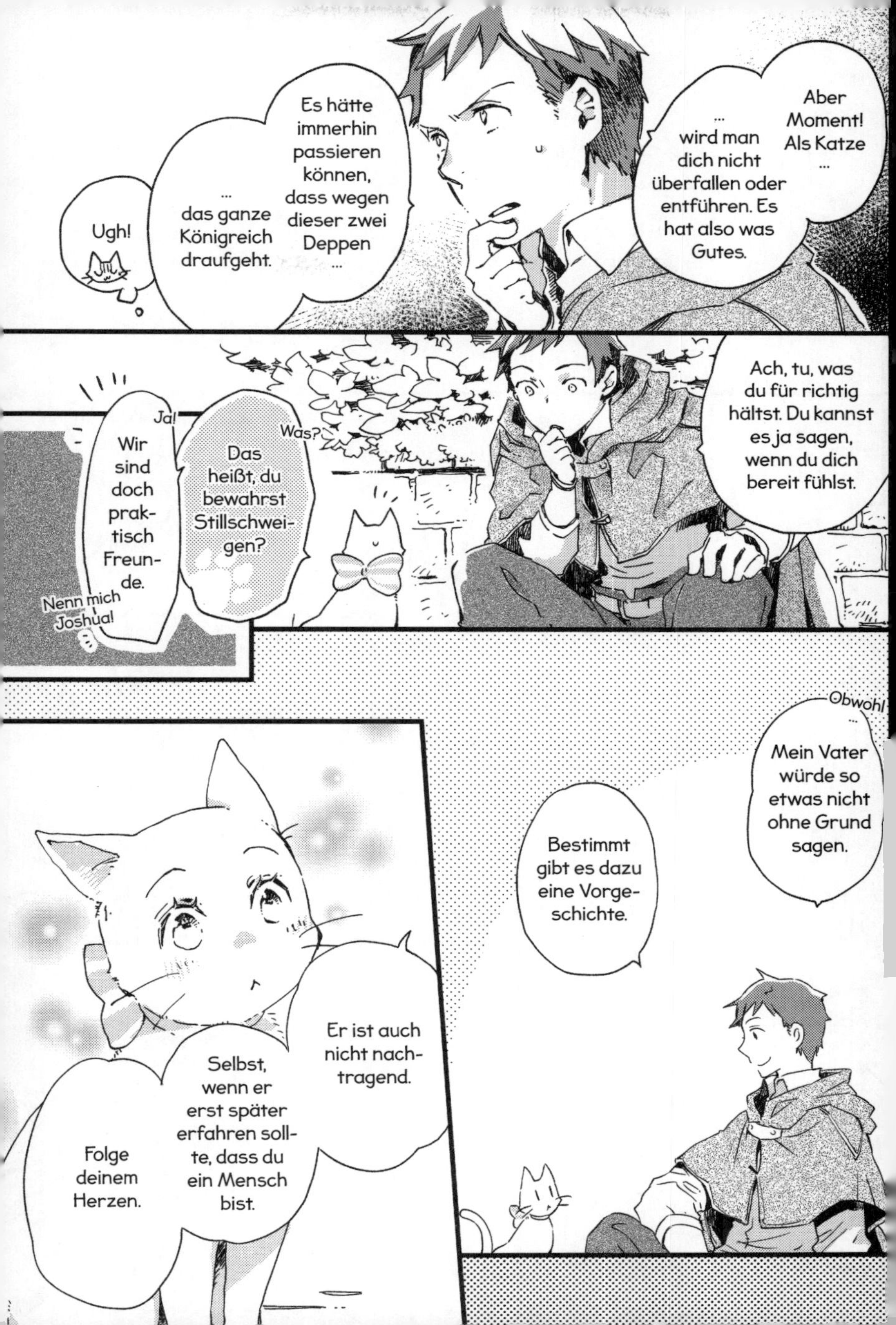
Aber Moment! Als Katze …
… wird man dich nicht überfallen oder entführen. Es hat also was Gutes.
Es hätte immerhin passieren können, dass wegen dieser zwei Deppen …
… das ganze Königreich draufgeht.
Ugh!
Ach, tu, was du für richtig hältst. Du kannst es ja sagen, wenn du dich bereit fühlst.
Was?
Das heißt, du bewahrst Stillschwei-gen?
Ja!
Wir sind doch prak-tisch Freun-de.
Nenn mich Joshua!
Obwohl …
Mein Vater würde so etwas nicht ohne Grund sagen.
Bestimmt gibt es dazu eine Vorge-schichte.
Er ist auch nicht nach-tragend.
Selbst, wenn er erst später erfahren soll-te, dass du ein Mensch bist.
Folge deinem Herzen.

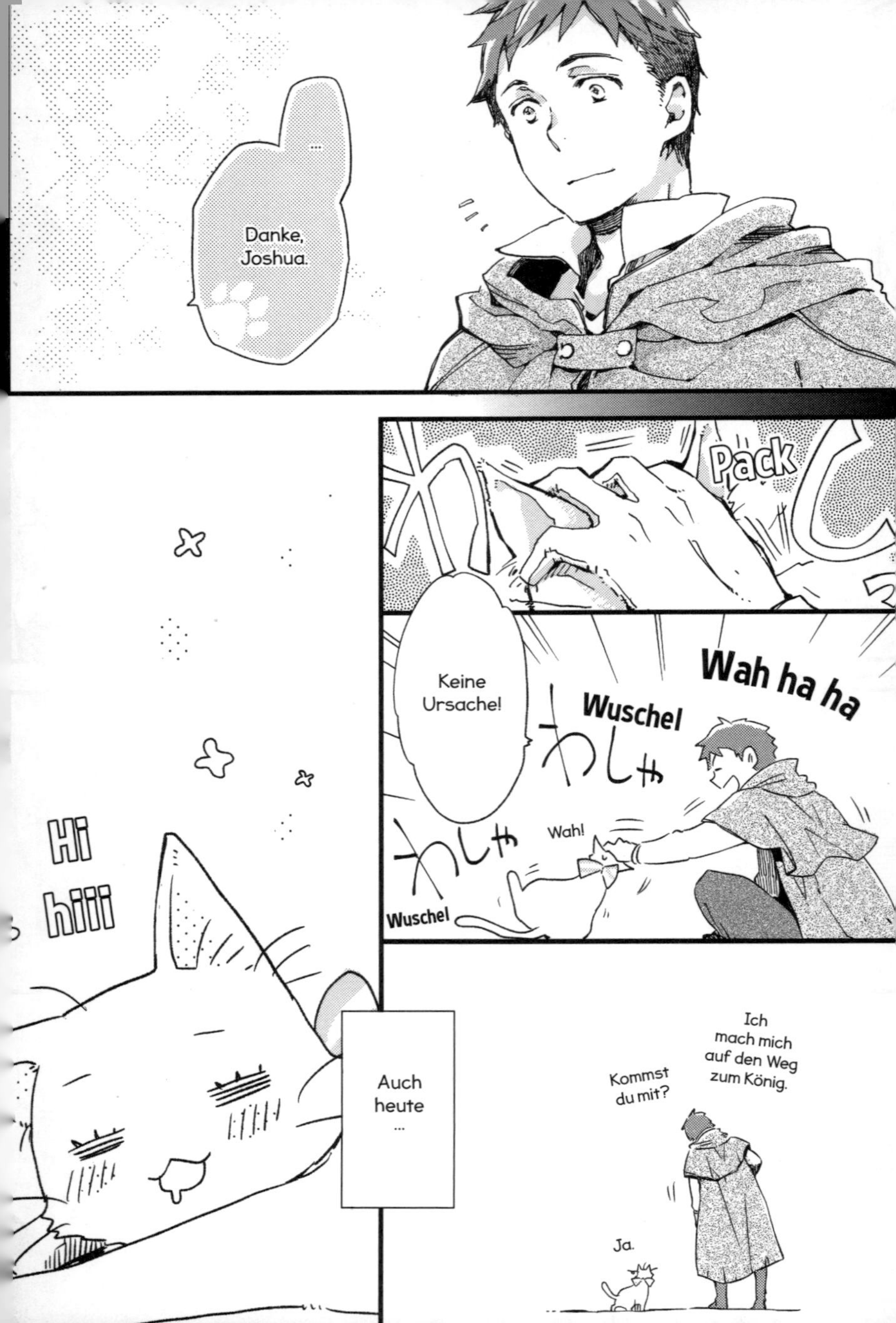
...
Danke, Joshua.
Pack
Wah ha ha
Wuschel
わしゃ
Keine Ursache!
わしゃ
Wuschel
Wah!
Ich mach mich auf den Weg zum König.
Kommst du mit?
Ja.
Auch heute ...
Hi hiii

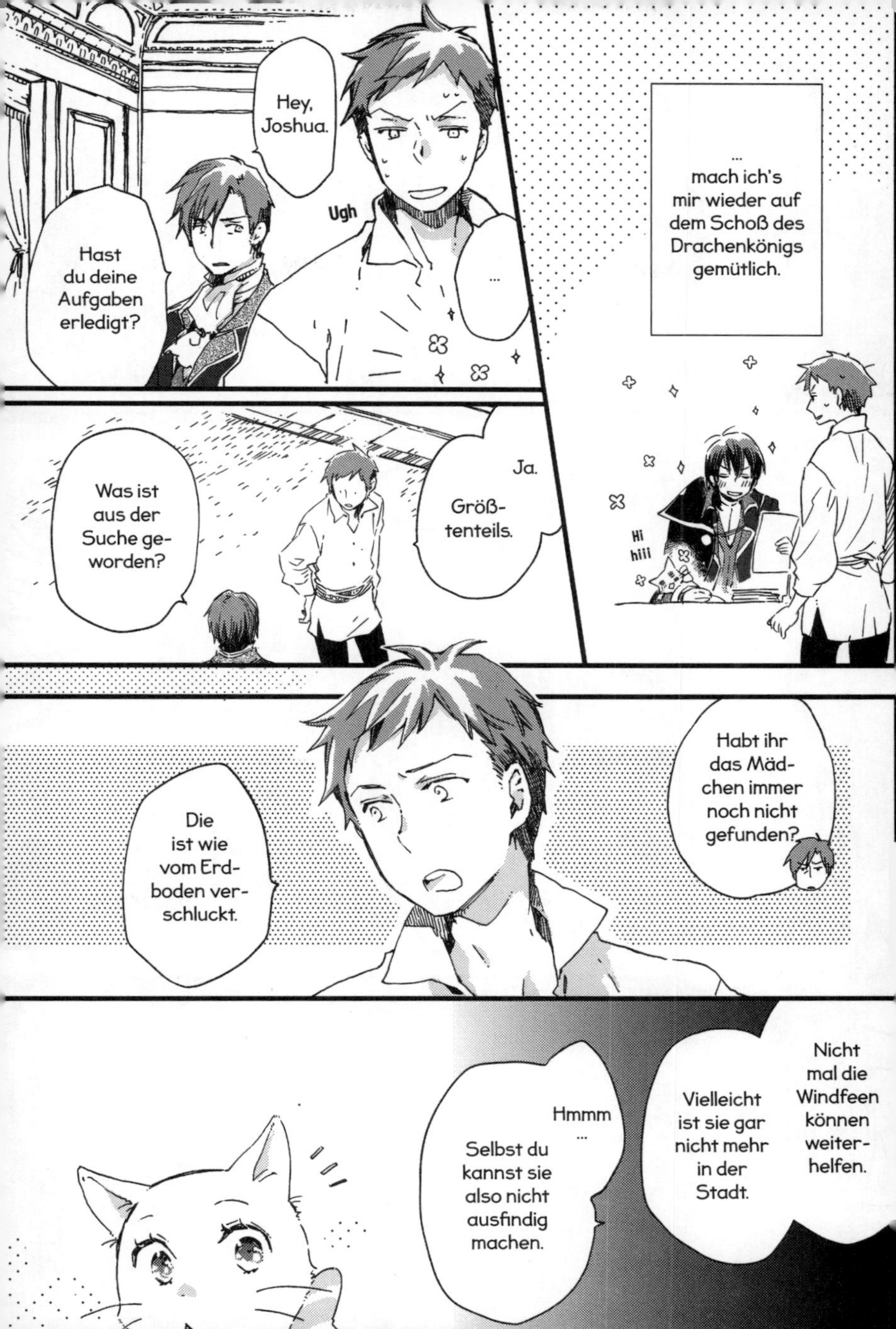
... mach ich's mir wieder auf dem Schoß des Drachenkönigs gemütlich.
Hi hiii
...
Hey, Joshua.
Ugh
Hast du deine Aufgaben erledigt?
Ja. Größ-teneils.
Was ist aus der Suche ge-worden?
Habt ihr das Mäd-chen immer noch nicht gefunden?
Die ist wie vom Erd-boden ver-schluckt.
Nicht mal die Windfeen können weiter-helfen.
Vielleicht ist sie gar nicht mehr in der Stadt.
Hmmm ...
Selbst du kannst sie also nicht ausfindig machen.

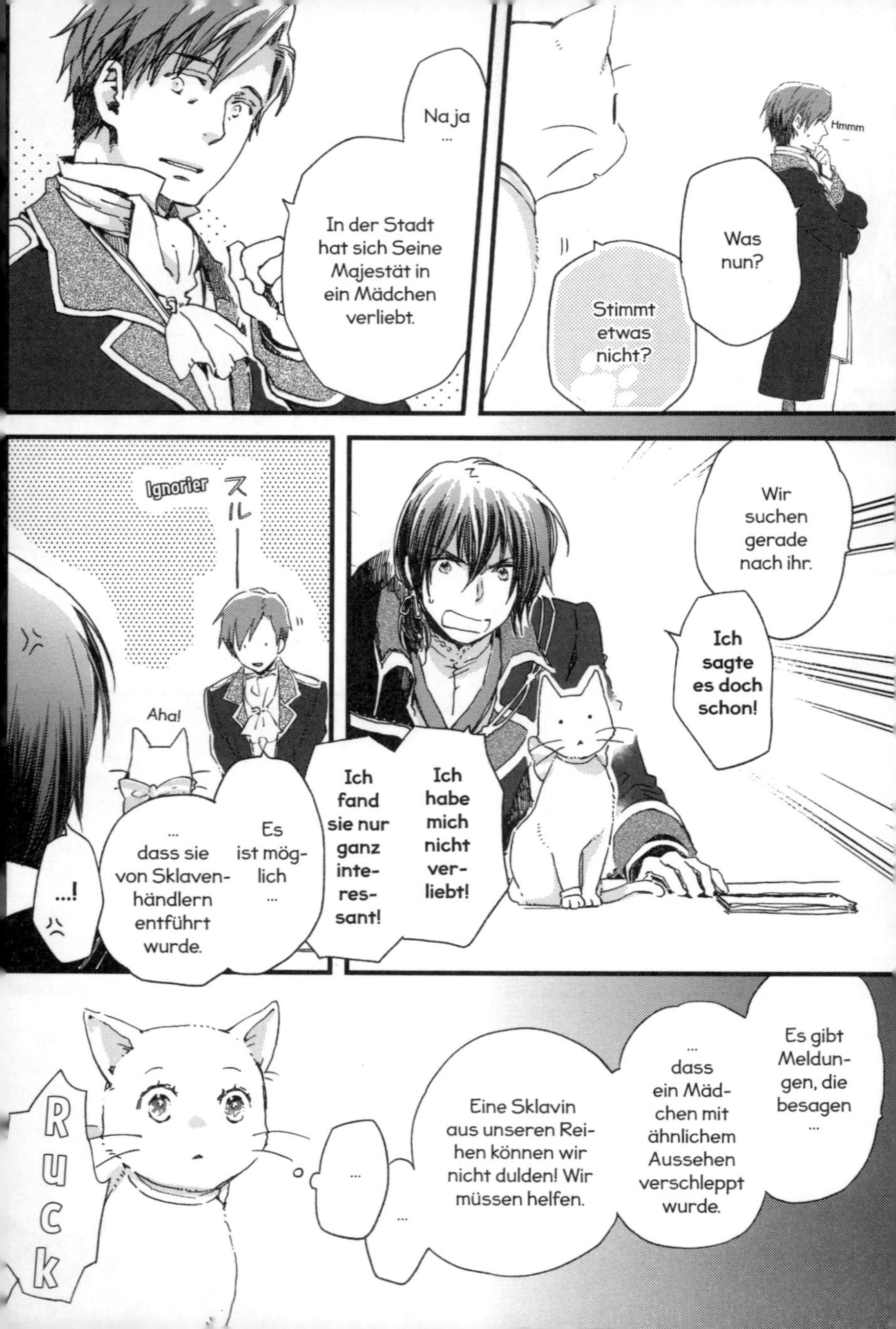
Hmmm ...
Was nun?
Stimmt etwas nicht?
Na ja ...
In der Stadt hat sich Seine Majestät in ein Mädchen verliebt.
Wir suchen gerade nach ihr.
Ich sagte es doch schon!
Ich habe mich nicht ver-liebt!
Ich fand sie nur ganz inte-res-sant!
Ignorier
スルー
Aha!
Es ist mög-lich ...
... dass sie von Sklaven-händlern entführt wurde.
...!
Es gibt Meldun-gen, die besagen ...
... dass ein Mäd-chen mit ähnlichem Aussehen verschleppt wurde.
Eine Sklavin aus unseren Rei-hen können wir nicht dulden! Wir müssen helfen.
...
...
Ruck

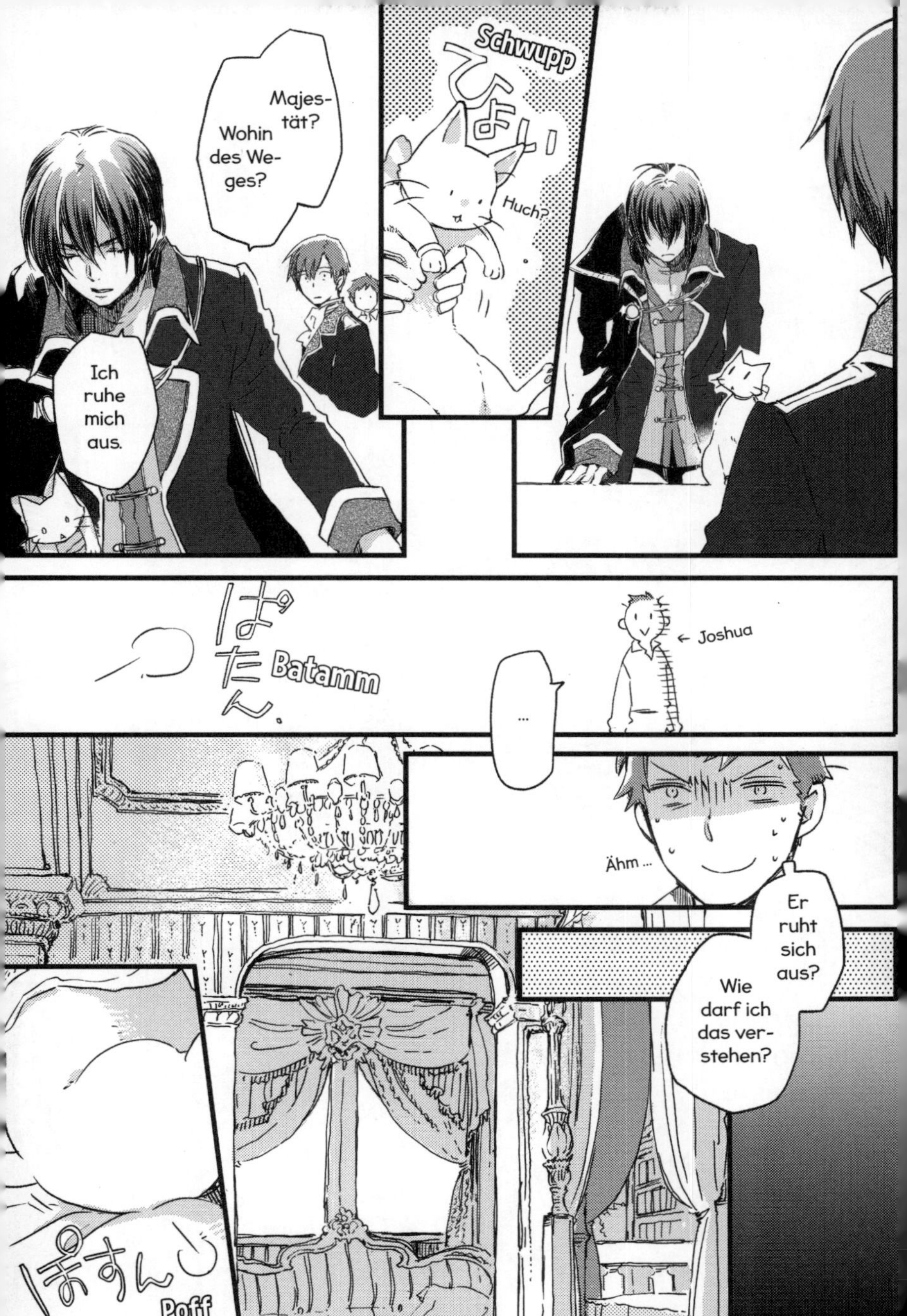
Schwupp
ひょい
Huch?
Majes-
tät?
Wohin
des We-
ges?
Ich
ruhe
mich
aus.
← Joshua
…
ぱたん。
Batamm
Ähm …
Er
ruht
sich
aus?
Wie
darf ich
das ver-
stehen?
ぽすん
Poff

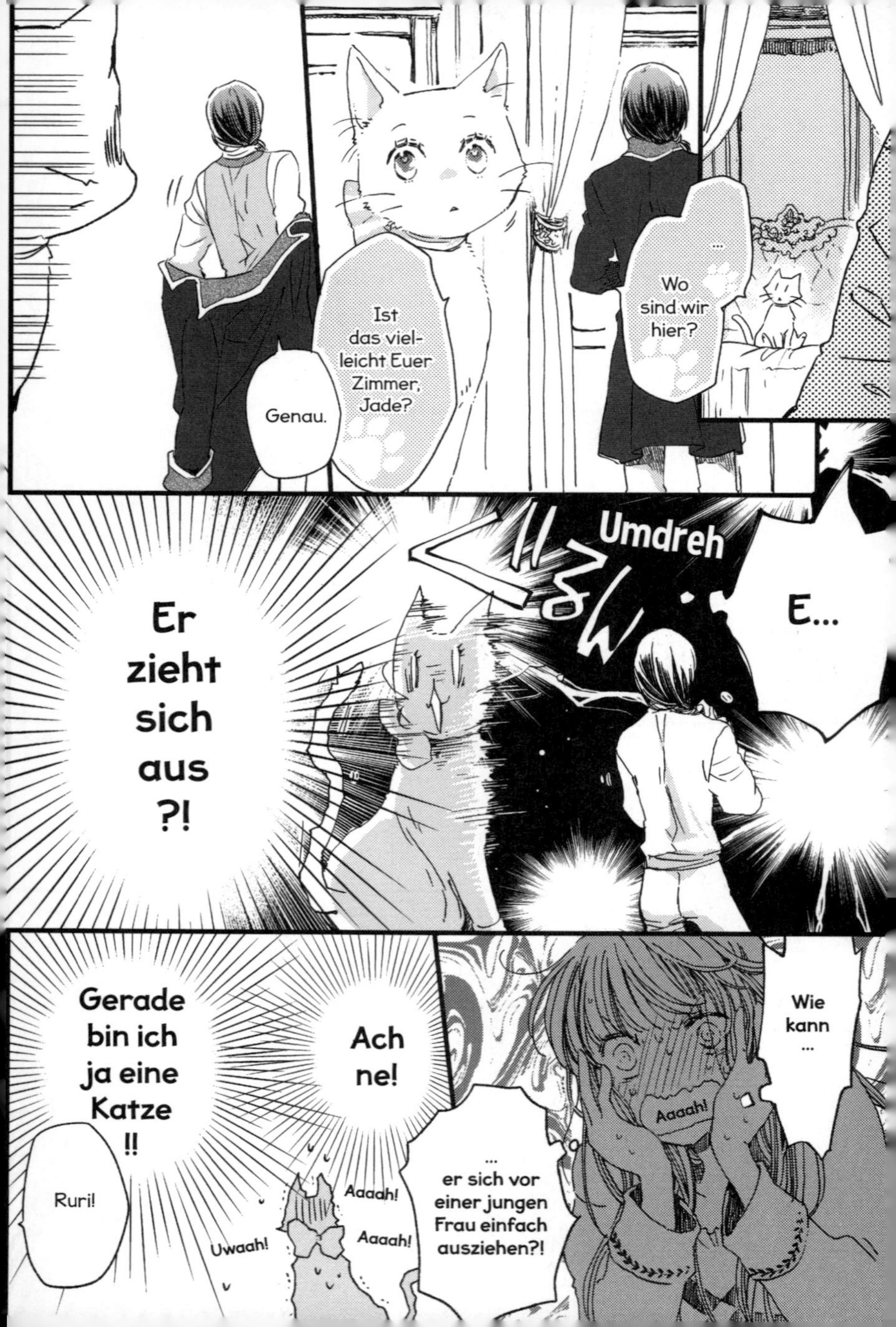
...
Wo sind wir hier?
Ist das viel-leicht Euer Zimmer, Jade?
Genau.
E...
Umdreh
Er zieht sich aus ?!
Wie kann ...
Aaaah!
... er sich vor einer jungen Frau einfach ausziehen?!
Aaaah!
Aaaah!
Uwaah!
Ach ne!
Gerade bin ich ja eine Katze !!
Ruri!

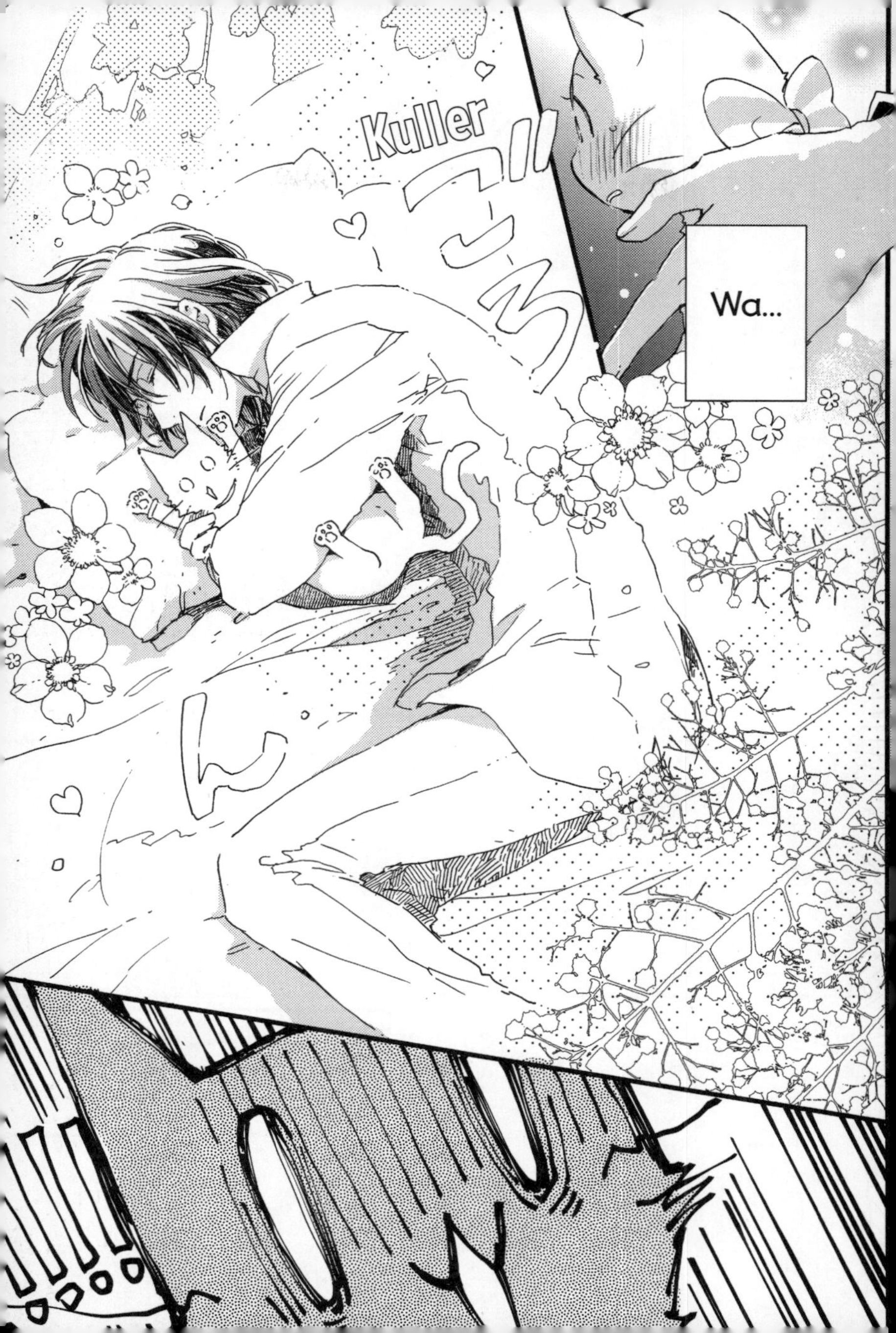
Kuller
Wa...

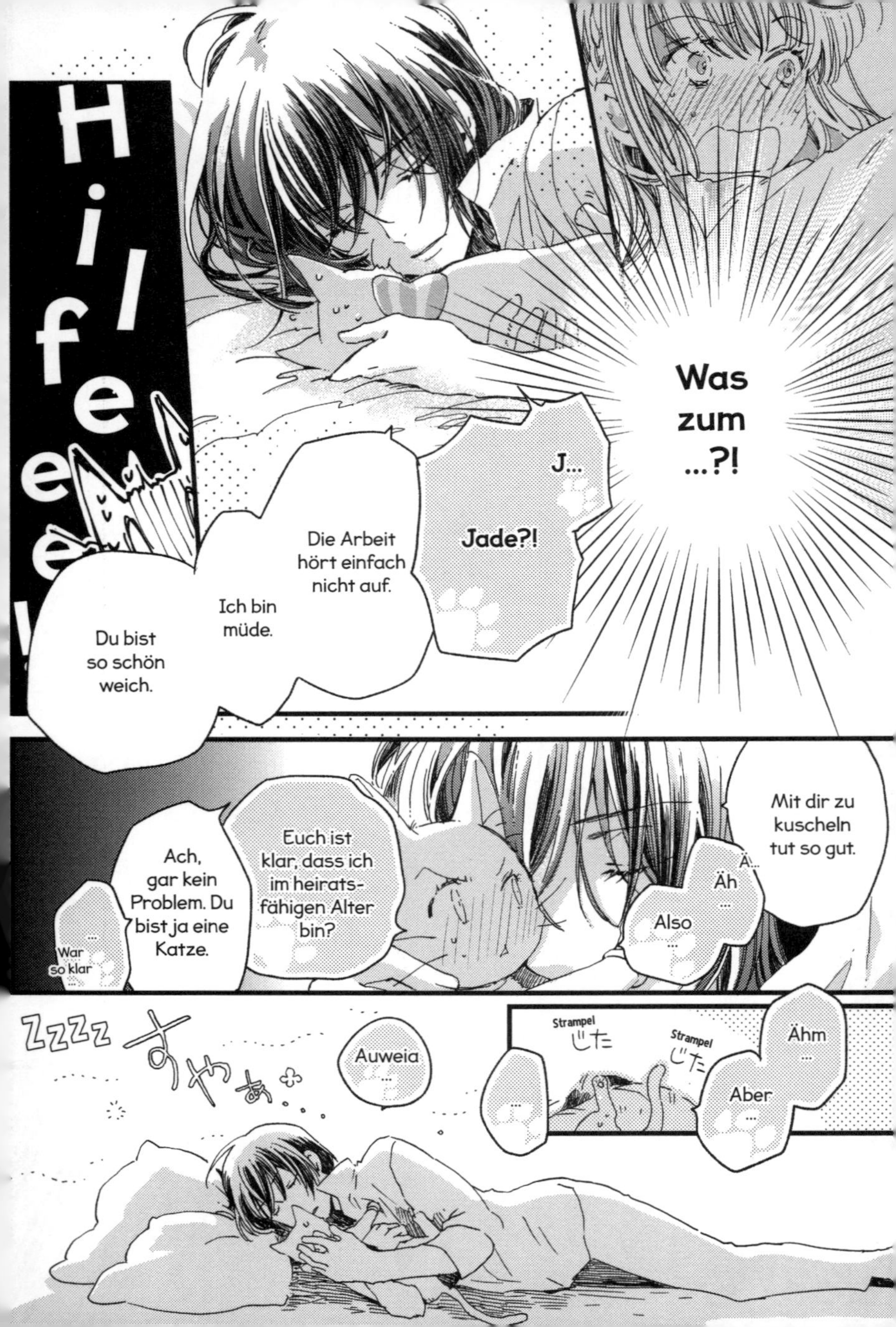
Was zum ...?!
J...
Jade?!
Die Arbeit hört einfach nicht auf.
Ich bin müde.
Du bist so schön weich.
Hilfeee!
Mit dir zu kuscheln tut so gut.
Ä...
Äh ...
Also ...
Euch ist klar, dass ich im heirats-fähigen Alter bin?
Ach, gar kein Problem. Du bist ja eine Katze.
... War so klar ...
Ähm ...
Aber ...
Strampel
じた
Strampel
じた
...
Auweia ...
Zzzz
すやぁ

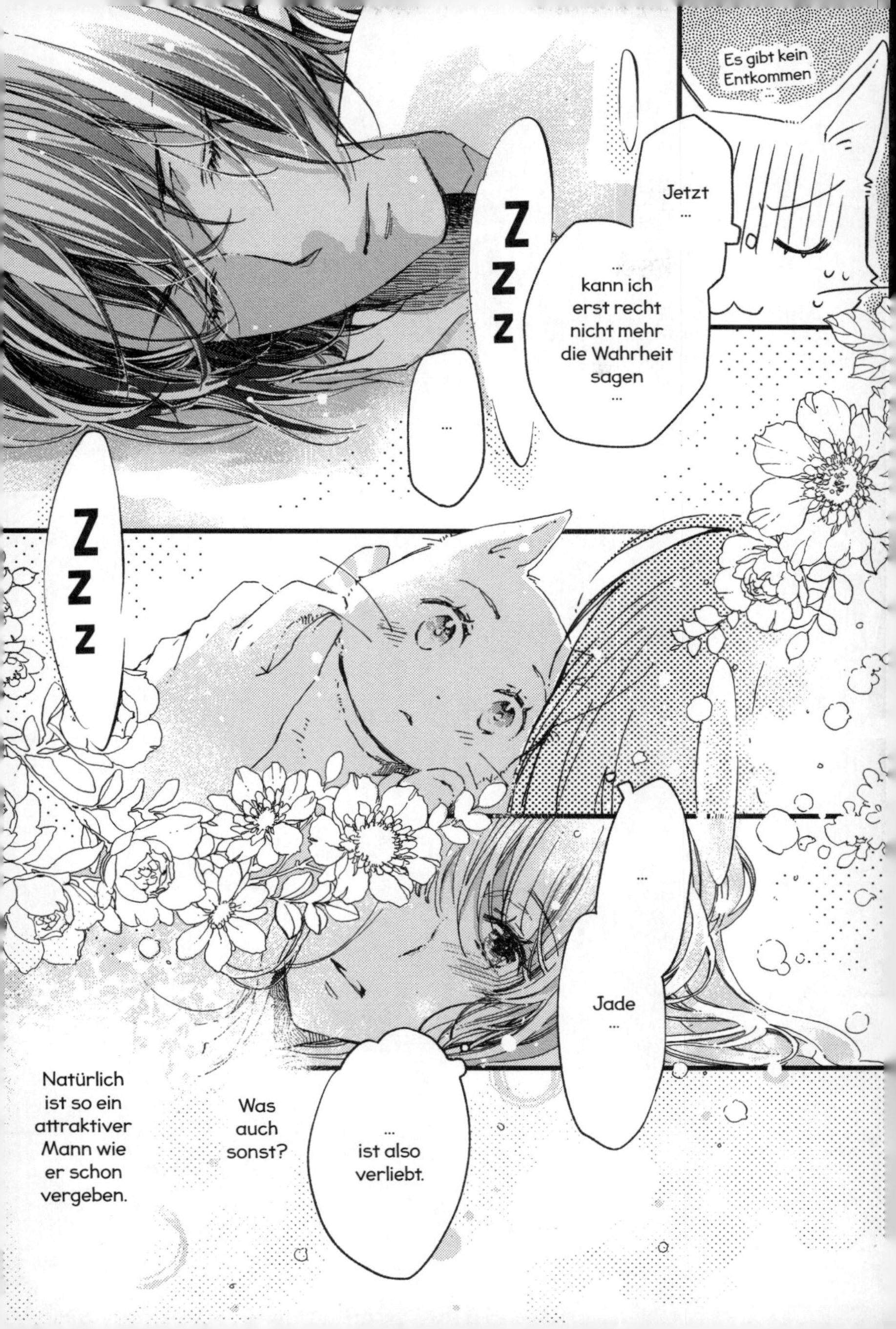
Es gibt kein Entkommen ...
Jetzt ...
... kann ich erst recht nicht mehr die Wahrheit sagen ...
Z Z Z
...
Z Z Z
...
Jade ...
... ist also verliebt.
Was auch sonst?
Natürlich ist so ein attraktiver Mann wie er schon vergeben.

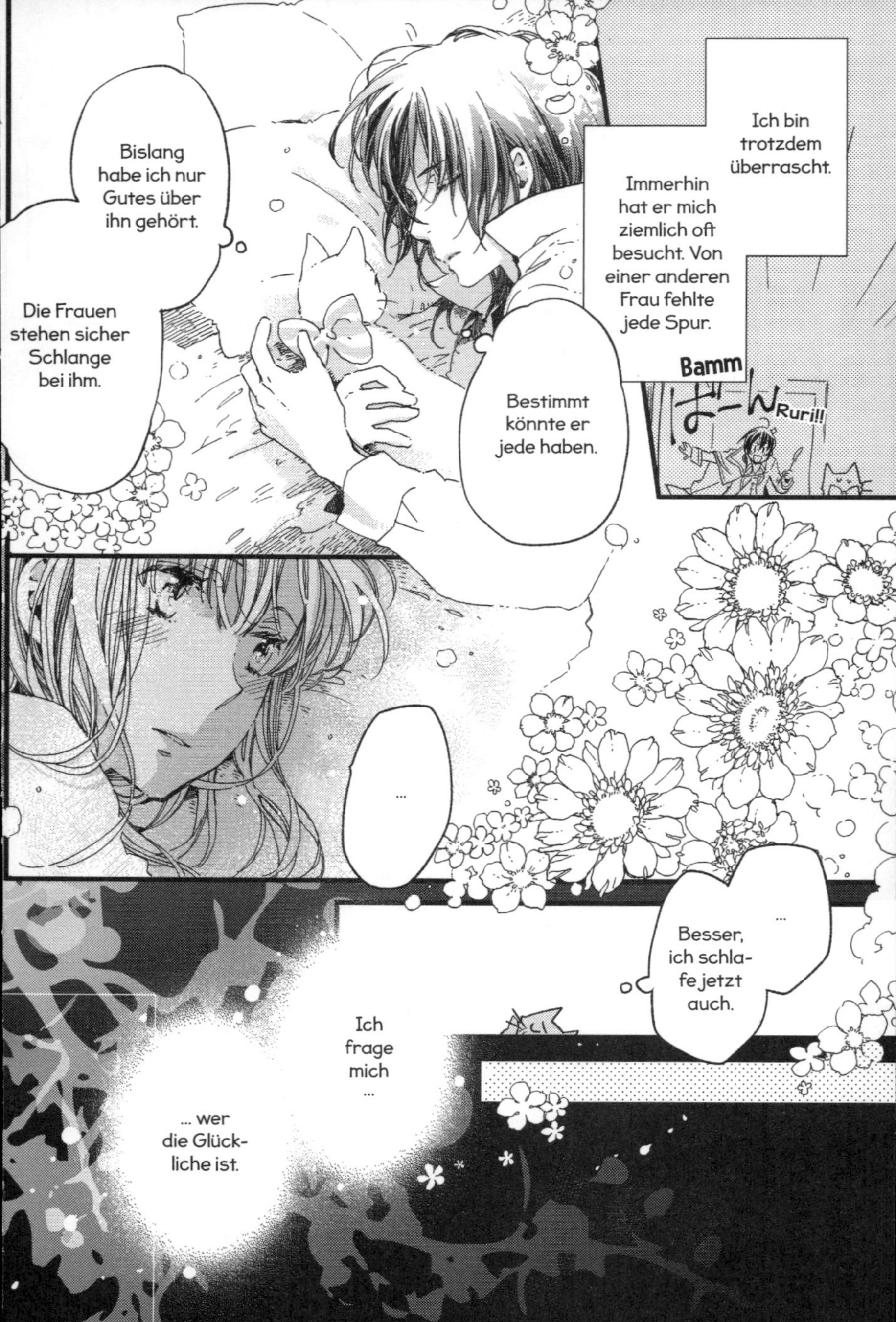
Ich bin trotzdem überrascht.
Immerhin hat er mich ziemlich oft besucht. Von einer anderen Frau fehlte jede Spur.
Bamm
Ruri!!
Bestimmt könnte er jede haben.
Bislang habe ich nur Gutes über ihn gehört.
Die Frauen stehen sicher Schlange bei ihm.
...
... Besser, ich schlafe jetzt auch.
Ich frage mich ...
... wer die Glückliche ist.

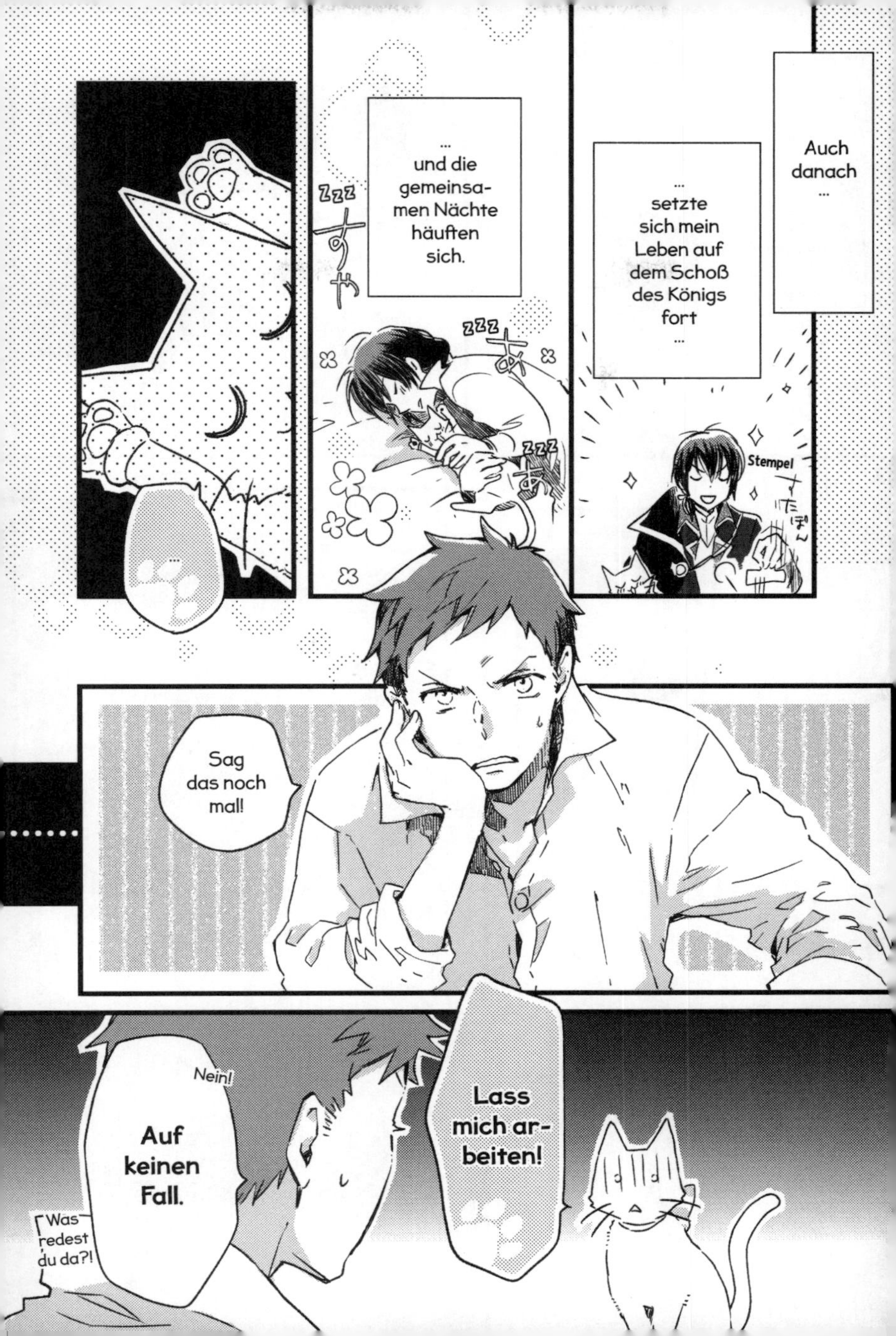
Auch danach ...
... setzte sich mein Leben auf dem Schoß des Königs fort ...
Stempel
... und die gemeinsamen Nächte häuften sich.
Zzz
Zzz
Zzz
...
Sag das noch mal!
Lass mich arbeiten!
Nein!
Auf keinen Fall.
Was redest du da?!

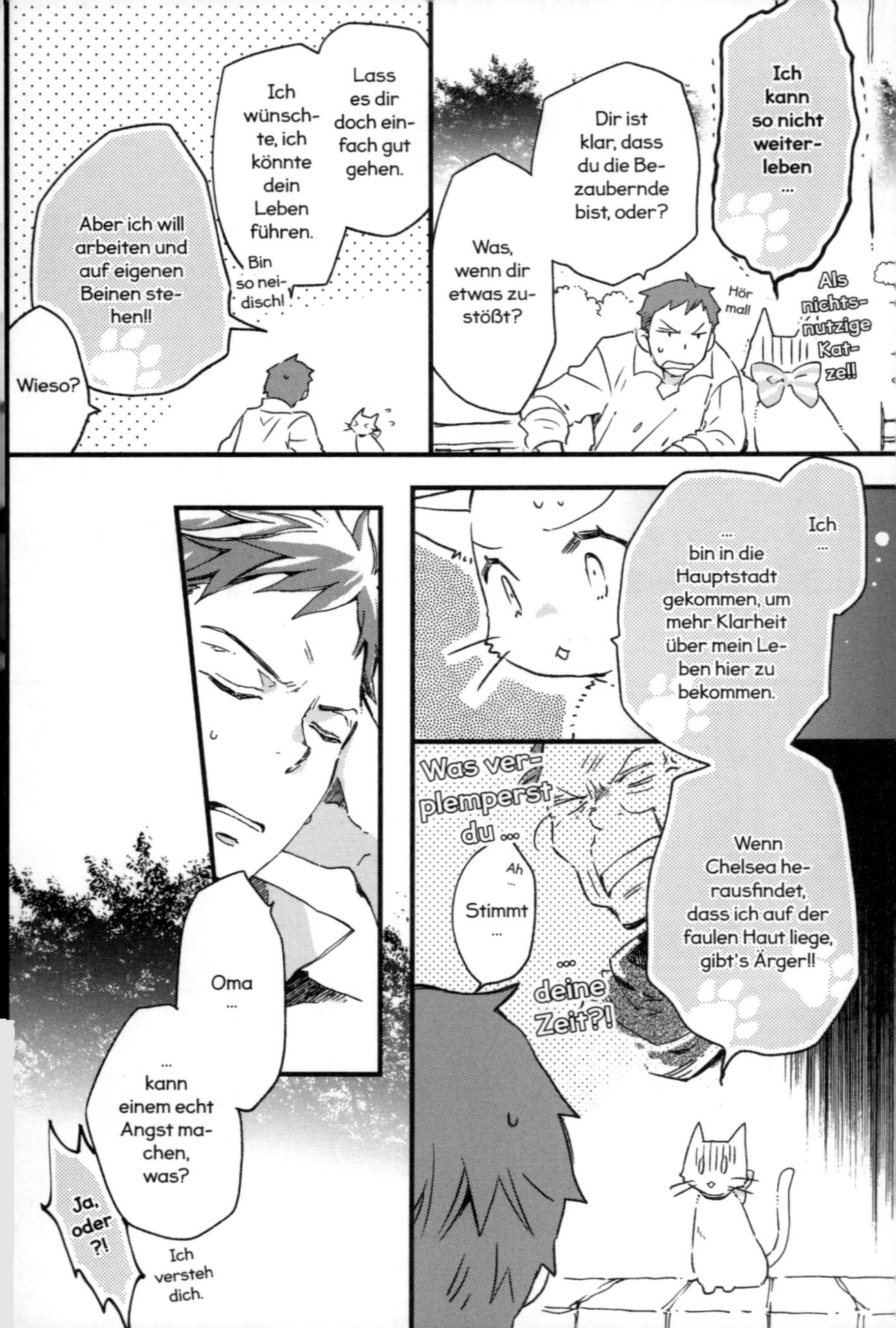
Ich kann so nicht weiterleben ...
Als nichtsnutzige Katze!!
Hör mal!
Dir ist klar, dass du die Bezaubernde bist, oder?
Was, wenn dir etwas zustößt?
Lass es dir doch einfach gut gehen.
Ich wünschte, ich könnte dein Leben führen.
Bin so neidisch!
Aber ich will arbeiten und auf eigenen Beinen stehen!!
Wieso?
Ich ... bin in die Hauptstadt gekommen, um mehr Klarheit über mein Leben hier zu bekommen.
Wenn Chelsea herausfindet, dass ich auf der faulen Haut liege, gibt's Ärger!!
Was verplemperst du ...
... deine Zeit?!
Ah ...
Stimmt ...
Oma ...
... kann einem echt Angst machen, was?
Ja, oder?!
Ich versteh dich.

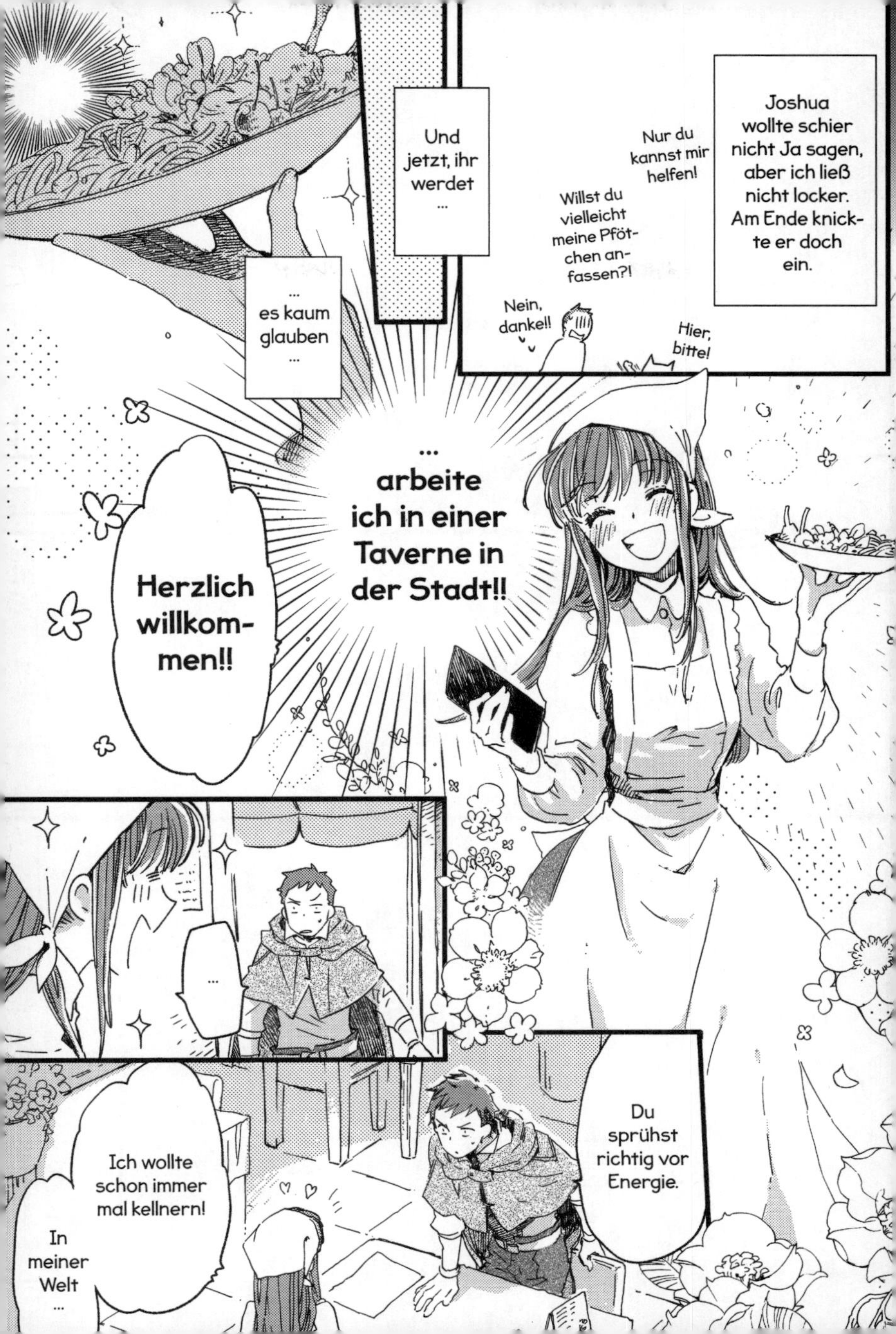
Joshua wollte schier nicht Ja sagen, aber ich ließ nicht locker. Am Ende knickte er doch ein.
Nur du kannst mir helfen!
Willst du vielleicht meine Pfötchen anfassen?!
Nein, danke!!
Hier, bitte!
Und jetzt, ihr werdet …
… es kaum glauben …
… arbeite ich in einer Taverne in der Stadt!!
Herzlich willkommen!!
…
Du sprühst richtig vor Energie.
Ich wollte schon immer mal kellnern!
In meiner Welt …

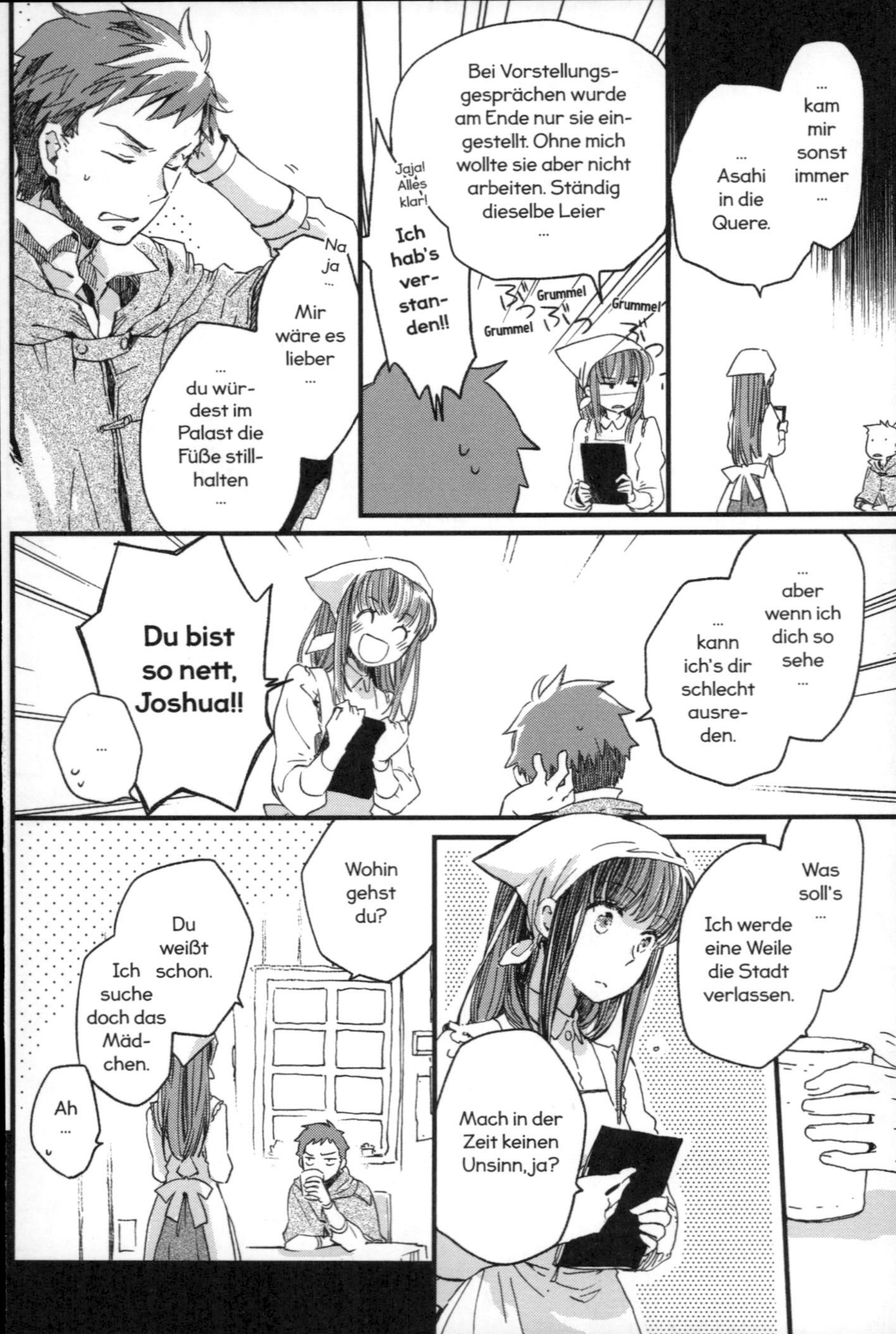

... kam mir sonst immer ...
... Asahi in die Quere.
Bei Vorstellungs-gesprächen wurde am Ende nur sie ein-gestellt. Ohne mich wollte sie aber nicht arbeiten. Ständig dieselbe Leier ...
Jaja! Alles klar!
Ich hab's ver-stan-den!!
Grummel
Grummel
Grummel
Na ja ...
Mir wäre es lieber ...
... du wür-dest im Palast die Füße still-halten ...
... aber wenn ich dich so sehe ...
... kann ich's dir schlecht ausre-den.
Du bist so nett, Joshua!!
...
Was soll's ...
Ich werde eine Weile die Stadt verlassen.
Mach in der Zeit keinen Unsinn, ja?
Wohin gehst du?
Du weißt schon.
Ich suche doch das Mäd-chen.
Ah ...

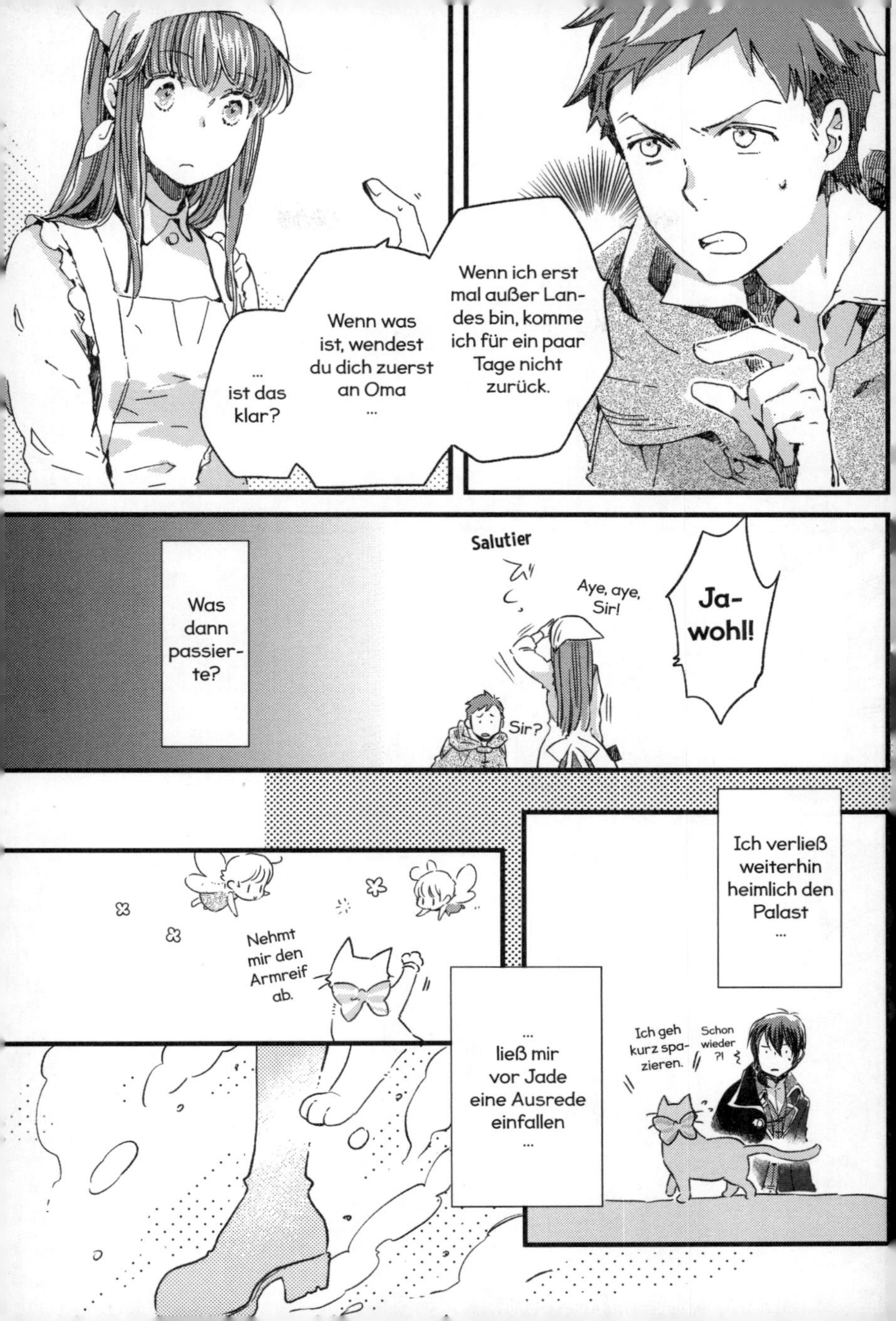
Wenn ich erst mal außer Landes bin, komme ich für ein paar Tage nicht zurück.
Wenn was ist, wendest du dich zuerst an Oma …
… ist das klar?
Ja-wohl!
Aye, aye, Sir!
Salutier
Sir?
Was dann passierte?
Ich verließ weiterhin heimlich den Palast …
Schon wieder ?!
Ich geh kurz spazieren.
… ließ mir vor Jade eine Ausrede einfallen …
Nehmt mir den Armreif ab.

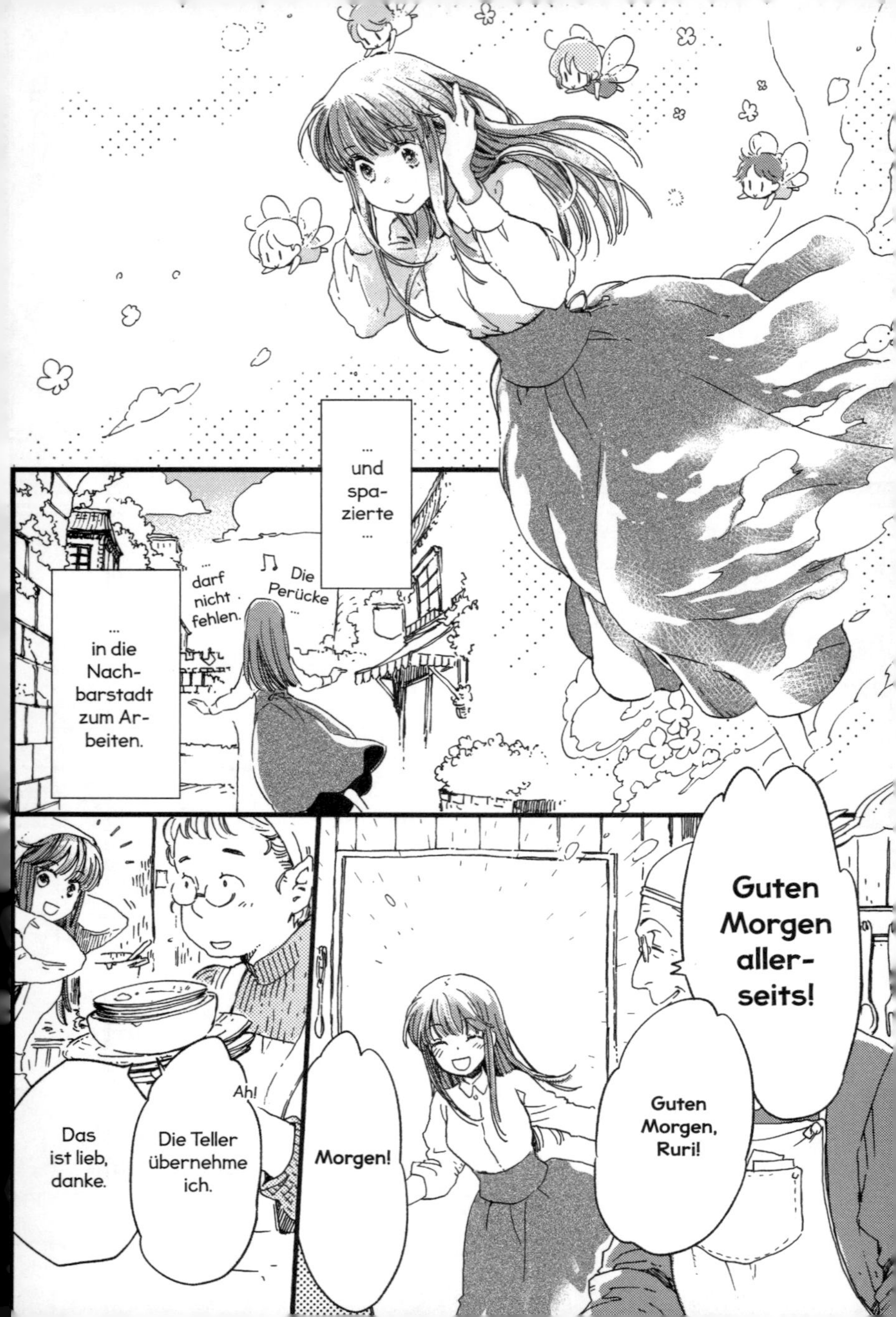
... und spazierte ...
... in die Nachbarstadt zum Arbeiten.
♫ Die Perücke ...
... darf nicht fehlen.
Guten Morgen allerseits!
Guten Morgen, Ruri!
Morgen!
Ah!
Die Teller übernehme ich.
Das ist lieb, danke.

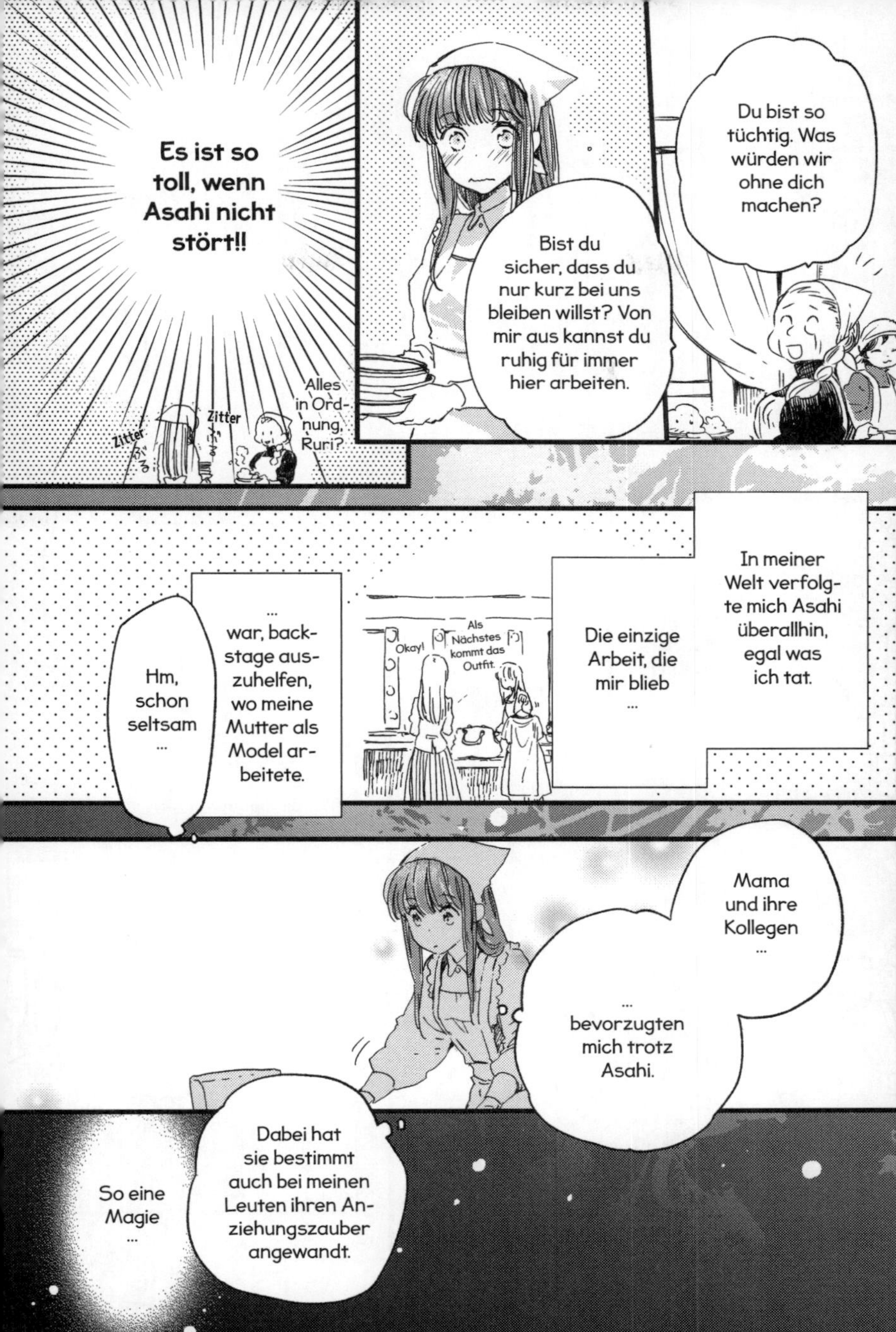

Du bist so tüchtig. Was würden wir ohne dich machen?
Bist du sicher, dass du nur kurz bei uns bleiben willst? Von mir aus kannst du ruhig für immer hier arbeiten.
Es ist so toll, wenn Asahi nicht stört!!
Alles in Ordnung, Ruri?
Zitter
Zitter
In meiner Welt verfolgte mich Asahi überallhin, egal was ich tat.
Die einzige Arbeit, die mir blieb ...
Als Nächstes kommt das Outfit.
Okay!
... war, backstage auszuhelfen, wo meine Mutter als Model arbeitete.
Hm, schon seltsam ...
Mama und ihre Kollegen ...
... bevorzugten mich trotz Asahi.
Dabei hat sie bestimmt auch bei meinen Leuten ihren Anziehungszauber angewandt.
So eine Magie ...

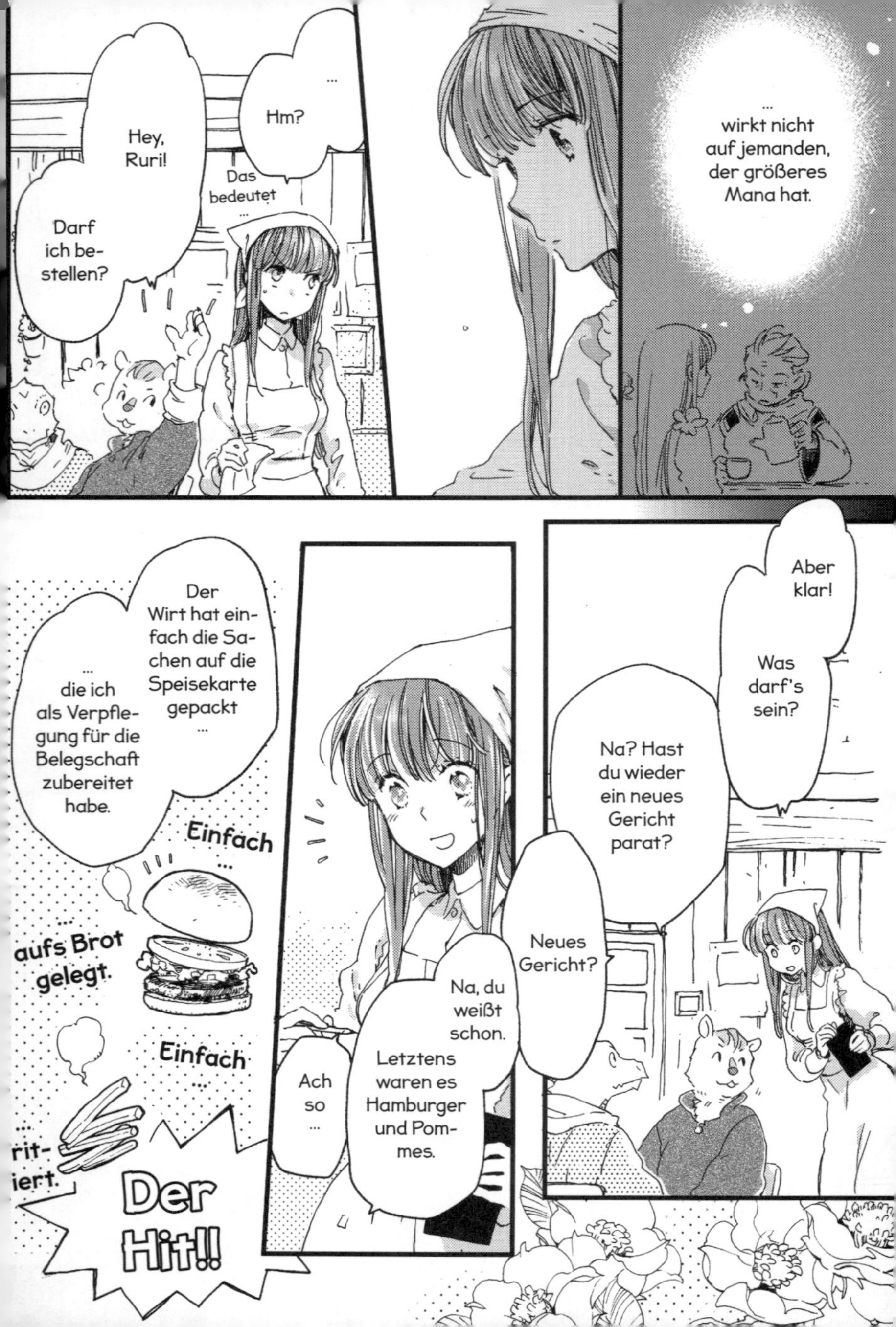
…
wirkt nicht auf jemanden, der größeres Mana hat.
…
Hm?
Das bedeutet …
Hey, Ruri!
Darf ich be- stellen?
Aber klar!
Was darf's sein?
Na? Hast du wieder ein neues Gericht parat?
Neues Gericht?
Na, du weißt schon.
Letztens waren es Hamburger und Pom- mes.
Ach so …
Der Wirt hat ein- fach die Sa- chen auf die Speisekarte gepackt …
… die ich als Verpfle- gung für die Belegschaft zubereitet habe.
Einfach …
… aufs Brot gelegt.
Einfach …
… rit- iert.
Der Hit!!

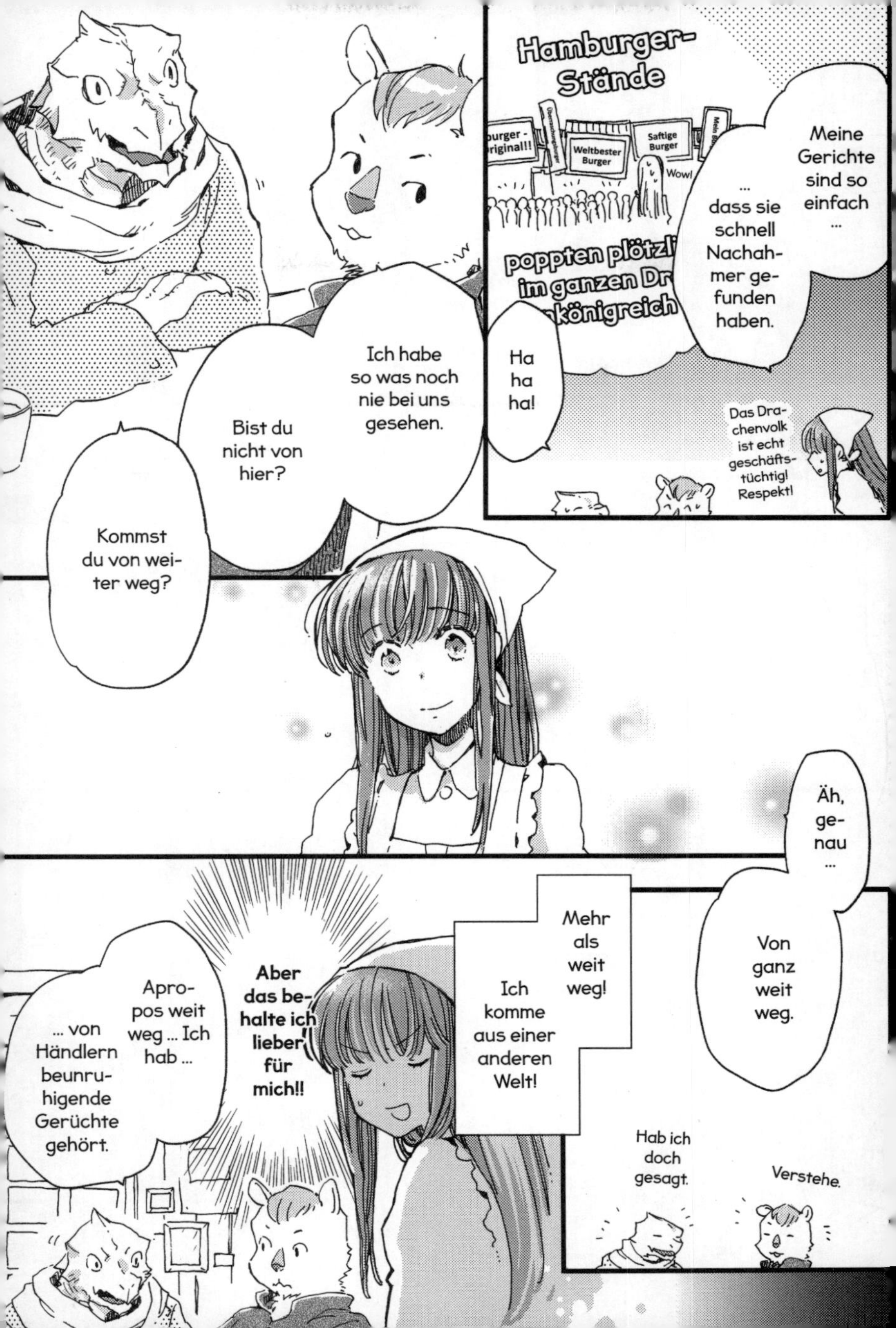
Hamburger-Stände
burger - Original!!
Weltbester Burger
Saftige Burger
Wow!
poppten plötzli
im ganzen Dr
königreich
Meine Gerichte sind so einfach ...
... dass sie schnell Nachahmer gefunden haben.
Ha ha ha!
Das Drachenvolk ist echt geschäftstüchtig! Respekt!
Ich habe so was noch nie bei uns gesehen.
Bist du nicht von hier?
Kommst du von weiter weg?
Äh, genau ...
Von ganz weit weg.
Mehr als weit weg!
Ich komme aus einer anderen Welt!
Aber das behalte ich lieber für mich!!
Hab ich doch gesagt.
Verstehe.
Apropos weit weg ... Ich hab ...
... von Händlern beunruhigende Gerüchte gehört.

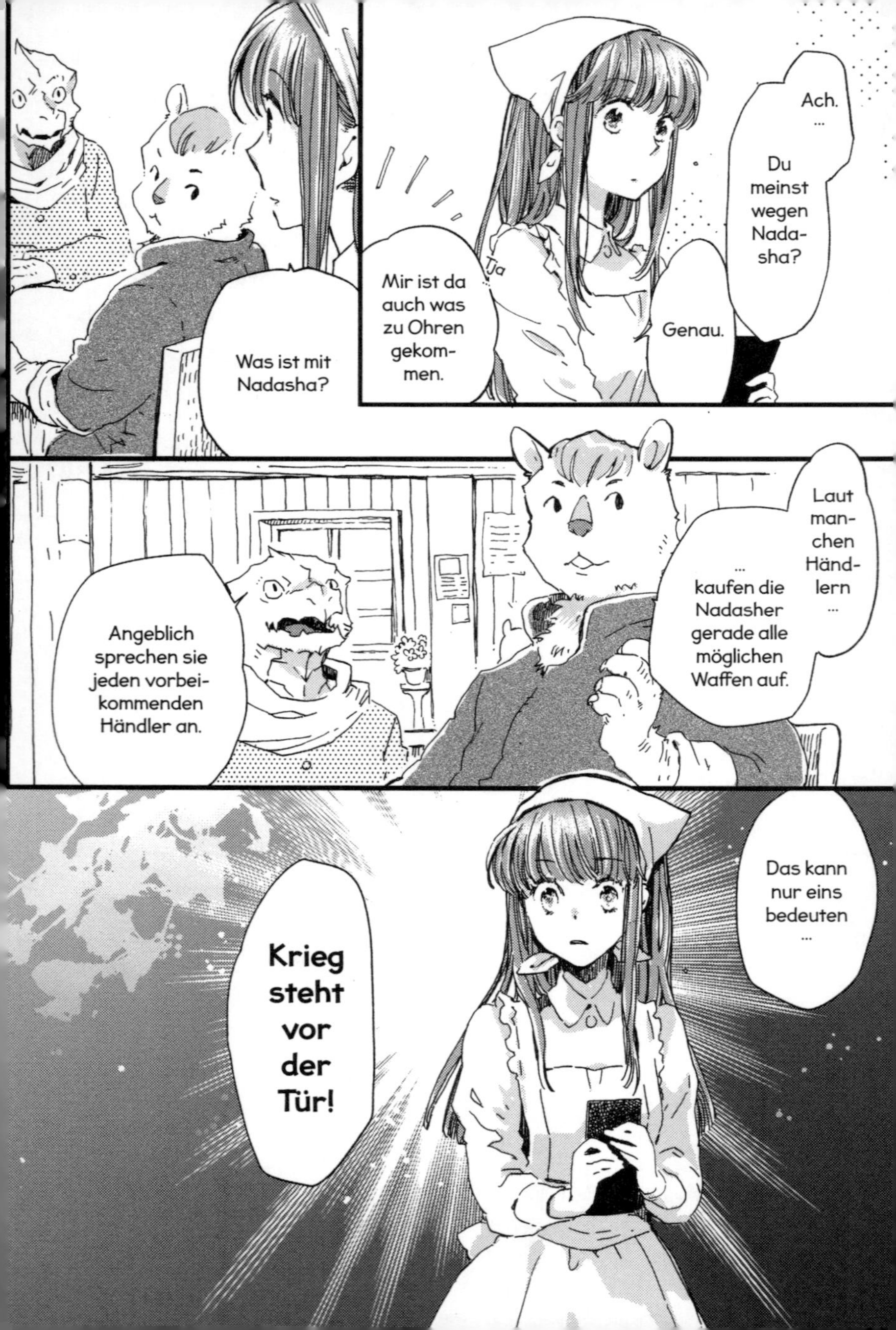

Ach. …
Du meinst wegen Nadasha?
Genau.
Tja
Mir ist da auch was zu Ohren gekommen.
Was ist mit Nadasha?
Laut manchen Händlern …
… kaufen die Nadasher gerade alle möglichen Waffen auf.
Angeblich sprechen sie jeden vorbeikommenden Händler an.
Das kann nur eins bedeuten …
Krieg steht vor der Tür!

Die rachsüchtige weiße Katze und der Drachenkönig

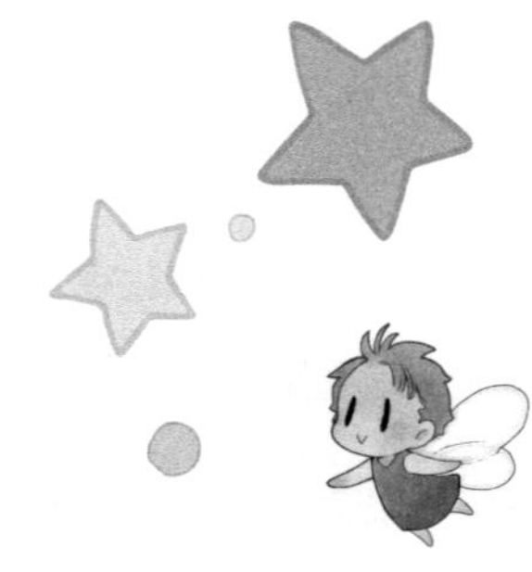

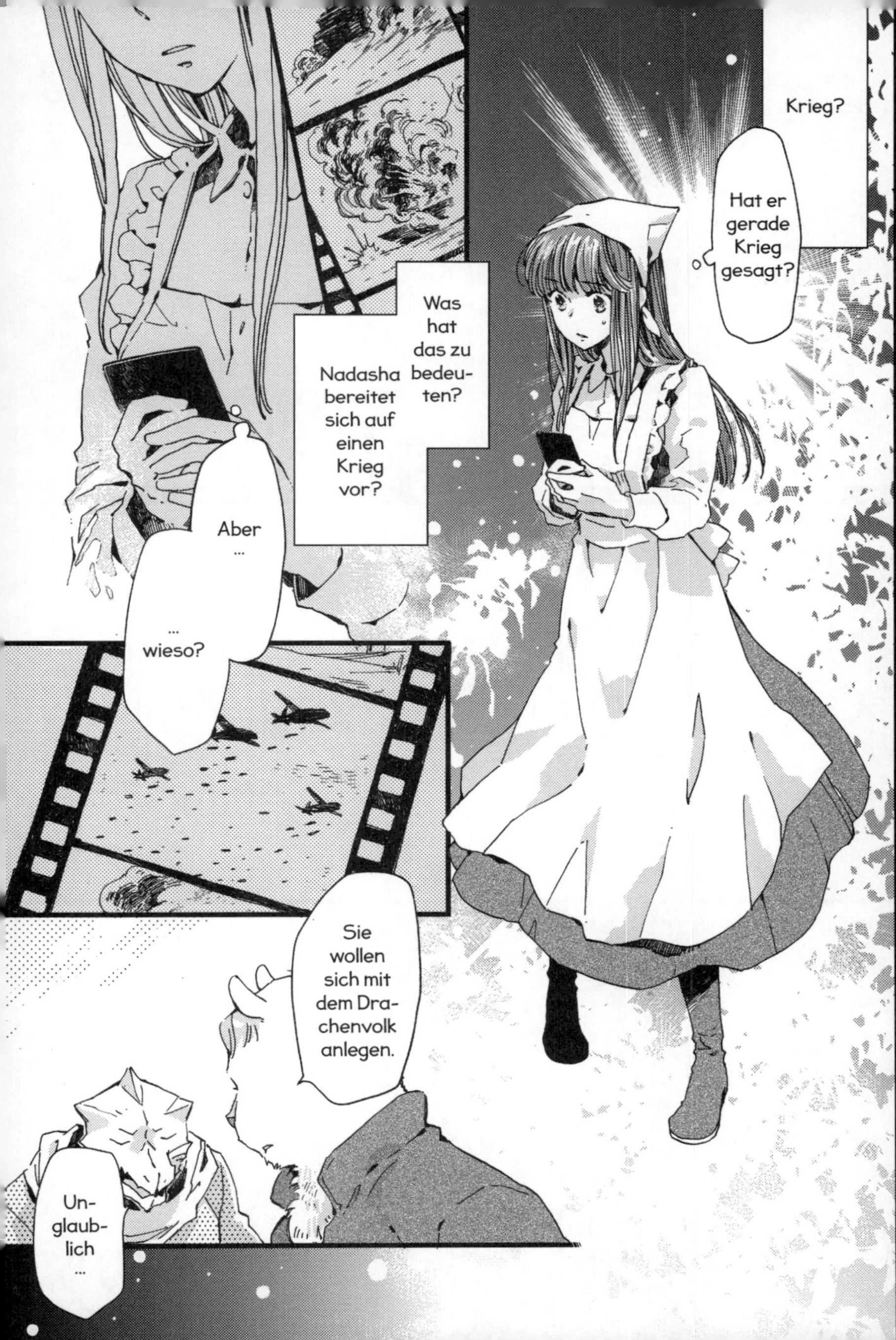
Krieg?
Hat er gerade Krieg gesagt?
Was hat das zu bedeu- ten?
Nadasha bereitet sich auf einen Krieg vor?
Aber ...
... wieso?
Sie wollen sich mit dem Dra- chenvolk anlegen.
Un- glaub- lich ...

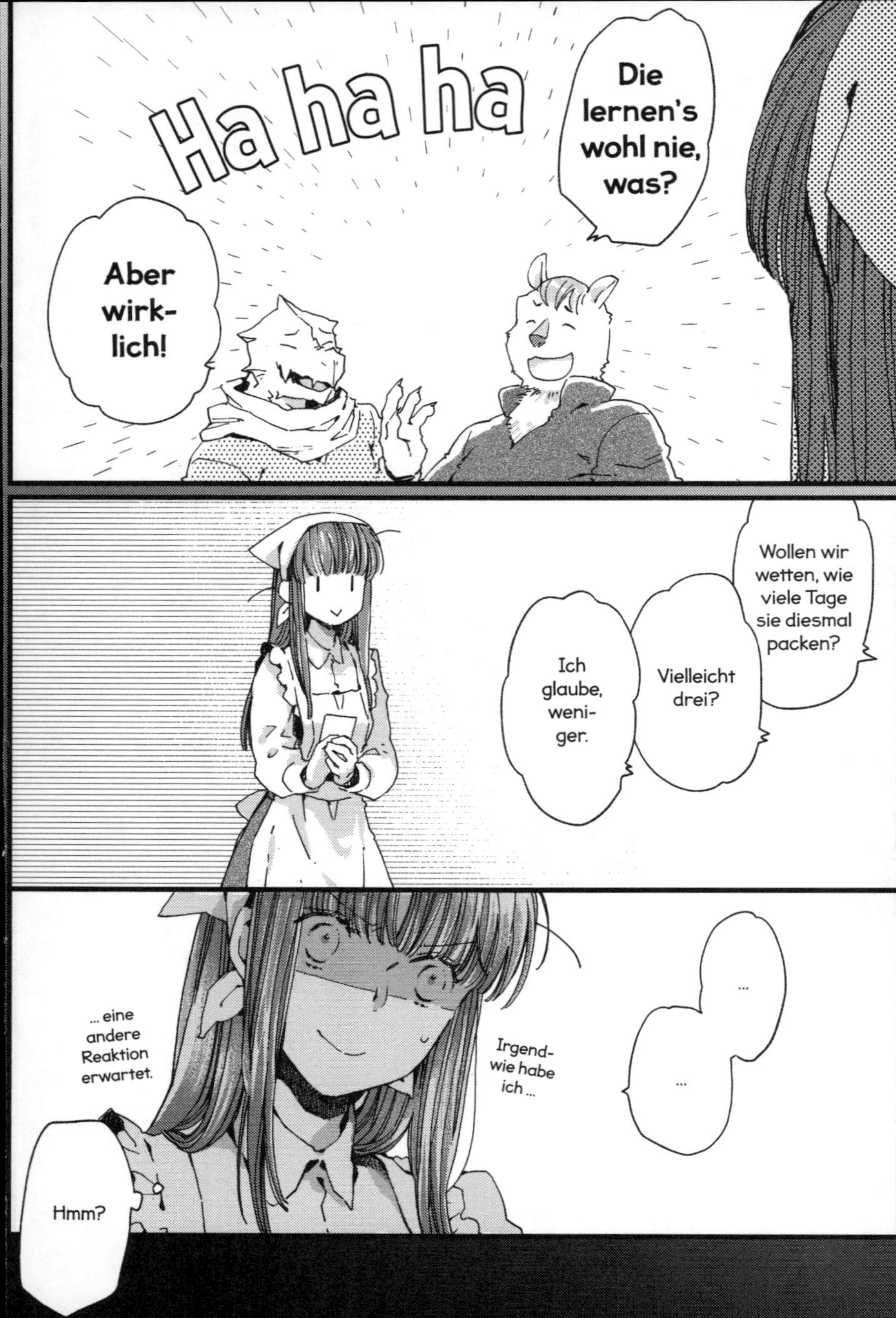
Die lernen's wohl nie, was?
Ha ha ha ha
Aber wirklich!
Wollen wir wetten, wie viele Tage sie diesmal packen?
Vielleicht drei?
Ich glaube, weniger.
...
...
Irgendwie habe ich ...
... eine andere Reaktion erwartet.
Hmm?

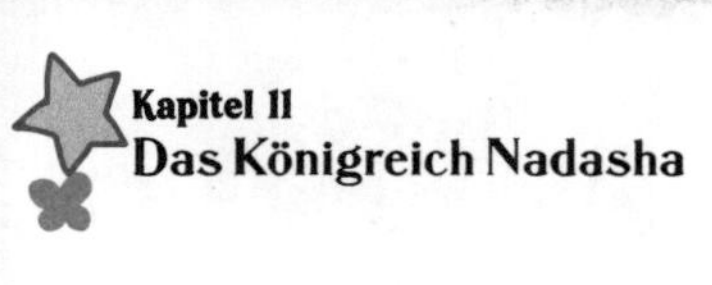

Kapitel 11

Das Königreich Nadasha

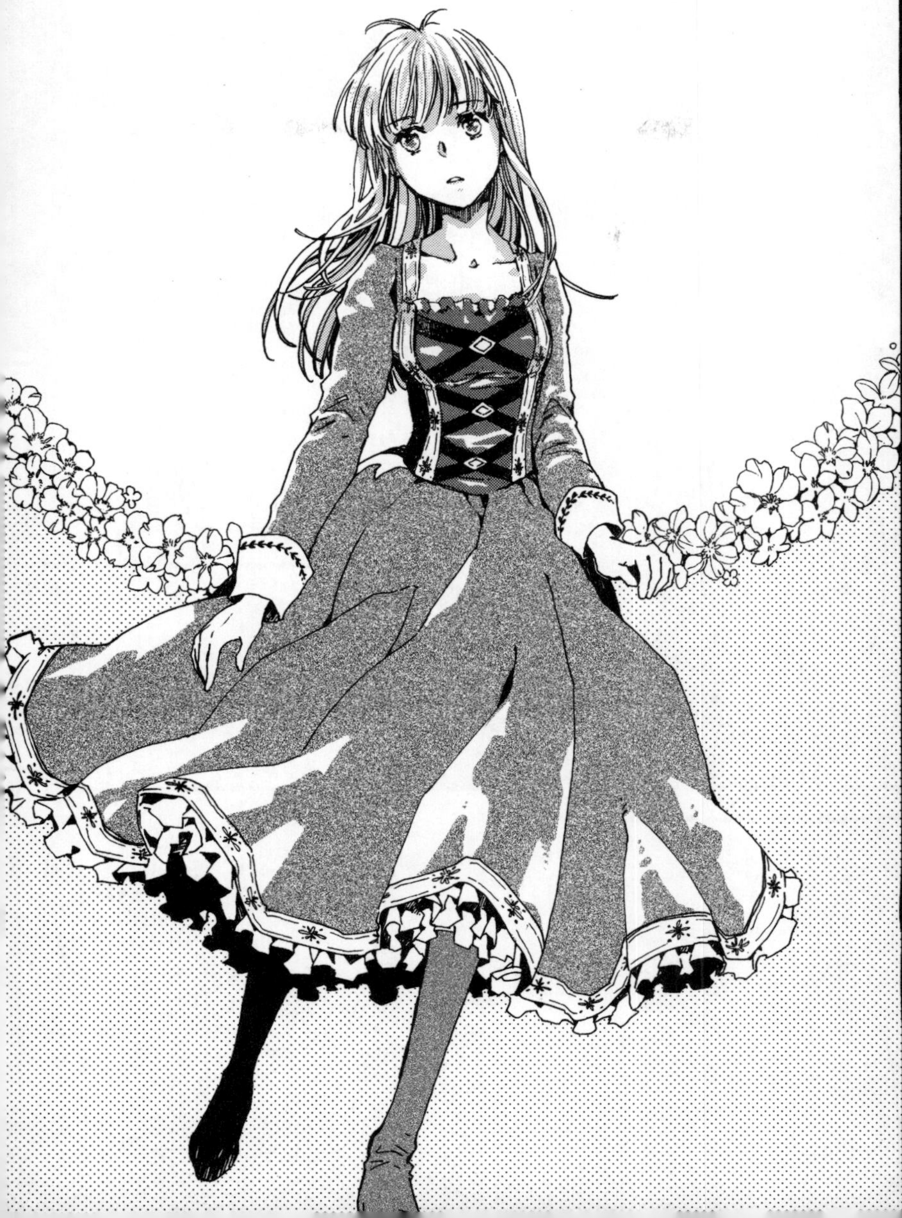

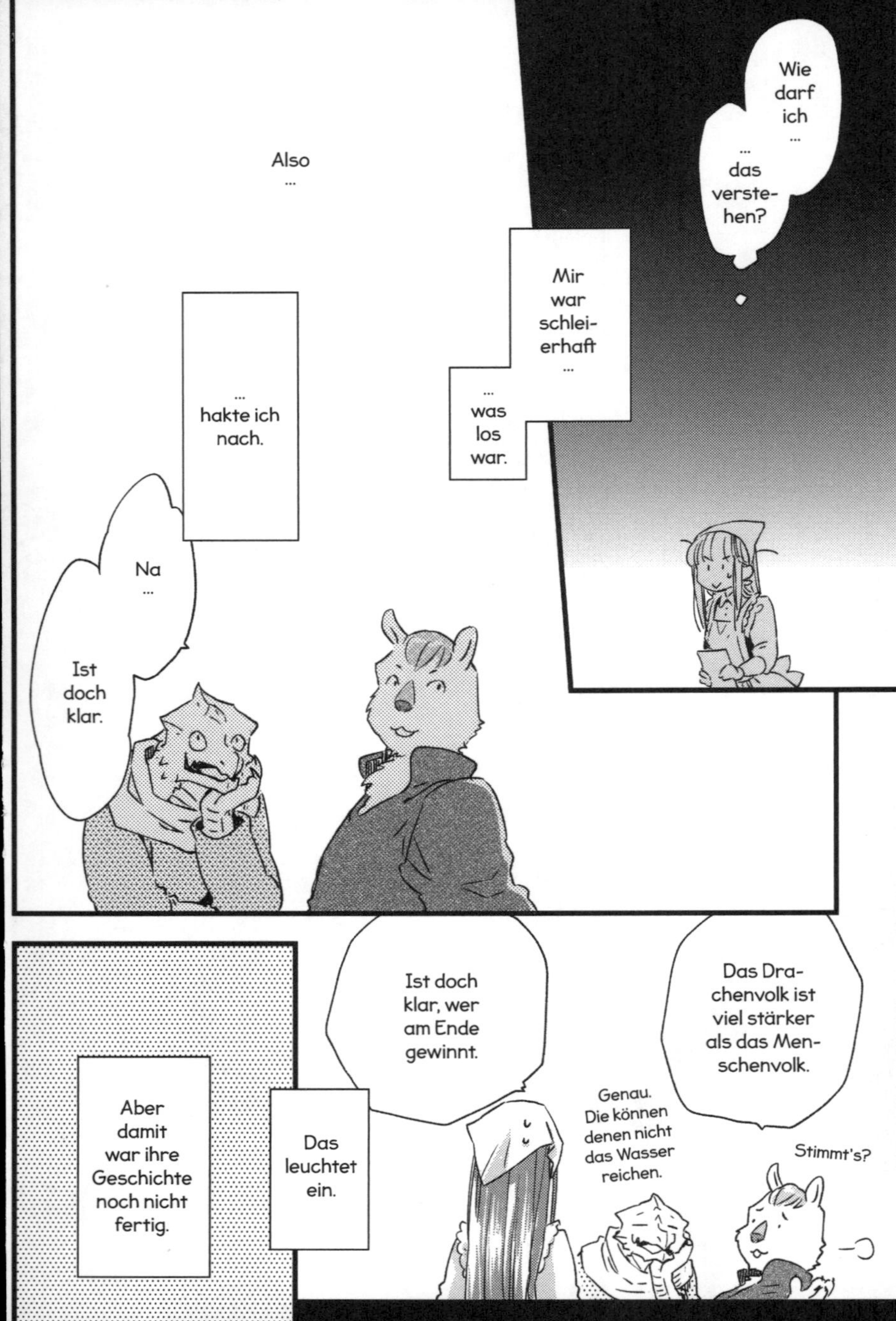
Wie darf ich … … das verstehen?
Mir war schleierhaft … … was los war.
Also …
… hakte ich nach.
Na … Ist doch klar.
Das Drachenvolk ist viel stärker als das Menschenvolk.
Stimmt's?
Genau. Die können denen nicht das Wasser reichen.
Ist doch klar, wer am Ende gewinnt.
Das leuchtet ein.
Aber damit war ihre Geschichte noch nicht fertig.

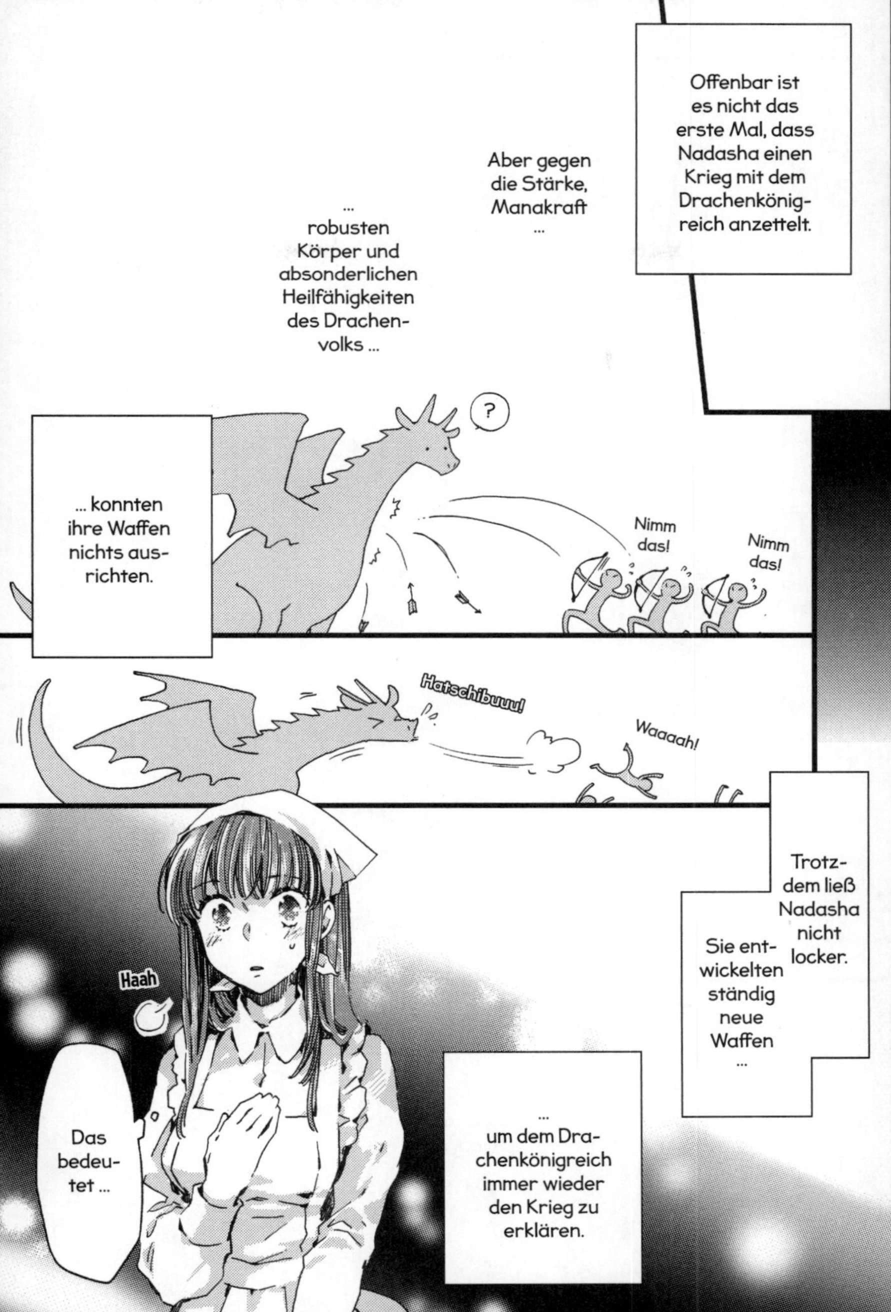
Offenbar ist es nicht das erste Mal, dass Nadasha einen Krieg mit dem Drachenkönigreich anzettelt.
Aber gegen die Stärke, Manakraft ...
... robusten Körper und absonderlichen Heilfähigkeiten des Drachenvolks ...
?
Nimm das!
Nimm das!
... konnten ihre Waffen nichts ausrichten.
Hatschibuuu!
Waaaah!
Trotzdem ließ Nadasha nicht locker.
Sie entwickelten ständig neue Waffen ...
... um dem Drachenkönigreich immer wieder den Krieg zu erklären.
Haah
Das bedeutet ...

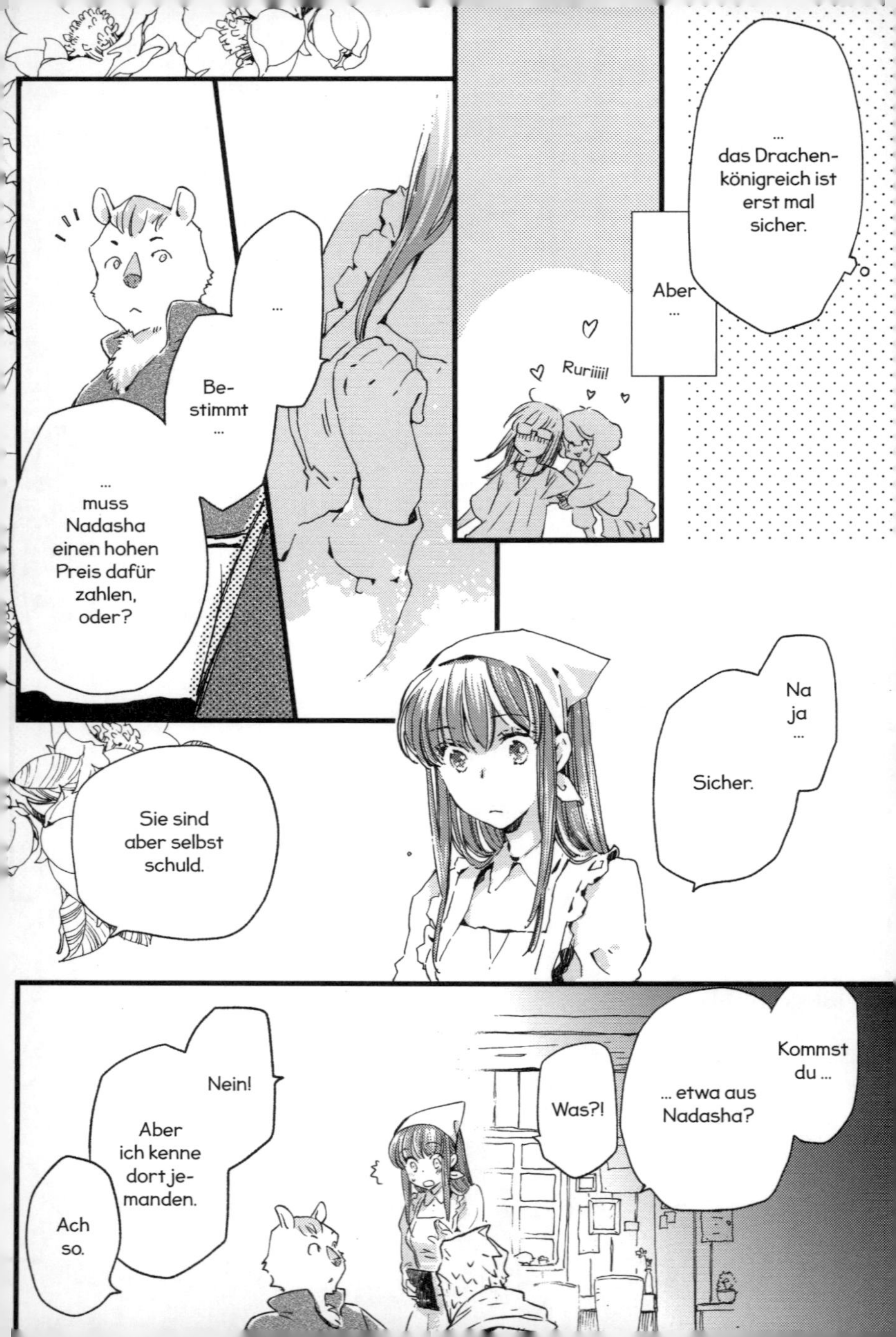
… das Drachenkönigreich ist erst mal sicher.
Aber …
Ruriiii!
…
Bestimmt …
… muss Nadasha einen hohen Preis dafür zahlen, oder?
Na ja …
Sicher.
Sie sind aber selbst schuld.
Kommst du …
… etwa aus Nadasha?
Was?!
Nein!
Aber ich kenne dort jemanden.
Ach so.

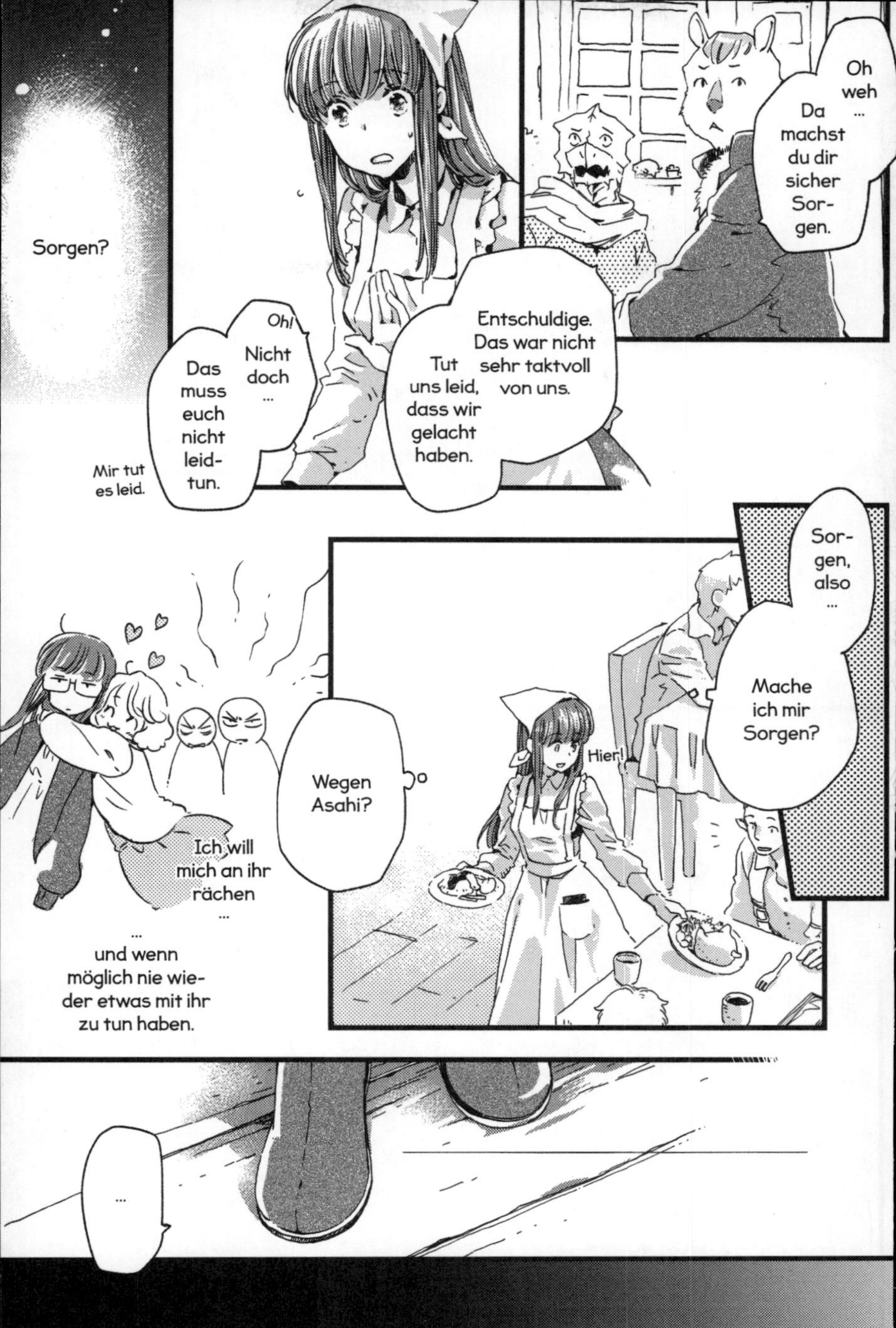
Oh weh ... Da machst du dir sicher Sorgen.
Entschuldige. Das war nicht sehr taktvoll von uns.
Tut uns leid, dass wir gelacht haben.
Oh!
Nicht doch ...
Das muss euch nicht leidtun.
Mir tut es leid.
Sorgen?
Sorgen, also ...
Mache ich mir Sorgen?
Hier!
Wegen Asahi?
Ich will mich an ihr rächen ...
... und wenn möglich nie wieder etwas mit ihr zu tun haben.
...

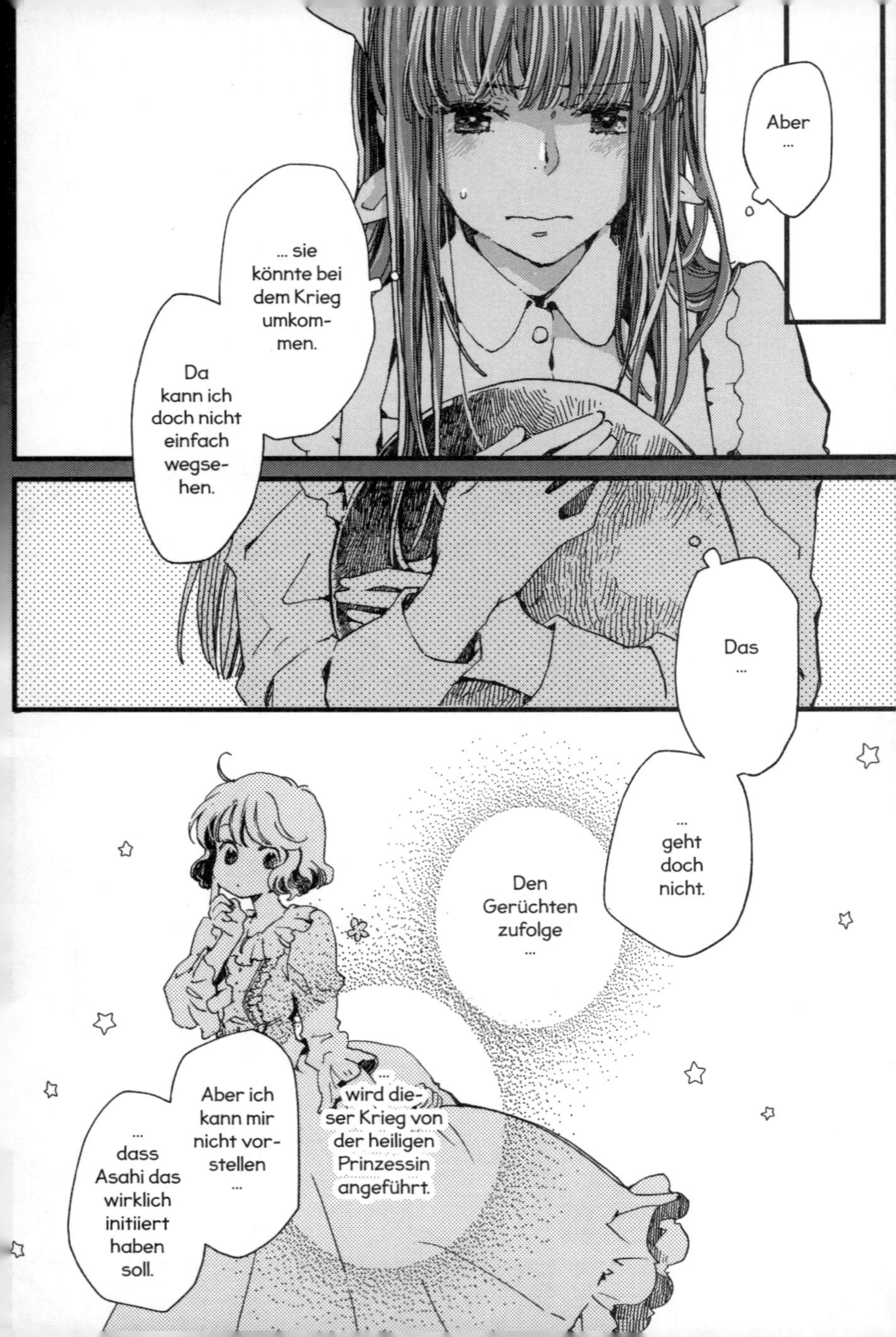
Aber ...
... sie könnte bei dem Krieg umkommen.
Da kann ich doch nicht einfach wegsehen.
Das ...
... geht doch nicht.
Den Gerüchten zufolge ...
... wird dieser Krieg von der heiligen Prinzessin angeführt.
Aber ich kann mir nicht vorstellen ...
... dass Asahi das wirklich initiiert haben soll.

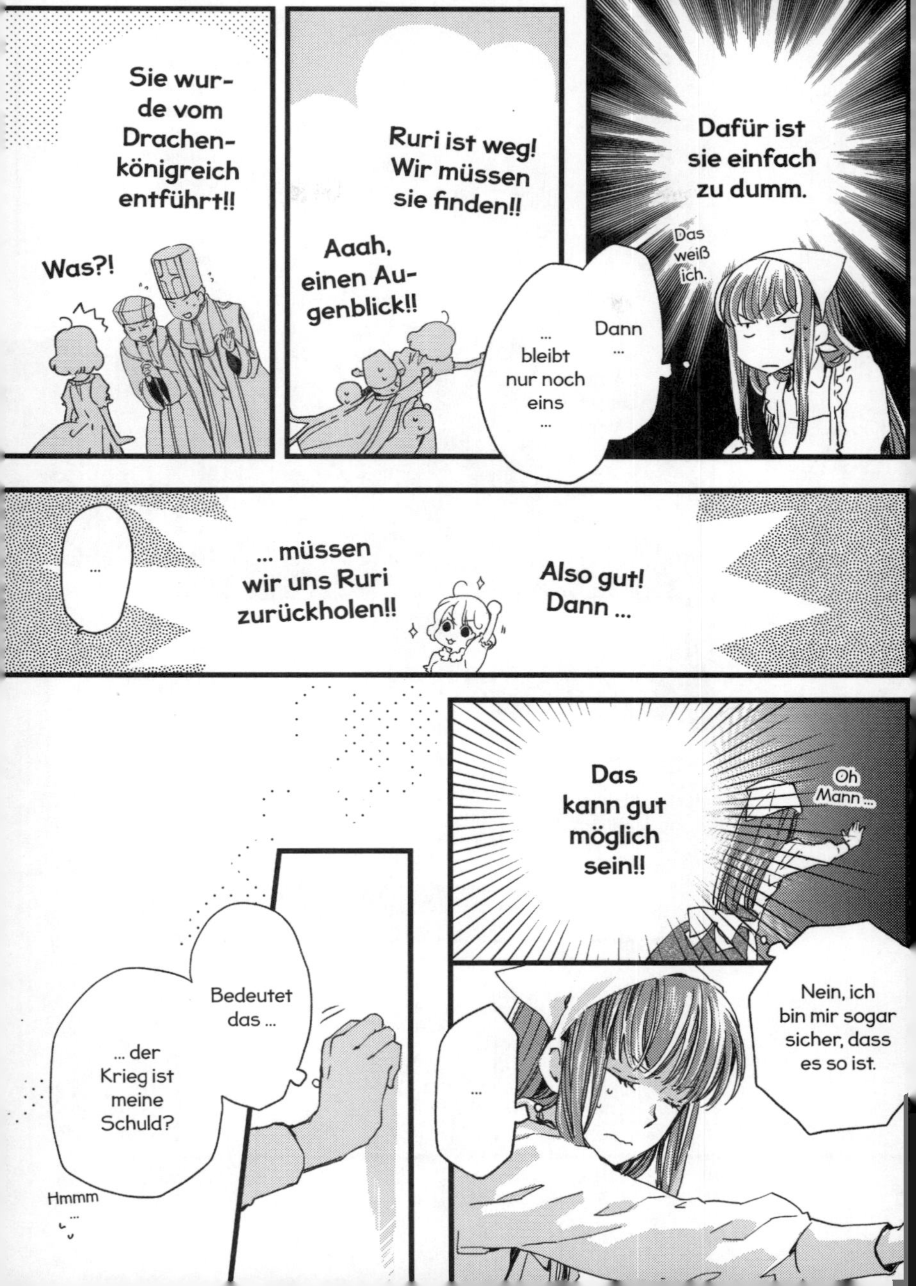

Dafür ist sie einfach zu dumm.

Das weiß ich.

Dann ...

... bleibt nur noch eins ...

Ruri ist weg! Wir müssen sie finden!!

Aaah, einen Augenblick!!

Sie wurde vom Drachenkönigreich entführt!!

Was?!

Also gut! Dann ...

... müssen wir uns Ruri zurückholen!!

...

Oh Mann ...

Das kann gut möglich sein!!

Nein, ich bin mir sogar sicher, dass es so ist.

...

Bedeutet das ...

... der Krieg ist meine Schuld?

Hmmm ...

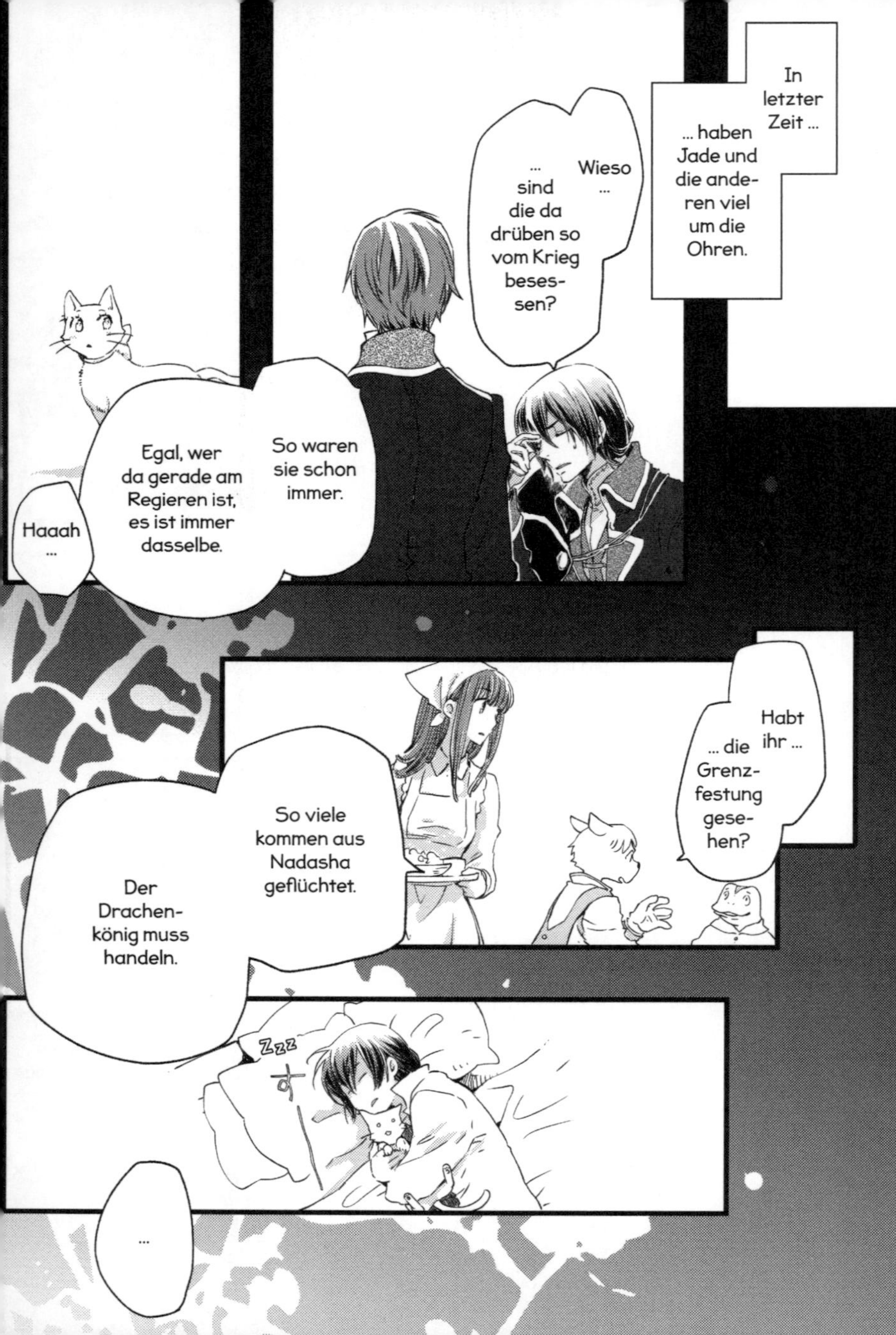
In letzter Zeit ...
... haben Jade und die anderen viel um die Ohren.
Wieso ...
... sind die da drüben so vom Krieg besessen?
So waren sie schon immer.
Egal, wer da gerade am Regieren ist, es ist immer dasselbe.
Haaah ...
Habt ihr ...
... die Grenzfestung gesehen?
So viele kommen aus Nadasha geflüchtet.
Der Drachenkönig muss handeln.
Zzz
...

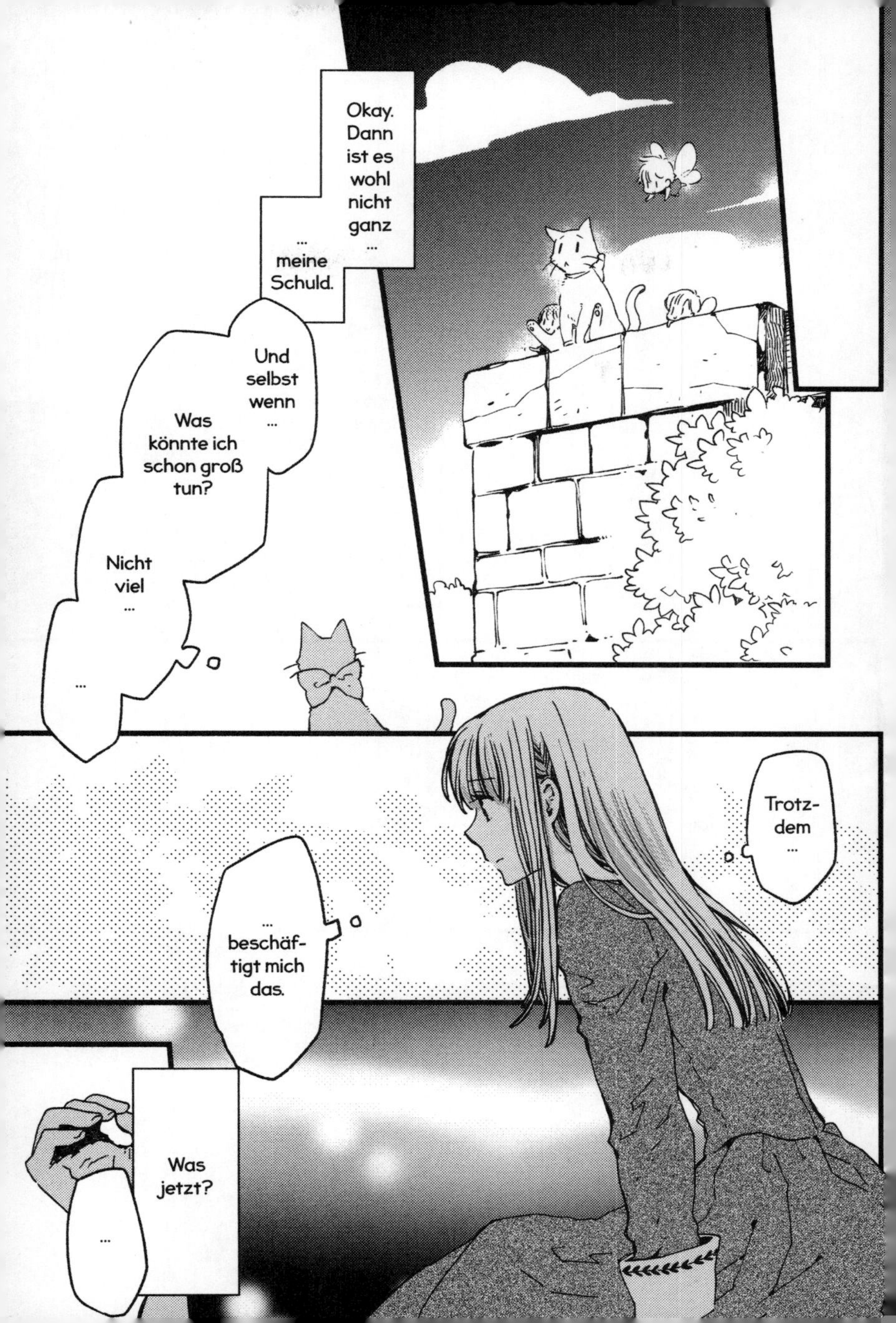
Okay. Dann ist es wohl nicht ganz ...
... meine Schuld.
Und selbst wenn ...
Was könnte ich schon groß tun?
Nicht viel ...
...
Trotzdem ...
... beschäftigt mich das.
Was jetzt?
...

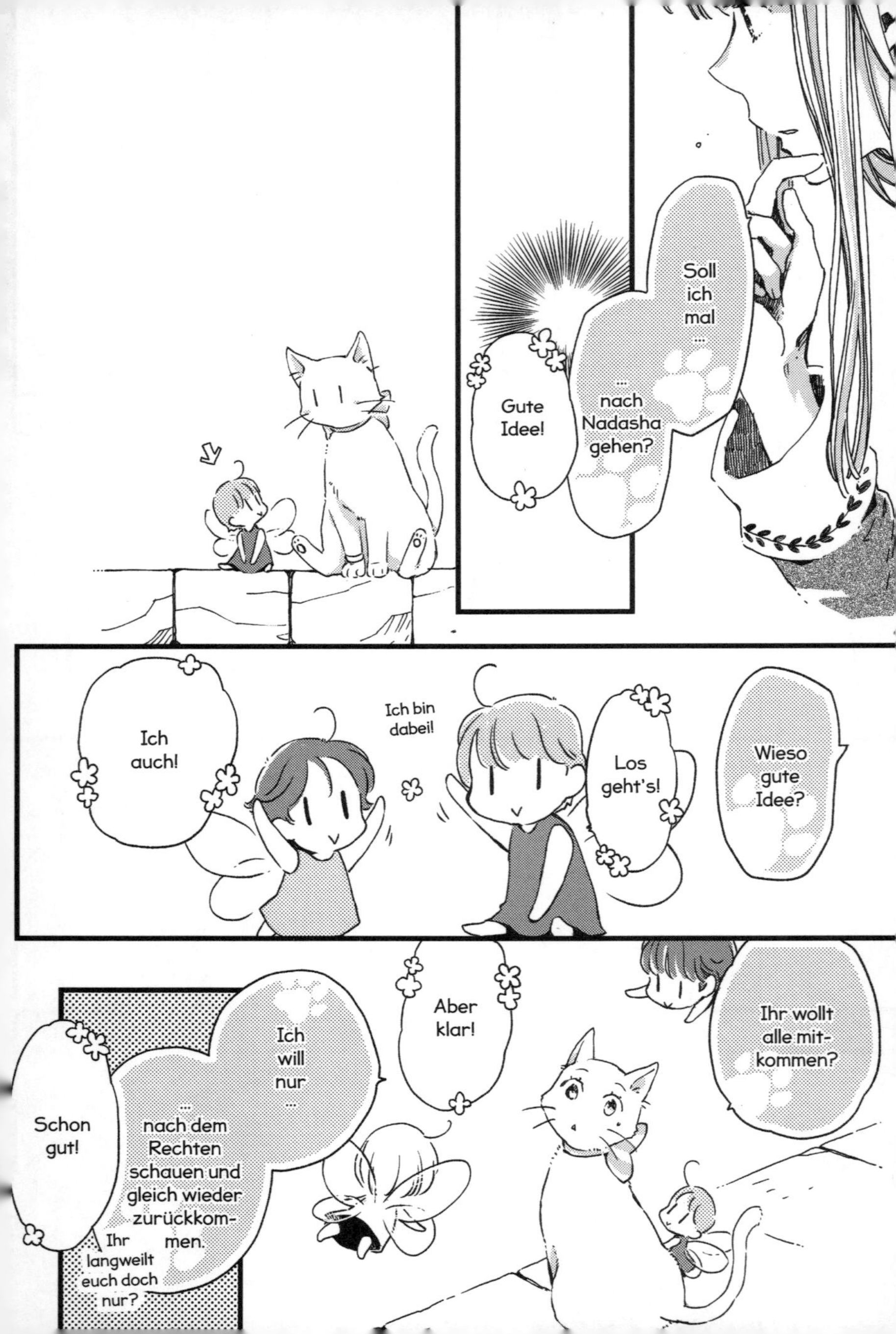
Soll ich mal ...
... nach Nadasha gehen?
Gute Idee!
Wieso gute Idee?
Los geht's!
Ich bin dabei!
Ich auch!
Ihr wollt alle mitkommen?
Aber klar!
Ich will nur ...
... nach dem Rechten schauen und gleich wieder zurückkommen.
Schon gut!
Ihr langweilt euch doch nur?

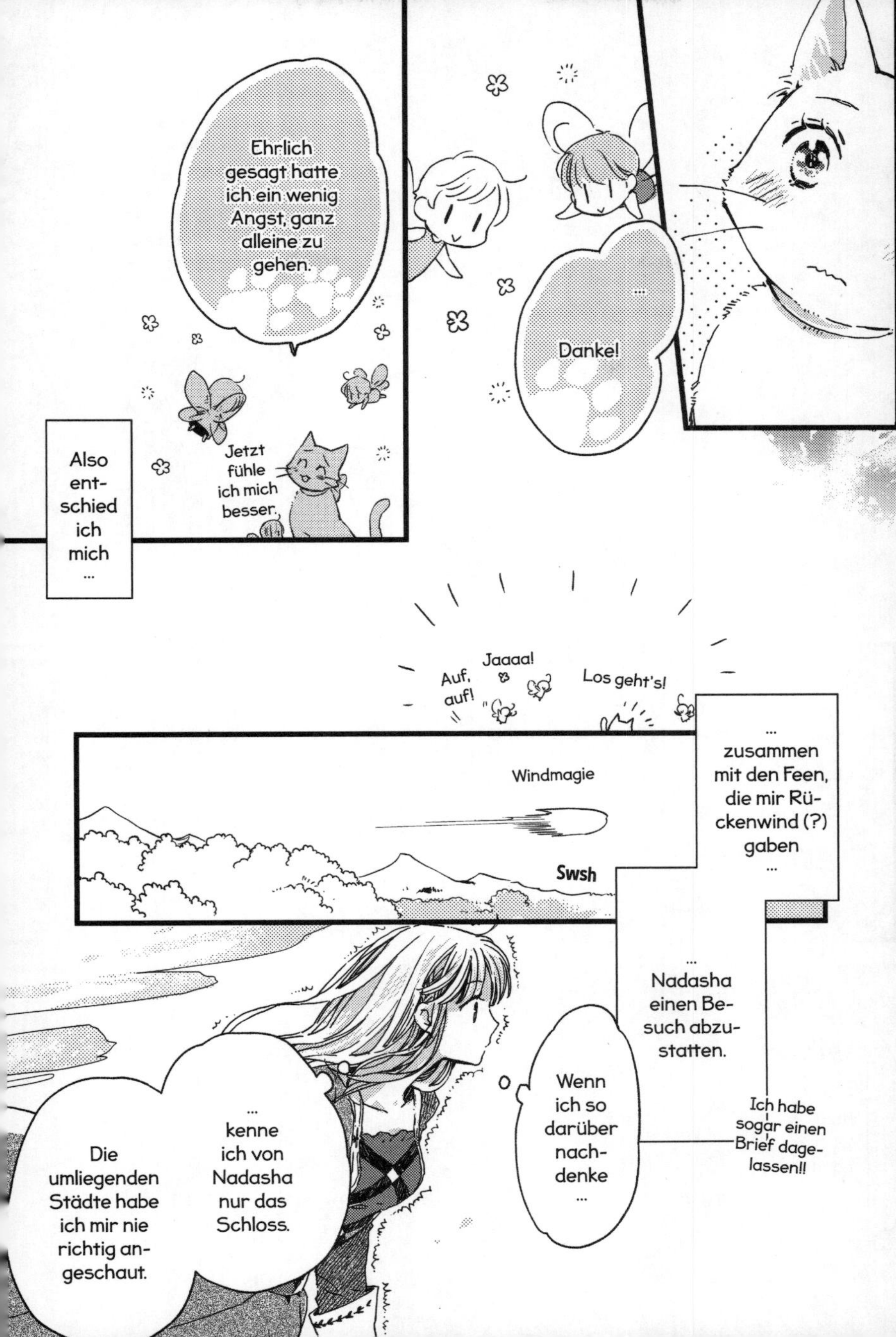

...
Danke!
Ehrlich gesagt hatte ich ein wenig Angst, ganz alleine zu gehen.
Jetzt fühle ich mich besser.
Also ent-schied ich mich ...
Los geht's!
Jaaaa!
Auf, auf!
... zusammen mit den Feen, die mir Rü-ckenwind (?) gaben ...
Windmagie
Swsh
... Nadasha einen Be-such abzu-statten.
Ich habe sogar einen Brief dage-lassen!!
Wenn ich so darüber nach-denke ...
... kenne ich von Nadasha nur das Schloss.
Die umliegenden Städte habe ich mir nie richtig an-geschaut.

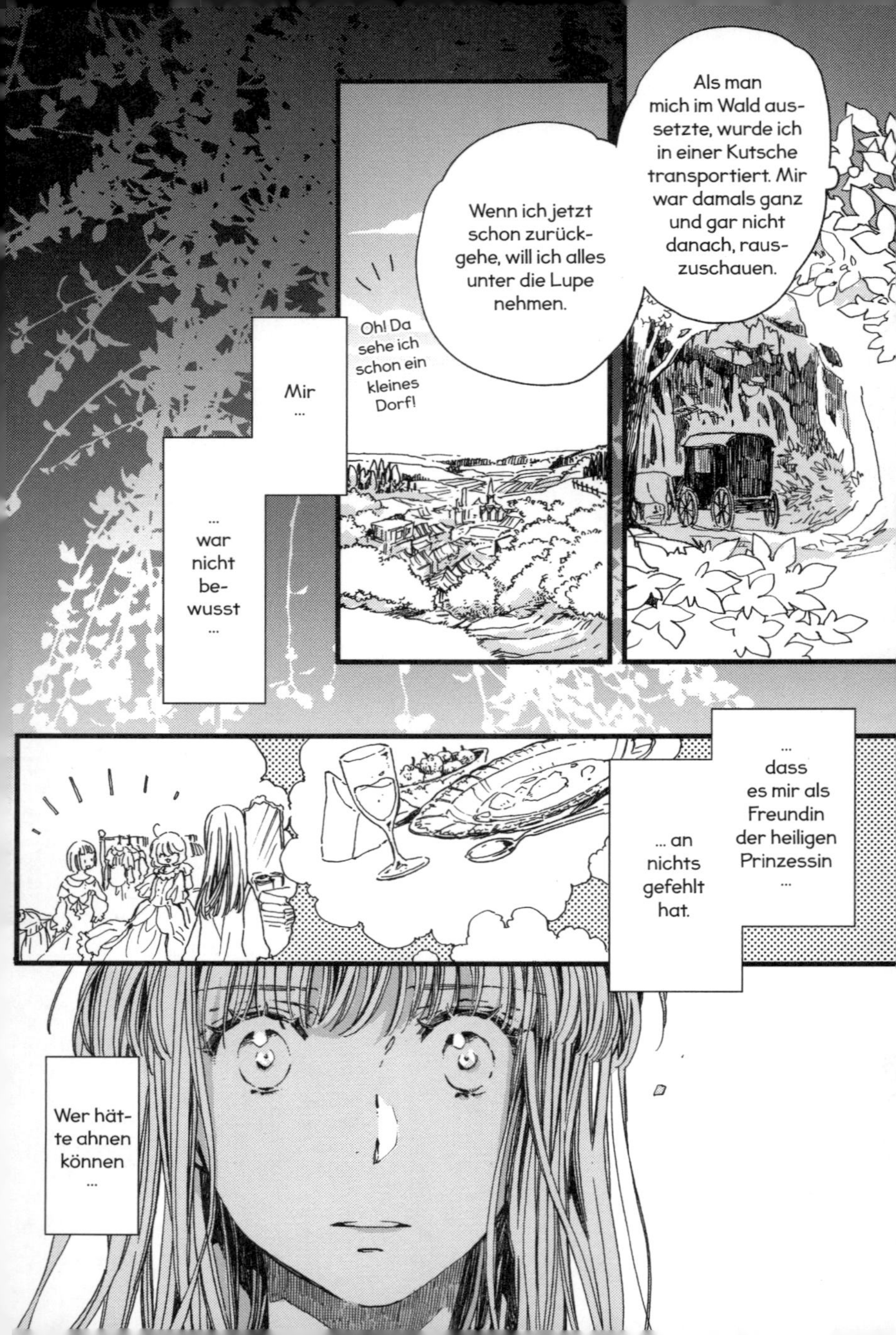
Als man mich im Wald aussetzte, wurde ich in einer Kutsche transportiert. Mir war damals ganz und gar nicht danach, rauszuschauen.
Wenn ich jetzt schon zurückgehe, will ich alles unter die Lupe nehmen.
Oh! Da sehe ich schon ein kleines Dorf!
Mir …
… war nicht bewusst …
… dass es mir als Freundin der heiligen Prinzessin …
… an nichts gefehlt hat.
Wer hätte ahnen können …

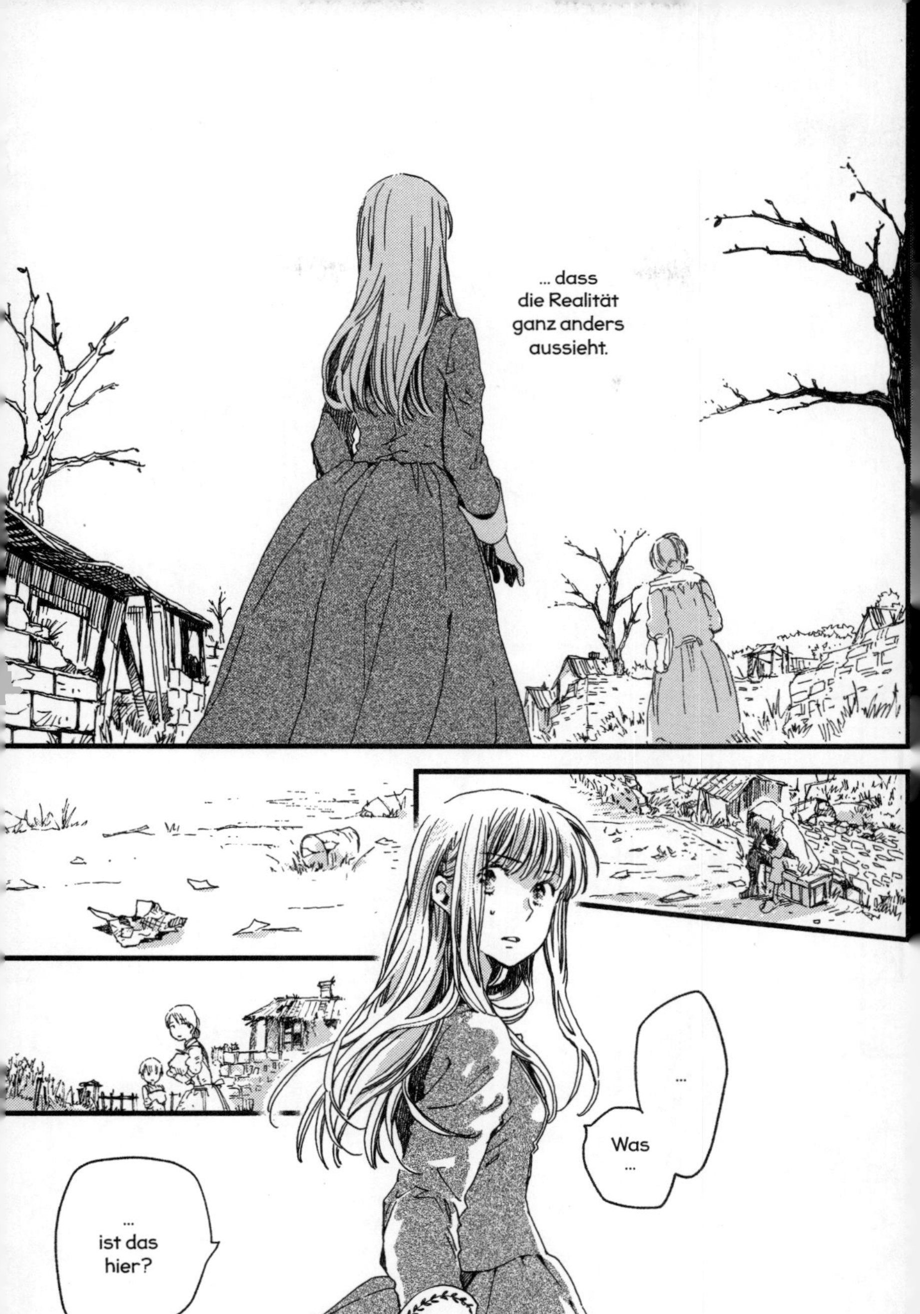
... dass
die Realität
ganz anders
aussieht.
...
Was
...
...
ist das
hier?

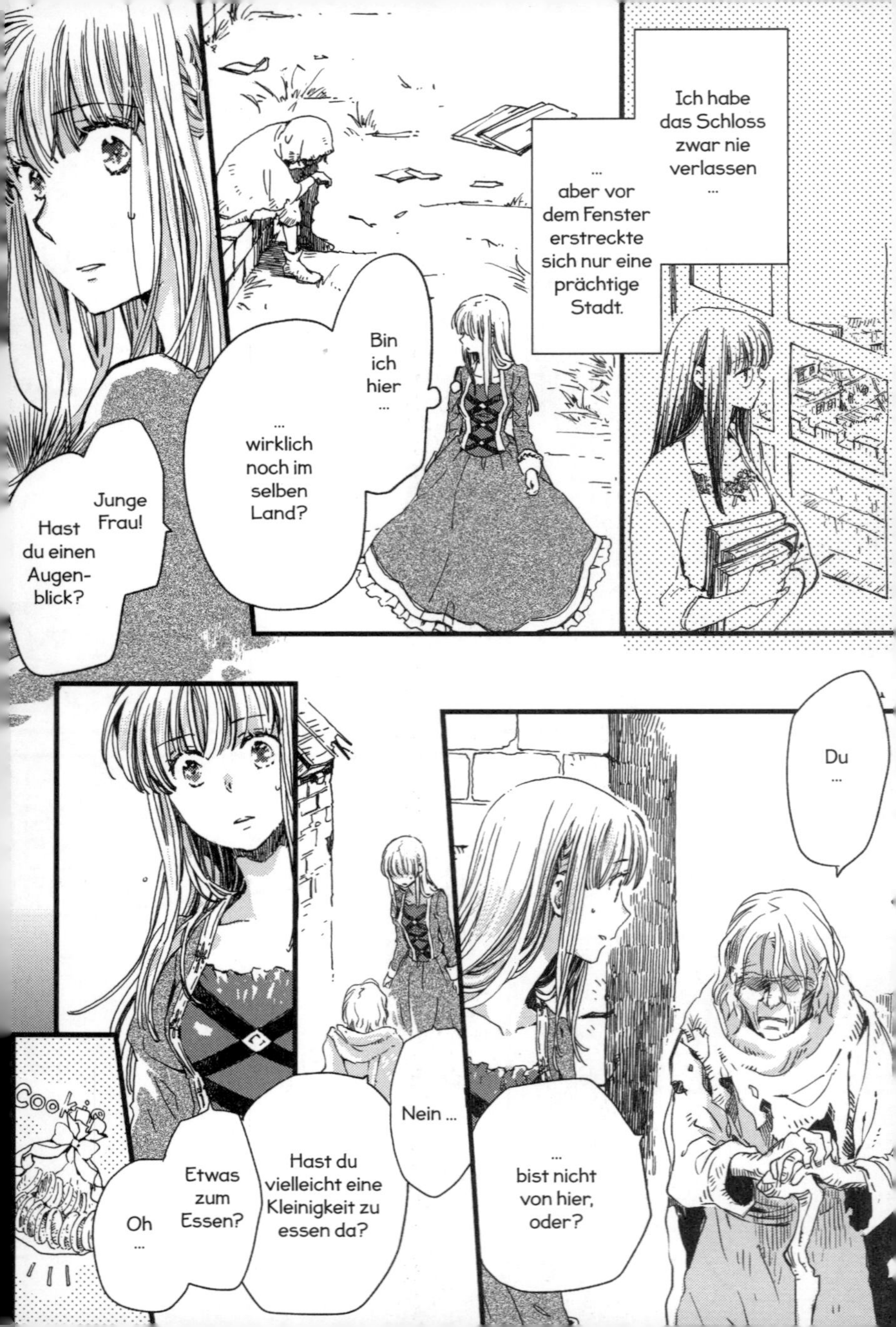
Ich habe das Schloss zwar nie verlassen ...
... aber vor dem Fenster erstreckte sich nur eine prächtige Stadt.
Bin ich hier ...
... wirklich noch im selben Land?
Junge Frau!
Hast du einen Augenblick?
Du ...
... bist nicht von hier, oder?
Nein ...
Hast du vielleicht eine Kleinigkeit zu essen da?
Etwas zum Essen?
Oh ...

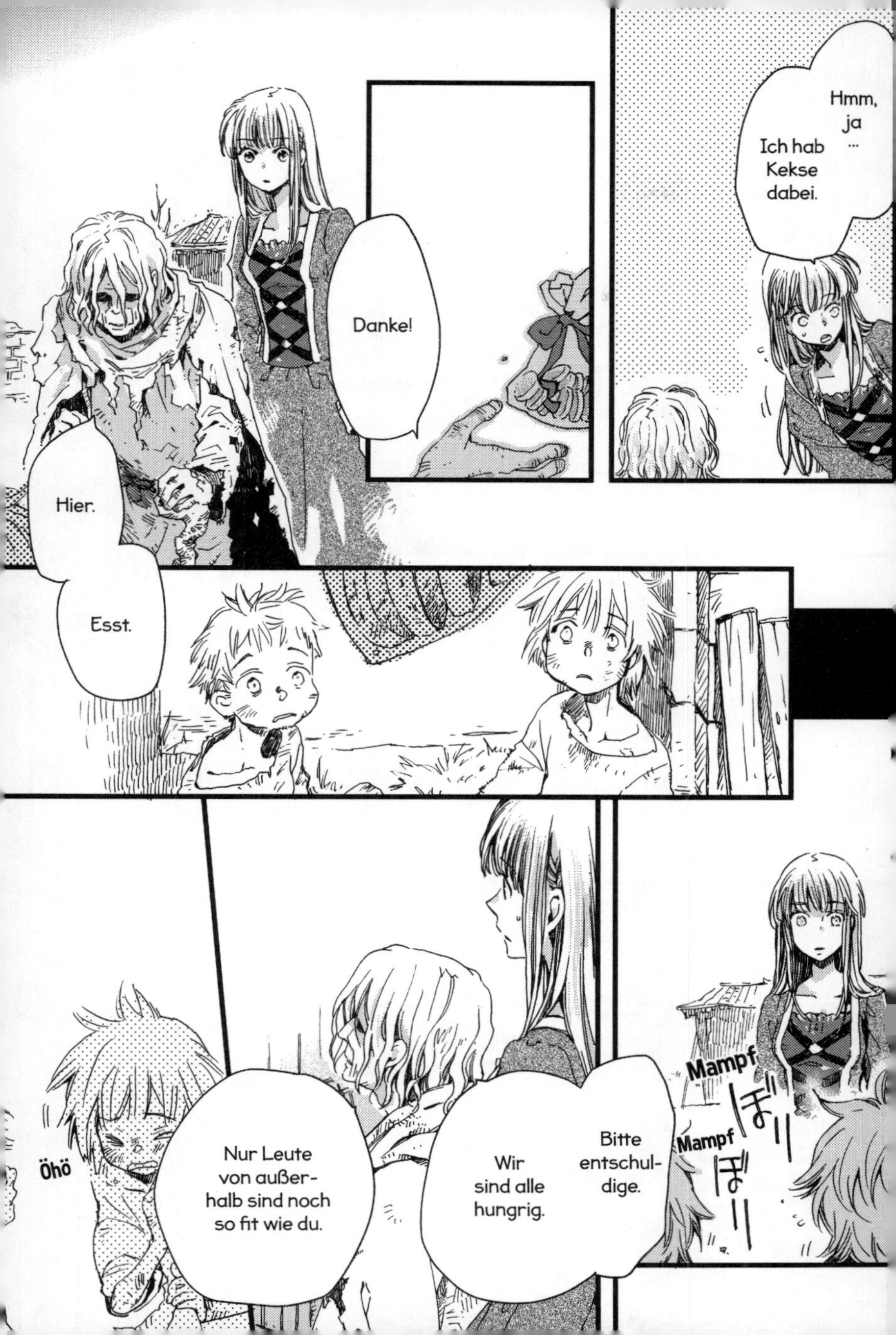
Hmm, ja …
Ich hab Kekse dabei.
Danke!
Hier.
Esst.
Mampf
Mampf
Bitte entschuldige.
Wir sind alle hungrig.
Nur Leute von außerhalb sind noch so fit wie du.
Öhö

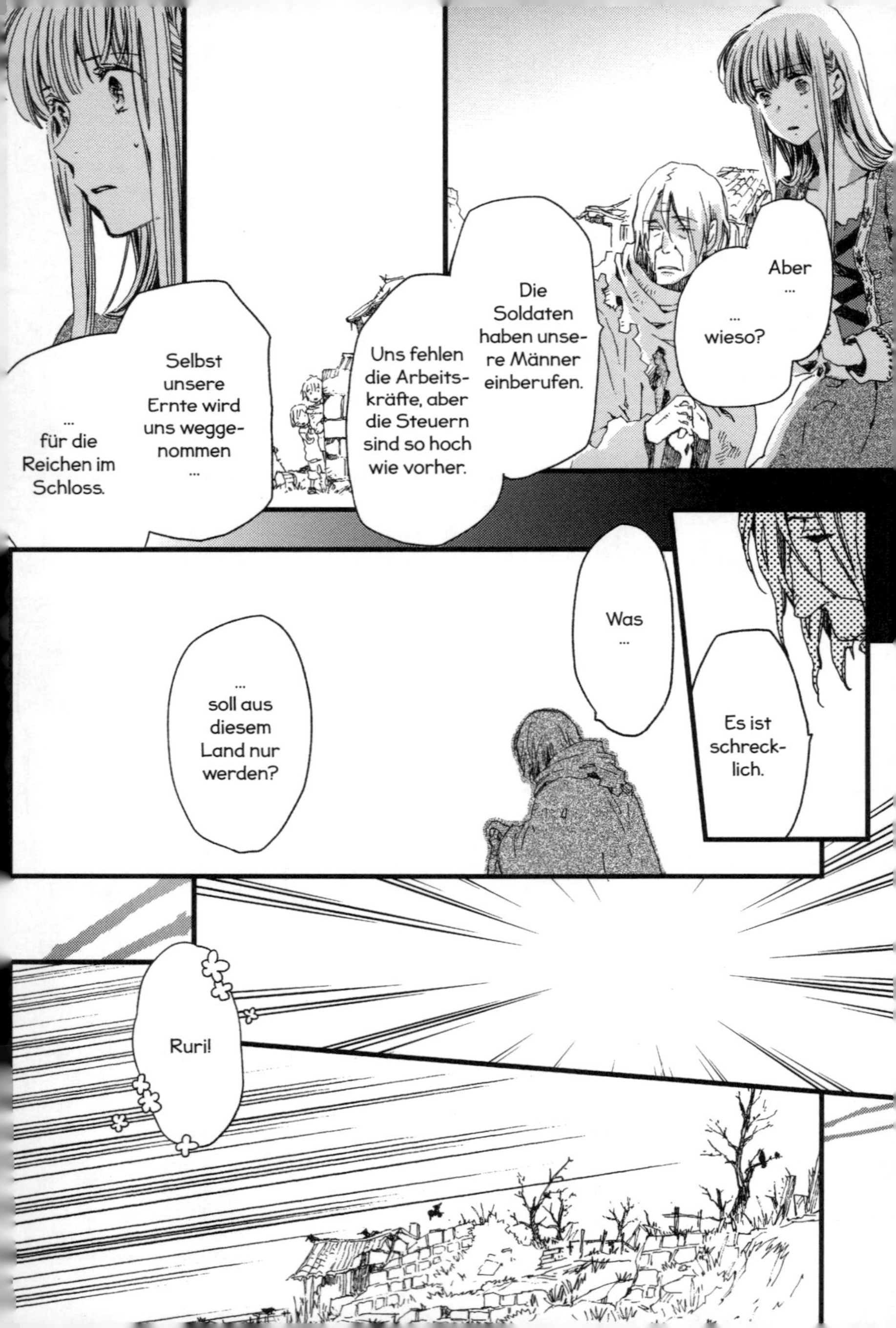
Aber ...
... wieso?
Die Soldaten haben unsere Männer einberufen.
Uns fehlen die Arbeitskräfte, aber die Steuern sind so hoch wie vorher.
Selbst unsere Ernte wird uns weggenommen ...
... für die Reichen im Schloss.
Es ist schrecklich.
Was ...
... soll aus diesem Land nur werden?
Ruri!

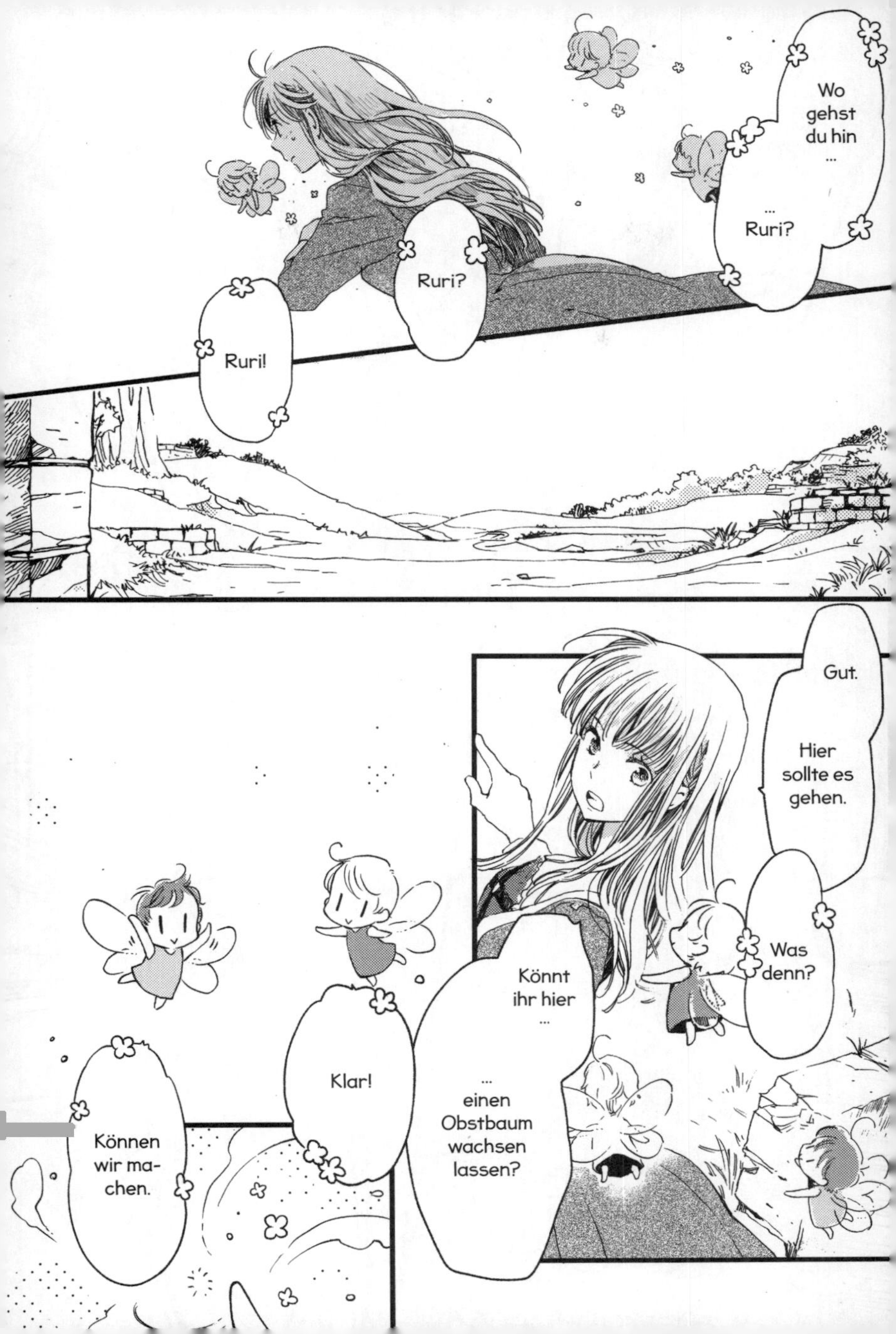

Wo gehst du hin …
… Ruri?
Ruri?
Ruri!
Gut.
Hier sollte es gehen.
Was denn?
Könnt ihr hier …
… einen Obstbaum wachsen lassen?
Klar!
Können wir ma-chen.

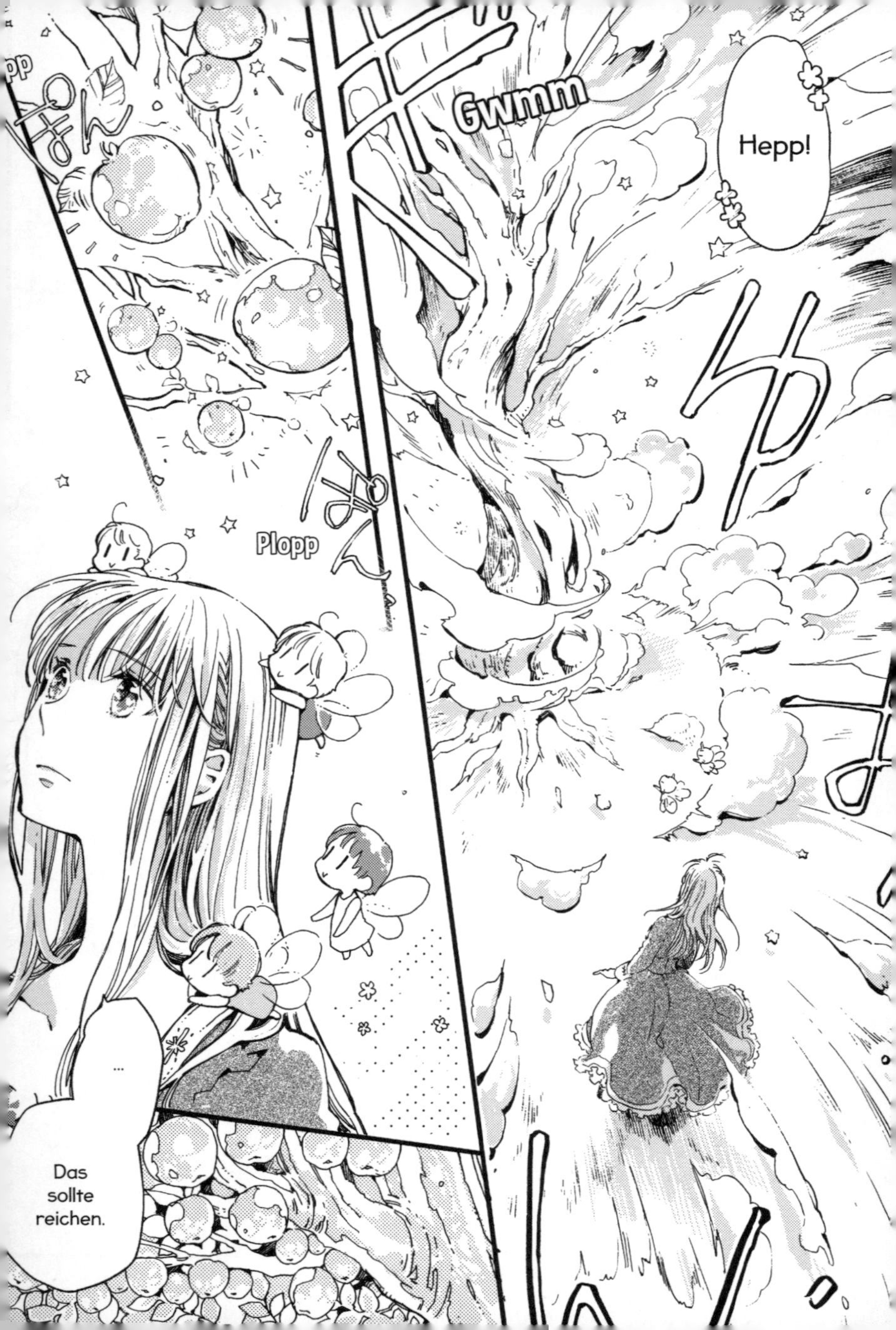
Hepp!
Gwmm
pp
Plopp
...
Das sollte reichen.

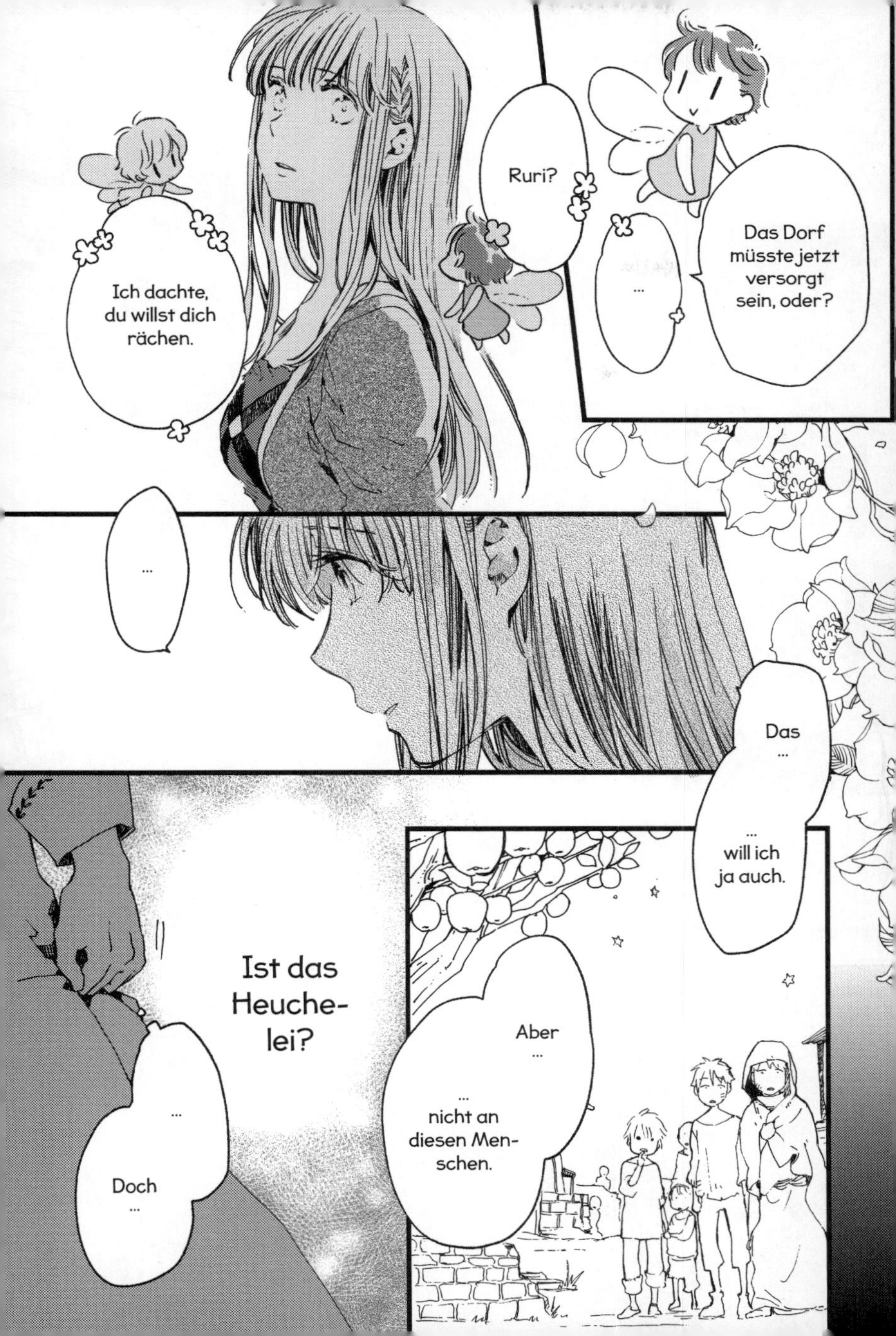
Ruri?
Das Dorf müsste jetzt versorgt sein, oder?
...
Ich dachte, du willst dich rächen.
...
Das ...
... will ich ja auch.
Aber ...
... nicht an diesen Menschen.
Ist das Heuchelei?
... Doch ...

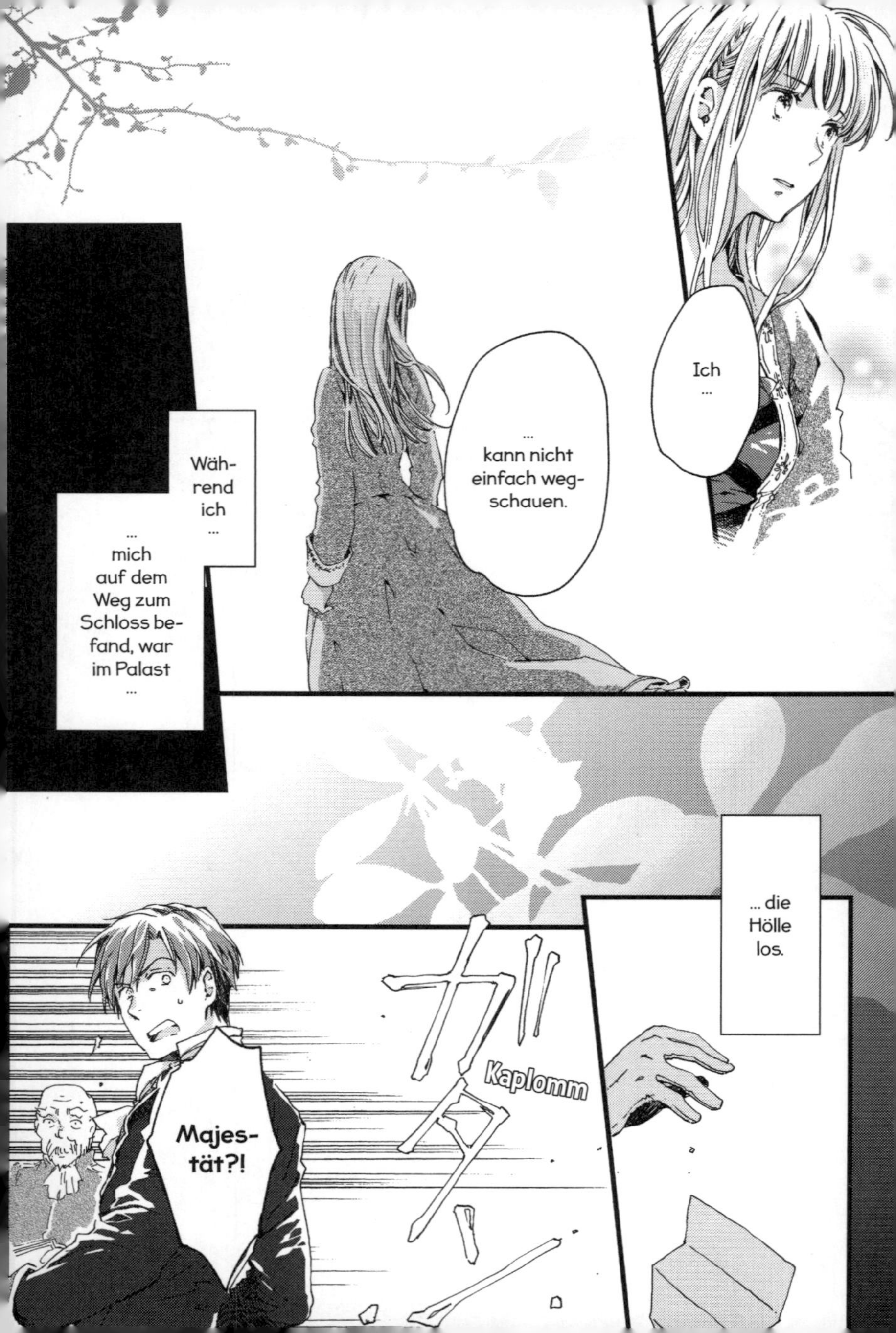
Ich …
… kann nicht einfach weg-schauen.
Wäh-rend ich …
… mich auf dem Weg zum Schloss be-fand, war im Palast …
… die Hölle los.
Kaplomm
Majes-tät?!

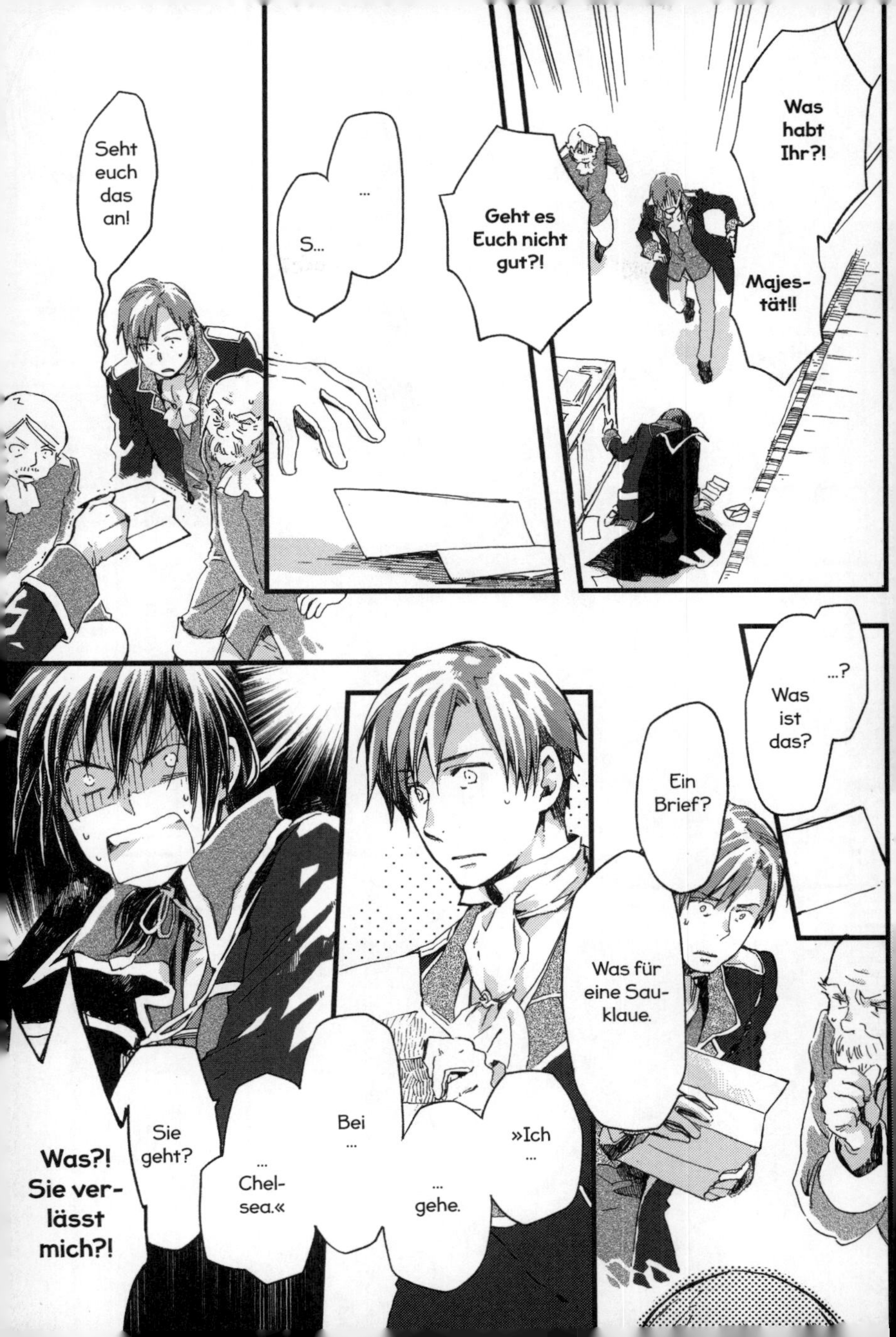
Was habt Ihr?!
Majestät!!
Geht es Euch nicht gut?!
S...
...
Seht euch das an!
...? Was ist das?
Ein Brief?
Was für eine Sauklaue.
»Ich ...
... gehe.
Bei ...
... Chelsea.«
Sie geht?
Was?! Sie verlässt mich?!

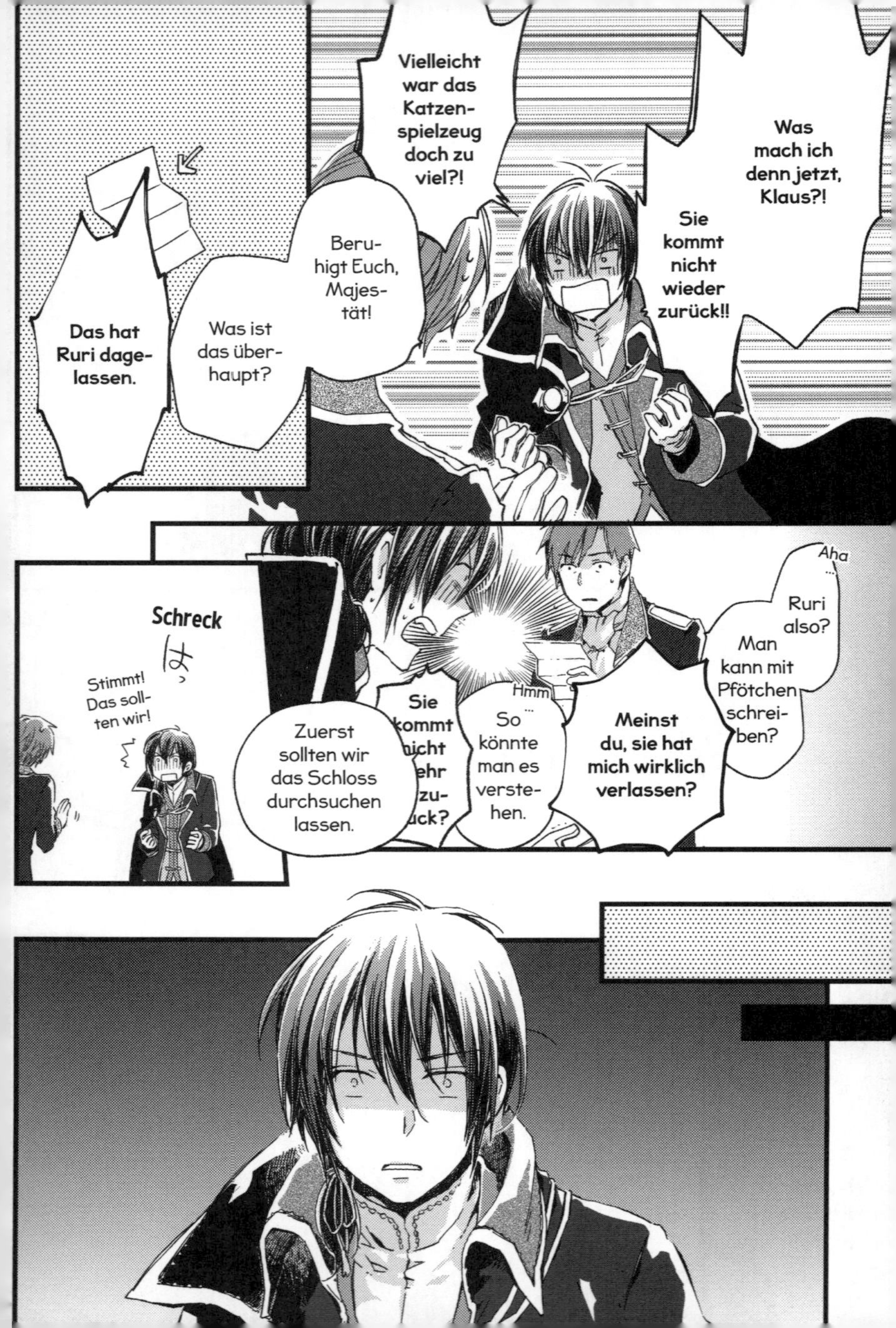
Was mach ich denn jetzt, Klaus?!
Sie kommt nicht wieder zurück!!
Vielleicht war das Katzen-spielzeug doch zu viel?!
Beru-higt Euch, Majes-tät!
Was ist das über-haupt?
Das hat Ruri dage-lassen.
Aha ...
Ruri also? Man kann mit Pfötchen schrei-ben?
Meinst du, sie hat mich wirklich verlassen?
Hmm ...
So könnte man es verste-hen.
Sie kommt nicht ehr zu- ück?
Zuerst sollten wir das Schloss durchsuchen lassen.
Schreck
は
Stimmt! Das soll-ten wir!

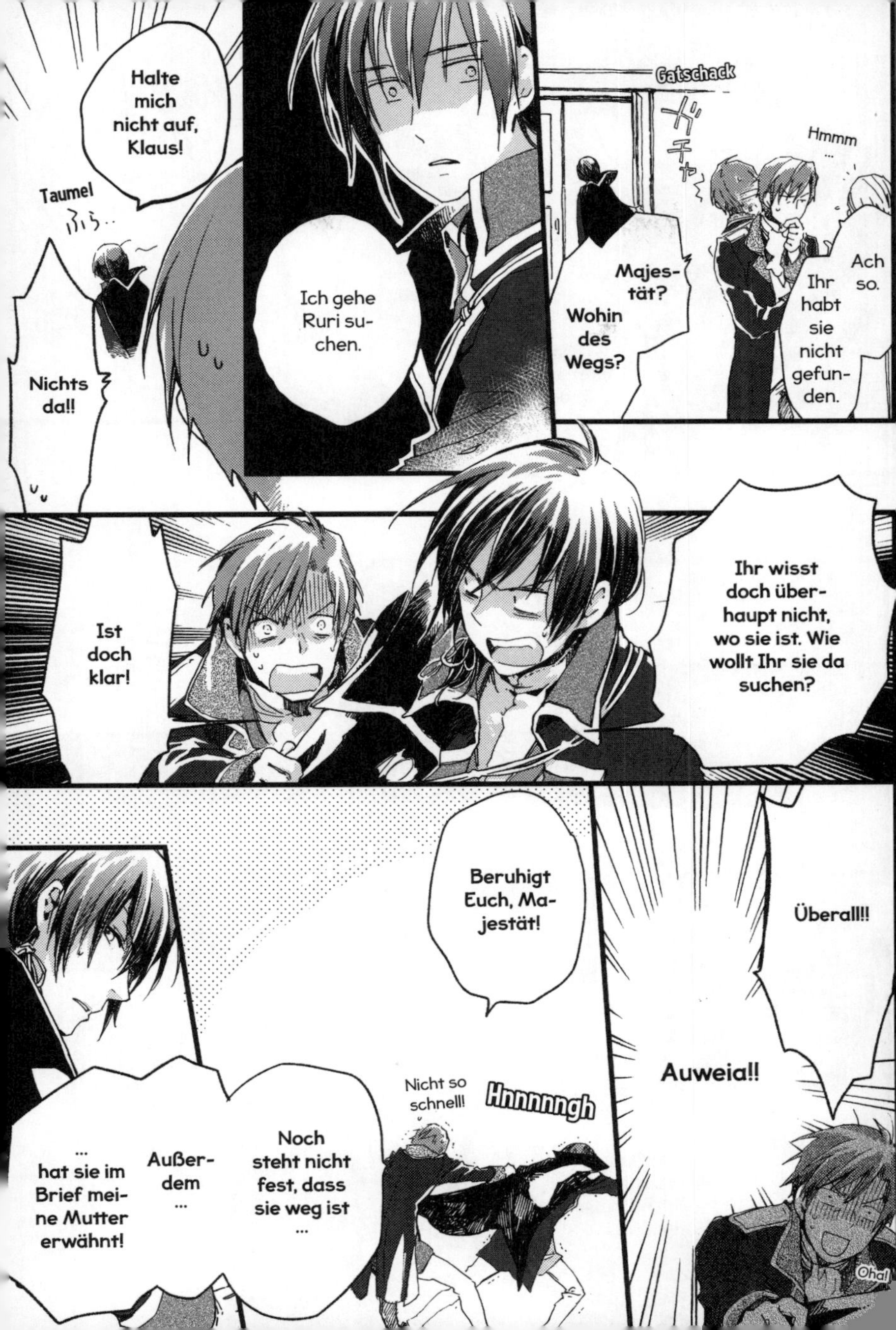

Gatschack
Hmmm …
Ach so. Ihr habt sie nicht gefunden.
Majestät? Wohin des Wegs?
Ich gehe Ruri suchen.
Halte mich nicht auf, Klaus!
Taumel
Nichts da!!
Ihr wisst doch überhaupt nicht, wo sie ist. Wie wollt Ihr sie da suchen?
Ist doch klar!
Überall!!
Auweia!!
Ohal
Beruhigt Euch, Majestät!
Nicht so schnell!
Hnnnnngh
Noch steht nicht fest, dass sie weg ist …
Außerdem …
… hat sie im Brief meine Mutter erwähnt!

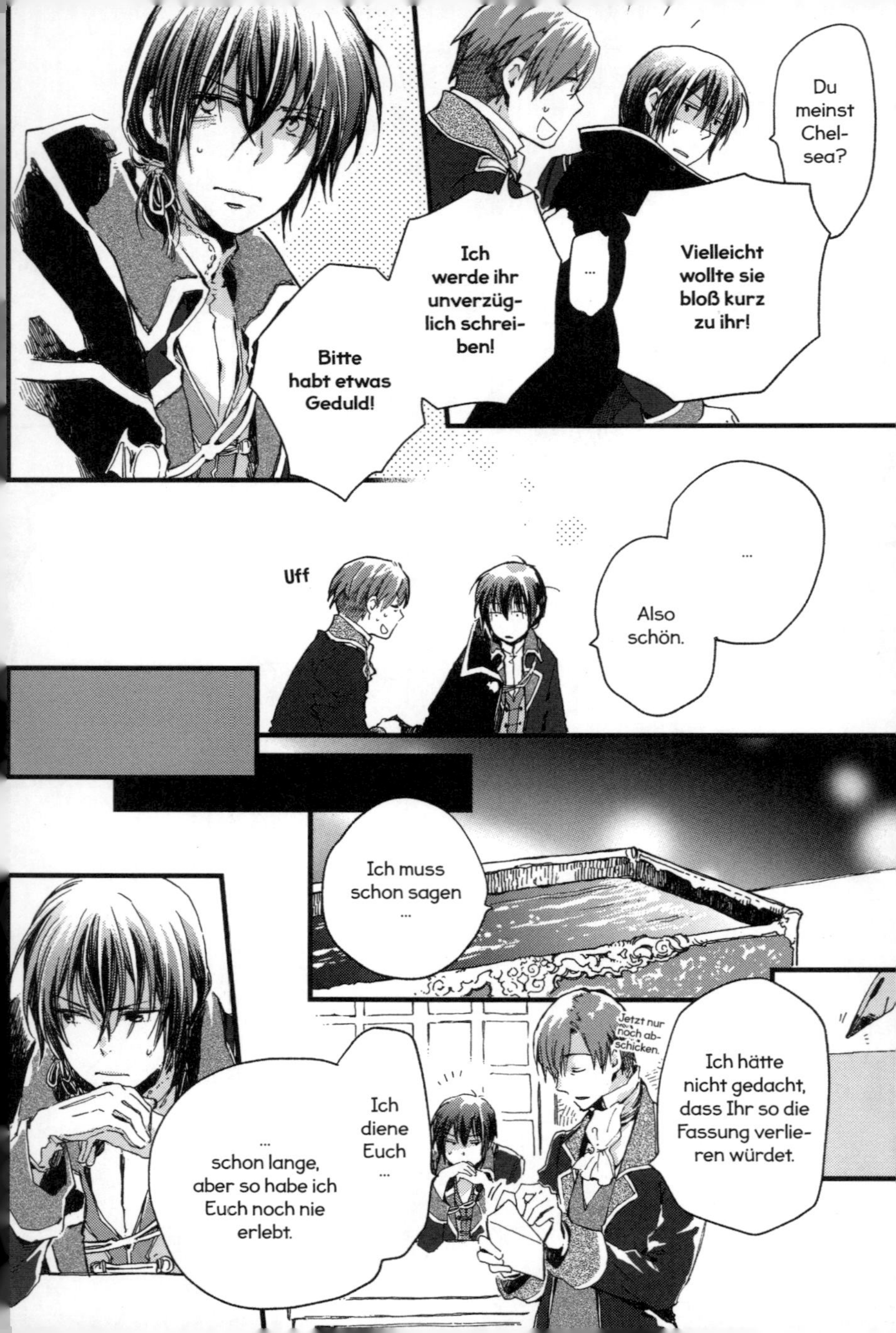
Du meinst Chel-sea?
Vielleicht wollte sie bloß kurz zu ihr!
...
Ich werde ihr unverzüg-lich schrei-ben!
Bitte habt etwas Geduld!
...
Also schön.
Uff
Ich muss schon sagen ...
Jetzt nur noch ab-schicken.
Ich hätte nicht gedacht, dass Ihr so die Fassung verlie-ren würdet.
Ich diene Euch ...
... schon lange, aber so habe ich Euch noch nie erlebt.

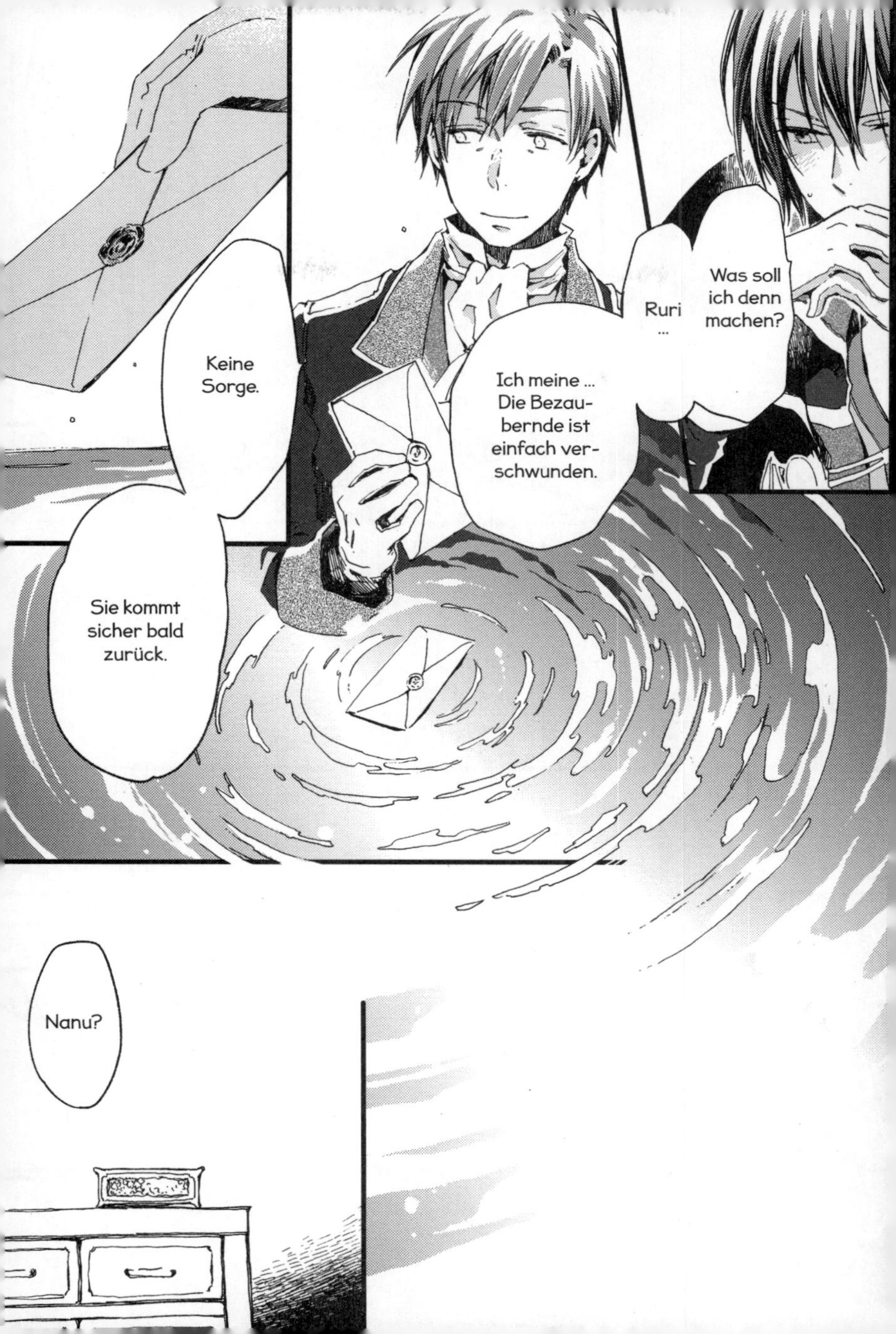
Was soll ich denn machen?
Ruri …
Ich meine … Die Bezau-bernde ist einfach ver-schwunden.
Keine Sorge.
Sie kommt sicher bald zurück.
Nanu?

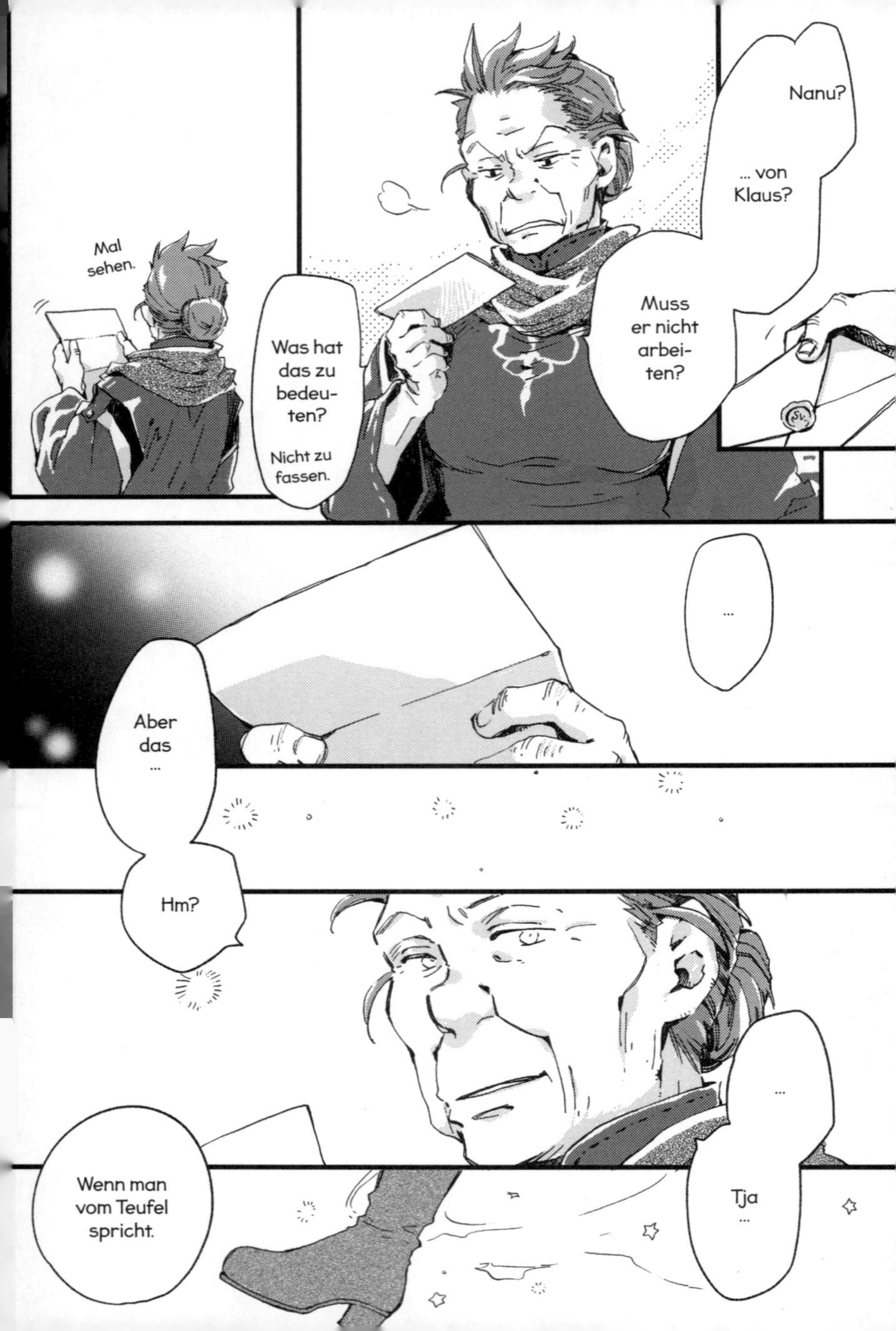

Nanu?
... von Klaus?
Muss er nicht arbeiten?
Was hat das zu bedeuten?
Nicht zu fassen.
Mal sehen.
...
Aber das ...
Hm?
...
Tja ...
Wenn man vom Teufel spricht.

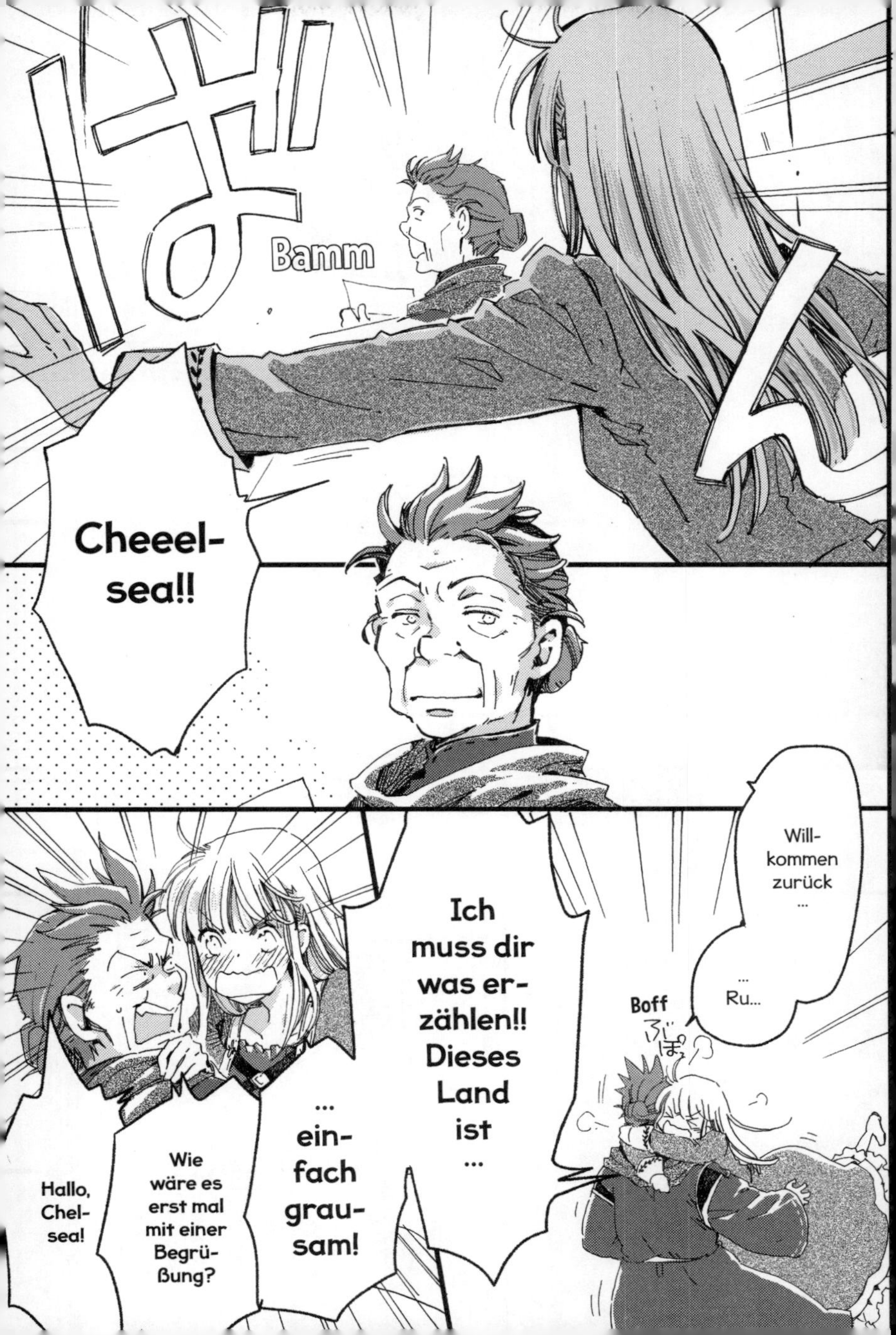
Bamm
Cheeel-sea!!
Will-kommen zurück ...
... Ru...
Boff
Ich muss dir was er-zählen!! Dieses Land ist ...
... ein-fach grau-sam!
Wie wäre es erst mal mit einer Begrü-ßung?
Hallo, Chel-sea!

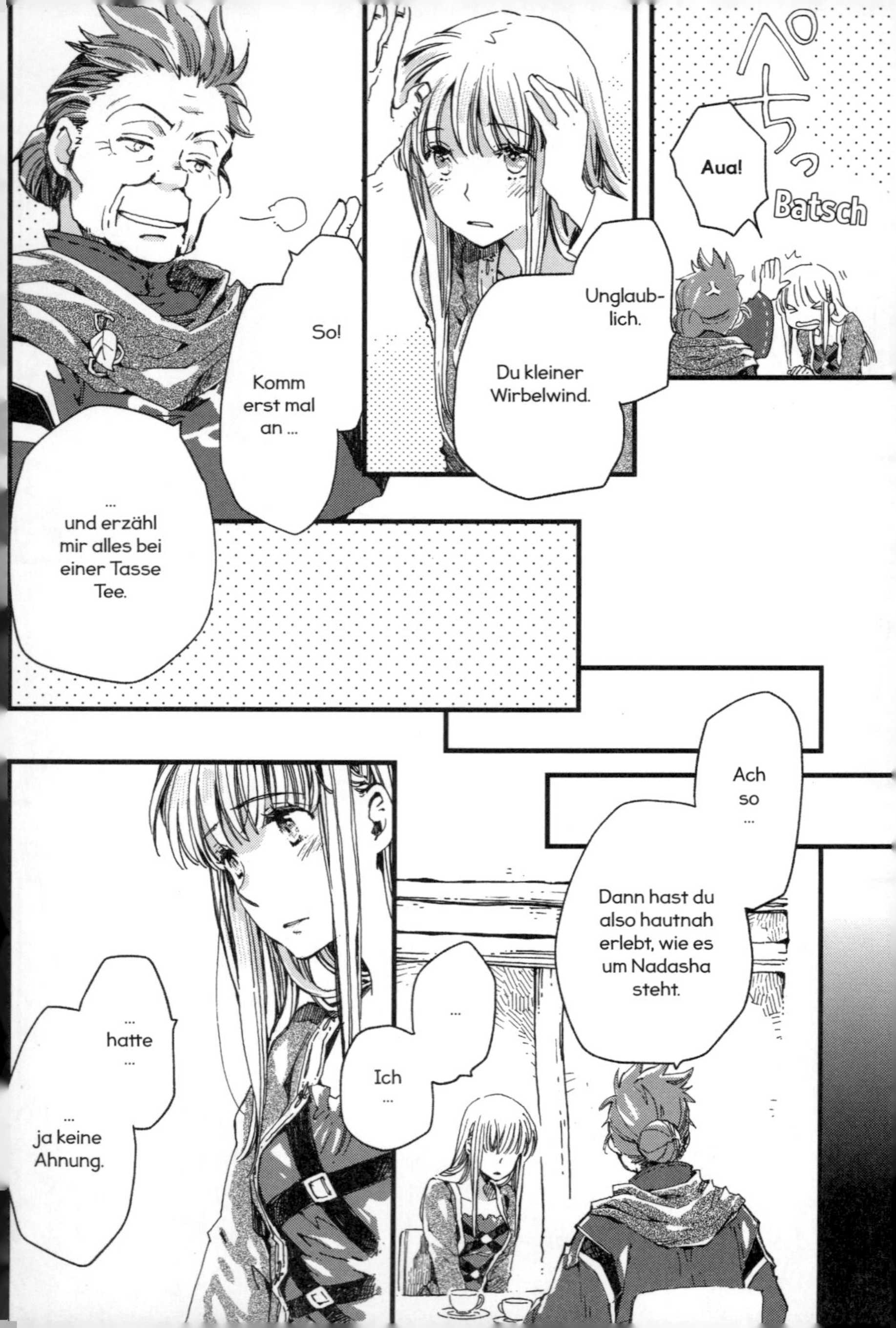
Aua!
ぺちっ
Batsch
Unglaub-lich.
Du kleiner Wirbelwind.
So!
Komm erst mal an ...
... und erzähl mir alles bei einer Tasse Tee.
Ach so ...
Dann hast du also hautnah erlebt, wie es um Nadasha steht.
...
Ich ...
... hatte ...
... ja keine Ahnung.

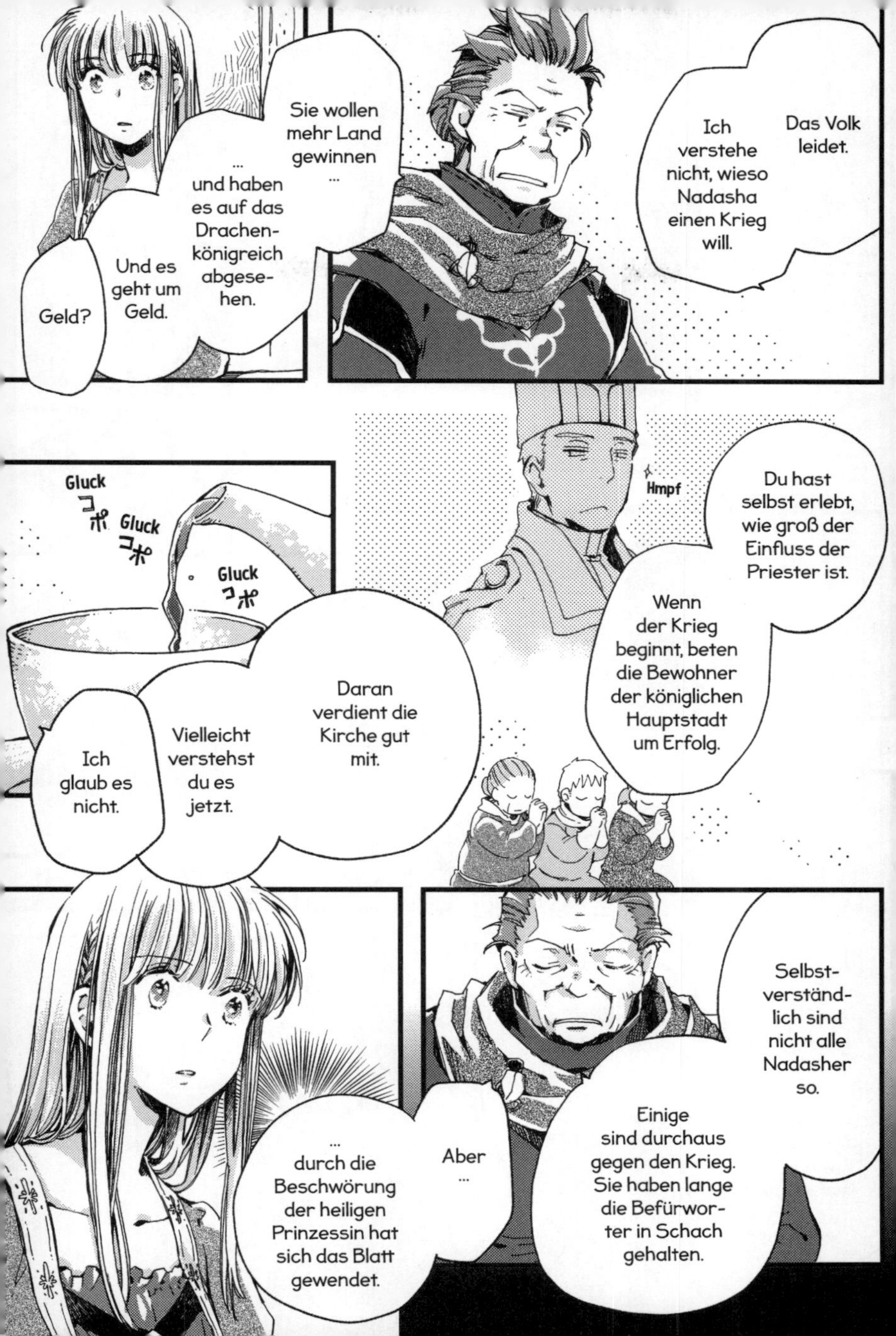
Das Volk leidet.
Ich verstehe nicht, wieso Nadasha einen Krieg will.
Sie wollen mehr Land gewinnen …
… und haben es auf das Drachen-königreich abgesehen.
Und es geht um Geld.
Geld?
Hmpf
Du hast selbst erlebt, wie groß der Einfluss der Priester ist.
Wenn der Krieg beginnt, beten die Bewohner der königlichen Hauptstadt um Erfolg.
Gluck
コポ
Gluck
コポ
Gluck
コポ
Daran verdient die Kirche gut mit.
Vielleicht verstehst du es jetzt.
Ich glaub es nicht.
Selbst-verständ-lich sind nicht alle Nadasher so.
Einige sind durchaus gegen den Krieg. Sie haben lange die Befürwor-ter in Schach gehalten.
Aber …
… durch die Beschwörung der heiligen Prinzessin hat sich das Blatt gewendet.

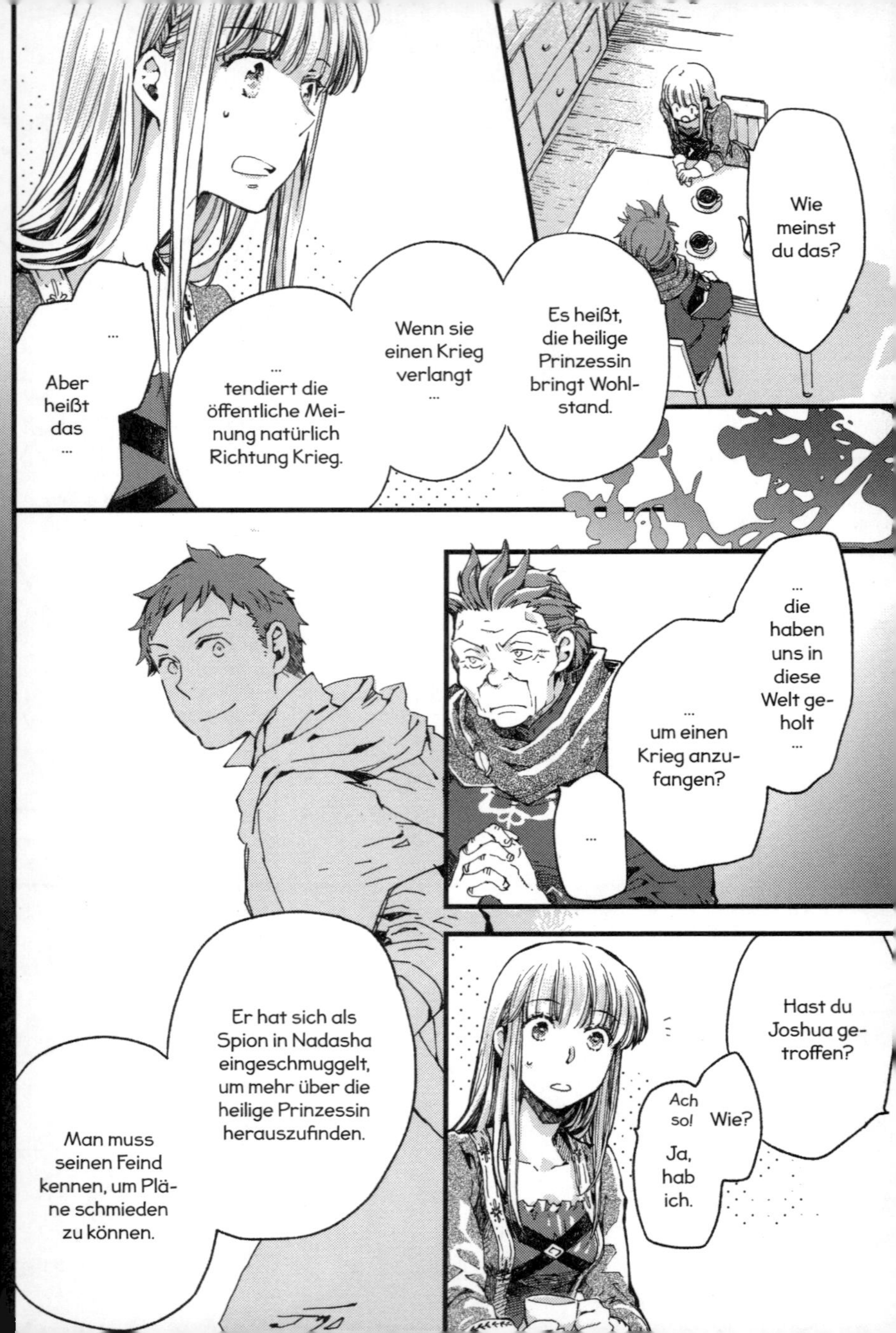
Wie meinst du das?
Es heißt, die heilige Prinzessin bringt Wohlstand.
Wenn sie einen Krieg verlangt …
… tendiert die öffentliche Meinung natürlich Richtung Krieg.
…
Aber heißt das …
… die haben uns in diese Welt geholt …
… um einen Krieg anzufangen?
…
Hast du Joshua getroffen?
Wie?
Ach so!
Ja, hab ich.
Er hat sich als Spion in Nadasha eingeschmuggelt, um mehr über die heilige Prinzessin herauszufinden.
Man muss seinen Feind kennen, um Pläne schmieden zu können.

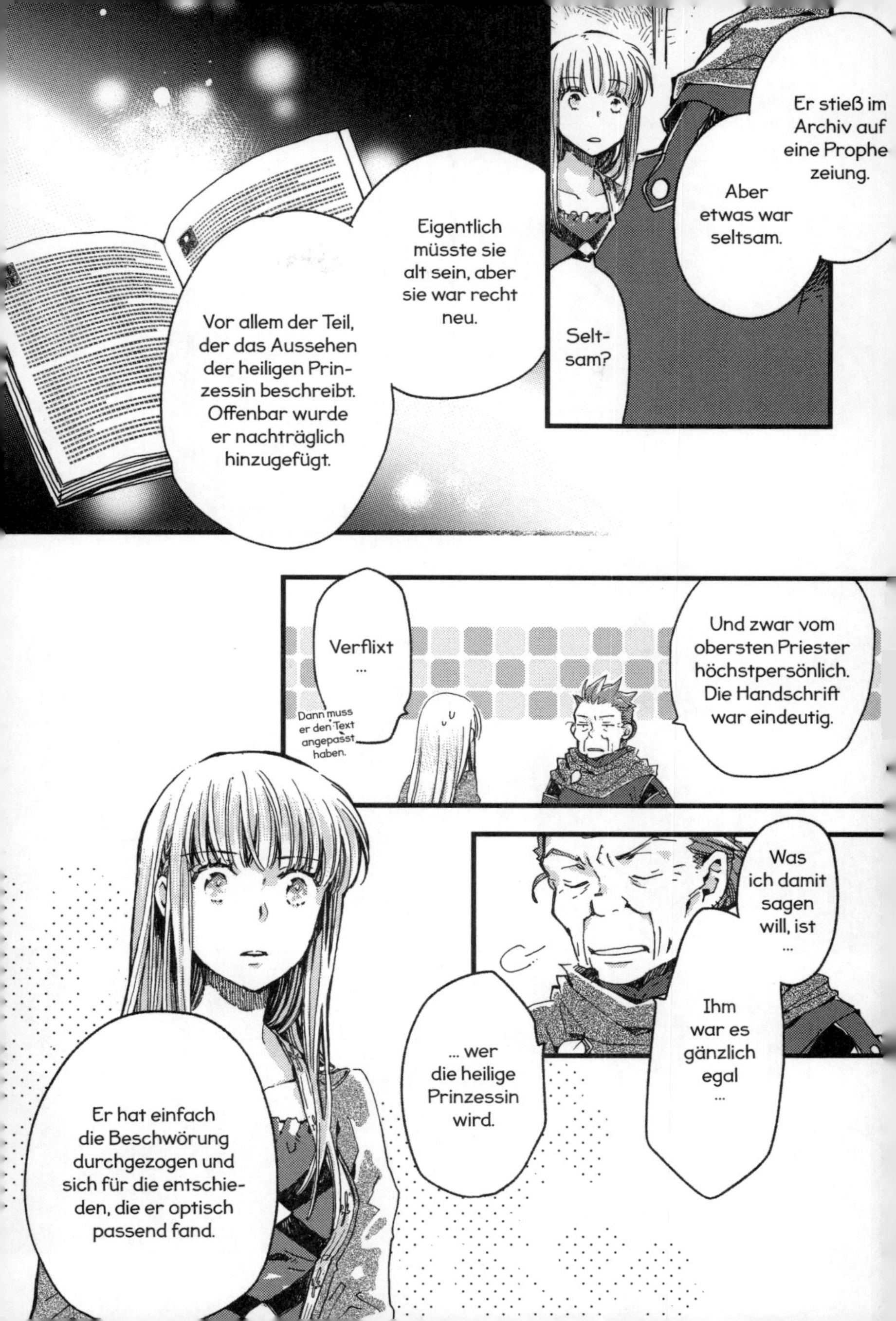
Er stieß im Archiv auf eine Prophezeiung.
Aber etwas war seltsam.
Seltsam?
Eigentlich müsste sie alt sein, aber sie war recht neu.
Vor allem der Teil, der das Aussehen der heiligen Prinzessin beschreibt. Offenbar wurde er nachträglich hinzugefügt.
Und zwar vom obersten Priester höchstpersönlich. Die Handschrift war eindeutig.
Verflixt …
Dann muss er den Text angepasst haben.
Was ich damit sagen will, ist …
Ihm war es gänzlich egal …
… wer die heilige Prinzessin wird.
Er hat einfach die Beschwörung durchgezogen und sich für die entschieden, die er optisch passend fand.

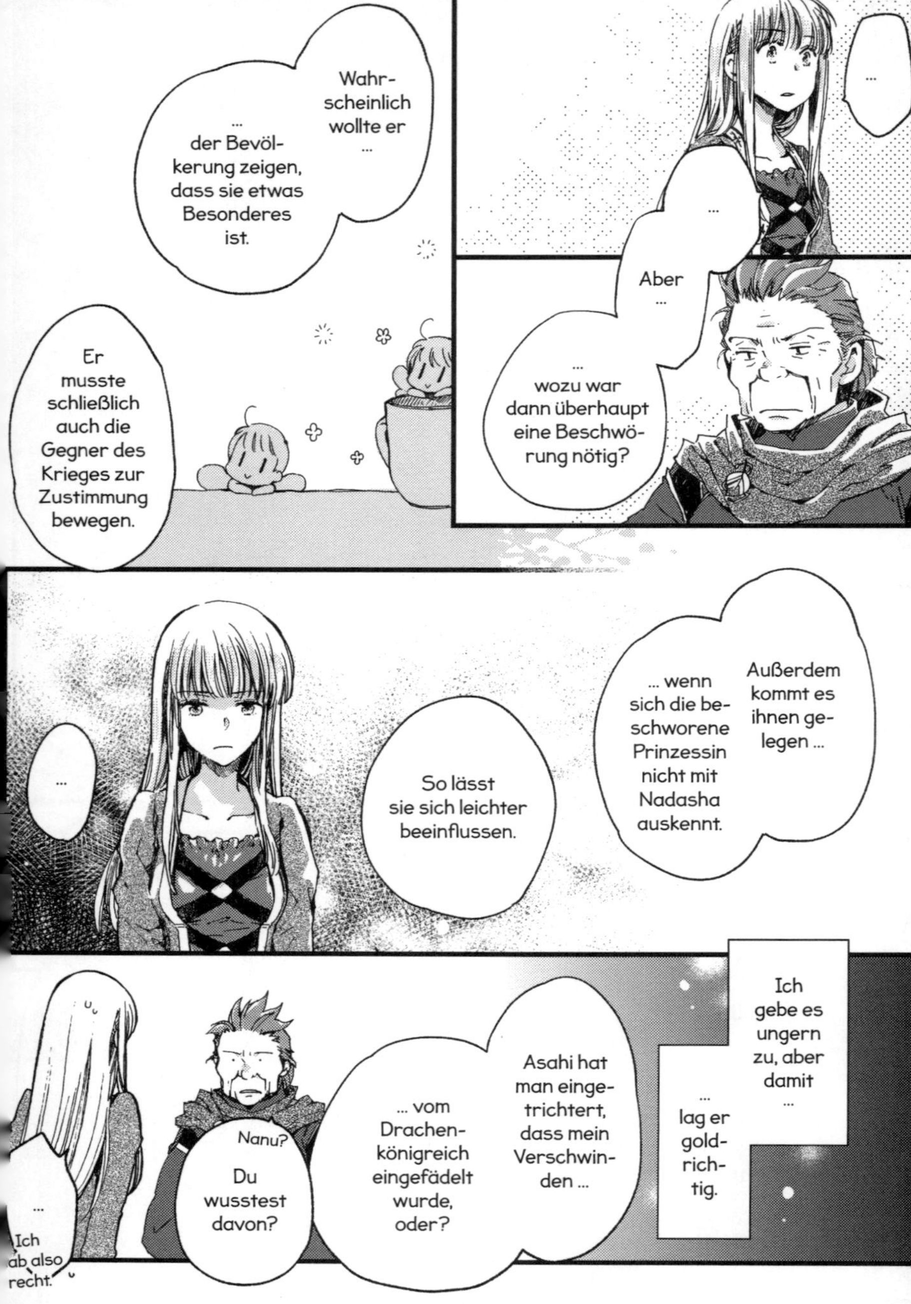
…
…
Aber … … wozu war dann überhaupt eine Beschwörung nötig?
Wahr-scheinlich wollte er …
… der Bevölkerung zeigen, dass sie etwas Besonderes ist.
Er musste schließlich auch die Gegner des Krieges zur Zustimmung bewegen.
Außerdem kommt es ihnen gelegen …
… wenn sich die beschworene Prinzessin nicht mit Nadasha auskennt.
So lässt sie sich leichter beeinflussen.
…
Ich gebe es ungern zu, aber damit …
… lag er goldrichtig.
Asahi hat man eingetrichtert, dass mein Verschwinden …
… vom Drachenkönigreich eingefädelt wurde, oder?
Nanu?
Du wusstest davon?
…
Ich ab also recht.

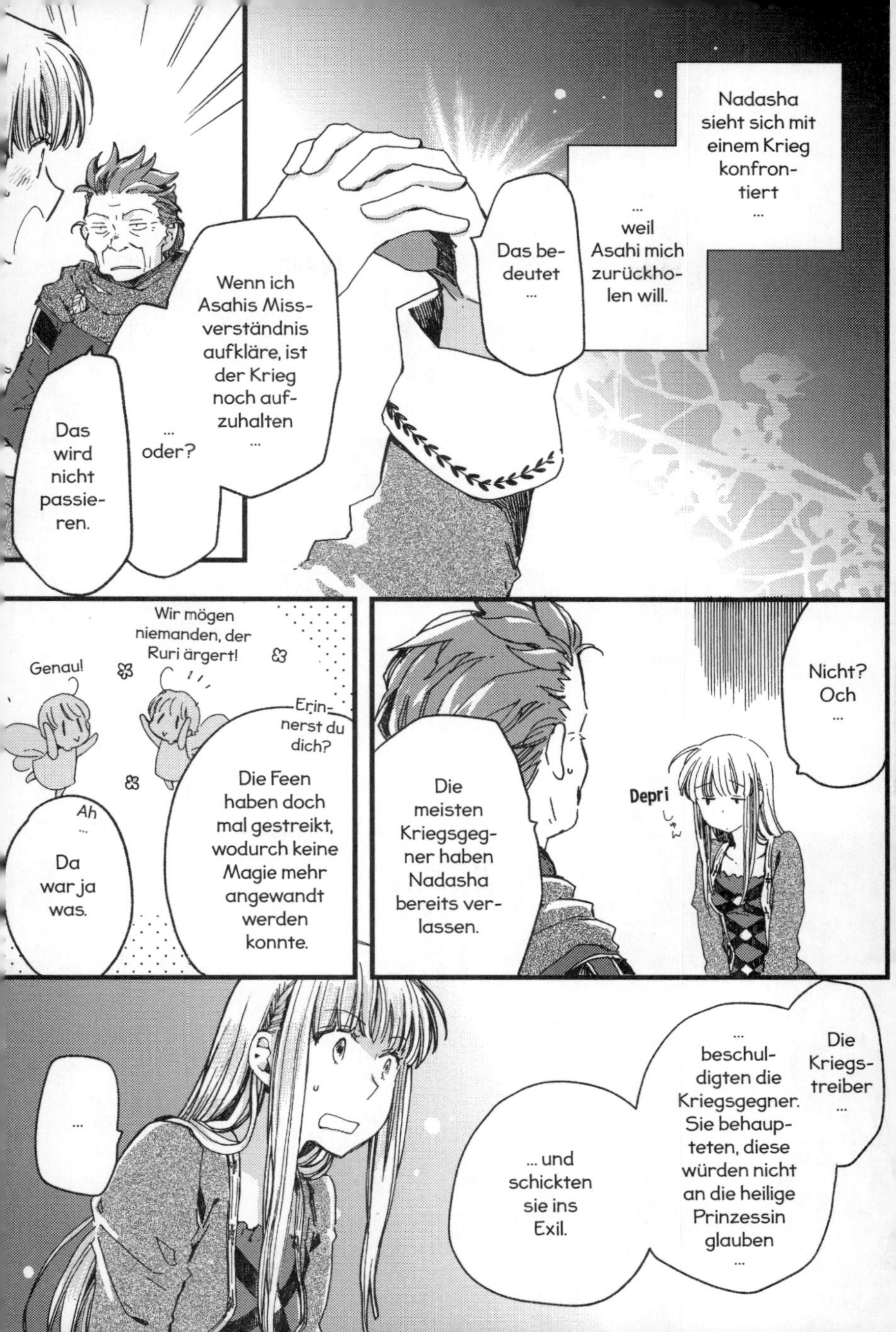
Nadasha sieht sich mit einem Krieg konfrontiert …
… weil Asahi mich zurückholen will.
Das bedeutet …
Wenn ich Asahis Missverständnis aufkläre, ist der Krieg noch aufzuhalten …
… oder?
Das wird nicht passieren.
Nicht? Och …
Depri
Die meisten Kriegsgegner haben Nadasha bereits verlassen.
Wir mögen niemanden, der Ruri ärgert!
Genau!
Erinnerst du dich?
Die Feen haben doch mal gestreikt, wodurch keine Magie mehr angewandt werden konnte.
Ah … Da war ja was.
Die Kriegstreiber …
… beschuldigten die Kriegsgegner. Sie behaupteten, diese würden nicht an die heilige Prinzessin glauben …
… und schickten sie ins Exil.
…

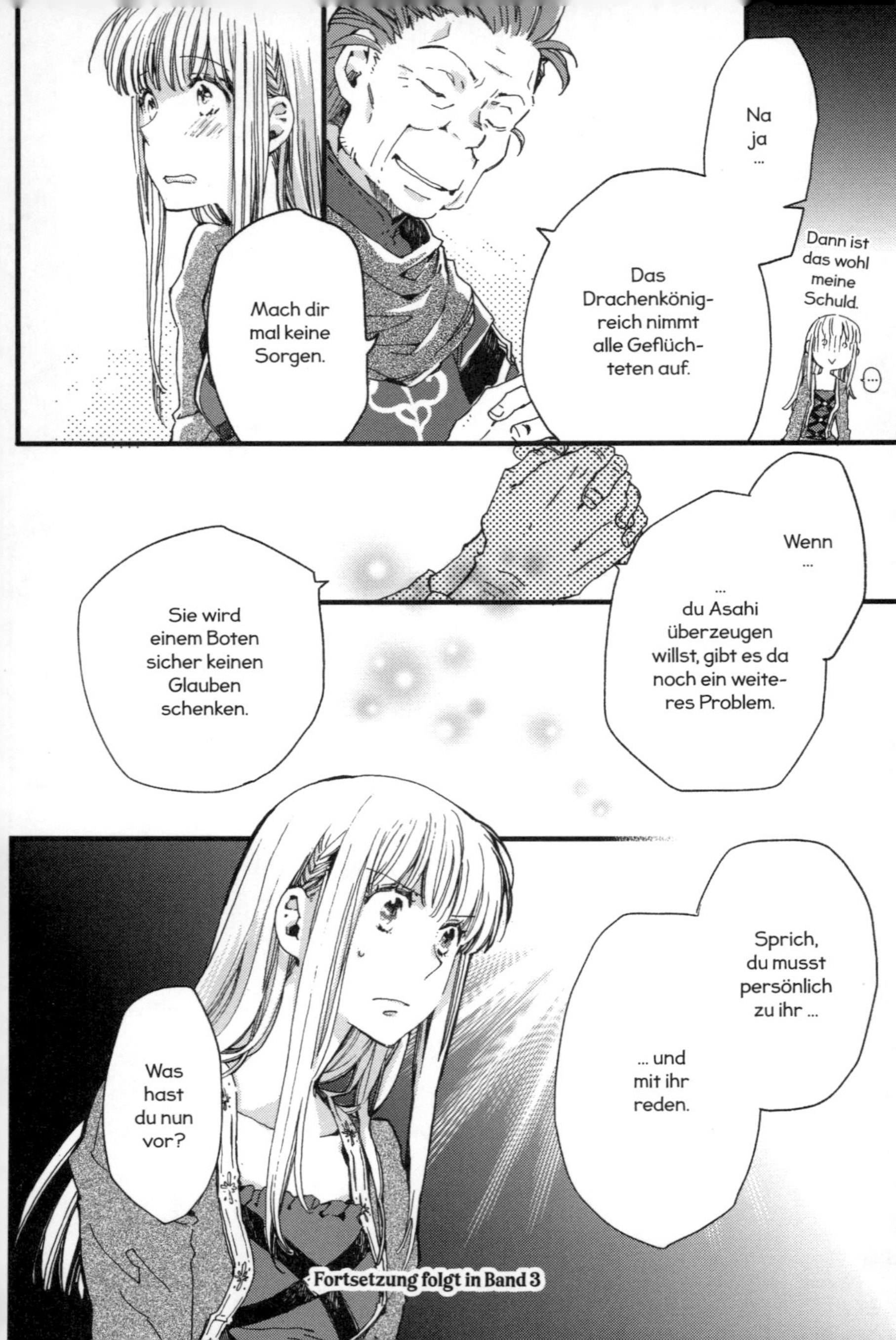
Na ja ...
Das Drachenkönigreich nimmt alle Geflüchteten auf.
Mach dir mal keine Sorgen.
Dann ist das wohl meine Schuld.
...
Wenn ...
... du Asahi überzeugen willst, gibt es da noch ein weiteres Problem.
Sie wird einem Boten sicher keinen Glauben schenken.
Sprich, du musst persönlich zu ihr ...
... und mit ihr reden.
Was hast du nun vor?
Fortsetzung folgt in Band 3

Die rachsüchtige
weiße Katze
und der
Drachenkönig

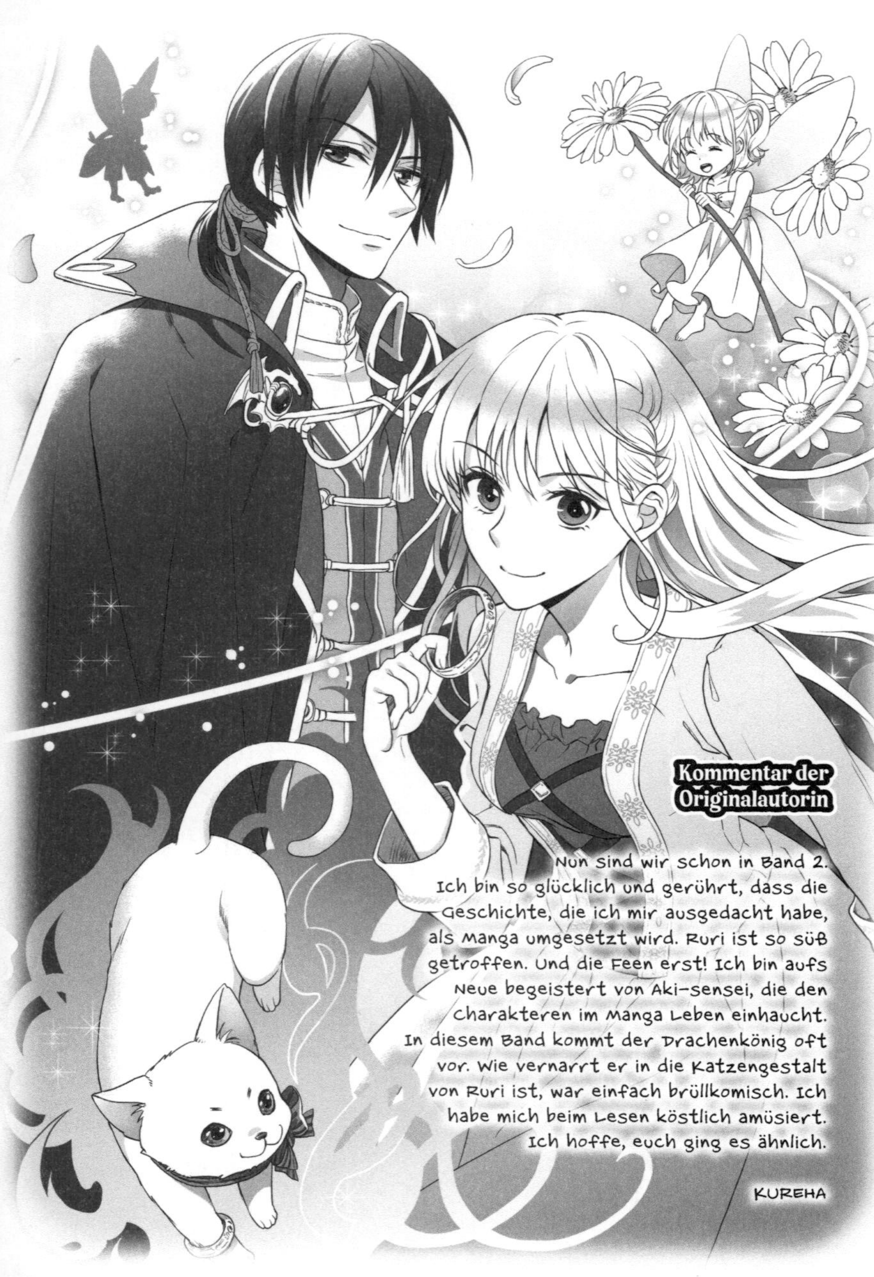

Illustration: Yamigo

Nachwort der Mangaka

Danke, dass ihr in Japan so geduldig auf Band zwei gewartet habt! Endlich ist er da. Ich habe das Gefühl, in diesem Teil nur Ruri als Katze und Feen gezeichnet zu haben. Als Mensch kam sie kaum vor.

Wir befinden uns aktuell ungefähr am Ende von Band 1 der Light Novel. Im nächsten Manga müsste endlich der Charakter auftauchen, auf den die Kenner der japanischen Novel sicher schon gewartet haben. Er sieht gut aus! Wirklich!! (Ha ha!) Selbst ich freue mich auf diese Augenweide! Seid gespannt!!

Ich hoffe, dass ich den Manga so umgesetzt habe, dass es auch den Fans der Originalautorin und -zeichnerin gefällt.

Hoffentlich bis zum nächsten Mal!

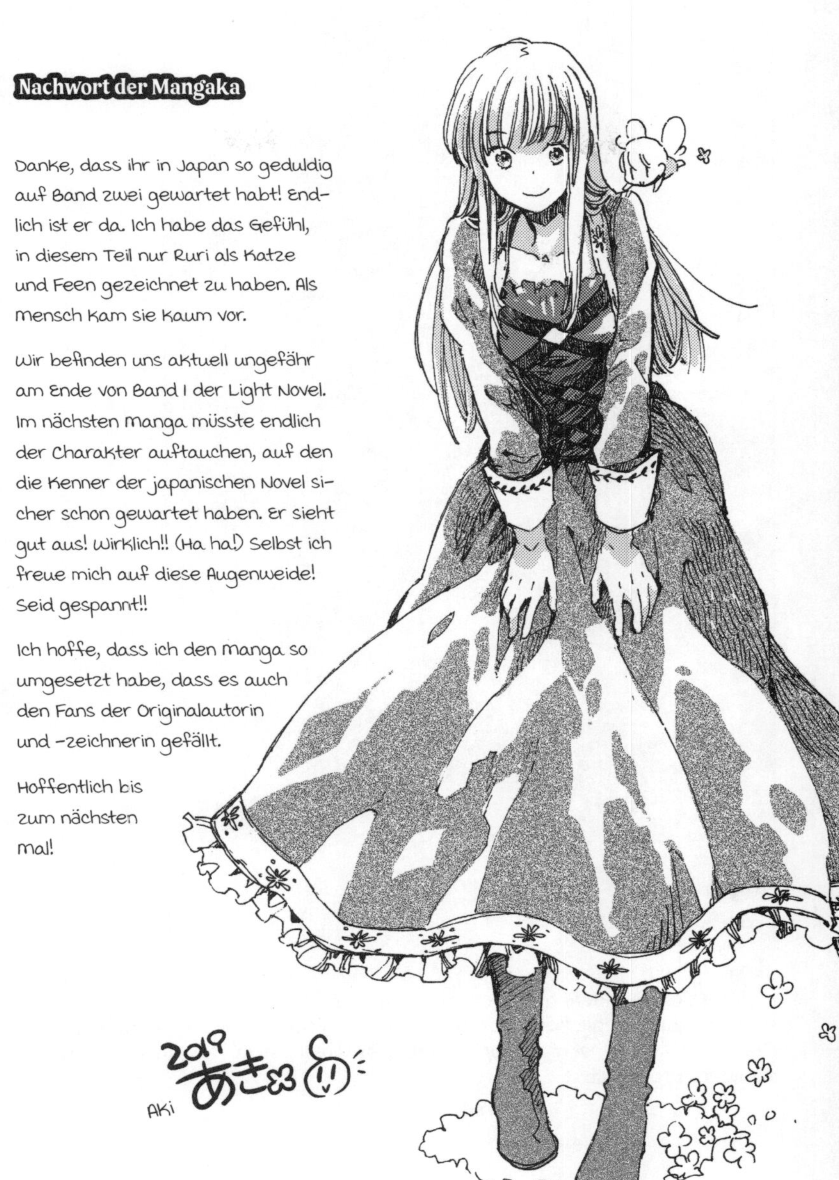

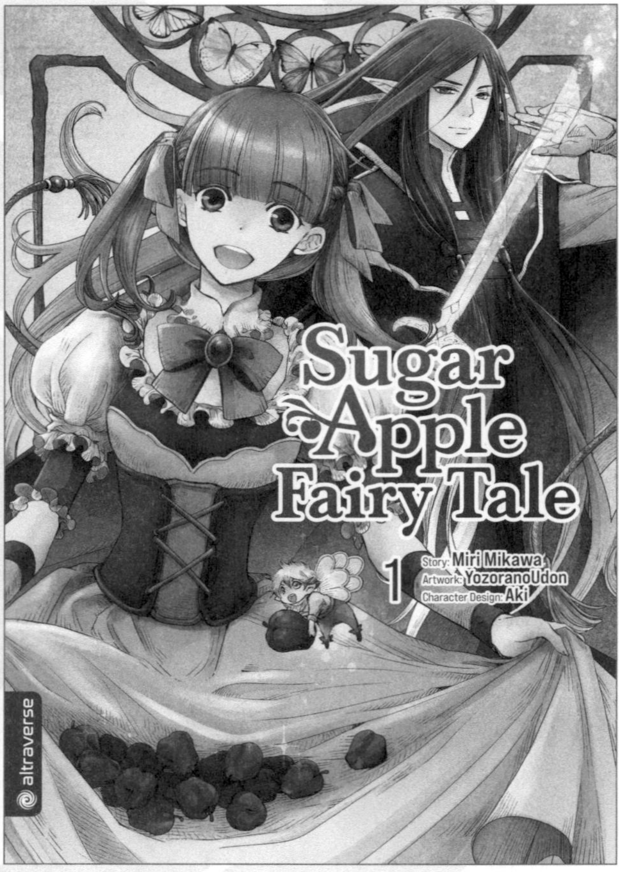

Sugar Apple Fairy Tale

Miri Mikawa I YozoranoUdon I Aki

Im Königreich Highland werden Feen als Sklaven unterjocht. Anne Halford möchte sich trotzdem mit ihrem Feen-Leibwächter Challe anfreunden, der sie sicher zur Königlichen Zuckerschau geleiten soll. Doch ein grummeliger Feen-Leibwächter ist nicht das Einzige, was ihre Reise zur Zuckerschau zu scheitern drohen lässt ...

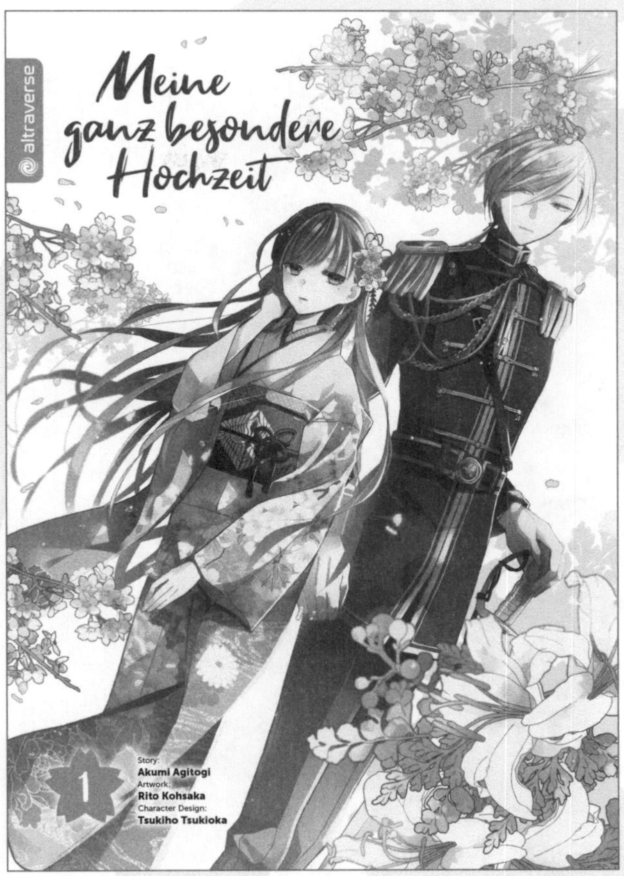

Meine ganz besondere Hochzeit

Akumi Agitogi | Rito Kohsaka | Tsukiho Tsukioka

Als Kind einer Zweckehe geboren, scheint Miyo nicht über die ersehnten magischen Fähigkeiten zu verfügen, die einige Familien vererben. Ihre Stiefschwester und Stiefmutter verachten sie und als sie schließlich auch vom Vater verstoßen wird, kommt sie als Braut ins Haus der Familie Kudo, deren Oberhaupt eiskalt sein soll. Wird es Miyo dort noch schlechter ergehen als bisher schon oder gelingt es ihr, das Herz ihres zukünftigen Mannes zu erwärmen?

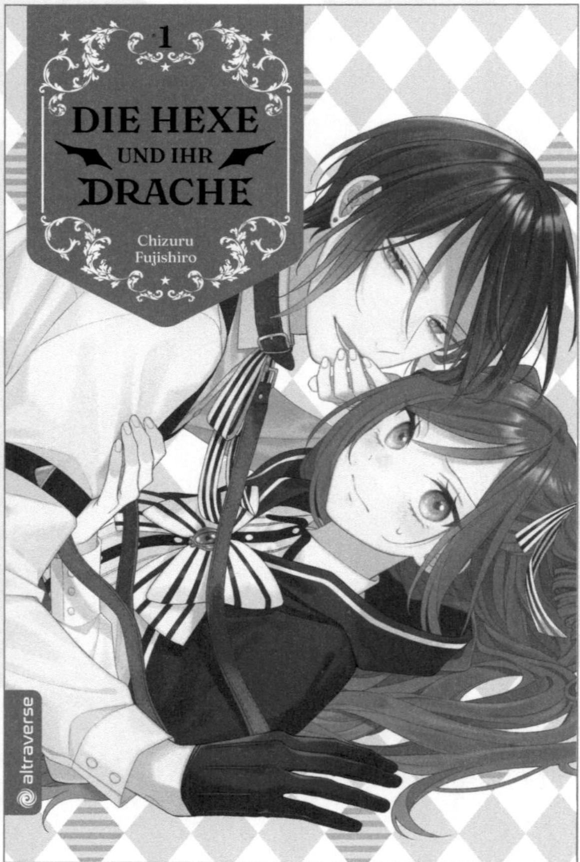

Die Hexe und ihr Drache

Chizuru Fujishiro

Die Halbhexe Aria wünscht sich nichts mehr, als mit den Menschen harmonisch zusammenzuleben. Als sie den verletzten Drachen Leo bei sich aufnimmt, ahnt sie nicht, dass er sich mit einem Paktschwur an sie binden wird. Nun steht Aria zwar ein eifriger, aber auch übermäßig beschützender Diener zur Seite, der »zum Wohle« seiner Herrin allerlei Chaos anrichtet ...

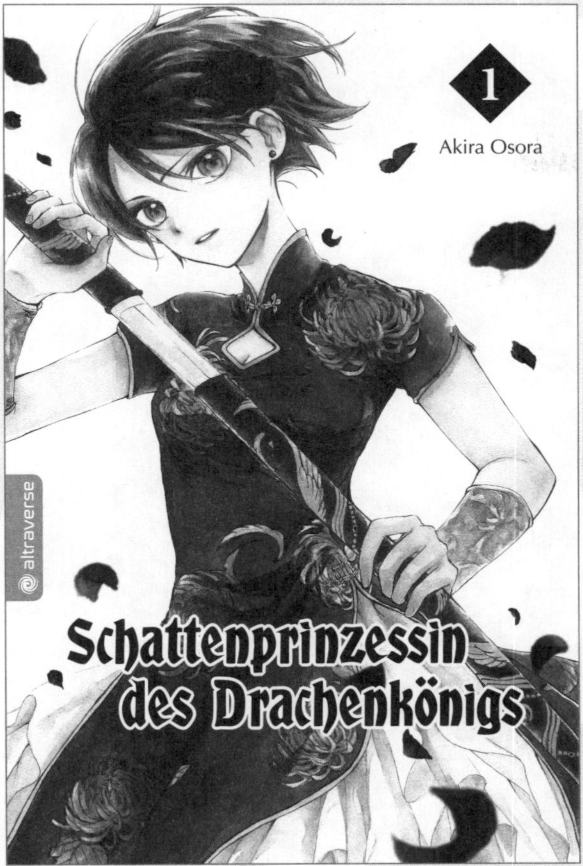

Schattenprinzessin des Drachenkönigs
Akira Osora

Vor einigen Jahren begrub der Wasserdrache, der eigentlich der Schutzgeist des Königreichs Ten'a ist, Kohakus Heimat unter wilden Fluten. Als letzte Überlebende schwört sie, Rache an Prinz Miaki zu nehmen, der als Einziger den Drachen kontrollieren kann. Entschlossen, ihn zu töten, schleicht sie sich am Königshof ein. Doch dann kommt alles ganz anders …

Fantasy 13 +

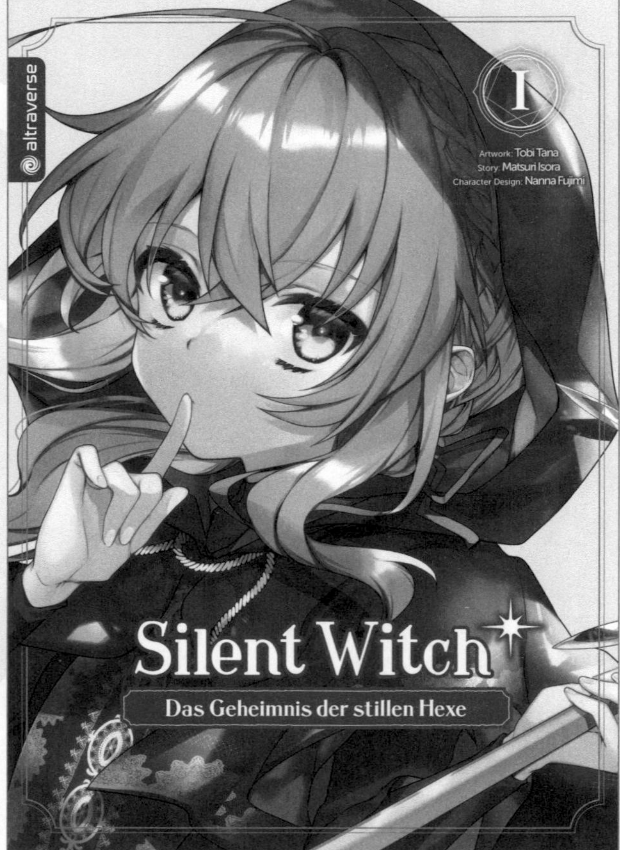

Silent Witch – Das Geheimnis der stillen Hexe

Tobi Tana | Matsuri Isora | Nanna Fujimi

Monica Everett ist eine sehr talentierte, aber auch sehr schüchterne Hexe und hat daher als Erste die beschwörungslose Zauberkunst erlernt. Sie ist zwar als »Silent Witch« in die Reihen der »Sieben Weisen« aufgenommen worden, lebt aber zurückgezogen im Wald. Eines Tages erhält sie jedoch den geheimen Auftrag, den zweiten Prinzen des Ridill-Königreiches zu beschützen ...

Fantasy 13 +

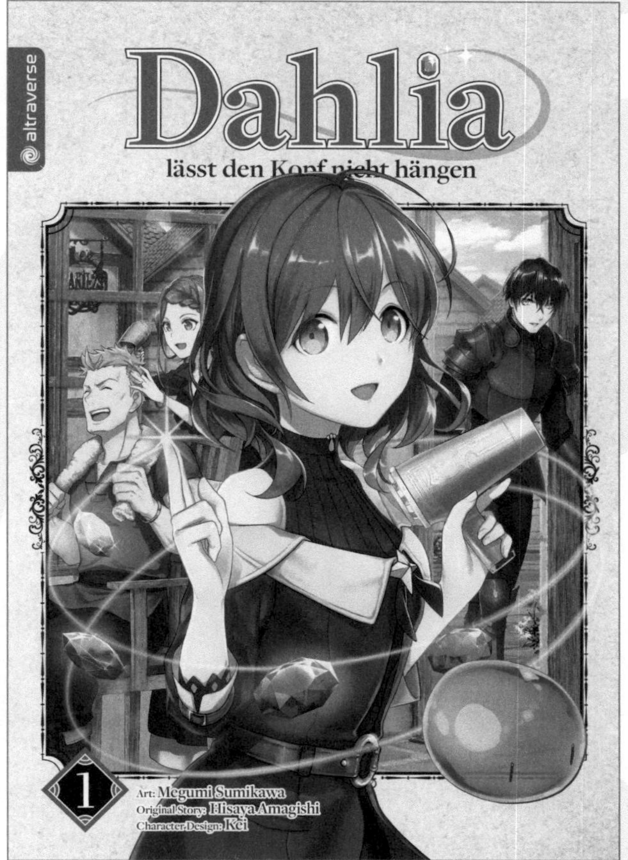

Dahlia lässt den Kopf nicht hängen

Art: Megumi Sumikawa | Original Story: Hisaya Amagishi | Character Design: Kei

Nachdem sie depressiv und überarbeitet früh das Zeitliche segnete, will Dahlia in ihrem neuen Leben in einer anderen Welt alles besser machen. Mit ihrem Vorwissen lernt sie, magische Artefakte zu erschaffen, um den Menschen das Leben zu erleichtern, und startet schon bald mit ihrem eigenen Geschäft voll durch. Wird sie diesmal ihr Glück finden?

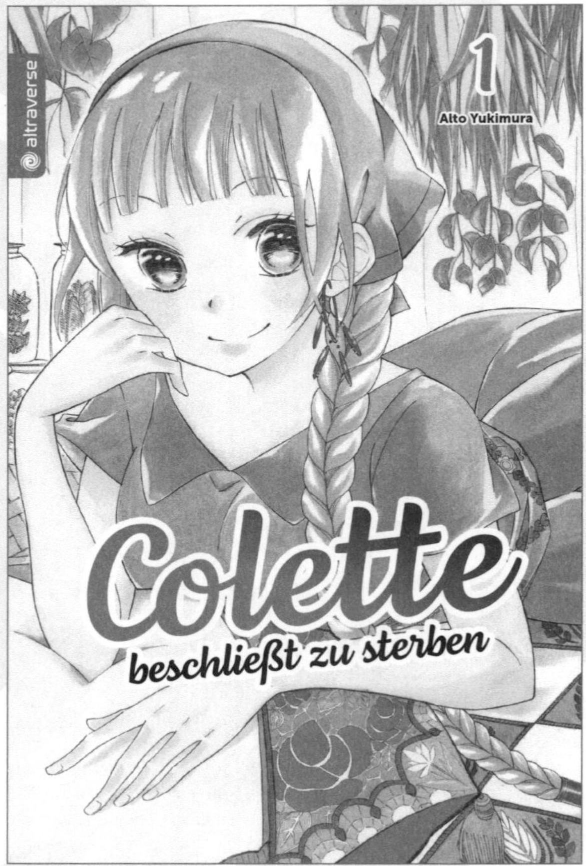

Colette beschließt zu sterben

Alto Yukimaru

Colette ist Ärztin, genauer gesagt die einzige Ärztin ihrer Stadt, und deshalb Tag und Nacht im Einsatz. Irgendwann ist sie so mit den Nerven am Ende, dass sie beschließt zu sterben! Aber so richtig will ihr das nicht gelingen. Stattdessen findet sie sich quicklebendig in der Unterwelt wieder, wo schon der nächste Patient auf sie wartet: der Herrscher über den Höllenkerker Hades!

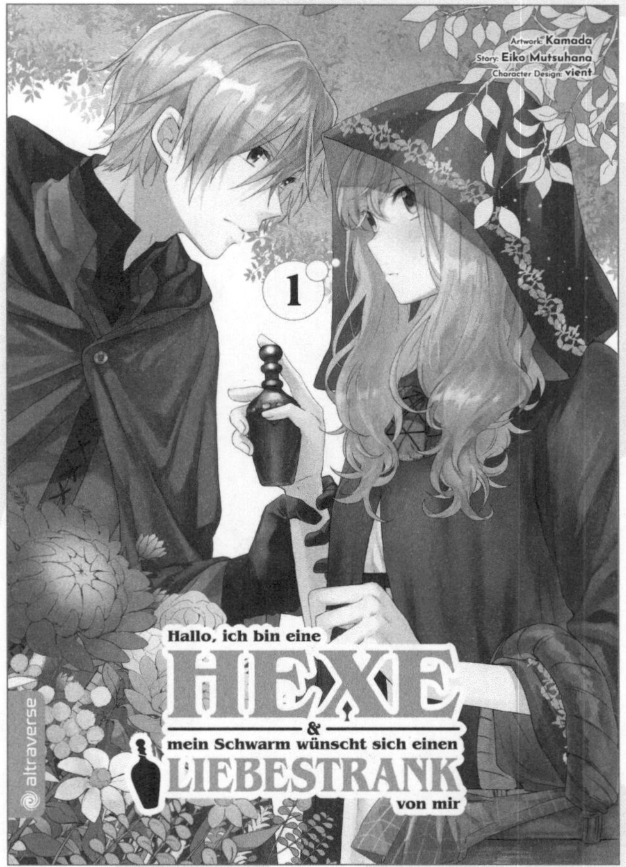

Hallo, ich bin eine Hexe & mein Schwarm wünscht sich einen Liebestrank von mir

Kamada | Eiko Mutsuhana | vient

Die gute Hexe Rose ist schon lange heimlich in einen königlichen Ritter verliebt. Doch ihre Träume platzen jäh, als ebendieser Ritter sie bittet, ihm einen Liebestrank zu brauen! In ihrer Verzweiflung zögert sie die Fertigstellung des Tranks hinaus, indem sie ihn nach und nach die verrücktesten Zutaten dafür einsammeln lässt. Wie wird ihr Schwarm reagieren?

Fantasy 13 +

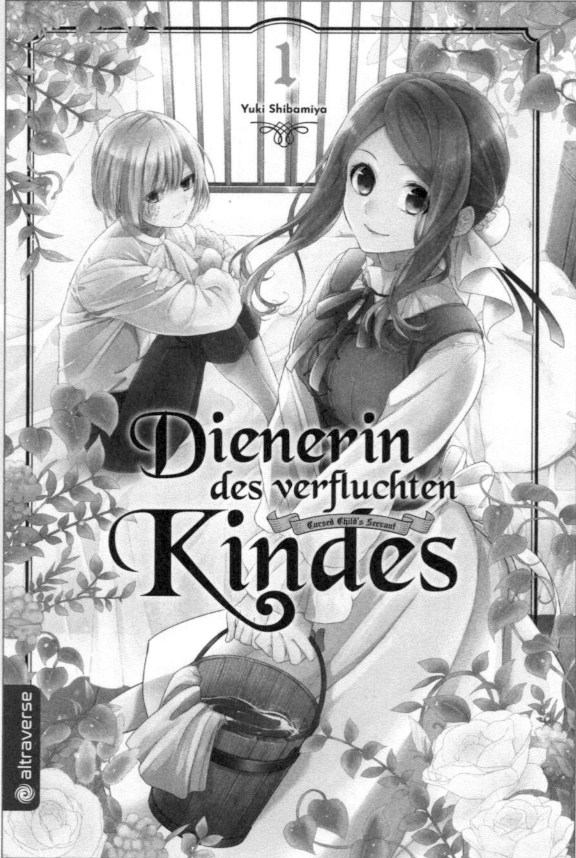

Dienerin des verfluchten Kindes

Yuki Shibamiya

Die junge Renée ist unsterblich. Was andere erstrebenswert finden würden, ist für das Mädchen zu einem Fluch geworden, der sie regelmäßig die Arbeitsstelle kostet. Aber das Schicksal meint es gut mit ihr und sie wird als Dienerin des einsamen Kronprinzen Albert angeheuert. Doch auch der ist mit einem Fluch belegt: Alles, was er anfasst, ist dem Tode geweiht. Ob sie ihr neues Leben gemeinsam meistern können?

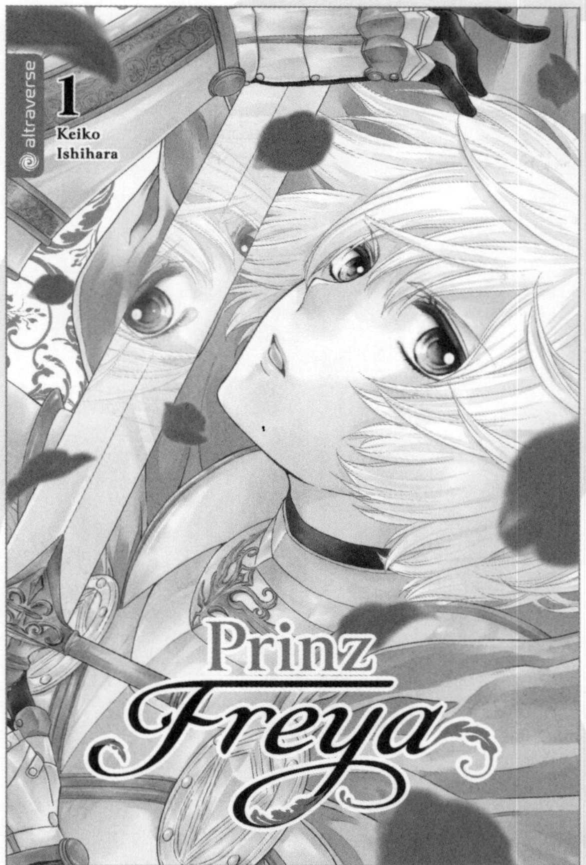

Prinz Freya

Keiko Ishihara

Das Land Tyr ist in großer Gefahr! Die ganze Hoffnung der Menschen ruht auf dem Prinzen, der sich dem feindlichen Nachbarland mutig entgegenstellt. Als er überraschend stirbt, nimmt die junge Freya, die dem Prinzen zum Verwechseln ähnlich sieht, heimlich seinen Platz ein. Zum Wohle des Landes muss sie über sich hinauswachsen. Von nun an ist ihr Leben ein einziges großes Abenteuer!

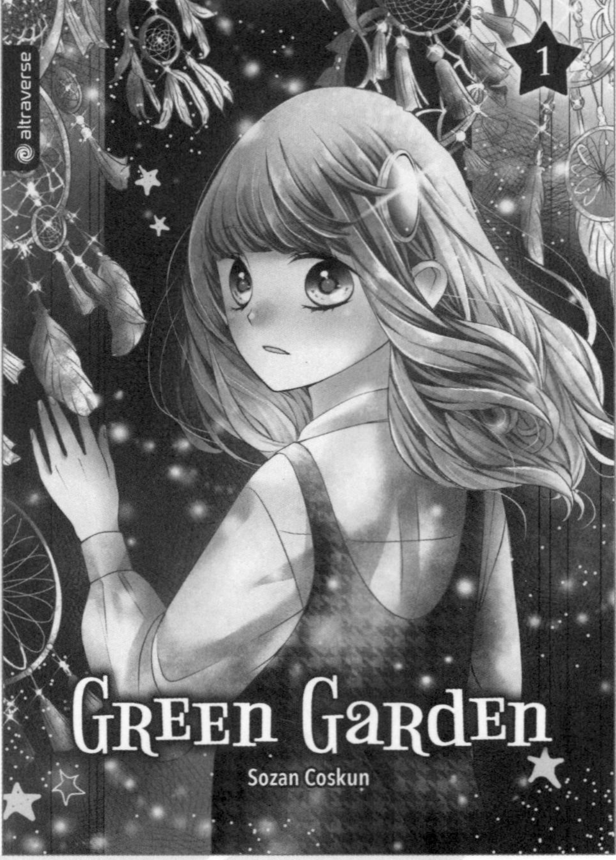

Green Garden

Sozan Coskun

Auf der Suche nach ihrem Vater begibt sich Mai zur legendären Traumwerkstatt von Professorin Vendricks, die mit Mais Vater an einem Forschungsprojekt gearbeitet hat. Die beiden kamen dem dunklen Geheimnis einer schier unerschöpflichen Energiequelle auf die Spur, für die die Menschheit einen sehr hohen Preis zahlt. Als Mai den Laden betritt, ahnt sie nicht, dass dies der Beginn einer Reise ist, die ihr ganzes Land verändern wird ...

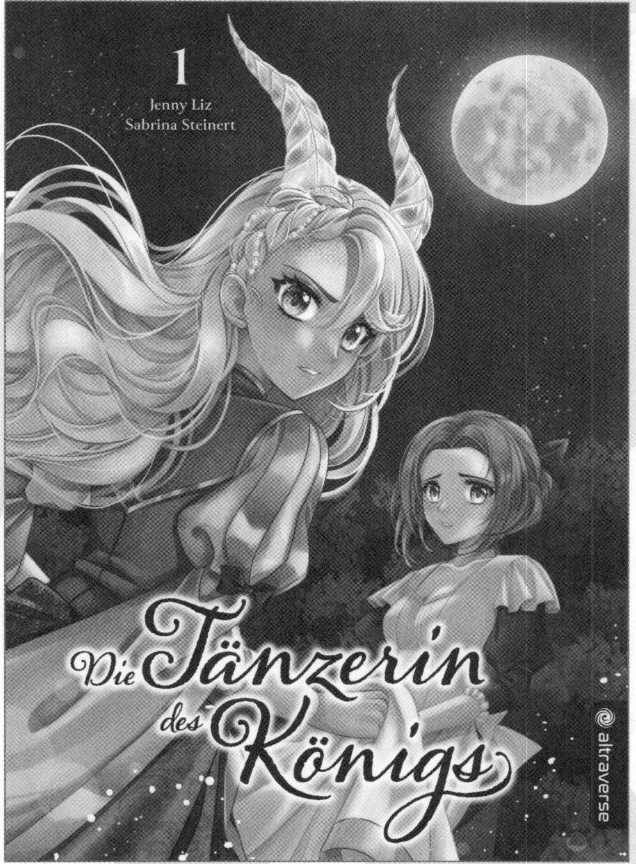

Die Tänzerin des Königs

Jenny Liz | Sabrina Steinert

Prinzessin Violet lebt als Nachfahrin eines uralten Drachengeschlechts mit ihrer Familie im Königreich Asteria. Als ihr Land angegriffen wird, bleibt Violet nur die Flucht. Ihr Weg führt sie nach Nordra. Aber Nordra wird von Kane Varian regiert, der Drachen zutiefst verabscheut …

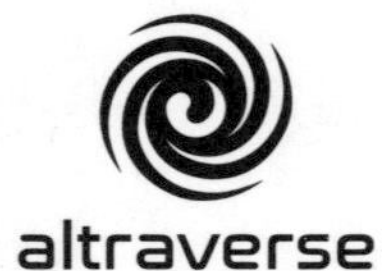

Deutsche Ausgabe / German Edition
Altraverse GmbH – Hamburg 2023
Aus dem Japanischen von Hana Rude

Redaktion: Anne Faltin
Herstellung: Cathrin Hamester
Lettering: Vibrant Publishing Studio

Druck: CPI books GmbH, Leck
Printed in Germany

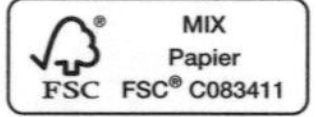

ISBN 978-3-7539-1606-4
1. Auflage 2023

www.altraverse.de